DuMont's Kriminal-Bibliothek

Phoebe Atwood Taylor wurde 1909 in Boston geboren und lebte in Massachusetts, wo sie 1976 starb. Neben über zwanzig Romanen um den kauzigen ›Kabeljau-Sherlock‹ Asey Maro, die auf Cape Cod spielen, schrieb sie eine weitere Reihe von Detektivromanen, in denen Leonidas Witherall in seiner skurrilen Art verzwickte Kriminalfälle löst.
Von Phoebe Atwood Taylor sind in der DuMont's Kriminal-Bibliothek erschienen: »Kraft seines Wortes« (Band 1003), »Ein Jegliches hat seine Zeit« (Band 1010), »Wie ein Stich durchs Herz« (Band 1021), »Wer gern in Freuden lebt ...« (Band 1032), »Mit dem linken Bein« (Band 1051) und »Die leere Kiste« (Band 1058).

Herausgegeben von Volker Neuhaus

Phoebe Atwood Taylor

Schlag nach bei *Shakespeare*

DUMONT

Umschlagmotiv von Pellegrino Ritter
Aus dem Amerikanischen von Manfred Allié

Die der Übersetzung zugrundeliegende Originalausgabe erschien 1987 unter dem Titel »Beginning with a Bash« bei Foul Play Press/ The Countryman Press, Woodstock, Vermont

Satz, Druck und Verarbeitung: Clausen & Bosse, Leck

Printed in Germany
ISBN 3-7701-4492-9

I.

Mit einem langen Satz erreichte der junge Mann die Nische des Hauseingangs, drückte sich flach an die Wand und lauschte mit pochendem Herzen, ob noch zu hören war, was in der letzten atemlosen Stunde ihn so verfolgt hatte, daß der Laut schon fast aus seinem eigenen Inneren zu kommen schien – das unermüdliche dumpfe Platschen dicker Polizistenstiefel.

Seit dem Obstladen in der Charles Street hatten ihn diese Stiefel verfolgt, hinein in das Spinnennetz der engen, gewundenen Gassen von Beacon Hill und wieder heraus, durch stille Wohnviertel und durch den tosenden Verkehr der Hauptstraßen, über dicke Mauern und hohe Stacheldrahtzäune. War er gelaufen, so hatte der unermüdliche Hüter des Gesetzes sich ebenfalls in Trab gesetzt; war er langsamer geworden, hatte auch sein Verfolger seine Schritte gebremst.

Nun hörte der junge Mann keinen einzigen Laut mehr, doch erleichtert war er noch lange nicht. Wahrscheinlich steckte der Bulle im Eingang nebenan, schöpfte ebenso Atem wie er und wartete ab, was geschah. Er hatte ja nichts zu verlieren.

Der junge Mann lachte grimmig vor sich hin. Die Polizei konnte Katz und Maus mit ihm spielen, so lange es ihr Spaß machte. Sie hatten ihn in der Hand. Er war ihnen ausgeliefert. Sie wußten, daß sie ihn in der Hand hatten, und sie wußten, daß er es wußte. Er saß auf dem Pemberton Square fest, und selbst wenn es ihm gelang, von dort noch einmal zu entwischen, konnten sie ihn binnen zehn Minuten gefaßt haben. Es war unter Null in Boston; der feuchte Ostwind drang durch jede Faser seines dünnen grauen Flanellanzugs, und die bloßen Hände, mit denen er den schweren Sack mit

Golfschlägern halten mußte, waren schon ganz steif. Das waren die Dinge, die ihn den Kragen kosten würden – die Kälte, der Flanell, die Golfschläger. Die Polizei wußte, daß er keinen Cent in der Tasche und keinen Freund in der Stadt hatte. Sie wußten, daß er keine anderen Kleider hatte außer denen, die er am Leibe trug. Sie wußten, daß er die Schläger nicht wegwerfen konnte – sie waren das einzige, was er auf der Welt noch besaß, und das einzige, was er zu ein wenig Geld machen konnte. So wie er angezogen war, fiel er unter den in dicke Wintermäntel und Schals gewickelten Bostonern auf wie der berühmte bunte Hund. Er hatte keine Chance. Es war nur noch eine Frage der Zeit, bis der diensthabende Sergeant seinen Namen auf das Formular kritzelte und mit dem immergleichen grünen Tintenlöscher darüberfuhr.

Plötzlich gingen die Straßenlampen an, und der junge Mann bemerkte an der gegenüberliegenden Wand der Nische ein großes Ladenschild. Die Goldbuchstaben waren fast ganz verblaßt, und er mußte sich vorlehnen, damit er sie noch entziffern konnte. »Antiquariat Peters. Kommen Sie herein, sehen Sie sich um.« Und darunter war eine kleine weiße Karte angeheftet, auf der nur die Worte standen: »Gut geheizt.«

Der junge Mann las beides noch einmal und dachte darüber nach.

Wenn er noch lange so stehenblieb, würde er sich den Tod holen, das war klar. Wenn er auch nur einen Fuß auf die Straße oder den Platz setzte, würde die Polizei zufassen. Daß es so kommen würde, damit hatte er sich längst abgefunden, aber er sah auch nicht ein, warum er den Augenblick, in dem es soweit war, nicht hinauszögern sollte, solange er nur konnte. Also schulterte er seinen Golfbeutel, stieg die sechs Granitstufen hinauf und öffnete die Tür.

Als er über die Schwelle trat, kniepte der junge Mann mit den Augen, der Atem stockte ihm, und er blieb wie angewurzelt stehen.

In der Tür am Ende des schwach erleuchteten Ganges stand ein grauhaariger älterer Herr mit einem kleinen Spitzbart. Er sah aus wie Shakespeare – sah ihm so ähnlich, daß man denken konnte, ein Frontispiz aus einem Buch oder eine Büste aus der Bibliothek sei plötzlich zum Leben erwacht.

Es war geradezu unheimlich, so ähnlich sah er ihm. Schon mehr als einmal hatte ein Shakespeareliebhaber mit zitterndem Finger Leonidas Witherall in den Bauch gepiekt, um zu sehen, ob er echt war. Selbst diejenigen, denen von der Gestalt des Dichterfürsten bestenfalls eine vage Erinnerung geblieben war, blieben stehen und überlegten, wo sie den alten Knaben mit dem Bärtchen schon einmal gesehen hatten. Von irgendwoher kannten sie ihn.

Der erstaunte Ausruf des junges Mannes wurde zum Freudenschrei.

»Bill Sh – ich meine, Mr. Witherall! Sie sind es doch, nicht wahr, Mr. Witherall? Wie geht's denn an der Meredith-Akademie? Ich bin Jones, Martin Jones.«

Leonidas Witherall lächelte. »Hmnja«, sagte er und reichte ihm die Hand. »Martin Jones. Aus Carraways Klasse. Sie haben sämtliche Rekorde im Hochsprung gebrochen. Und dann sind Sie nach Yale statt nach Harvard gegangen. Ja, ich erinnere mich. Jones, Sie sehen ein wenig verstört aus.«

»Es ist mehr als das, Sir«, erwiderte Martin wahrheitsgemäß. »Ich weiß nicht mehr ein noch aus. Die ganze letzte Stunde habe ich versucht, einen Polizisten abzuschütteln. Nichts zu machen. Er ist irgendwo da draußen und wartet nur, daß er mich schnappt.«

Es war ganz und gar typisch für Leonidas Witherall, daß ihn diese Auskunft offenbar nicht im mindesten aus der Fassung brachte, und er forderte auch keine Erklärungen. Statt dessen setzte er den Zwicker auf, den er an einem breiten schwarzen Band baumeln hatte, und fixierte Martin mit einem Blick jener leuchtend blauen Augen, die vierzig Jahre lang die Jungs der Meredith-Akademie gebändigt hatten. Diese Augen sahen durch jede Verstellung hindurch, durchschauten alles, was man sagte, und jede Miene, die man aufsetzte, und sahen nur, wie einem wirklich zumute war und was man wirklich meinte. Und in diesen Augen stand ein Funkeln, das nichts auf der Welt je zum Erlöschen gebracht hatte.

Martin sah in die blauen Augen und hielt dem Blick stand.

»Es ist so, Sir«, hob er an. »Die Polizei hält mich für einen Dieb.«

»Hmnja«, unterbrach ihn Leonidas. »Jones, Sie sind ja ganz blau vor Kälte. Kommen Sie in den Buchladen und wärmen Sie sich auf.«

»Aber Mr. Witherall, Sie haben doch noch gar nicht gehört, was ich – Sie wissen nicht, was – ich meine, ich sollte Ihnen doch erklären –«

»Kommen Sie«, sagte Leonidas ohne Umschweife.

»Jawohl, Sir. Aber Sie sollten wissen –« Martin blickte Leonidas an und lächelte. »Danke, daß Sie mir vertrauen, Sir. Wie – äh – wie stehen denn die Dinge an der Akademie?«

Leonidas schüttelte den Kopf. »Ich bin nicht mehr dort, Jones. Vor fünf Jahren hat man mich pensioniert, und als ich letztes Frühjahr von einer geruhsamen Reise um die Welt zurückkehrte, da mußte ich feststellen, daß – ähm – mein Vermögen ein wenig geschrumpft war und meine Pension – ähm – gekürzt. Im Grunde – ähm – nicht mehr existierte. Ich bin kein Lehrer an der Akademie mehr, Jones. Ich bin Hausmeister.«

»Sie sind was –?«

»Hausmeister«, erwiderte Leonidas mit Nachdruck. »Hier in diesem Haus. Ich wohne im Dachgeschoß. In letzter Zeit habe ich auch im Buchladen ausgeholfen. Der Rest des Gebäudes steht leer. Nein, sagen Sie nicht, ich täte Ihnen leid. Ich bis sehr zufrieden mit meiner neuen Arbeit. So, und jetzt kommen Sie in den Laden. Die Tür links. Miss Peters, Sie haben doch nichts dagegen, daß ein Freund von mir sich bei Ihnen aufwärmt, oder?«

Das attraktive rothaarige Mädchen, das mitten in einem Meer von Büchern an einem Schreibtisch saß, wandte sich um, und als sie den Ankömmling sah, sprang sie auf.

»Mart Jones! Junge, ich dachte, du bist in Chicago! Wie hast du denn hierher zu meinem Laden gefunden?«

Martin faßte beide Hände, die sie ihm entgegenstreckte.

»Dot Peters! Und – der Laden hier, der gehört dir?«

Er sah sich neugierig um.

Bücher – ein Antiquariat! In Wirklichkeit waren es nur an die fünfzigtausend, aber es sah aus, als müßten es Millionen sein, die da, in allen erdenklichen Stadien des Verfalls, in den kleinen Raum gezwängt waren.

Alle vier Wände hatten Regale vom Fußboden bis zur Decke; außer der Tür waren nur zwei kleine Durchgänge frei, die zum Schaufenster führten. Martin zur Rechten kamen drei breite Doppelregale, die sich in der Tiefe des Ladens verloren. Überall auf dem Fußboden und an den Regalen lagen große Bücherstapel.

»Und das gehört dir?« fragte Martin ungläubig. »Das ganze – Durcheinander hier?«

»Alles mein. Bis zum letzten mottenzerfressenen Band und zum letzten Staubkorn. Und was für Staub! Junge, der liegt hier, seit Paul Revere sich für die Freiheit der Kolonien in den Sattel seiner Mähre geschwungen hat. Das ist Staub, den der damals hier aufgewirbelt hat. Mein Onkel Jonas ist gestorben, schon vor Wochen, und hat mir den Laden hinterlassen, aber ich konnte erst gestern aus New York fort. Wenn man's genau nimmt, ist heute mein erster Tag hier. Ich habe schon Stunden mit den Notaren verbracht und alle möglichen Papiere unterschrieben. Und was führt dich hierher, Mart? Und warum der tropische Aufzug – was *machst* du denn an einem Tag wie heute hier draußen, im Flanellanzug mit Golftasche?«

Martin seufzte. »Dot, hast du denn nichts davon gehört, was mir alles widerfahren ist? Und Sie auch nicht, Mr. Witherall? Nichts von meiner kriminellen Vergangenheit? Ja, in diesem Augenblick sind mir die Bullen auf den Fersen, und ich –«

»*Wer* ist dir auf den Fersen? Martin, laß doch die Witze!«

»Das ist kein Witz«, beteuerte Martin. »Weißt du es wirklich nicht? Und Sie auch nicht? Na, dann gebe ich eine Kurzfassung. Schlagzeile vom 1. November: ›Wegen schwerer Unterschlagung verhaftet. Stahl Martin Jones $ 40000 aus dem Etat der Anthropologischen Gesellschaft? Leiter bezichtigt jungen Assistenten.‹«

Er versuchte es witzig zu sagen, doch die Stimme versagte ihm, als er Leonidas ins Gesicht blickte.

»Zweite Szene«, fuhr er fort. »Schlagzeile vom 20. Dezember: ›Jones wieder auf freiem Fuß. Geheimnisvoller Diebstahl in der Anthropologischen Gesellschaft nach wie vor ungeklärt.‹ Tja, das ist der Anfang der ganzen traurigen Geschichte. Es war eine so gute Stelle, Dot, und ich hatte zwei Jahre lang darauf gewartet. Ich habe sie bekommen, kurz nachdem wir uns in New York gesehen hatten. Dann hat jemand sich das Geld unter den Nagel gerissen, und North wollte es mir in die Schuhe schieben. Das war der Boß.« Mit zitternden Fingern zündete Martin die Zigarette an, die Dot ihm angeboten hatte. »Und das Schlimmste war, daß North mich zuerst beschuldigt hat, und dann, als ich in aller Form freigesprochen war, hat er mich entlassen. Den größten Teil dieses eiskalten Winters habe ich damit zugebracht, mir auszumalen, wie ich dem Kerl den Schädel dafür einschlage. Er wußte genau, daß ich keine andere Stelle finden würde. Wer will schon einen hoffnungsvollen jungen Anthropologen, noch dazu einen, der im Kittchen gesessen hat, weil er angeblich vierzigtausend beiseitegeschafft hat?«

»Er hat dich vor die Tür gesetzt? Das ist doch – aber kannst du denn keine andere Arbeit finden, Mart?«

»Das hat er und das kann ich nicht. Einmal angeschmiert, immer angeschmiert, so ist das. Die Zimmerwirtin hat mich auf der Stelle rausgeworfen, und ihr Sohn hat meine sämtlichen Sachen behalten, für die Miete, die ich ihr schuldig war. Alles außer dem Flanellanzug hier«, sagte Martin bitter, »der paßte ihm nicht, und er hat Flecken. Mir fiel ein, daß meine Golfschläger noch in Windy Hollow waren, und ich bin den ganzen Weg bis da hinaus gelaufen, damit ich wenigstens etwas hatte, was ich versetzen konnte. Ich hatte keinen Cent mehr. Auf dem Rückweg bin ich irgendwie in eine Demonstration von Kommunisten geraten und bin mit ein paar von ihnen verhaftet worden. Heute morgen bin ich von Deer Island zurückgekommen, frisch desinfiziert und alles. Schließlich fand ich mich in der Charles Street und wollte gerade einen Obstladen betreten, weil ich dachte, der Händler tauscht vielleicht einen gebrauchten Schläger gegen eine Banane, da wird einer Frau die Handtasche gestohlen. Alle brüllen mir nach: ›Haltet den Dieb‹ –«

»Aber Mart, wenn du die Tasche nicht genommen hattest –«

»Es kommt ein Punkt«, erwiderte Martin grimmig, »da spielt das keine Rolle mehr. Verstehst du nicht? Wenn jemand Bunker Hill klaut oder die Unterhosen des Präsidenten, dann werden sie brüllen: Der war's. Schließlich war ich doch wegen schweren Raubs, wegen Unruhestiftung, wegen kommunistischer Verschwörung im Gefängnis –«

»Eine Unverschämtheit ist das«, schnaubte Dot, und ihre Augen schossen Blitze. »Das stinkt zum Himmel. Aber – Mart, wer hat denn das Geld nun wirklich gestohlen?«

»Das weiß kein Mensch. Jemand hatte dem Museum Wertpapiere gestiftet, vierzig Obligationen. Ich war der einzige, der da war, als sie kamen, und habe es quittiert. Als North kam, wollte ich sie ihm geben, und sie waren fort. Ein Trick wie bei Houdini, nur nicht so lustig. Tja, das wäre die Geschichte. Wenn ich wieder einigermaßen aufgetaut bin, gehe ich nach draußen und lasse mir die Handschellen anlegen. Ich –«

»Das werden Sie schön bleiben lassen«, sagte Leonidas, der in aller Ruhe seinen Zwicker putzte. »Sie bleiben hier und können sich nützlich machen, den Heizkessel schüren, und Sie können auf meiner Couch unter dem Dach schlafen. Um sieben« – er warf einen Blick auf Martins abgehärmtes Gesicht –, »na, sagen wir, um sechs, hole ich für uns drei etwas zum Abendessen, und dann können wir Ihre Sorgen ausgiebig diskutieren.«

Dot nickte zustimmend. »Bis dahin kannst du hier die Tüte Erdnüsse haben und kommst mit nach hinten in die Western-Abteilung. Komm, ich führe dich hin. Ob du's glaubst oder nicht – die Bücher sind geordnet. Und nimm deine Golfschläger mit. Wenn ein Polizist sich hierher verirrt – man weiß ja nie.«

Martin folgte ihr in die linke hintere Ecke des Ladens.

»Das ist lieb von dir, Dot, und es ist lieb von Bill Shakespeare, aber ich glaube, ich werde doch lieber –«

»Unsinn. So, da wären wir. Ich ordne gerade die Abteilung Theater, drüben am Schreibtisch. Abstauben und katalogisieren. Leonidas sagt, mein Onkel hatte jedes Buch im Kopf, das er im Laden hatte, aber ich verlasse mich doch lieber auf einen Katalog.«

»Paßt zu dir. Und wie gehen die Geschäfte?«

»Es bringt mich nicht aus der Puste, und das war auch nicht zu erwarten, aber für mich ist es ja hundert Prozent Gewinn. Das sind glatte fünfzigtausend Bücher hier drin, Mart, und noch einmal so viele im Keller und in einem Lagerraum hinten im Anbau, an der Rückseite des Hofes. Im Sommer hat mein Onkel da draußen Bücher gebunden. Im Winter hat er es dann hier gemacht, da in der Ecke. Riechst du nicht den Leim? Gut daß ich seinerzeit die Kunsthandwerks-Kurse besucht habe. Bücherbinden kann ich, und wie's scheint, war das war wohl die Art von Arbeit, mit der mein Onkel über die Runden gekommen ist. Aber ich muß dafür sorgen, daß der Laden in Schwung kommt. Jetzt, wo ich ganz allein auf der Welt bin.«

»Das tut mir leid. Aber mir geht's ja nicht anders. Ich –« Martin wechselte rasch das Thema. »Sind denn im Augenblick Kunden da, irgendwo zwischen den Regalen?«

»Zwei. Hast du sie nicht gesehen? Ist natürlich nicht ganz leicht, überhaupt jemanden hier drin zu sehen. Da ist ein Geistlicher vor dem Regal mit Essaybänden, und drüben eine reiche Witwe bei den Büchern zur Genealogie. Das erste Mal, daß ich eine von diesen Bostoner Matronen in natura sehe, nicht nur als Cartoon im ›New Yorker‹.« Sie flüsterte. »Den Hut hoch oben auf dem Kopf, schwarzes Samtband um den Hals. Und kein Zweifel, daß der Klunker, den sie da dran hat, echt ist –«

Leonidas kam auf Zehenspitzen herüber.

»Sie sollten lieber nach vorn gehen, Miss Peters. Ein Mann namens Quinland hat eben den Laden betreten. Wir haben ihn nie erwischen können, aber Ihr Onkel war sicher, daß er Bücher stiehlt.«

»Gut.« Dot nickte. »Western reichen von der Ecke bis zu dem Stapel da, Mart, und dann kommen Sportbücher.«

Sie folgte Leonidas den Gang hinunter zum Vorderende des Ladens. Bei den Erstausgaben stand ein junger Mann mit bleichem Gesicht, der nervös zu ihnen hinüberblickte, als sie näherkamen.

»Herzlich willkommen«, begrüßte Dot ihn freundlich. »Ich bin die neue Besitzerin. Sie sind Stammkunde, das sehe ich gleich. Wer regelmäßig herkommt, geht immer gleich zu dem Regal mit den Sachen, die ihn interessieren.«

Der junge Mann zögerte. »Ähm – ja. Ich – bin nicht das erste Mal hier. Quinland ist mein Name.«

»Ah ja, Mr. Quinland«, sagte Dot nachdenklich. »Ich glaube, ich weiß über Sie Bescheid.«

Quinland wurde rot und vertiefte sich wieder in sein Buch.

Das stolze Lächeln, mit dem Leonidas sie betrachtete, wärmte Dot das Herz. Als sie zum Staubwedel griff und sich wieder der Theater-Abteilung zuwenden wollte, klimperte die Glocke über der Tür, und ein stämmiger, rotgesichtiger Mann stapfte grimmig auf Leonidas zu, der noch am Ladentisch stand.

»Ich brauche den vierten Band der *Gesammelten Predigten und theologischen Meditationen des Phineas Twitchett*, verkündete er ohne Gruß. «Der Bandtitel lautet *Eine Widerlegung der Irrtümer der Antidisinstitutionalisten.*»

Dot kicherte.

Leonidas erklärte, daß er kein fester Mitarbeiter und daß der Titel ihm nicht geläufig sei.

»Wo ist der Ladenbesitzer?« wollte der Mann wissen.

»Ich fürchte, ich werde Ihnen auch nicht viel weiterhelfen können«, meldete sich Dot. »Ich habe den Laden eben erst übernommen, und es gibt keinen Katalog. Aber ich werde gern –«

»Verdammt amateurhafte Art, ein Antiquariat zu betreiben«, fuhr der Rotgesichtige rüde dazwischen. »Und wo ist meine Zeitung geblieben? Ich hatte einen *Evening Transcript* bei mir, als ich hier hereinkam. Wo ist er geblieben? Jemand hat meine Zeitung gestohlen!«

Leonidas runzelte die Stirn. »Mein guter Mann, Sie hatten mit Sicherheit keine –«

»Ja, ja. Schon gut. Kein weiteres Wort mehr darüber. Zerstreut. Wahrscheinlich am Zeitungsstand liegengelassen. Wo ist Ihre theologische Abteilung? Sie brauchen es mir nicht zu zeigen. Sagen Sie mir nur, wo es ist.«

»Den Gang an der Tür entlang, an der Frau in Schwarz vorüber, dann links. Das erste Regal. Ich zeige es Ihnen gern –«

»Halten Sie mich für einen Dummkopf, junge Frau?«

Er murmelte noch weitere Unfreundlichkeiten über Frauen im allgemeinen vor sich hin und stapfte hinüber zur theologischen Abteilung, wobei er unterwegs noch die vornehme Dame anrempelte. Dot wandte sich wieder ihrem Staubwedel zu und hoffte nur insgeheim, daß so unangenehme Kunden nicht allzu oft kamen. In ihren Gedanken war sie bei Martin. Der arme Mart, er schien ein regelrechtes Talent zu haben, sich in Schwierigkeiten zu bringen, und das hatte er nun wirklich nicht verdient. Mart war ein prima Bursche. Sie hatte ihn immer gern gemocht –

Ein entsetzlicher Knall drang von der Straße draußen herauf, und Dot ließ ihren Staubwedel fallen. Sie lief durch die kleine Öffnung ans Schaufenster und blickte hinunter.

Offenbar hatte ein Taxi versucht, auf der schmalen Straße ein zweites Taxi zu überholen, und war in einen Wagen gefahren, der unmittelbar vor dem Laden geparkt stand.

Auf den Knall folgte ein mahlendes Geräusch, dann das Klirren von zerberstendem Glas. Martin kam nach vorn gelaufen. Hinter ihm eilte der Geistliche herbei und lugte über die Ränder seiner Lesebrille. Als die Polizei eintraf und schon die Sirenen der Krankenwagen heulten, war sogar die Matrone schnaufend herangekommen und zwängte sich zu den Zuschauern, die in dem schmalen Spalt am Fenster standen.

»Schrecklich«, sagte sie, als zwei Sanitäter ein Opfer forttrugen. »Schrecklich, der Bostoner Verkehr. Alles nur Politik, sagt mein Sohn. Ich für meinen Teil habe nie auch nur das mindeste an der republikanischen Partei auszusetzen gehabt, aber die Zustände in Boston heutzutage –« Sie schnalzte mit der Zunge, offenbar schwerer gerührt vom Zustand der republikanischen Partei als von dem Schicksal desjenigen, der da reglos auf der Trage lag.

Plötzlich sah Leonidas sich um.

»Quinland!« rief er. »Wo ist Quinland geblieben? Ich glaube, ich habe ihn gerade hinaus auf die Straße laufen sehen –«

Quinland war nicht mehr im Laden, und im Regal mit den Erstausgaben klaffte eine Lücke von drei Büchern.

»Mark Twain«, verkündete Leonidas traurig. »Drei Bände aus den Erstausgaben!«

»Soll ich ihm nachlaufen?« fragte Martin. »Vielleicht kann ich ihn noch –«

»Sinnlos«, erwiderte Dot. »Er hat viel zuviel Vorsprung. Na, wenigstens wird er sich nicht trauen, hier noch einmal seine Nase hereinzustecken, das soll es mir wert sein. Wir verbuchen es unter Lebenserfahrung. Findest du allein wieder nach hinten, Mart? Und«, flüsterte sie ihm noch zu, »sieh mal in den zwei Regalreihen hinter dir nach, ob dieser alte Griesgram noch in der theologischen Abteilung ist. Vielleicht hat er sich an Quinland ein Beispiel genommen und sich auch ein paar Bände unter den Arm geklemmt. Er ist ja nicht mal nach vorne gekommen, um sich den Unfall anzusehen.«

Martin lachte.

Doch als er ein paar Minuten darauf zurückkehrte, war ihm das Lachen gründlich vergangen.

»Dot, wußtest du, wer das ist, der alte Griesgram, von dem du eben gesprochen hast?«

»Nie gesehen, bevor er hier hereingepoltert kam. Ausgesprochen unangenehmer Bursche, hatte ich das Gefühl. Warum fragst du? Hat er sich auch eine Handvoll Bücher –«

»Dot, das ist John North. Professor North. Der Mann, der mich vor die Tür gesetzt hat und mich angeschuldigt hat, ich hätte die Obligationen gestohlen –«

»Dieser Boß von dir, der so gemein zu dir war?«

»Ja. Und hör mir zu, Dot. Er ist tot!«

»Tot? Martin, laß doch deine Witze. Schließlich –«

»Er ist tot«, sagte Martin zum zweiten Mal mit Bestimmtheit.

Er hatte Falten um den Mund, die Dot noch nie bei ihm gesehen hatte, und sein Gesicht war bleich und angespannt.

»Tot. Und, Dot, er ist nicht einfach tot umgefallen. Jemand – ja, jemand hat ihm den Schädel eingeschlagen.«

II.

Leonidas ließ seinen Zwicker an dem breiten schwarzen Band kreisen, und Dot, die Augen vor Angst geweitet, blickte in Martins gespanntes Gesicht.

Martin räusperte sich. »Ich war es nicht. Er – er lag schon da, als ich wieder nach hinten kam!«

»Sind Sie sicher, daß er tot ist, Martin?«

»Vollkommen sicher, Sir. Ich habe ihn mir angesehen. Und ich habe stundenlang dagestanden – na, jedenfalls kam es mir vor wie Stunden, obwohl es sicher nur Minuten waren – und überlegt, ob ich nicht besser sehen sollte, daß ich von hier fortkomme. Aber das würde die Sache nur noch schlimmer machen, nicht wahr?«

»Warum hättest du denn fortlaufen sollen?« fragte Dot.

»Warum? Ja, mein Gott, warum wohl? Ich hätte nicht gedacht, daß es noch schlimmer kommen könnte, doch jetzt ist es soweit. Bill Shakespeare, was soll ich nur tun? Ich habe North verflucht, wo ich nur konnte, seit dem Tag, an dem die Polizisten mich abgeführt haben, ich habe jedem Menschen erzählt, daß ich ihm am liebsten den Schädel einschlagen würde. Und jetzt – puh! Schwerer Raub, Aufruhr, Diebstahl – und nun auch noch Mord! Und nichts davon habe ich wirklich getan. Ich war es nicht. Aber keiner wird mir glauben.«

»Ja aber, wer kann es denn gewesen sein?« Dot sah sich hilflos im Laden um, als hoffte sie, den Mörder irgendwo unter der Decke oder zwischen den Seiten eines Buches zu finden.

In der mittleren Gangreihe war der Geistliche nach wie vor in seine Essays vertieft und hielt das Buch hoch unter die Lampe. Am Ende des Ganges bei der Eingangstür war die reiche Witwe mit Ahnentafeln und Gemeindearchiven beschäftigt. Keiner von beiden hatte Martins aufgeregtes Flüstern auch nur wahrgenommen. Beide waren ganz bei ihren eigenen Dingen.

»Was soll ich denn nur machen, Bill?« fragte Martin zum zweiten Mal.

Bevor Leonidas noch etwas antworten konnte, kam ein kleiner, kräftig gebauter Mann herein, Italiener offenbar, in schwarzer Melone und Wolfsfellmantel. Er blickte fragend in die Runde und beschloß dann, daß Leonidas der Vorsteher des Ladens war.

»Haben Sie das Buch hier?« fragte er, holte eine Karte aus der Tasche und hielt sie ihm hin.

Leonidas nahm sie. »Hmmm. Oh. Oh! Band vier der *Gesammelten Predigten* von Phineas Twitchett.« Ein rascher Blick erstickte den Ausruf, zu dem Dot schon Atem geholt hatte. »Nein Mr. – wie war doch gleich der Name?«

»Haben Sie nicht, was?«

»Es ist – ähm – ein recht außergewöhnliches Buch, im Augenblick nicht leicht zu finden«, antwortete Leonidas ganz nonchalant. »Darf ich fragen, für welche Zwecke Sie es benötigen?«

»Für meinen Bruder, der ist Priester«, antwortete der Mann mit salbungsvoller Miene.

Der Anflug eines Lächelns huschte über Leonidas' Lippen.

»Hmnja. Selbstverständlich. Nun, es ist nichts, was wir regelmäßig am Lager haben, und wir haben auch im Augenblick kein Exemplar verfügbar. Aber wenn Sie uns Ihre Adresse dalassen, werden wir gern –«

Der Italiener schnappte die Karte und nahm sie zurück. »Ich komme später nochmal vorbei.«

Leonidas sah ihm mit bedauernder Miene nach.

»Ich wünschte – nun gut. Nicht so wichtig. Martin, ich gehe jetzt nach draußen und hole den stämmigen Polizisten, der dort den Abtransport der Fahrzeuge beaufsichtigt –«

»Aber Bill – Mr. Witherall, meine ich –«

»Sagen Sie doch Bill. Ich bin froh, wenn die Leute es nicht nur hinter meinem Rücken tun.«

»Bill, sehen Sie denn nicht, daß sie mich dafür einlochen werden, ohne viel Federlesens, ohne auch nur –«

Leonidas nickte. »Das werden sie wohl tun. Aber je länger wir es hinauszögern, je länger wir warten, bis wir die Sache melden, desto schlechter sieht es für Sie aus.«

Martin seufzte, als Leonidas nach draußen ging, und ganz unwillkürlich faßte Dot ihn bei der Hand.

»Laß den Kopf nicht hängen, Mart. Du kannst auf mich zählen, und auf Bill Shakespeare auch. Wenn sie dir das hier anhängen wollen, dann sollten sie sich auf ein paar Stolpersteine gefaßt machen –«

Leonidas führte einen rundlichen Gesetzeshüter herein. Hinter ihm folgte ein kleiner, unauffälliger Mann mit einer schwarzen Tasche – die Art von Mann, dachte Dot, die man bei Menschenaufläufen in Wochenschauen immer sah, wie sie am Rande versuchten, sich durchzudrängen.

»Sergeant Gilroy«, verkündete Leonidas, »und Doktor Pinkham.«

Martin drückte sich in den Schatten der Regale. Gilroy war der Plagegeist, der ihn schon den ganzen Nachmittag lang verfolgt hatte.

»Wo ist die Leiche?« wollte Gilroy wissen. »Gut, daß Sie noch draußen mit mir geplaudert haben, Doc. Wo ist denn die Leiche, die Sie gefunden haben, Mister?«

Das Buch des Geistlichen ging polternd zu Boden, und aus der historischen Abteilung war ein Japser zu hören.

»Ja wo denn nun?« fragte Gilroy noch einmal.

Leonidas wollte ihn hinführen, doch Gilroy hielt ihn mit einer Handbewegung auf. »Moment. Irgendwelche Kunden hier drin? So dunkel in dem Laden, daß man nichts sehen kann. Rufen Sie sie her. Jemand gegangen, seit Sie die Leiche gefunden haben? Hat sich einer verdrückt?«

»Ein Bücherdieb hat einige Bände gestohlen«, antwortete Dot, »aber das war schon, bevor wir –«

»Kommen Sie mal vor, alle zusammen!« donnerte Gilroy mit tiefer Baßstimme durch den Laden.

Zaghaft trat der Geistliche vor, gefolgt von der reichen Witwe, die eine ehrfurchtgebietende Lorgnette hervorgeholt hatte.

Als Gilroy den klerikalen Kragen sah, nahm er die Mütze ab.

»Tut mir leid, daß ich Sie belästige, Hochwürden, aber Sie müssen hierbleiben, bis wir das geklärt haben. Sie auch, Madam. Kommen Sie mit nach hinten, Doc, wir wollen uns die Sache mal ansehen.«

Martin, dessen Gesicht noch im Schatten der Regale verborgen lag, warf er nur einen flüchtigen Blick zu.

»Liebe Güte«, sagte der Geistliche und befühlte nervös seinen Kragen, »der Polizist dachte – ich meine, ich bin kein – ich bin Geistlicher der Episkopalkirche, meine ich. Ich – gerade heute nachmittag hat mir noch ein Mann nachgerufen, ich sei betrunken, ich hätte meinen Kragen falsch herum an. Und jetzt hält mich der Polizist für einen – liebe Güte! Darf ich mich vorstellen – Matthew Harbottle, Pfarrer an Saint An – Liebe Güte, was *ist* denn hier eigentlich los?«

»Genau was ich auch fragen wollte«, meldete sich die Witwe zu Wort. »Genau was ich auch fragen wollte. Was ist hier eigentlich los? Was reden Sie da von einer Leiche? Und *ich* bin Mrs. Sebastian Jordan.«

Wenn sie gesagt hätte, sie sei Königin Victoria, hätte sie es nicht gravitätischer sagen können.

Dot klärte die beiden mit ein paar wenigen Worten auf.

»Das war der Bücherdieb, keine Frage«, verkündete Mrs. Jordan sogleich. »Liebes Kind, ich an Ihrer Stelle würde sofort meinen Anwalt verständigen. Und genau das«, sagte sie und griff zum Telefon, »werde ich jetzt mit *meinem* tun. Man weiß schließlich nie, was die Bostoner Polizei sich dieser Tage alles einfallen läßt. Ich weiß noch – aber ich habe ja von Anfang an gesagt, es war ein Fehler, ihnen neue Uniformen zu geben. Früher konnte man einen Polizisten an seiner Uniform erkennen. Heute passiert es mir dauernd, daß ich den Milchmann oder den Telegrammboten oder den Mann anspreche, der das Hundefutter bringt. Niemand« – sie wählte energisch eine Nummer – »niemand hat die Polizei mehr wirklich zu führen verstanden, seit der arme Mr. Cooli –«

Sie führte vier Gespräche unmittelbar nacheinander. Als sie den Hörer wieder auflegte, kehrte Gilroy eben zurück.

»Das ist Professor John North«, erklärte er. »Ich habe ihn gekannt. Er ist tot. Mord, keine Frage. Und der Doktor sagt, lange ist es noch nicht her. Hat einer von Ihnen ihn gekannt? Und wer hat ihn gefunden?«

Martin trat vor.

»Jones! Ja, ist denn das –! So, so, Jones!« Der verblüffte Ausdruck verflog, und statt dessen strahlte Gilroy nun über alle vier Backen. »So, so, unser Jones! Hier haben Sie sich also versteckt, was? Deswegen hatte ich Ihre Fährte verloren! Na, dann wäre die Sache ja geklärt. Da müssen wir uns nur noch gemütlich hinsetzen und warten, bis die Grüne Minna kommt. Jawohl, Sir!«

Es vergingen keine zehn Minuten, bis die Sirene draußen zu hören war. Gilroy richtete sich auf, rückte seinen Jackenkragen zurecht und polierte ebenso verstohlen wie praktisch seine Schuhe, indem er sie an den Rückseiten der Hosenbeine abwischte.

Im nächsten Moment wimmelte der Laden vor Menschen.

Trotz heftigem Protest fand Mrs. Jordan sich in den schmalen Gang gedrängt, der zu den noch nicht abgestaubten Theaterbüchern führte, und Dot und Harbottle mußten sich in dieselbe Lücke zwängen. Martin setzte sich mit wehmütigem Lächeln auf einen gefährlich schwankenden Stapel Lexikonbände. Der gottergebene Gesichtsausdruck sagte deutlich genug, daß für ihn die Sache erledigt war und daß er nur noch wartete, daß die Prügel kamen.

Von denen, die vor Ankunft der Polizei im Laden gewesen waren, hatte als einziger Leonidas seinen Gleichmut bewahrt. Er stand unerschütterlich am Schreibtisch, blickte gelassen den Horden ins Gesicht, die hereinquollen und ihn anstarrten, und ließ lässig seinen Zwicker am Bande kreisen.

»Wer sind denn all diese Leute?« fragte Mrs. Jordan.

»Reviervorsteher«, wandte Martin sich um und flüsterte es ihr zu, »zwei Zivilbeamte, zwei Streifenpolizisten – oh, da ist auch der Inspektor aus dem Polizeipräsidium. Alter Freund von mir. Zwei Polizeifotografen. Die anderen fünf sind wahrscheinlich Kriminalreporter und Pressefotografen. Gerade mal fünfzehn bisher. Wenn der nächste Schwung kommt, werden sie uns übereinanderstapeln.«

Gilroy trat vor den Reviervorsteher, salutierte und gab seinen Bericht.

»Und dieser Dr. Pinkham, über den ich da zufällig auf der Straße gestolpert bin« – Leonidas wand sich bei der Vorstellung –, »der sagt, North war vielleicht fünfzehn Minuten tot. Ich habe den Täter auch schon gefaßt, Captain.«

Er zeigte mit vorwurfsvollem Finger auf Martin, und drei Blitzlichter zuckten.

»Das ist Martin Jones, der Bursche, den North damals hat einlochen lassen, weil er die vierzigtausend von der ant – antho – na, von dieser Gesellschaft, von der er der Leiter war, aus der Kasse genommen hat. Seither ist er wegen Unruhestiftung draußen auf der Insel gewesen, und heute nachmittag hat er einer Dame vor dem Obstladen in der Charles Street die Handtasche geraubt. Ich habe ihn bis zu dem Platz hier verfolgt und habe draußen auf ihn gewartet, als der Verkehrsunfall geschah. Dieser Jones, der hat North schon x-mal bedroht, Captain, und North hat selbst zu mir gesagt, der Jones, der ist gefährlich. Stimmt das nicht?« Er wandte sich zu dem Inspektor aus dem Präsidium um, und dieser nickte.

»Ja, das stimmt. Er – ah, da sind Sie ja schon, Doc!«

Ein kleiner, energisch wirkender Mann und ein weiterer Fotograf zwängten sich in den Laden.

»Polizeiarzt und Assistent«, flüsterte Martin zu Mrs. Jordan hin. »Fragen Sie ruhig, ich kenne sie alle.«

»War gerade im Büro, als der Anruf kam«, erklärte der Doktor munter und machte sich sogleich an die Arbeit.

Jemand hatte den Schalter für die Deckenlampen gefunden, und der Raum, der zuvor so düster gewesen war, war nun in gleißendes Licht getaucht.

Binnen verblüffend kurzer Zeit war der Polizeiarzt zurück.

»Schlag genau auf die Schädelbasis«, erklärte er lässig. »Gute Arbeit. Schon lange nichts so Perfektes mehr gesehen. Nicht so fest, daß es wirklich blutig wird, aber auch nicht so leicht, daß er womöglich nur bewußtlos ist. Gut gezielt. Gut geplant. North hat überhaupt nicht mehr gemerkt, was da mit ihm geschah.«

»Ein schöner Trost für Mr. North«, murmelte Leonidas.

»Womit hat er zugeschlagen?« fragte der Inspektor.

»Schwer zu sagen. Es standen ein paar lange Golfschläger da herum. Kennedy soll sie mitnehmen und sie sich mal genauer ansehen.«

»Die gehören Ihnen, Jones, nicht wahr?« fragte Gilroy.

»Die gehören mir«, erwiderte Martin, »und das wissen Sie ganz genau. Aber versuchen Sie doch mal in dem viertel Meter, den der

Gang breit ist, mit dem Golfschläger auszuholen. Ich kann Ihnen verraten, daß es nicht geht; ich *habe* es nämlich probiert –«

»Oho!« rief Gilroy. »Sie haben es probiert!«

»Ich hatte ein Buch über Golf gefunden und wollte ein paar von den Schlägen nachstellen, aber es war zu eng, und da –«

»Sicher, aber Sie hätten den Schläger immer noch nehmen und wie mit einem Hammer zuschlagen können«, schnitt ihm der Inspektor das Wort ab. »Sie sind doch Anthropologe, oder?«

»Ja, schon –«

»Wissen genau über Knochenbau Bescheid, nicht wahr?«

»Anatomie? Ja, da kenne ich mich aus. Aber –«

»Sie wüßten also genau, wo Sie hinschlagen müßten, wenn Sie einen Mann erschlagen wollten –«

»Schon, Inspektor, aber überlegen Sie«, erwiderte Martin geduldig. »Man muß doch kein Anthropologe sein, um zu wissen, daß ein schwerer Schlag auf den Hinterkopf tödlich sein kann. Das weiß doch –« Martin schluckte zweimal. »Naturvölker überall auf der Welt kennen diesen Schlag. Ein fester Schlag auf das Hinterhauptsbein, und das verlängerte Rückenmark ist auf der Stelle gelähmt. Zugegeben, ich kenne die Fachausdrücke, aber wieviele Leute wissen denn nicht, daß ein Schlag ins Genick tötet?«

»Da hat er recht«, sagte der Polizeiarzt. »Da braucht man keine anatomischen Kenntnisse, um so einen Schlag zu führen. So habe ich das eben auch nicht gemeint. Haben Sie Ihre Bilder, Kennedy? Gut. Schicken Sie North zu mir rüber, sobald der Wagen da ist. Ich sehe ihn mir später an.«

»Also.« Der Inspektor wandte sich Martin zu, nachdem der Doktor gegangen war. »Sie –«

»Ich weiß«, erwiderte Martin. »Ich weiß. Ich bin hier. Ich habe North bedroht. Ich habe im Gefängnis gesessen. Aber Sie wissen doch, daß ich nicht mit Absicht hier bin. Es war reiner Zufall, daß ich hier hereingestolpert bin statt in den erstbesten anderen Laden an diesem Platz. Es war reiner Zufall, daß North hinzukam. Er ist sonst nie in Buchläden gegangen. Ich habe ja auch gar nicht gewußt, daß er hier ist; das habe ich erst nach dem Unfall draußen bemerkt. Danach bin ich wieder nach hinten gegangen und fand ihn da liegen –«

»So, Sie haben gar nicht gewußt, daß er hier war, was? Und die anderen beiden?« Er sah Mr. Harbottle und Mrs. Jordan an.

»Natürlich habe ich gewußt, daß er hier war«, antwortete Mrs. Jordan. »Er hat mich schließlich angerempelt. Was für eine ungehobelte Person, dachte ich noch bei mir.«

»Ich – liebe Güte«, kam Harbottle an die Reihe. »Ich – das heißt, ich habe gehört, wie er ein großes Geschrei wegen seiner Abendzeitung anstimmte. Er war sehr unfreundlich, fand ich. Er sprach mit lauter Stimme und – äh – nahm kein Blatt vor den Mund.«

»Schön und gut«, sagte Martin, »aber mich hat er nicht angerempelt, und ich habe weder von seiner Stimme noch von seinen schlechten Manieren etwas mitbekommen. Ich war viel zu beschäftigt mit dem Golfbuch. Ich wäre ja nicht im Traum auf den Gedanken gekommen, daß ich in diesem Laden North begegne. Warum soll ich es gewesen sein, nur weil ich Golfschläger habe? Man hätte North mit praktisch jedem Gegenstand erschlagen können. Und praktisch jeder kommt als Täter in Frage. Er mag ein großer Anthropologe gewesen sein, aber er war nicht gerade ein beliebter Mann. Da ist zum Beispiel ein Nazi-Anhänger, der schreibt ihm schon seit Monaten Drohbriefe, weil North ein paar Witze über die Überlegenheit der arischen Rasse gerissen hat! Und –«

Der Inspektor nahm das Telefonbuch, schlug ein paar Seiten um und wählte dann eine Nummer.

»Tatsächlich?« sagte er zu Martin, während er wartete, daß jemand abhob. »Tatsächlich? Ich werd's dir beweisen, Bürschchen. Du bist geliefert, und das weißt du. Hallo? Professor John Norths Haus? Mit wem spreche ich? Dienstmädchen? Ich bin auf der Suche nach Martin Jones. Wissen Sie da zufällig was? Ah ja, er war heute da. Gegen drei, sagen Sie. Wollte zu North, weil er noch Papiere im Museum hatte. Verstehe. Sie haben ihm gesagt, daß North unterwegs zu einem Buchladen war? Welcher Laden? Aha, zuerst die Läden am Corn Hill, dann die Gegend um den Pemberton Square? North hatte es Ihnen aufgeschrieben, sagen Sie. Und Jones wollte ihm nachgehen? Hat er das gesagt?«

Das Grinsen, mit dem der Inspektor sie ansah, ließ Dot an einen Kater denken, der sich gleich auf die Maus stürzen wird.

»Ich wollte doch nur noch meine Papiere aus dem Museum

holen«, sagte Martin mit verzweifelter Stimme. »Ich hatte ein paar alte Sachen da vergessen, einen Aufsatz von mir. Ich –«

»Hallo, sind Sie noch da? Haben Sie die Liste zur Hand? Könnten Sie sie mir vorlesen? Peters wäre also die Nummer vier gewesen – Peters am Pemberton Square. Und das haben Sie Martin Jones auch gesagt, nicht wahr? In Ordnung, Schätzchen. Danke.«

Er legte auf und wandte sich wieder Martin zu.

»Auf geht's, Jones.«

III.

Zehn Minuten darauf verließ Martin in einem geborgten Mantel und eskortiert von zwei Streifenpolizisten den Laden, wobei er munter »Frankie und Johnnie« pfiff. Draußen angekommen, brachen die musikalischen Darbietungen jedoch jäh ab. Er schäkerte mit den Beamten, als er in den Wagen stieg, denn er wußte genau, wenn er jetzt nicht lustig tat, dann würde er anfangen zu heulen wie ein Kind. Er war erledigt. Fertig.

»Das«, hob er an, »wäre also das Ende einer Karriere, die so vielversprechend begann. Es –«

»Kopf hoch, Junge«, meinte einer der Männer. »Du hast es ganz schön weit gebracht in der kurzen Zeit. Jetzt sitzt du erstmal ne Zeitlang auf deinen vier Buchstaben und kannst in Ruhe drüber nachdenken.«

Im Laden zog Mrs. Jordan derweil ihre Handschuhe an.

»Die Polizei«, erklärte sie Dot, »ist einfach unmöglich. Und die Reporter sind nicht besser. Diese sechs Bücher hätte ich gern, meine Liebe. Ich habe es Ihnen aufgeschrieben. Schicken Sie sie mir ins Mayflower.«

Sie reichte ihr einen Geldschein.

»Das sollte genug sein.« Erhobenen Hauptes schritt Mrs. Jordan zur Tür.

»He, Sie!« Gilroy faßte sie am Arm. »Was glauben Sie denn, wer Sie sind? Sie können hier nicht einfach rausspazieren. Sie gehen, wenn ich es Ihnen sage! Sie bleiben brav hier und –«

»Guter Mann, Sie haben diesen Fall zu Ihrer eigenen Zufriedenheit gelöst und mich dazu nicht gebraucht. Ich wüßte nicht, weswegen Sie mich noch länger hier festhalten sollten.«

»Hören Sie, Lady –«

»Jones«, verkündete Mrs. Jordan, »ist unschuldig. Ein Kind – und ein recht einfältiges dazu – könnte das auf Anhieb erkennen. Sie haben ihm keine Chance gelassen, und ich hoffe nur, daß Sie dafür noch geradestehen müssen. Sie haben meinen Namen und meine Adresse –«

»Das hat nichts zu sagen, Lady. Hierbleiben müssen Sie trotzdem. Keine Zeit für die Polizei, was? Was glauben Sie eigentlich, wer Sie sind, hm?«

Die Ladentür öffnete sich, und vier Männer kamen herein. Selbst Dot, die nie Zeitungen las, erkannte sie auf der Stelle – ein Senator, ein hoch angesehener Anwalt, ein ehemaliges Regierungsmitglied und ein bekannter Millionär. Die Polizeibeamten standen mit offenen Mündern da, und die Fotografen fluchten leise, daß sie ihre Blitzlichter auf Martin und die Bücher verschwendet hatten.

Der Anwalt richtete zunächst das Wort an Mrs. Jordan.

»Meine liebe Agatha, es tut mir so leid, daß wir nicht früher kommen. Aber –«

»Vollkommen in Ordnung, Harry. Vollkommen. Bitte sagen Sie den Leuten hier, wer ich bin. Wirklich, Harry, das kann so nicht weitergehen mit der Polizei. Ich weiß gar nicht, wann ich mich zuletzt *so* sehr geärgert habe. Natürlich werde ich nichts unternehmen, nicht offiziell, aber es war eine Zumutung. Wirklich eine Zumutung.«

Gilroy schnappte nach Luft, und das Gesicht des Reviervorstehers wurde bleich, als der ehemalige Minister sich zu ihnen umwandte und sie mit eisigem Blick betrachtete.

»Ich nehme an, Sie wissen«, sagte er, »daß Mrs. Jordans verstorbener Mann Gouverneur dieses Staates war?«

»Ich – äh – nein, Sir. Sie hat nichts davon gesagt –«

»Man sollte denken« – der Ton des Senators war streng –, »daß selbst die – daß jeder in der Stadt das weiß, ohne daß man es ihm sagen muß. Die Reporter – aber was soll man von Kriminalreportern schon erwarten.«

»Da haben Sie recht«, stimmte Mrs. Jordan zu. »Und nun, Harry, würden Sie wohl so freundlich sein und die Sache in Ordnung bringen und auch für die anderen hier alles arrangieren? Ich nehme an, wenn wir später vorgeladen werden, müssen wir aussagen, doch ich für meinen Teil weiß genau, daß keiner von uns auch nur das mindeste mit dieser Angelegenheit zu tun hat.«

Der Anwalt nickte und griff zum Telefon. Er brauchte acht Minuten, bis er alles geregelt hatte.

»Politik«, murmelte Mrs. Jordan, an Dot gewandt. »Aber, ähm, die andere Seite. Also, meine Liebe, zögern Sie nicht, mich anzurufen, wenn Sie Hilfe brauchen, und lassen Sie es mich wissen, wenn es etwas Neues gibt. Harry, würden Sie wohl so freundlich sein und mich am Mayflower absetzen? Ich persönlich«, wandte sie sich nun an den Reviervorsteher, »ich persönlich hatte der alten Polizei nie etwas vorzuwerfen. Auf die alte Polizei konnte man sich verlassen. Dort war man bekannt. Und man konnte sie an ihren Helmen erkennen.« Verächtlich musterte sie die Schirmmützen Gilroys und des Reviervorstehers. »Milchmänner«, sagte sie laut und deutlich. »Milchmänner!«

Der Millionär hielt ihr die Tür auf. Sie rauschte hinaus, eskortiert vom ehemaligen Kabinettsmitglied. Das einzige, was ihrem triumphalen Abgang fehlte, war ein Tusch aus dem Orchestergraben.

Harbottle drückte sich hinter ihnen hinaus, und während noch alle dastanden und schwiegen, kamen zwei Helfer und transportierten Norths Leiche auf einer Bahre ab.

»Na«, sagte der Captain und fuhr sich mit einem schon recht zerknitterten Taschentuch über das Gesicht, »ich glaube, hier können wir nichts mehr ausrichten. Hanson«, wandte er sich an einen der beiden Zivilbeamten, »Sie halten draußen Wache. Ihr zwei« – mit einer Kopfbewegung zu Dot und Leonidas hin – »könnt tun, was ihr wollt, aber wir brauchen euch am Montag. Mrs. Sebastian Jordan«, murmelte er vor sich hin. »Teufel nochmal, ich hatte doch gleich das Gefühl, daß ich sie schon mal irgendwo gesehen habe!«

Die Polizisten und die Reporter zogen von dannen.

»Bill, was für eine Frau!« rief Dot. »Was für eine Frau! Noch ein paar Anrufe mehr, und sie hätte die ganze höhere Gesellschaft hier im Laden gehabt! Ein Prachtstück! Einzigartig!«

»Das – ähm – ist sie schon immer gewesen. Ich – ähm – Dot, lassen Sie uns etwas essen gehen, dann können wir dabei überlegen, was wir weiter tun. Es scheint ja, daß Martin vorhin recht hatte – einmal angeschmiert, immer angeschmiert.«

»Aber Bill«, sagte Dot, als sie ihm gegenüber in einem hell erleuchteten Schnellrestaurant Platz nahm, »Bill, was können wir denn jetzt für Mart noch tun? Meinen Sie nicht, Lady Jordan –«

»Nein. Wenn sie eine Möglichkeit gesehen hätte, ihm zu helfen, hätte sie es getan, als sie die anderen abkanzelte. Wissen Sie«, sagte er und ließ seinen Zwicker kreisen, »was die Fähigkeiten unserer Polizei angeht, habe ich, glaube ich, nicht viel mehr Hoffnung als Mrs. Jordan. Aber trotzdem war alles, was die Polizei getan hat, vollkommen legitim. Das dürfen wir nicht vergessen.«

»Das finde ich überhaupt nicht«, entgegnete Dot. »Die haben doch –«

»Martin hat North mehr als nur einmal in aller Öffentlichkeit bedroht. Er hat offenbar bei North zu Hause nachgefragt und muß gewußt haben, daß North zu Ihrem Buchladen wollte. Mrs. Jordan und Mr. Harbottle wußten beide, daß North im Laden war – wieso sollte Martin es da nicht bemerkt haben? Er hatte reichlich Gelegenheit, North zu erschlagen, nicht nur vor, sondern auch noch nach dem Verkehrsunfall auf der Straße. Er wußte genau, wie man zuschlagen muß. Und er streitet ja nichts davon ab. Ich zweifle nicht, daß Martin für alles eine überzeugende Erklärung hat, aber so stehen die Dinge nun einmal. Ich glaube genausowenig wie Sie, daß er North umgebracht hat. Ich glaube auch nicht, daß Martin die anderen Verbrechen verübt hat, derentwegen er in Haft war. Aber wir müssen fair gegenüber der Polizei sein und müssen anerkennen, daß die Indizien gegen ihn sprechen. Es gibt nur eines, was wir tun können, Dot. Wir müssen Norths wahren Mörder finden.«

Leonidas ließ sich von Dots fassungslosem Blick nicht beirren.

»Ich habe Martin sechs Jahre lang unterrichtet. Ich weiß, daß er ehrlich und anständig ist. Es wäre bei seiner Psyche einfach unmöglich, sich von hinten an jemanden anzuschleichen und ihm einen Schlag über den Kopf zu geben. Das soll nicht heißen, daß Martin nicht in der Lage wäre, jemanden zu erschlagen, denn ich fürchte, in seinem Herzen ist jeder von uns ein Mörder. Aber Martin würde einen ehrlichen Kampf liefern. Er würde sich nicht von hinten anschleichen und dann zuschlagen.«

»Ja, aber –«

»Morgen ist Sonntag«, fuhr Leonidas in aller Ruhe fort. »Das ist unser großes Glück, denn praktisch alles, was sie mit Martin tun können, können sie erst am Montag morgen tun. Hmmm.« Er konsultierte seine Taschenuhr. »Halb sieben. Dot, wir haben ungefähr vierzig Stunden, in denen wir den wahren Mörder von Professor John North fassen können. Ausfindig machen und fassen können, sollte ich sagen.«

»Wir beide – vierzig Stunden – den Mörder fassen –« Dot schluckte. »Aber – Bill Shakespeare, seien Sie vernünftig! Das ist doch Unsinn! Wie sollen wir das denn anstellen? Unmöglich! Binnen vierzig Stunden den Mörder finden! Wer, wie Freund Gilroy zur Gouverneurswitwe sagte, wer glauben Sie denn, wer Sie sind?«

»Aber warum nicht? Ich bin immer überzeugt gewesen, daß ich, sollte ich einmal in eine Krise wie die jetzige kommen, in der Lage sein würde, sie mit dem zu meistern, was ich an Geistesgegenwart und vernünftigem und logischem Denken in meinen vierzig Jahren Lehrtätigkeit erworben habe. Ich habe es mir auf meinen Reisen zu meiner eigenen Zufriedenheit bewiesen, und das mehr als nur einmal. Das Lehrerleben als solches ist ja nicht eben aktiv oder sportlich, aber man entwickelt doch ein gewisses Maß an Einfallsreichtum. Und immer wieder, Dot, geraten Leute in Schwierigkeiten, in denen sie die Hand eines – Hmnja, ich glaube schon, daß sich das in vierzig Stunden lösen läßt. Ich habe mich«, fügte er noch beiläufig hinzu, »in letzter Zeit ein wenig gelangweilt.«

Er war seiner selbst so sicher, daß Dot einsehen mußte, daß es ihm ernst war. Es war kein Scherz. Er hatte es tatsächlich vor. Und wenn dieser Mann mit seinen blauen Augen verkündete, daß etwas sich lösen ließ, dann glaubte man ihm das einfach.

»Die Polizei«, sagte Leonidas, »ist der Ansicht, daß Martin nur in den Buchladen kam, damit er dort North auflauern konnte. Wir wissen aber, daß er hereinkam, weil er sich vor der Polizei verbergen und sich aufwärmen wollte. Warum kam North dorthin? Von Martin wissen wir, daß er nur selten in Buchläden ging. Warum nahm er sich also, was jene Liste ja nahelegt, den Nachmittag frei, um systematisch eine Reihe von Antiquariaten abzusuchen? Und warum sollte ein angesehener Anthropologe auf der Suche nach den *Gesammelten Predigten und theologischen Meditationen* von Phineas Twitchett sein?«

»Warum, wenn wir schon fragen«, meinte Dot und grinste, »sollte überhaupt ein Mensch auf der Suche nach einem solchen Schinken sein? Und warum nur der vierte Band? Wenn man schon Twitchett will, dann sollte er doch *in toto* sein. Wer will denn da nur den einen? Und warum hat der ölige kleine Italiener dann genau denselben Band verlangt? So etwas kann doch kein Zufall sein.«

»Zumal er den Namen hübsch mit der Schreibmaschine getippt auf einer Karte hatte. Und North wußte ihn auswendig. Hmnja. Unser Laden war der vierte auf der Liste. North hatte keine Bücher bei sich, als er kam, und ich würde daraus schließen, daß er nur diesen einen Band suchte. Sonst hatte er nichts gekauft. Essen Sie Ihren Reispudding auf, Dot, und bedenken Sie dabei die unendliche Vielfalt der Spekulationen, die uns Band vier eröffnet. Was wollte North mit dem Buch?«

»Keine Ahnung. Wer weiß, womöglich hat er es ja sogar bei uns gefunden.«

»Das würde mich nicht wundern; aber jedenfalls lag es nicht auf dem Boden, als ich mit Gilroy und dem Arzt nach hinten ging, und er hatte es auch nicht bei sich, in der Tasche oder sonst bei sich. Hmmm. Sobald Sie fertig sind, gehen wir wieder zum Laden und fangen dort mit unseren eigenen Ermittlungen an. Ich kann mir auch nicht vorstellen, daß einer von Martins Golfschlägern die Tatwaffe war. Das wäre einfach zu albern. Und ich will sehen, ob ich etwas über den ehrenwerten Phineas Twitchett herausfinden kann – ob es ihn überhaupt gegeben hat, ob er tatsächlich Predigten veröffentlicht hat, was für Predigten das waren und ob wir jemals ein Exemplar im Laden hatten. Bisweilen wurde – ähm – Ihr Onkel doch seinen Prinzipien untreu und trug ein Buch oder zwei in sein Register ein.«

Dot betrachtete ihn unauffällig, während sie ihren letzten Löffelvoll Reis kaute. Leonidas war ein viel interessanterer Mann, als sie anfangs gesehen hatte. Es war mehr an ihm als die spektakuläre Ähnlichkeit zu Shakespeare, mehr als die blauen Augen und die guten Manieren. Offenbar hatte er nicht den geringsten Zweifel, daß vierzig Stunden ausreichen würden, um Norths Mörder zu finden. Und das war nicht einfach nur Bluff oder Prahlerei, und er machte sich auch nichts vor. Er schien es einfach zu wissen.

Vor dem Buchladen stießen sie auf Hanson, der sich eben zum Gehen anschickte.

»Ich habe Order«, erklärte er ihnen, »daß Sie zwei nicht belästigt oder gestört werden sollen. Aber an der Straßenecke finden Sie immer einen von unseren Männern, falls Sie ihn einmal brauchen, und unser Mann wird zugleich auch ein Auge auf Sie halten. Sie werden einen Haufen Schaulustige hier draußen haben, sobald die Geschichte bekannt wird.«

Als er fort war, schloß Leonidas den Vorraum ab und drehte die Flurlampen aus.

»Irgendwie«, sagte er, »gefällt mir der Gedanke an eine Horde von Schaulustigen ganz und gar nicht. Was für eine Vorstellung – Bananenschalen, zerknüllte Zeitungen, unerfreuliche Geräusche und Gerüche aller Art! So, jetzt wollen wir sehen, was wir herausfinden können.«

Aus der untersten Schublade des Schreibtischs holte er einen dicken Folianten hervor, eine Zeitschrift und einen kleinen, in Maroquinleder gebundenen Band, und konsultierte alle drei eine ganze Weile lang. Dann suchte er aus einem Stapel auf dem Fußboden ein Exemplar des *Who's Who* heraus.

»Nun, wie steht es?« fragte Dot. »Oder haben Sie nichts herausgefunden? Sieht jedenfalls sehr imposant aus, was Sie da haben.«

»Der *United States Catalogue*«, erklärte Leonidas ihr, »versichert mir, daß Twitchett tatsächlich existierte. Er veröffentlichte seine Predigten und Meditationen in vier Bänden, privat gedruckt und auf Kosten des Autors herausgebracht in Boston im Jahre 1809. Mehr als die vier Bände hat er nicht geschrieben. Eitelkeit, würde ich vermuten, die reine Eitelkeit. Der Band, den North haben wollte, wäre also der letzte der Reihe gewesen. Und er war geradezu fanatisch hinter diesem Band her, Dot. Er ist bei jedem großen Antiquariat in Boston gewesen und hat danach gefragt, und zwar so intensiv danach gefragt, daß sie ihn allesamt in ihren Suchanzeigen im *Publisher's Weekly* dieser Woche aufführen. Einer fügt hinzu, daß ein bestimmtes Exemplar gesucht wird, und zwar dasjenige, das von einem gewissen Lyman North signiert ist. Das *Who's Who* bestätigt mir meine Vermutung, daß Lyman

North ein Verwandter von John North war. Er ist, oder war, Norths Großvater.«

Dot blickte ihn bewundernd an. »Bill, meinen Glückwunsch. Ich ziehe den Hut. North wollte also nicht einen x-beliebigen vierten Band, sondern einen ganz bestimmten. Den seines Großvaters. War das Buch denn etwas wert?«

»Dazu wollte ich als nächstes kommen. In der Preisliste hier ist es nicht aufgeführt. Übrigens, Dot, unter diesen Umständen glaube ich kaum, daß Quinland als Täter in Frage kommt. Quinland interessiert sich nur für sehr seltene, teure Stücke. Ich würde vermuten, daß Mr. Twitchetts gesamtes Quartett keine fünf Dollar wert ist und der vierte Band einzeln für ungefähr einen Dollar zu haben wäre. Da hätte Quinland sich nicht einmal die Mühe gemacht, alle vier zu stehlen, und er hätte bestimmt keinen Grund gehabt, North umzubringen, nur um in den Besitz eines einzelnen Bandes zu kommen.«

Dot zündete sich eine Zigarette an und sah den Rauchwolken nach, wie sie zu den oberen Etagen der Regale aufstiegen.

»Bill«, sagte sie schließlich, »in vierzig Stunden könnten Sie ganz Sing Sing auf freien Fuß setzen.«

»Nun«, erwiderte Leonidas träumerisch, »einmal in Kenia, da habe ich – aber das spielt jetzt keine Rolle. Ich würde es bezweifeln, Dot. Sing Sing ist schon etwas anderes. Aber nun wollen wir einmal nach hinten gehen und uns dort umsehen. Die Polizisten haben zwar unzählige Fotos aufgenommen, doch haben sie auch gesehen, was sie aufnahmen? Warum, frage ich mich, nimmt jemand Fotografien von einem Ort auf, statt ihn sich anzusehen, wenn er ihn vor der Nase hat?«

Die längliche Nische, in der North erschlagen worden war, sah, soweit Dot sehen konnte, noch genauso aus wie am Tag zuvor, als sie diesen Raum zum ersten Mal erblickt hatte. An drei Seiten erhoben sich die hohen, verstaubten Bücherregale, kaum erhellt von einer einzelnen, an einer langen Schnur hängenden Glühbirne mit einem Schutzkorb aus Drahtgeflecht.

Dot lief es kalt den Rücken herunter.

»Unheimlich hier, finden Sie nicht auch, Bill? Ich meine, hier mit diesen ganzen modrigen Büchern, und alle stehen noch genauso da wie vorher, bevor es geschah. Da bekommt man ein seltsames Gefühl, finde ich – wie haltbar Bücher sind, im Vergleich zu einem Menschenleben. Stellen Sie sich doch vor, was die Bücher uns über diese Geschichte zu erzählen hätten, wenn sie nur den Mund aufmachen könnten! Überhaupt, wenn man sich vorstellt, was diese Bücher alles erlebt haben! Das ist seltsam, ich habe mir nie groß Gedanken um Bücher gemacht, bevor ich gestern hier ankam, und jetzt – na, jetzt könnte ich ja schon selbst einen Roman schreiben!«

Leonidas nickte. »Oben bei meinen Sachen habe ich einen Band, der aus dem Besitz der Borgias stammt. Da könnte man sich manches ausmalen. Ich – Dot!«

Er kniete mit einer abrupten Bewegung nieder und räumte einen Stapel Bücher am Durchgang beiseite. Er schaufelte mit beiden Händen, und Dot hielt die Lampe für ihn.

»Bill, was ist da?«

»Ah, da ist es«, sagte er und richtete sich wieder auf. »Mir war, als sei etwas dahintergefallen, als ich den Stapel anstieß, und ich hatte recht! Hier, sehen Sie sich das an, Dot! Dot, das ist – das ist – sehen Sie doch nur!«

Er hielt ihr ein rotes Papierstückchen hin, vielleicht zweieinhalb Zentimeter im Quadrat. In abgeschabten Goldlettern stand darauf zu lesen: »TWITCHETT: PREDIGTEN.« Darunter stand: »Vierter Band«. Und dann als letzte Zeile, in winzigen Buchstaben: »L. North«.

»Das Rückenetikett«, erklärte Leonidas, als Dot es nur unverständig anstarrte. »North hat das Buch tatsächlich gefunden! Oder zumindest war es auf alle Fälle hier im Laden!«

»Und wo ist es geblieben?« fragte Dot.

»Es war mit Sicherheit nicht hier draußen, als ich mit Gilroy und dem Arzt herkam«, antwortete Leonidas. »Ich glaube, da gibt es zwei Möglichkeiten: entweder das Buch ist nach wie vor hier, oder es ist nicht mehr hier.«

»Aber wer hätte es denn mitnehmen können, Bill?«

»Grundsätzlich gesprochen: Martin oder Harbottle oder Mrs. Jordan oder Quinland. Oder ein Unbekannter. Ich bezweifle sehr, daß Martin oder Harbottle es war. Oder Quinland. Mrs. Jordans Mantel hatte keine Taschen, soweit ich sehen konnte, und ihr Kleid auch nicht. Und die Handtasche war zu klein.«

»Dann wäre das Buch also hier? Darauf wollen Sie hinaus, Bill?«

»Es könnte hier sein, oder jemand hat es entwendet, oder es ist schon vor ewigen Zeiten verkauft worden, und das Etikett hat seitdem dort auf dem Fußboden gelegen. Aber trotzdem, Dot. Ziehen Sie Ihren Kittel an. Wir werden uns auf die Suche machen.«

In der nächsten halben Stunde flogen in der Theologie-Abteilung und an den umgebenden Regalen die Staubwolken, wie sie zu Zeiten des seligen Jonas Peters nie geflogen waren. Dot erklomm die wacklige Leiter und machte, gefährlich auf der obersten Sprosse schwankend, die Runde in den oberen Reihen. Leonidas suchte die unteren Bereiche und die umherliegenden Stapel ab und anschließend, auf Händen und Knien, jeden Quadratzentimeter des Fußbodens.

Sie fanden eine verrostete Mausefalle, einen alten Schokoladenriegel, zwei linke Galoschen und ein Monokel, doch keine Spur von Band vier.

Enttäuscht ließ Dot sich auf einem Bücherstapel nieder und zündete sich mit Händen, die schwärzer waren als jeder Schornsteinfeger, eine Zigarette an. Ihr Gesicht war, genau wie bei Leonidas, vom Schmutz verschmiert, und in ihren Armen und Beinen seufzte jede einzelne Faser vor Erschöpfung.

»Es ist weg, Bill.«

»Wie bitte?«

»Ich meine, das verdammte Ding ist nicht mehr da.«

»Hmnja. Dot, wissen Sie noch, was auf dem Arbeitstisch Ihres Onkels lag, hinten in der Ecke? Haben Sie ein –«

»Fotografisches Gedächtnis? Und ob ich das habe. Bei Kindergeburtstagen habe ich immer die Preise gewonnen, weil ich mir alles merken konnte, was auf dem Tisch lag. Warum fragen Sie?«

»Wissen Sie vielleicht noch, was auf dem Arbeitstisch lag, bevor ich nach hinten ging? Das war ungefähr zwanzig Minuten bevor Martin kam.«

»Hm. Ich glaube schon.« Dot schloß die Augen. »Ich glaube schon, Bill. Mal überlegen. Große Schere. Kleine Schere. Topf mit Leim. Prägewerkzeuge. Mehrere. Elektrische Heizplatte mit einer Kasserolle und einem Leimtopf drin. Eiskalt. Zwei Pinsel, die darin festklebten. Buchbinderhammer –«

»Moment. Sie meinen den Hammer, mit dem der Rücken eines Buches vor dem Binden rundgeklopft wird?«

»Ja. Ein ziemlich schweres Ding mit einer runden Oberseite. Aber bringen Sie mich nicht durcheinander, Bill. Jetzt muß ich wieder von vorn beginnen. Leimtopf –«

»Sind Sie sicher, daß der Buchbinderhammer hier lag?«

»Vollkommen. Ich habe ihn an einen Bücherstapel gelehnt, als Sie riefen, daß Sie nach hinten in den Anbau gehen wollten. Warum fragen Sie, Bill?«

»Nun, bis zu einem gewissen Grade habe auch ich ein fotografisches Gedächtnis. Als ich Sie wegen Quinland nach vorn rief – nachdem Martin eingetroffen war –, lag der Hammer hier an einen Bücherstapel gelehnt. Ich hatte gerade die Hand ausgestreckt und wollte ihn wieder auf den Tisch legen, weil ich dachte, er fällt herunter. Ich habe es aber dann doch nicht getan. Und als wir vorhin wieder hier heraus kamen, da hatte ich den Eindruck, daß der Hammer nicht mehr da ist –«

Beide sprangen im selben Augenblick auf und sprinteten hinüber zur Werkbank.

Der Hammer war nicht zu sehen, und auch bei der hektischen Suche, die nun folgte, fanden sie ihn nirgends mehr im Laden.

Leonidas strahlte zufrieden.

»Unsere erste Stunde war sehr erfolgreich, Dot«, sagte er. »Wir wissen, daß North den vierten Band fand und daß der Mörder ihn mitnahm. Ihn North stahl. Wir wissen, daß North mit dem Buchbinderhammer erschlagen wurde und daß der Mörder den Hammer ebenfalls mitnahm –«

»Sie meinen, es war der Hammer – dieser Hammer hier –«

»Mit dem ihm der Schädel eingeschlagen wurde? Da bin ich überzeugt.« Leonidas lächelte. »Warum sollte sich jemand die Mühe machen, einen Golfschläger als Hammer zu benutzen, wenn er auch einen Hammer zur Hand hat?«

»Aber wo ist der Hammer geblieben? Wo steckt er jetzt?«

»Das herauszufinden«, erwiderte Leonidas munter, »wird unsere nächste Aufgabe sein. Wir fangen sofort damit an. Ich habe – ähm – den Eindruck, diese Sache wird höchst amüs – ich meine«, verbesserte er sich, »höchst interessant. Hmnja. Sehr interessant.«

Dot betrachtete ihn neugierig. Er hatte ein Funkeln in den Augen, das sie bisher nicht an ihm gesehen hatte, und hielt sich viel aufrechter. Anfangs hatte sie gedacht, er wolle Martin helfen, weil er den Jungen mochte, oder zumindest doch aus rein philanthropischen Motiven. Da war sie sich mittlerweile nicht mehr so sicher. Leonidas Witherall mochte vierzig Jahre damit verbracht haben, kleinen Jungs ihr Schulwissen einzubleuen, aber, dachte sie, er hatte doch eine ganze Menge von dem Abenteurergeist, den man sonst eher bei den Männern östlich von Suez oder nördlich des 36. Breitengrades findet.

Es wurde Dot ein wenig unwohl in ihrer Haut.

»Hören Sie, Bill«, sagte sie zögernd, als er ihr den Mantel hinhielt, »was soll – ich meine, wohin gehen wir jetzt? Ich meine, ich will ja kein Spielverderber sein, aber – na ja, was haben Sie denn jetzt eigentlich vor?«

»Ich denke mir«, erwiderte Leonidas, »als erstes werden wir John Norths Haus einen Besuch abstatten. Die Adresse haben wir hier. North scheint doch – ähm – der Angelpunkt der ganzen Affäre zu sein, da liegt es doch nahe, bei ihm zu Hause zu beginnen.«

»Aber Bill, ich – na ja, ich habe so ein Gefühl, das sich allmählich bei mir breitmacht, ein Gefühl, daß wir beide zwei ahnungslose Engel sind, die überhaupt nicht wissen, in was für eine Gefahr sie sich da begeben. Sich in die Angelegenheiten der Polizei mischen und so weiter. Ich meine, wir handeln uns da wahrscheinlich eine Menge Ärger ein. Ich« – Dot kam ins Stocken, als Leonidas sie fragend ansah –, »ich – mein Instinkt oder was weiß ich, der sagt nein. Ich habe das Gefühl, daß etwas geschehen wird – eine ganze Menge geschehen wird.«

»Ich wäre sehr enttäuscht«, sagte Leonidas und band sich den perlgrauen Schal um, »ich wäre sehr enttäuscht, wenn es nicht so wäre.«

Dot ließ sich auf dem Schreibtischstuhl nieder.

»Bill, mir ist das ernst. Manchmal habe ich –«

»Vorahnungen?« schlug Leonidas vor.

»Lachen Sie mich nicht aus! Die habe ich wirklich. Im College, der Abend, an dem mein Wohnheim abbrannte, da habe ich's vorausgesehen. Die anderen Mädchen haben mich ausgelacht, aber ich habe vor dem Schlafengehen meine Tasche gepackt, und ich war die einzige, die mehr gerettet hat als einen Schlafanzug. Und das gleiche Gefühl hatte ich letztes Jahr im Kino. Gerade als der Junge, mit dem ich ausging, die Karten kaufen wollte, faßte ich ihn am Arm und habe gesagt, nein, lieber nicht, und eine Stunde darauf –«

»Ging im Kino eine Bombe hoch«, riet Leonidas.

»Nein, der Balkon stürzte ein. Sehen Sie mich nicht so an – so – ich kann's nicht beschreiben. Aber es ist mir ernst.«

»Ich zweifle nicht daran«, erwiderte Leonidas. »Nun gut, Dot, dann bleiben wir hier, und die Polizei wird Martins junges Leben ruinieren, und –«

Dot erhob sich. »Schon gut, ich komme mit! Aber ich sage es Ihnen noch einmal, Bill Shakespeare, wir sollten das nicht tun! Wir werden es bereuen!«

Leonidas lächelte.

Zehn Minuten später saßen sie in der U-Bahn in Richtung Cambridge.

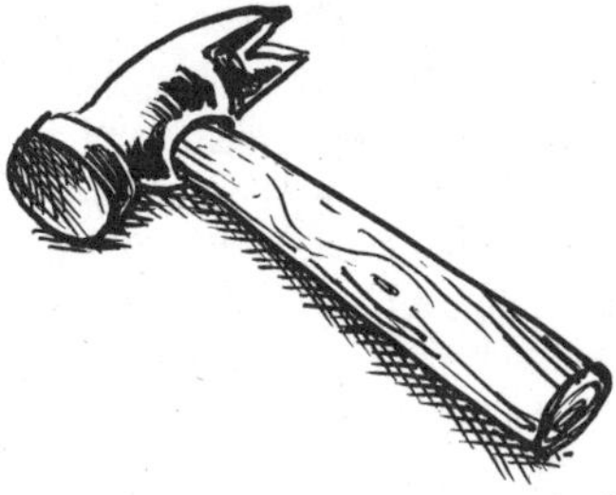

IV.

»Warum?« klagte Dot, als sie am Harvard Square umstiegen, »warum sollen wir denn zu Norths Haus fahren, Bill? Es mag ja sein, daß er im Mittelpunkt von allem steht, aber warum gehen wir nicht einfach zur Polizei und erzählen ihnen von dem Hammer und von dem Rückenschild zu dem Buch und allem?«

»Nein, nicht zur Polizei«, erwiderte Leonidas, »auf keinen Fall. Die sind schließlich überzeugt, daß sie den Fall schon gelöst haben. Außerdem würden sie uns nicht glauben, und das kann man ihnen nicht einmal verdenken. Was haben wir denn vorzubringen? Nur daß unser Buchbinderhammer nicht mehr da ist und daß wir ein Etikett zu einem Buch haben, nach dem North suchte, das er vielleicht gefunden hat und das ihm dann vielleicht wieder jemand stahl. Und daß dieser Jemand *vielleicht* auch der Mörder ist. Es ist ja im Grunde nicht viel mehr als ein Gedankenspiel, und die Polizei wird sich deswegen nur lustig über uns machen, und das nicht einmal höflich. Norths Haus dagegen – das ist etwas anderes. Vor allem bin ich gespannt, was das Dienstmädchen zu sagen hat. Sie scheint doch recht gesprächig zu sein, wenn der Inspektor korrekt wiedergegeben hat, was sie am Telefon sagte.«

»Aber was soll denn das Dienstmädchen über den Hammer oder über Band vier wissen?«

»Wahrscheinlich gar nichts. Aber wo sie dem Inspektor bei seinem Anruf so großzügig erzählt hat, was North alles tat, denke ich mir, daß es sich für uns auszahlen könnte, uns mit ihr zu unterhalten.«

»Ich sehe immer noch nicht, wozu das gut sein soll«, beharrte Dot, schon ein wenig halsstarrig.

»Ich möchte mehr über das Buch wissen«, sagte Leonidas, als sie aus dem Straßenbahnwagen stiegen. »Die Sehnsucht, mehr über diesen Band zu erfahren, verzehrt mich geradezu. Ich will wissen, ob North ihn einmal besaß und warum er ihn dann später nicht mehr hatte. Warum er ihn jetzt so dringend brauchte. Warum der Italiener ihn wollte –«

»Das reicht«, sagte Dot. »Gönnen Sie meinem armen, schwachen Verstand ein wenig Ruhe.«

Es war gerade erst viertel vor acht, als sie die Treppen von Norths efeuumranktem Vorstadthäuschen hinaufstiegen. Sie klingelten, und es dauerte mehrere Minuten, bis ein Mädchen kam und ihnen öffnete.

Sie war nur spärlich mit einem blauen, eng geschnittenen Morgenmantel bekleidet und trug dazu blaue Satinpantoffeln, deren Federboa-Besatz sich gelöst hatte, so daß sie ihn wie zwei Schleppen hinter sich herzog. Dot bekam es nicht ganz mit, aber ihr war, als habe Leonidas etwas von Sadie Thompson gemurmelt.

Das Mädchen blickte sie überrascht an – es war offensichtlich, daß Dot und Leonidas nicht die Besucher waren, mit denen sie gerechnet hatte. Mit einer Hand zog sie den Mantel ein wenig fester zu, mit der anderen versuchte sie, die feuchten schwarzen Locken zurückzustreichen. Dot malte sich aus, wie sie gerade aus der Badewanne gesprungen war.

»Ähm – sind wir hier richtig bei Professor North?« erkundigte sich Leonidas höflich.

»Ja, aber der ist nicht zu Hause. Der ist ausgegangen. Kommt erst spät heute abend zurück. Er ißt in Boston zu Abend, deshalb.«

»Sie haben also nichts von – über ihn gehört?'

»Nichts. Ich bin so gegen halb sechs aus dem Haus gegangen und eben erst zurückgekommen. Heute ist mein freier Abend.«

»Oh. Danke, daß Sie trotzdem öffnen. Ich –«

»Sagen Sie«, fragte das Mädchen unvermittelt, »er hat Sie doch nicht zum Abendessen eingeladen, oder? Das kommt oft vor, daß er solche Sachen vergißt.«

»Nein. Oh nein.«

Sie seufzte erleichtert. »Gott sei Dank. He, soll ich ihn für Sie ans Telefon holen? Er müßte jetzt gerade im City Club sein, wenn er sich's nicht anders überlegt hat.« Sie hielt ihnen einladend die

Tür auf, und Leonidas und Dot traten in das winzige Empfangszimmer.

»Sie sind das Hausmädchen?« fragte Leonidas. Er war sicher, daß sie es war, doch andererseits schien das Mädchen mehr in dem Anwesen zu Hause als die Domestiken, die ihm in der Regel begegneten.

»Ja. Ich bin Gerty McInnis. Ich rufe mal im City Club an. Er sagt mir immer, wo er hingeht, damit ich ihn erreichen kann, wenn Leute hier aufkreuzen, die er bestellt und dann vergessen hat, und solche Sachen. So ein richtiger zerstreuter Professor. Wenn seine Schwester hier ist, kümmert die sich um ihn, aber die ist gerade in Kalifornien, Gott sei Dank. Sie –«

»Einen Moment, bitte. Ich fürchte, Sie mißverstehen uns«, unterbrach Leonidas sie. »Ist es – ist es möglich, daß Sie noch nicht erfahren haben, was Professor North zugestoßen ist?«

»Nein, was ist mit ihm? Haben sie ihn wieder überfahren, weil er bei Rot über die Straße gelaufen ist?«

»Sie werden sich vielleicht noch erinnern, daß heute nachmittag ein Mann anrief und sich nach Martin Jones erkundigte?«

»Ja. Und weiter?«

»Nun, kurz zuvor hatte man Professor North tot aufgefunden. Ermordet. In einem Buchladen in Boston.«

»Ermordet! Wer war's?« Die Ruhe, mit der Gerty die Nachricht aufnahm, war bewundernswert.

»Sie haben Martin Jones verhaftet.« Leonidas faßte ihr die ganze Geschichte kurz zusammen.

»Und Jones haben sie dafür eingelocht, hm? Die sind doch verrückt. Na, was soll man von den Bullen schon anderes erwarten.«

»Sie nehmen das alles sehr ruhig auf«, meinte Leonidas.

»Ich bin die Schwester von Bat McInnis«, entgegnete Gerty, als sei damit alles erklärt. »Von Bat haben Sie doch sicher schon gehört, oder? Boß der McInnis-Bande. Ist für mich nichts Besonderes, daß einer abgemurkst wird. Mein großer Bruder hat auch dran glauben müssen, nächste Woche werden's zwei Jahre. Na, die Beerdigung hätten Sie sehen sollen! Tja, heute rot, morgen tot, wie Bat immer sagt. Was meinen Sie, muß ich seine Schwester verständigen? Norths, meine ich. Immerhin«, schloß sie munter, »muß ich dann jetzt nicht mehr hierbleiben, das ist doch was wert.«

»Wieso?« wollte Dot wissen. Gerty, mit ihrer rauchigen Stimme, ihrem *savoir faire* und den Beziehungen zur Unterwelt, hatte mächtig Eindruck auf Dot gemacht. »Wieso? Gefällt es Ihnen hier nicht?«

»Na, nicht besonders! Aber Bat sagt, ich soll arbeiten und anständig sein. Der reine Blödsinn. Bat glaubt tatsächlich, wenn ein Mädchen brav ist und arbeitet, dann paßt der Himmel auf einen auf, aber ich könnte ihm da ein paar Sachen erzählen! Sagen Sie selbst, wieso soll denn ein Hausmädchen bessere Chancen haben, anständig zu bleiben, als andere? Aber Bat, der sieht das anders. Er sagt, ich kann nicht mit einem von seinen Gorillas rumziehen, und wenn ich bei ihm wohnen würde, käme das so. Deshalb schickt er mich arbeiten, seit Ma tot ist. Sagt, er hat nicht die Zeit, persönlich auf mich aufzupassen. Ob ich denn Bat jetzt von dieser Geschichte erzähle?«

Inzwischen hatte der Morgenmantel allen Halt verloren. Mit einer schlangenartigen Bewegung von Schultern und Hüften gelang es ihr irgendwie, sämtliche Blößen wieder zu bedecken. Dot warf Leonidas einen Blick zu, um zu sehen, was er von Miss McInnis hielt. Er schien sich prächtig zu amüsieren.

»Na, wahrscheinlich sage ich Bat erst morgen Bescheid«, räsonnierte Gerty weiter. »Es sei denn, er hört von der Sache und kommt vorbei. Behält mich ja immer im Auge. Man könnte denken, ich wäre eine von seinen Kneipen. Heute abend will ich mit meinem Freund ausgehen, und Bat – na, ich glaube, es ist schon besser, ich sage es ihm erst morgen. Sagen Sie, sind Sie eigentlich nur hier, weil Sie mir das erzählen wollten, oder haben Sie noch was auf dem Herzen?«

»Ja, ich wollte tatsächlich noch etwas über North wissen«, gestand Leonidas ein, »aber wenn Sie ausgehen wollen, will ich Ihnen nicht –«

»So eilig ist das nicht. Worum geht es?«

»Es geht um ein Buch, nach dem North sich erkundigt hatte –«

Als er den Titel rezitierte, erstarrte Gertys Gesicht zur Maske. Es erstarrte viel zu sehr, so lebhaft, wie zuvor jede ihrer Emotionen darauf geschrieben stand, bis die Sprache auf Band vier kam. Nun war es vollkommen ausdruckslos. Allem Anschein nach wußte Gerty etwas über Band vier, doch genauso offensichtlich war, daß sie bei ihrem Pokerface bleiben und erklären würde, daß sie noch nie im Leben von diesem Buch gehört habe.

»Nun frage ich mich«, fuhr Leonidas fort, »ob Professor North vielleicht einmal Ihnen gegenüber das Buch –«

Es klingelte an der Haustür, und Gerty ging, um zu öffnen.

»Die weiß eine ganze Menge«, flüsterte Dot.

»Das kann man wohl sagen«, antwortete Leonidas.

»Ach Freddy«, hörten sie Gertys Stimme aus dem Flur. »Ach Freddy, das sollst du doch nicht – komm' aus der Tür, Dummkopf! Bat hat einen von seinen Leuten da draußen –«

Die Haustür schloß sich abrupt. Nach einem ausdrucksvollen Schweigen kam Gerty wieder ins Zimmer.

Dot und Leonidas sprangen beinahe aus ihren Sesseln hoch.

Hinter ihr trat der Italiener ein, der am Nachmittag nach Band vier gefragt hatte!

Und auch er erkannte sie sofort. Er tat einen Schritt zurück.

»Moment!« rief Leonidas mit strenger Stimme. »Einen Augenblick bitte!«

»Was wollen Sie, hm?«

Einen Augenblick lang betrachteten die beiden Männer sich nur.

»Das Buch, nach dem Sie suchten –« begann Leonidas.

»Haben Sie es gefunden?«

»Ich nicht. Aber North hatte es gefunden. Und derjenige, der ihn heute nachmittag in unserem Laden umgebracht hat, hat es gestohlen –«

»Wer hat ihn umgebracht, hm?«

»Hör' mal, Freddy«, sagte Gerty kummervoll, »hör' mal –«

Freddy brachte sie mit einer Handbewegung zum Schweigen.

»Wer hat North kaltgemacht, hm?«

»Die Polizei hält Martin Jones für den Täter. Jones war im Laden –«

»Klar. Und North wollte ihm anhängen, er hätte die vierzigtausend verschwinden lassen. So blöd, wie sie lang sind, die Bullen. Der hat damit überhaupt nichts zu tun gehabt.«

»Woher wissen Sie das?« fragte Dot.

»Einen Moment«, unterbrach Leonidas sie sanft. »Ich sehe da eine – sollen wir uns nicht hinsetzen und versuchen, gemeinsam

Licht in die Sache zu bringen? Mir ist da eine Idee gekommen. Ich heiße übrigens Witherall. Leonidas Witherall. Das ist Miss Peters.«

»Und er ist Freddy Solano«, stellte Gerty ihn vor.

Leonidas hob die Augenbrauen. »Solano? Ah ja. In der Tat. Ich habe von Ihnen gehört.« Auf seine Art war Mr. Solano nicht weniger bekannt als Gertys Bruder Bat.

»Von wem?« fragte Freddy. »Wer hat Ihnen was über mich erzählt, hm?«

»Ein gewisser Spud Bugatti. Hmnja. Das hatte ich schon fast vergessen, den kleinen Vorfall, bei dem ich Mr. Bugatti letztes Frühjahr behilflich sein konnte –«

»Soll das heißen, Sie sind der Bursche, der Spud damals versteckt hat, als O'Connell hinter ihm herwar?«

»Hmnja. Ich war damals vorübergehend arbeitslos und saß auf einer Bank im Stadtpark und sah neidisch den Gentlemen zu, die zum Pflanzen der Blumenzwiebeln angestellt waren – jedenfalls glaube ich, daß es sich bei ihrem Projekt um Blumenzwiebelpflanzen handelte. Ich habe ihnen eine ganze Woche lang zugesehen, aber ich habe nie wirklich herausfinden können, welches Ziel sie denn nun damit verfolgten, sich auf ihre Hacken und Schaufeln zu lehnen. Es waren einige der elegantesten Hacke-und-Schaufel-Lehner darunter, die mir je in meinem Leben begegnet sind. Nun, wie dem auch sei, während ich die Gastfreundschaft unserer Stadt auf einer Parkbank genoß, tauchte Spud auf, und –«

»Ja, ich weiß. Er war völlig am Ende, und Sie haben ihn zu der Wohnung von einem Freund gebracht und dafür gesorgt, daß er da bleiben konnte. Aber hat Spud denn nicht auch gesagt, Sie sollen sich melden, und wir organisieren was für Sie, hm?«

»Ich hatte es wirklich vor«, beteuerte Leonidas, »doch dann fand ich Arbeit. Nichts so Perfektes wie das Blumenzwiebelpflanzen, doch dafür dauerhafter. Glauben Sie mir, ich wäre zu Spud gekommen, hätte sich nicht diese Stelle ergeben.«

Freddy streckte ihm seine Patschhand entgegen. »Jeder Freund von Spud«, sagte er, »ist auch ein Freund von mir. Und was ist nun mit North?«

Leonidas erzählte seine Geschichte noch einmal, diesmal ausführlicher und mit allen Details über Band vier und das Rückenschildchen.

Freddy nickte nachdenklich. »Und sie haben sich also Jones geschnappt. Das war der schlaksige Bursche, der neben Ihnen stand, als ich im Laden war, hm?«

»Genau der. Also, Mr. Solano –«

»Warten Sie mal. Habe ich Sie nicht schon mal irgendwo gesehen? Ich hab das Gefühl, daß wir uns schon mal begegnet sind. Hatte ich heute nachmittag schon. Woher kennen wir uns, hm?«

»Mir geht's genauso«, fügte Gerty hinzu. »Wo können wir ihn denn schon gesehen haben, Freddy?«

Leonidas seufzte.

»Er sieht aus wie Shakespeare«, klärte Dot sie auf. »Sie wissen schon, der Mann, der die vielen Theaterstücke geschrieben hat. Sie haben wahrscheinlich Bilder von ihm im Schulbuch gesehen.«

Solano strahlte. »Sicher. Das ist die Lösung. Sie sehen wirklich ganz genauso aus. Ist das nicht lustig, Gert?«

Gerty war ganz seiner Meinung, daß es zum Brüllen komisch sei, und es dauerte mehrere Minuten, bis die beiden ganz darüber hinweg waren. Am Ende rief Leonidas sie zur Ordnung.

»Mr. Solano –«

»Freddy für Sie, Kumpel. Sie sind doch mein Kumpel, Bill. Ha, ha. Bill Shakespeare!«

»Freddy, wer hat die vierzigtausend gestohlen?«

»Die vierzig Riesen? Keine Ahnung.«

»*Ich* habe Ihnen alles gesagt, was ich weiß«, entgegnete Leonidas ruhig.

»Ach Freddy«, sagte Gerty, »das schadet doch niemandem, wenn wir sagen, was wir wissen, oder? Bill hier und Jones' Freundin« – auch wenn sie noch so sehr dagegen ankämpfte, spürte Dot, wie sie rote Ohren bekam –, »die wollen ja nur, daß er wieder aus dem Knast kommt. Stimmt doch, oder?«

»Stimmt genau«, bestätigte Leonidas. »Also, Freddy, bevor es Montagmorgen wird, werde ich herausfinden, wer North wirklich umgebracht hat.«

»Und für wen arbeiten Sie?«

»Ich arbeite auf eigene Faust. Derjenige, der North umgebracht hat, hat auch das Buch mitgenommen, Freddy. Da bin ich sicher. Und *Sie* wollen das Buch haben. Wenn ich den Mörder finde, finde ich auch das Buch. Verstehen Sie, worauf ich hinauswill?«

»Klar verstehe ich das, Bill. Gert, erzähl ihm die Geschichte.«

»Gut, aber dann ziehe ich mir doch vorher was an, sonst erfriere ich noch.«

Schon nach ein paar Minuten war sie wieder da, so pico-bello angezogen, daß Dot sich schäbig im Vergleich vorkam.

»Also, die Geschichte war so.« Sie nahm die Zigarette, die Freddy ihr anbot. »Als North Jones verhaften ließ, habe ich ja anfangs gedacht, das hat alles seine Richtigkeit. Dann, als Jones wieder auf freiem Fuß war, habe ich mir natürlich meine Gedanken gemacht, wer denn nun die Wertpapiere hat. Ungefähr zu der Zeit, kurz vor Weihnachten, ist North nach Florida gefahren. Bevor er losfuhr, hat er eine Reihe von Büchern in seinem Arbeitszimmer auf den Boden gelegt und gesagt, ich soll sehen, daß ich die loswerde. Sie irgendeinem Wohltätigkeitsverein zukommen lassen oder so. Er bekam ja laufend neue Bücher, da mußte er alte ausräumen, damit er Platz hatte. Na ja, wo er *und* seine Schwester weg waren, hab' ich natürlich auch nicht hier im Haus Däumchen gedreht, und Bat war gerade in New York.«

Freddy setzte ein irres Grinsen auf, und sie sah ihn an und schüttelte den Kopf.

»Ich habe ein Mädchen, das ich kannte, angeheuert, damit sie hier aufpaßt«, fuhr sie fort. »Sie hat die Bücher natürlich verkauft. Ist doch Blödsinn, die zu verschenken. Na ja, ich bin wieder hier aufgekreuzt, einen Tag bevor North zurückkam. Als er eintraf, ist er direkt nach oben gegangen, und als er wieder herunterkam – Mann, da hat der vielleicht getobt! Wo zum Teufel die vier Bände mit Predigten geblieben wären, hat er gefragt.«

»Twitchett?«

»Ja, die. Ich hatte keine Ahnung. Ich habe dem Mädchen gesagt, sie soll die Bücher an einen Altpapierhändler verkaufen. Was weiß ich, wahrscheinlich hat sie die vier alten Schinken aus dem Regal genommen und sie zusammen mit den anderen verkauft. Aber ich durfte ja nicht verraten, daß ich überhaupt nicht hier gewesen war, und da habe ich, um ihn zu beruhigen, gesagt, er sei wohl zerstreut gewesen und hätte die vier zu den anderen gelegt, die ich verkaufen sollte. Von Verkaufen sei nie die Rede gewesen, brüllte er, ich hätte sie verschenken sollen.«

»Und wie ging es dann weiter?« fragte Dot.

»Ich habe ihm gesagt, daß das schon eine Schande wäre, daß er sich nicht von einem Tag auf den anderen merken könnte, was für Anweisungen er im Haushalt gibt. Da war er erst einmal still. Er hatte schon seinen Koffer verloren, müssen Sie wissen, und überhaupt soviel Durcheinander angerichtet, da konnte er mir nicht widersprechen. Ich habe ihm gesagt, er sei so zerstreut, daß man ihn gar nicht mehr ohne Aufpasser auf die Straße lassen dürfte. Das hat er eingesehen. Er war ja tatsächlich ziemlich durcheinander und hatte schon so viele verrückte Sachen angestellt, daß er es immer geglaubt hat, wenn man gesagt hat, er sei selber schuld und das liege eben daran, daß er so ist. Verstehen Sie?«

Leonidas nickte.

»Und«, fuhr Gerty fort, »dann hat er gefragt, wo ich die Bücher verkauft hätte; er müßte sie zurückhaben, unbedingt und auf der Stelle. Ja, was konnte ich ihm denn da sagen? Ich habe ihm erzählt, von den Buchhändlern hätte keiner so weit hier herauskommen wollen – das hat er geschluckt –, und da hätte ich sie einem Trödler verkauft, der an der Haustür geklingelt hätte. Ich hatte noch eine Fünfdollarnote aus meinem eigenen Portemonnaie, die habe ich ihm gegeben. Dem Mädchen hatte ich ja gesagt, sie kann behalten, was sie dafür kriegt. Und dann habe ich ihm gesagt, ich wüßte nicht, was für ein Trödler das war –«

»Aber hätte denn nicht das Mädchen –«

»Darauf komme ich jetzt, Bill. Natürlich bin ich sofort zu dem Haus gegangen, wo sie gewohnt hatte, und wollte sie fragen. Aber sie war ausgezogen, und die Wirtin wußte nicht wohin. Am Ende habe ich dann herausbekommen, daß sie zurück nach Irland gegangen ist. Oder wo sie sonst hergekommen war. Jedenfalls war sie mit dem Dampfer auf und davon. Sie hatte einen Freund, der war Matrose. Tja, North war reif für die Zwangsjacke. Ich habe ihn gefragt, warum die Bücher denn so wichtig sind, und er antwortete, eigentlich bräuchte er nur den vierten Band. Dann hab' ich gefragt, ob er denn so viel wert wäre, und er sagte nein, aber er würde sich nicht für vierzigtausend Dollar dafür trennen. Und da –«

»Und da machte es bei mir ›Klick‹, als sie mir die Geschichte erzählte«, nahm Freddy den Faden auf. »Vierzig Riesen, verstehen Sie?«

»Sie meinen«, fragte Leonidas, »es ging Ihnen auf, daß dieses

Buch etwas mit den vierzigtausend zu tun haben mußte, die dem Museum gestohlen worden waren –?«

»Klar. Gert und ich, wir haben uns das dann zusammengereimt. North selbst hat sich die vierzigtausend unter den Nagel gerissen. Gerty sagt, er ist dauernd hinter den Leuten her, weil sie ihm Geld geben sollen, Geld, damit er alte Knochen ausgraben kann oder was weiß ich, und die letzten vier-fünf Jahre halten die Leute ihr Geld ja ziemlich zusammen.«

»Aber er hatte das Geld doch sowieso schon«, wandte Dot ein. »Zumindest hätte er bestimmen dürfen, wie es ausgegeben wird, oder? Warum hätte er es da stehlen sollen?«

»Es war ja nicht nur für ihn«, erklärte Gerty. »Es sollte für einen Anbau vom Museum sein. Und North war ganz versessen darauf, seine alten Indianerknochen auszugraben. Sicher, er hat an dem Museum gehangen, aber die Indianer kamen immer zuerst. Verstehen Sie?«

»Ah –« Leonidas ließ seinen Zwicker kreisen. »Ah. Hmnja. Es dämmert mir. Martin sagt, er sei allein im Museum gewesen, als die Wertpapiere kamen, doch North hätte kommen und gehen können, ohne daß Martin es bemerkt hätte. Stellen wir uns also vor, North sei im Museum gewesen, habe die Obligationen an sich genommen und sie versteckt, um zu warten, bis Gras über die Sache gewachsen wäre. Da er ja wußte, wie zerstreut er war, hätte er sich einen Plan gemacht, wo die Papiere versteckt waren, und den dann wiederum an einem sicheren Ort verwahrt. Und der sichere Ort könnte Band vier gewesen sein, den –«

»Den bei so einem Titel kein Mensch auch nur in die Hand genommen hätte«, schloß Gerty. »Bill, Sie sind ein schlaues Köpfchen. So haben wir uns das auch zusammengereimt. Tja, das ist jetzt vierzehn Tage her, und seitdem war North völlig aus dem Häuschen. Der hat wirklich nicht mehr gewußt, ob er auf dem Kopf oder auf den Füßen steht. Bei jeder Kleinigkeit explodiert, an allem was auszusetzen gehabt. Das war vielleicht ein Leben für mich!«

»Und Sie«, wandte Leonidas sich an Freddy, »Sie haben sich dann gedacht, daß Sie ja auf eigene Faust versuchen könnten, Band vier zu finden?«

»Klar. Gert hat es mir mit Norths Schreibmaschine auf einen

Zettel getippt. Ich würde mir ja die Zunge zerbrechen, wenn ich das im Laden sagen sollte!«

»Und Sie haben sich ausgemalt, daß Sie das Buch finden würden, bevor North es fand; dann wollten Sie nachsehen, ob tatsächlich ein Hinweis auf die Papiere, die North vielleicht gestohlen hatte, darin versteckt war – und sie sich dann holen, bevor er selbst es konnte?«

»Genau das.«

»Hm. Ich frage mich, warum North, als er bemerkte, daß das Buch nicht mehr da war, nicht einfach ohne dieses ganze Hin und Her zu seinem Versteck gegangen ist und die Papiere geholt hat?«

»Sie haben ihn ja nicht gekannt, Bill. Wahrscheinlich wußte er nicht mehr, wo sie waren.«

»Unmöglich«, sagte Leonidas. »Unmöglich.«

»Ehrlich«, beteuerte Gerty. »Der hätte seinen Kopf vergessen, wenn er nicht an dem Rest von ihm drangehangen hätte. Der Mann hatte tatsächlich vergessen, wo er die Dinger versteckt hatte.«

»Hmnja. Vielleicht – Freddy, warum tun wir uns nicht zusammen?«

»Was?«

»Sie wollen das Geld, ich will die Unschuld von Jones beweisen. Norths Mörder muß von Band vier und den Wertpapieren gewußt haben – obwohl nur der Himmel uns sagen kann, wie er davon erfahren hat. Und ich habe die feste Absicht, diesen Mörder zu finden. Mir – ähm – mir liegt nichts an dem Geld. Das müßte sich doch für Sie lohnen, Freddy, uns für die nächsten vierundzwanzig Stunden zu helfen, wenn am Ende vierzig Riesen dabei herausspringen? Ich würde – ähm – nur einen einzigen Riesen für mich fordern, als Schmerzensgeld für Martin.«

»Bill«, rief Freddy, »Sie haben wirklich was auf dem Kasten! Sie sind in fünf Minuten drauf gekommen, und Gert und ich haben ein paar Tage dafür gebraucht. Wann geht's los?«

»Auf der Stelle. Aber, Freddy, ich – wenn Sie mir einmal gestatten, Ihnen eine etwas persönliche Frage zu stellen –, wie bringen Sie denn – ich meine, wie kommen denn Ihre Männer und Miss McInnis' Bruder miteinander aus? Wenn ich mich recht entsinne, habe ich seinerzeit von Mr. Bugatti gehört, daß es beträchtliche Spannungen zwischen der Solano-Gruppe und der McInnis-Organisation gibt.«

»Wir verstehen uns nicht«, erwiderte Freddy nur kurz. Leonidas, der gut im Gedächtnis hatte, wieviel Blut schon zwischen den beiden Banden geflossen war, bewunderte diese wenigen Worte als Muster an Understatement.

»Es war so«, erklärte Gerty, »als ich Freddy kennengelernt habe, wußte ich nicht, wer er ist. Und genausowenig wußte er, wer *ich* bin. Aber wir haben uns so prächtig verstanden und kommen bis heute so gut miteinander aus! Bat hat geschworen, daß er Freddy umlegt, und Freddy hat Ärger mit seinen eigenen Jungs wegen mir. Aber ich sage, das geht die alle überhaupt nichts an. Keiner von diesen Gorillas weiß, was echte Liebe ist.«

Dot schluckte.

»Das heißt, Bat ist hinter Ihnen her, Freddy?« fragte Leonidas.

»Ja, schon, aber machen Sie sich da mal keine Sorgen, Bill. Meine Jungs sind immer in der Nähe, falls es mal ernst wird.«

Dot schluckte zum zweiten Mal.

»Sie – Bill Shakespeare«, sagte sie schließlich, »habe ich es Ihnen nicht gesagt? Bill, lassen Sie uns hier verschwinden, bevor –«

Der Türklopfer wurde mit einer Vehemenz geschlagen, daß es durchs ganze Haus hallte.

»Bat!« japste Gerty. »Das ist Bat! Er klingelt nie! Er bollert immer gegen die Tür –«

»Öffnen Sie«, kommandierte Leonidas, »und wimmeln Sie ihn ab. Erzählen Sie ihm, daß North ermordet wurde und daß die Polizei auf dem Weg hierher ist und jeden Moment eintreffen wird! Rasch!«

Er leerte den Inhalt der Aschenbecher in seinen Hut, sammelte die Überschuhe ein, die er, Dot und Freddy abgestreift hatten, und zog kurzerhand einen kleinen Teppich über die Pfützen, die sie am Boden hinterlassen hatten.

»Kommen Sie!«

Er faßte Dot am Arm und bugsierte sie und Freddy in Richtung Eßzimmer; Gerty zischte ihm noch das Wort »Küchenspind« zu.

»Lassen Sie es uns doch hinter uns bringen, Bill!« protestierte Freddy. »Wir verstecken uns doch nicht vor dem! Wenn er eine

Abreibung will, kann er sie haben! Ist doch Unsinn, das auf die lange Bank –«

»Später.« Leonidas schubste ihn in den Küchenspind, Dot ihm nach, zwängte sich dann selbst dazu und schloß die Tür von innen.

»Bill«, quengelte Freddy, »Bill, warum kann ich ihm denn nicht jetzt gleich –«

»Später!« flüsterte Leonidas noch einmal. »Später, wenn Sie die vierzig Riesen haben. Verderben Sie doch jetzt nicht alles, Freddy! Seien Sie doch nicht dumm! Seien Sie vernünftig!«

Schweigend lauschten sie, wie Bat McInnis eintrat.

»Wo steckt der Spaghettifresser? Diesmal pumpe ich ihm eine Ladung Blei in seinen Fettwanst!«

V.

Bei dem Wort »Fettwanst« zuckte Freddy zusammen. Aber Leonidas behandelte ihn nach der gleichen Methode, nach der er auch mit ungezogenen Jungs an der Akademie umgegangen war; die rechte Hand hatte er Freddy fest auf den Mund gepreßt, mit der Linken hielt er Freddys beide Hände umklammert wie ein Schraubstock.

»Hören Sie«, flüsterte Leonidas. »Wenn Bat Sie hier findet, erschießt er als erstes Gerty. Denken Sie doch mal an sie! Und jetzt halten Sie still!«

Freddy gab nach.

»Versprechen Sie mir, daß Sie ruhig bleiben. Wo haben Sie Ihren Mantel?« Leonidas hauchte die Worte nur.

»Äh. Hinter dem Sofa im Flur.«

An Einfallsreichtum und Erfahrung fehlte es Freddy offenbar nicht.

»Hör' mal, Bat.« Gertys Stimme war lauter geworden. Sie und ihr Bruder näherten sich der Küche. »Wie oft soll ich's dir denn noch sagen – es ist keiner hier. Kein Mensch ist hier! Jedesmal, wenn du herkommst, streichst du hier durchs Haus wie ein Löwe oder sowas, führst dich hier als der große Bruder auf und machst ein großes Geschrei wegen deinem Spaghettifresser. Hast du ihn denn schon mal hier gesehen?«

»Das nicht. Aber –«

»Nur weil ein mieser, kleiner Spitzel, der sowieso lügt wie gedruckt, dir erzählt hat, er hätte mich mal mit ihm gesehen, heißt das doch nicht, daß er die ganze Zeit hier herumhängt, oder? Ich habe dir doch erzählt, wie es gekommen ist, stimmt's? Ich habe dir doch versprochen, daß ich mich nicht mehr mit ihm treffe, stimmt's?«

»Ja, schon –«

»Na«, erwiderte Gerty vernünftig, »was hast du denn dann? Ich hab dir doch gesagt, als wir uns kennenlernten, wußte ich nicht, wer er ist. Ich habe ihn seitdem nicht mehr gesehen, und ich will's auch nicht.«

»Gut, aber ich habe gehört, er ist heute abend hier ins Haus gegangen. Und ich werde jeden Winkel von diesem Haus absuchen, das kannst du mir glauben!«

Inzwischen waren sie in der Küche angelangt, und die drei im Schrank standen starr wie Statuen. Dot hielt Leonidas' Hand fest umklammert. Irgendwo in ihrem Hinterkopf sagte eine Grabesstimme immer wieder nur: »Ich hab's ja gleich gesagt, ich hab's ja gleich gesagt, ich hab's ja gleich gesagt«.

Freddy hatte die Hand am Abzug, ganz besessen von dem Gedanken, daß er Bat McInnis vom Antlitz dieser Erde tilgen würde, auch wenn er Gertys eigen Fleisch und Blut war. Blut, hatte er Gerty erst gestern noch gesagt, ist dicker als Wasser, aber diese Sache hier, die war noch dicker. Jetzt hatte Freddy aber wirklich die Nase voll von dem Kerl.

Leonidas lächelte im Dunkeln leise vor sich hin. Er war sicher, daß er sich auf Gertys Verstand verlassen konnte.

»Und ich fange gleich hier an, bei dem Schrank da.« Bat hatte die Hand schon am Griff.

»Das geht nicht, Bat. Warte –«

»Wieso geht das nicht?« schnaubte Bat. »Wenn du nichts zu verbergen hast, dann –«

»Wegen der Bullen, Bat!«

»Was für Bullen?«

»Jetzt hör' mir doch mal zu, Schwachkopf! Laß mich doch auch mal ein Wort sagen! Jemand hat North umgebracht, heute nachmittag in einem Buchladen in Boston, und die Bullen haben eben angerufen, daß sie herkommen und sich mit mir unterhalten wollen.«

»Dann hol' deinen Mantel, und nichts wie weg hier! Ich nehme dich mit, und dann –«

»Das kann ich nicht, Bat. Ich –«

»Nun mach' schon!«

»Hör' mal, Bat. Sie kommen her, ich erzähle ihnen, was sie wissen wollen, und damit ist die Sache erledigt, klar? Das wirst du doch wohl kapieren, oder bist du wirklich so blöd? Dann denk' mal drüber nach. Wenn ich mich aus dem Staub mache, setzen die ihre Männer auf mich an, die finden raus, daß ich deine Schwester bin, und schon hast du neuen Ärger am Hals, verstehst du? Jetzt verdrück' dich! Wenn die Bullen wieder weg sind, komme ich zu dir –«

»Von wegen! Bleib mir bloß weg! Wenn die dich beschatten –«

»Gut, dann rufst du später hier an. Und jetzt ab mit dir!«

Wäre Bat nicht ganz so eilig aufgebrochen, dann hätte er wohl noch die Seufzer der Erleichterung vernommen, die deutlich aus dem Küchenspind drangen. Doch er war schon draußen auf dem Flur, die Stimmen der McInnis-Geschwister wurden leiser, und dann hörten sie, wie die Haustür zuschlug.

Es verging eine Viertelstunde, bis Gerty wieder in die Küche kam.

»Er ist weg, aber es kann gut sein, daß er einen von seinen Männern draußen gelassen hat. Was sollen wir machen?«

Leonidas öffnete die Tür, und sie traten nacheinander hinaus in die dunkle Küche.

»Hintertür«, sagte er nur. »Holen Sie Ihren Mantel, Gerty, und den von Freddy auch. Rasch.«

»Aber wenn er jemanden draußen gelassen hat«, wandte Freddy ein, »wie sollen wir da –«

»Haben Sie nicht gesagt, ein paar von Ihren Leuten sind auch da draußen?« fragte Leonidas. »Kommen Sie.«

Er leerte die Asche und die Zigarettenstummel wieder aus seinem Hut, und Gerty wickelte sich eilig in einen Mantel, damit sie den Elementen besser trotzen konnte. Freddy schlüpfte wieder in seinen Wolfspelz.

»Sagen Sie, Bill«, überlegte er, »wer war denn heute nachmittag alles in Ihrem Laden?«

»Ein Geistlicher namens Harbottle, eine Frau –«

»Dieser Pfarrer, wo wohnt der?«

»Ich weiß es nicht mehr. Irgendwo auf Beacon Hill. Walnut Street, glaube ich.«

»Okay.«

Vorsichtig öffnete Freddy die Hintertür. Aus dem Haus nebenan drang gerade genug Licht zu ihnen herüber, daß sie die Umrisse eines Lattenzauns ausmachen konnten, der den Garten umgab. Nonchalant griff Freddy sich Dot und hob sie hinüber, dann beförderte er Gerty nach derselben Methode auf die andere Seite und half noch Leonidas in den Garten des Hauses, dessen Grundstück auf der Rückseite von Norths Garten anschloß. Schon ein paar Augenblicke später waren sie draußen auf der Straße und stiegen in einen kleinen geschlossenen Viersitzer, der dort unter der Laterne geparkt stand. Leonidas wollte etwas sagen, überlegte es sich dann aber doch anders.

Freddy übernahm das Steuer, und nach einigen Fehlzündungen setzte sich der Wagen mit ein paar Hüpfern in Bewegung. Vor einem Drugstore trat Freddy auf die Bremse.

»Sie gehen rein«, sagte er zu Dot, »und sehen die Hausnummer von dem Burschen im Telefonbuch nach. Und können Sie mir ein paar Halspastillen mitbringen? Irgendwie bin ich mit dem Hals empfindlich.«

Leonidas war der einzige, der das lustig fand.

Dot hüpfte hinaus und kehrte kurz darauf mit einem Zettel und einer kleinen Schachtel zurück.

Wieder setzte sich der Wagen in Bewegung.

»Darf ich fragen«, erkundigte sich Leonidas, »wohin wir unterwegs sind?«

»Na, Bill, wenn jemand das Buch geklaut hat, dann könnte es doch auch einer von den anderen Leuten, die im Laden waren, gewesen sein.«

»Hmnja, da haben Sie recht. Und wie gehen wir vor? Wenn jemand aus dem Laden das Buch genommen hat, wird er – oder sie – uns das ja nicht gerade erzählen.«

»Stimmt«, sagte Freddy verblüfft. »Daran habe ich nicht gedacht – sagen Sie es uns, Bill, wie finden wir das raus?«

Bevor Leonidas etwas antworten konnte, knallte hinter ihnen ein Pistolenschuß.

Instinktiv steuerte Freddy den Wagen schlitternd in eine kleine Seitenstraße, und nun folgte eine jener wilden Verfolgungsjagden, die Dot nur aus Alpträumen und alten Filmen kannte.

Auf Freddys Kommando duckten sie und Gerty sich in den Fußraum vor dem Rücksitz. So wie der Wagen Schlangenlinien fuhr und Haken um die Straßenecken schlug, wurden sie umhergeschleudert wie zwei Walnüsse in einem Güterwagen. Gerty murmelte etwas vor sich hin; Dot verstand nur die Hälfte, aber es lief wohl darauf hinaus, daß Gerty die Erfindung des Rades in Grund und Boden verdammte.

»Wer – wer ist denn hinter uns her?« fragte Dot mit zitternder Stimme.

»Vielleicht Bat, vielleicht auch die Bullen.«

»Wieso Bullen?«

»Wegen dem Wagen«, erwiderte Gerty lakonisch.

»Diesem hier? Wieso? Ist das denn nicht –« Sie waren inzwischen auf Kopfsteinpflaster unterwegs, zwischen Lagerhäusern und Kais, und Dot mußte sich beim Sprechen vorsehen. Sie hatte sich schon zweimal halb die Zunge zerbissen. »Das-das ist doch F-Freddys Wagen, oder?«

»Nö.«

»Was? Und wem gehört er?«

»Keine Ahnung. Hab' ihn noch nie gesehen – autsch!« Es gab einen dumpfen Schlag, als ihr Kopf mit der Türfüllung Bekanntschaft machte.

»Gestohlen?« Dot konnte gar nicht glauben, daß dieses jämmerliche Krächzen ihre eigene Stimme sein sollte.

»Was sonst?«

»Aber –«

»Er – nimmt sich eben ein Auto, wenn er eines braucht.« Gerty hatte Mühe, es zu erklären. »Immer wenn –«

»Aber – was ist, wenn sie uns schnappen?«

»Ach, die schnappen uns nie!« versicherte Gerty ihr. »Freddy schüttelt sie ab – autsch! Au, mein Ellbogen! Freddy schüttelt sie immer ab.«

Der Wagen schlug noch einen letzten Haken um die Ecke und kam dann mit einer Plötzlichkeit zum Stehen, daß die beiden Mädchen in einem Knäuel am Boden lagen.

»Ihr könnt wieder auftauchen!« rief Freddy fröhlich. »Wir haben sie abgehängt, vor drei Kilometern oder so.«

Dot spähte hinaus in die pechschwarze Nacht. »Lieber Himmel, wo sind wir denn hier? Ist das Wasser da hinten? Freddy, wo sind wir?«

»Stimmt, das ist Wasser. Wir sind in Charlestown.«

»Wer hat uns verfolgt?«

»Bat, würde ich vermuten. Vielleicht auch die Bullen. Keine Zeit zum Nachsehen gehabt.« Freddy gähnte. »Gert, kannst du mir jetzt mal eine von den Pastillen geben? Mein Hals brennt wie der Teufel. Bestimmt hab' ich mir eine Erkältung geholt. Dieser verdammte Winter!«

»Und was kommt als nächstes?« fragte Dot.

»Oh, erstmal eine Zigarette, und dann geht's weiter«, antwortete Freddy. »Andere Karre müssen wir uns auch suchen. Am besten gleich hier in der Nähe. Ich weiß ein paar Ecken, wo immer was Gutes steht. Diese kleinen Dinger hier, die mag ich nicht. Laufen tun sie ja schnell genug, aber es fehlt das Gewicht. Ein Wagen muß schwer sein«, fügte er noch mit Kennermiene hinzu, »darauf kommt es an.«

»Bill«, hauchte Dot nur noch, »Bill, unternehmen Sie doch endlich etwas.«

Doch Leonidas lachte nur still nur vor sich hin.

Sieben Minuten darauf saßen sie schon in einem luxuriösen Sechzehnzylinder; Leonidas, Dot und Gerty auf den Rücksitzen, Freddy allein im Vorderteil des Wagens. In einem kecken Winkel auf dem Kopf trug er die Chauffeursmütze, die sein unachtsamer Vorgänger am Steuer hatte liegenlassen. Dot atmete erleichtert auf, als sie schließlich vor dem Haus in der Walnut Street hielten, dessen Adresse sie für Freddy herausgesucht hatte.

»Bill, wie stellen wir es denn nun an?« fragte Freddy, als er ihnen die Tür öffnete. »Wissen Sie schon, wie Sie es machen wollen? Sonst hätte ich da was, was ich mir überlegt habe.«

»Mein Verstand«, gab Leonidas zu, »ist im Augenblick öd und leer.«

»Ich hab' da auch eine Idee«, schaltete sich Gerty ein. »Ich habe mal in so einem Haus gearbeitet, eine Straße weiter. Die sind hier alle nach dem selben Grundriß gebaut. Ich kenne mich da drin aus. Das ist ein Kinderspiel.«

»Dann würde ich vorschlagen«, erwiderte Leonidas, »daß Sie und Freddy die Führung übernehmen.«

»Okay, Bill. Sie und Dot gehen hinein und kümmern sich um diesen Harbottle. Halten Sie ihn für die nächste halbe Stunde beschäftigt. Das reicht doch, oder, Gerty?«

»Sicher. Das Buch war klein und in Leder gebunden, nicht wahr, Bill? Braun? Ich glaube, ich hab' noch ungefähr vor Augen, wie es aussah. Und das Schildchen auf dem Rücken fehlt, sagen Sie?«

»So ist es. Klein, braun, Kalbsleder. Kommen Sie, Dot.«

»Bill Shakespeare, was haben Sie denn jetzt schon wieder vor? Ich verstehe nicht, wie wir Martin helfen wollen, wenn wir alles tun, daß wir selbst im Gefängnis landen! Und wenn das noch lange so weitergeht, werden wir noch ganz woanders landen! Hatte ich es Ihnen nicht gesagt? Ich habe es von Anfang an geahnt, daß wir von dieser Sache lieber die Finger lassen sollten! Und was haben wir davon? Gangster, Schieber, was weiß ich, wie sie sich nennen, gestohlene Autos, Kugeln, die uns um die Ohren pfeifen, Verfolgungsjagden! Was haben die beiden denn vor, während wir Harbottle ablenken? Wieso sollen –«

Doch Leonidas hatte längst den altmodischen Klingelzug an der Tür betätigt, die Tür hatte sich geöffnet, und ein älteres Hausmädchen sah sie erwartungsvoll an.

»Wäre es vielleicht möglich, Mr. Harbottle zu sprechen«, fragte Leonidas. »Ich weiß, es ist eine höchst unpassende Zeit« – er holte eine Visitenkarte hervor und kritzelte etwas darauf –, »aber ich komme in einer sehr wichtigen Angelegenheit.«

Seine vornehme Art öffnete ihm wieder einmal die Tür.

Das Mädchen führte sie in ein kleines Empfangszimmer. Sie hatten kaum Platz genommen, da erschien Mr. Harbottle schon.

»Ah«, begrüßte er sie. »Liebe Güte! Mr. Witherall, nicht wahr? Ich – ähm – ich hoffe doch, daß nichts weiteres Unliebsames vorgefallen ist?«

»Ganz und gar nicht«, versicherte Leonidas ihm. »Es ist eine sehr merkwürdige Angelegenheit, derentwegen Miss Peters und ich Sie am heutigen Abend aufsuchen.«

Da, dachte Dot, sagte er doch immerhin die reine Wahrheit.

»Ich hoffe, es wird Sie nicht ärgern«, fuhr Leonidas mit seiner sanftesten Stimme fort, »und – mittlerweile schäme ich mich fast, daß wir Sie mit einer solchen Kleinigkeit stören. Aber es war eine Sache, die uns einfach keine Ruhe gelassen hat.«

Dot konnte nicht sagen, ob das nun ernst gemeint war oder ob er einfach drauflos phantasierte.

»Nun, worum geht es, Mr. Witherall?«

»Es geht um ein Bibelwort«, erklärte Leonidas weihevoll, »mit dem wir einfach nicht weiterkommen. Aber es ist zu absurd, Ihnen damit zur Last zu fallen, Sir! Ich weiß gar nicht –«

»Nein, ganz und gar nicht, fragen Sie nur!«

»Es würde Sie wirklich nicht ärgern, wenn wir Sie bitten würden, für uns – ähm – ein wenig Licht auf diese Passage zu werfen?«

Mr. Harbottles Augen leuchteten. Es war offensichtlich, daß er es genießen würde, soviel Licht zu werfen, wie er nur irgend konnte.

»Es geht um folgende Stelle«, sagte Leonidas bedächtig: »›Ist nicht die Nachlese Ephraims besser als die ganze Weinernte Abiësers?‹«

»Buch der Richter«, erwiderte Harbottle ohne zu zögern. »Genau. Buch der Richter. Richter, Kapitel 8, Vers 2. Genau. Nun –«

Die nächste halbe Stunde lang strömte von seinen schmalen Lippen ein Monolog, der Ihnen die Trauben Ephraims und den Wein Abiësers in jeder nur erdenklichen Einzelheit erklärte. Die Worte sprudelten aus ihm hervor wie Wasser aus einer Quelle. Leonidas schien ihm aufmerksam zuzuhören, doch nach den ersten, weit ausholenden Sätzen gab Dot jeden Versuch auf, ihn zu verstehen. Verlegen war Harbottle offenbar nur, wenn er Konversation machen mußte. Ging es erst einmal um sein Fachgebiet, dann konnte ihn nichts mehr halten.

Als draußen eine recht ungeduldige Autohupe erklang, zog Leonidas seine Taschenuhr hervor.

»Zehn Uhr.« Er erhob sich. »Mr. Harbottle, ich hatte ja keine Ahnung, wie lange wir Sie schon aufgehalten haben, und das noch an einem Samstag! Ihr schlimmster und anstrengendster Tag, das weiß ich wohl. Aber Sie waren uns eine große Hilfe. Eine außerordentliche Hilfe. Wir sind Ihnen zu großem Dank verpflichtet.«

Harbottle nickte nur, ein wenig verdattert, und zog an einem Glockenstrang, doch niemand kam.

»Liebe Güte«, sagte er entschuldigend. »Ich – die Sache hat mich so interessiert, daß ich es ganz vergessen habe, aber es *ist* tatsächlich Samstag abend, nicht wahr? Meine Dienstboten haben Ausgang, wie es scheint –«

»Wir finden schon allein hinaus«, sagte Leonidas. »Machen Sie sich nicht die Mühe – wirklich, wir haben Ihnen schon soviel Arbeit gemacht!«

Freddy wollte sofort losfahren, als sie eingestiegen waren, doch Leonidas bremste ihn.

»Sie sollten lieber nicht beim Buchladen vorfahren; auf dem Platz hält ein Polizeibeamter Wache.«

»Gut, dann parken wir anderswo, wo er's nicht mitkriegt. Ich weiß schon wo.«

Sie ließen die Limousine am Athenaeum und gingen zu Fuß zum Laden. Hinter ihnen verschloß Leonidas sorgfältig die Türen, zog die Jalousien der Schaufenster herunter und schaltete dann die kleine Leselampe am Schreibtisch ein. Galant staubte er zwei Hocker für Dot und Gerty ab.

»So«, sagte er, »und jetzt wüßte ich gern, was sich bei Harbottle ergeben hat.«

»Ein Kinderspiel«, antwortete Gerty. »Hab' ich ja gleich gesagt. Ich wußte nämlich genau, wie der Grundriß von diesen Häusern aussieht. Genau wie das eine Straße weiter, wo ich mal gearbeitet habe. Ich bin hintenrum reingeschlüpft, in den Keller gegangen und habe da einen ordentlichen Radau veranstaltet. Drei alte Damen – die reinsten Museumsstücke, die der als Dienstmädchen hat! – waren in der Küche. Ich hatte sie schon im Vorbeigehen gesehen. Zwei waren beim Abwasch, die dritte wollte gerade ausgehen. Als sie den Krach hörten, den ich da gemacht habe, kamen sie alle drei nach unten gepoltert. Ich habe gewartet, bis sie alle in einem kleinen Vorratskeller waren, und habe sie da eingesperrt. Dann habe ich die anderen Kellertüren abgeschlossen, und Freddy und ich sind losgezogen und haben uns im Haus umgesehen. Der hat ungefähr sechzig Millionen Bücher, der alte Knabe, aber es waren nicht viele in dem kleinen Format, und man konnte ja leicht sehen, ob es unser Band vier war, weil das Etikett hinten fehlte. Ich habe auch ein Stöckchen gefunden und damit überall hinter den Büchern gestochert. Aber da war nichts.«

Dot zündete sich eine Zigarette an und versuchte es so lässig wie möglich zu machen.

»Also«, sagte sie, »ich bin blöd, und ich geb's ja gerne zu. Aber soll das heißen, daß Sie beiden die Dienstmädchen im Keller eingeschlossen haben und dann in das Haus eingebrochen sind, und wir haben in der Zeit oben gesessen und uns von Bruder Matthew Geschichten aus der Bibel erzählen lassen? Bill, hatten Sie eine Ahnung – haben Sie das etwa gewußt?«

»Nun, vermutet habe ich es schon. Aber ein so kleines Buch, Gerty – sind Sie sicher, daß Sie es nicht übersehen haben?«

»Also wir haben keine einzige Stelle übersehen, wo ein Buch hätte stecken können. Auf Freddy und mich können Sie sich verlassen. Wir haben unter den Matratzen und im Bettzeug nachgesehen, sogar unter seiner Badewanne – eins von diesen ulkigen alten Dingern mit Füßen, da hätte wirklich was druntersteckenkönnen. Seinen Schreibtisch haben wir durchsucht, seinen Papierkorb. Glauben Sie mir, wir haben nichts ausgelassen, aber das Buch war nicht da.«

»Haben Sie sich eigentlich einmal überlegt, was geschieht, wenn Harbottle die Sache entdeckt? Er wird sofort sehen, daß Bill und ich damit zu tun haben, und der Polizei erzählen, daß wir da waren, und dann reiben sich die Bullen wieder mal die Hände.«

»Ich glaube, da sehen Sie zu schwarz«, besänftigte Leonidas sie. »Ich würde vermuten, daß Mr. Harbottle in solche Aufregung gerät, daß er uns beide ganz vergißt. Und vorerst brauchen wir uns ohnehin keine Sorgen zu machen. Er hat uns gesagt, die Dienstboten hätten frei. Er wird erst morgen, wenn sie nicht wieder zur Arbeit antreten, beginnen, nach ihnen zu suchen, es sei denn, sie machen sich vorher bemerkbar. Und wenn man das Alter von Haus und Personal bedenkt, ist das unwahrscheinlich. Und Harbottle würde niemals Einbrecher mit zwei braven Bürgern wie uns in Verbindung bringen, die kamen, um das Wort Gottes zu hören. Und –«

»Da können Sie sich drauf verlassen«, beteuerte Gerty. »Soviel Krach können die drei alten Schachteln gar nicht machen, daß sie heute abend noch da rauskommen. Da wird nicht viel zu hören sein. Der Keller war wie ein Grab oder so was.«

»Ich hoffe doch«, fragte Leonidas besorgt, »daß es nicht zu unbequem sein wird?«

»Denen passiert schon nichts, Bill. Da wette ich drauf. Ich habe sie in der Vorratskammer eingeschlossen. Haufenweise Dosen und solche Sachen. Verhungern werden sie nicht, und Luft ist auch genug da, daß sie nicht ersticken. Ich meine, ich kann mir schon vorstellen, daß sie lieber anderswo wären, aber sie werden's überstehen.«

»Wer war sonst heute nachmittag noch im Laden?« Freddy kaute knirschend eine Halspastille.

»Ein Bücherdieb namens Quinland und Mrs. Sebastian Jordan, Gouverneurswitwe. Wenn sie nicht wäre, säßen wir wahrscheinlich jetzt alle im Kittchen, bis wir unsere Zeugenaussagen gemacht hätten.«

»Also hören Sie, Bill«, sagte Dot mit Nachdruck, »das geht wirklich nicht, daß wir nun auch noch im Mayflower einbrechen. Das geht zu weit!«

»Na, da bin ich mir nicht so sicher«, sagte Freddy nur. »Bill, ich überlege da was. Dieser Pfarrer, der kannte North nicht, oder? Gert?«

»Der doch nicht. Diese Jordan auch nicht. Ich kenne jeden, der mit North bekannt war«, fügte sie fröhlich hinzu. »Ich glaube, es gibt sowieso nicht viel, was ich nicht über ihn weiß. So wie er immer seine Papiere hat rumliegen lassen, so daß jeder sie lesen konnte.« Sie lächelte. »Sein Leben war ein offenes Buch für mich, sozusagen.«

»Jordan. Hm.« Freddy legte die Stirn in Falten. »Was wären für so eine Dame schon vierzig Riesen? Das ist doch nur Kleingeld für die. Aber der Bücherdieb, das ist was anderes. Hm. Könnte sich denn einer hier hereingeschlichen haben, heimlich irgendwie, und sich dann wieder verdrückt haben, ohne daß es einer bemerkt hätte?«

»Über der Eingangstür, ist eine Glocke, die klingelt, wenn man sie öffnet«, erklärte Dot. »Da wäre es nicht leicht, unbemerkt hereinzukommen. Und es gibt nur die eine Tür.«

»Na«, meinte Freddy, »dann sollten wir rüberkutschieren und dieser Jordan einen Besuch abstatten. Bei solchen Geldsäcken weiß man ja nie. Neulich hab' ich in der Zeitung von einer alten Dame in New York gelesen, die hatte fünf Millionen in Wertpapieren, und trotzdem ist sie in der Mittagspause losgezogen und hat den Verkäuferinnen die Handtaschen gestohlen. Ich – Moment.«

Buchstäblich richtete er die Ohren auf. »Da ist jemand an der Haustür, Bill. Ich hab's deutlich gehört.«

Seine Hand fuhr zur Manteltasche.

»Nehmen Sie die Mädels mit nach hinten«, sagte Leonidas ruhig, »und bleiben Sie da. Und lassen Sie die Finger von der Kanone, verstanden?«

»Aber was ist, wenn es Bat ist?«

»Das wird eher der Polizist sein, der nach dem Rechten sieht. So, und jetzt ab nach hinten! Auf der Stelle!«

Gehorsam zogen sich Freddy und die beiden Mädchen in den hinteren Teil des Ladens zurück.

Leonidas trat lautlos hinaus auf den Flur, schaltete das Licht im Vorraum an und schloß die Außentür auf. Er hielt einen Augenblick lang inne und faßte Mut. Er war sicher, daß er mit jedem, der draußen stand, mit Worten fertigwerden konnte – es sei denn, es war Bat. Bat wurde ihm allmählich unsympathisch.

Er riß die Tür auf. Vor ihm stand Quinland und bebte am ganzen Körper, entweder vor Kälte oder vor Furcht – Leonidas konnte nicht sagen, welches von beiden es war.

»Ich mußte zurückkommen«, sagte er mit gebrochener Stimme. »Ich konnte es nicht mehr ertragen.«

»Kommen Sie herein.« Leonidas faßte ihn am Arm und führte ihn in den Laden. »Setzen Sie sich. So, und jetzt erzählen Sie mir, was überhaupt los ist.«

»Als ich zu Hause war, habe ich angefangen, über die Sache nachzudenken. Je genauer ich überlegte, desto schlimmer kam es mir vor. Ich habe es ja nicht gewollt. Es war einfach nur eine plötzliche Eingebung. Es war nicht vorbedacht. Ich war einfach nicht bei Sinnen.«

»Es wäre eine große Hilfe«, sagte Leonidas, und mit der gleichen gefaßten Stimme, mit der er zahlreiche Schulaufstände niedergeschlagen und zahllose ungezogene Jungen an den Rand der Tränen gebracht hatte, »wenn Sie mir sagen würden, wovon Sie überhaupt sprechen. Und bibbern Sie doch nicht so, Quinland. Was ist denn los?«

»Sie werden es nicht der Polizei sagen? Sie lassen mich laufen, wenn – wenn ich alles gestehe?«

Hinter dem Regal hielt Dot den Atem an, als Quinland ein kleines Päckchen aus der Tasche zog. Vielleicht war es ja doch Quinland gewesen, der Band vier gestohlen hatte.

Bei dem überraschten Laut, den Leonidas ausstieß, konnte sie die Spannung nicht länger ertragen. Gefolgt von Freddy und Gerty, trat sie mit einem langen Satz in den Lichtkegel der Lampe und starrte das Buch an, das Quinland mitgebracht hatte.

VI.

Das verächtliche Schnauben, das Dot ausstieß, hätte man noch zehn Häuserblocks weiter hören können. Es war ein Band Mark Twain.

Aufgeregt holte Quinland noch zwei weitere in Papier eingeschlagene Bücher aus seinen Taschen und wickelte die beiden anderen Bände aus, die er gestohlen hatte.

»Ich hatte gleich das Gefühl, daß es zu schön ist, um wahr zu sein«, meinte Leonidas nur traurig. »Hmnja.«

»Ich wollte sie nicht stehlen«, beteuerte Quinland. »Ich wollte sie nur mit denen vergleichen, die ich zu Hause habe.«

»Warum haben Sie dann nicht gefragt, ob wir sie Ihnen leihen? Warum haben Sie nicht Ihre mit her in den Laden gebracht? Warum sind Sie einfach mit den Büchern auf und davon? Die Macht der Gewohnheit?«

»So könnte man es wohl nennen.«

»Woher sollen wir wissen, daß dies hier wirklich unsere Bücher sind?« fragte Dot. »Womöglich haben Sie die guten Stücke behalten und uns etwas Wertloses zurückgebracht.«

»Ich habe mit dem Gedanken gespielt«, gab Quinland zu. »Ihr Onkel hat sie als zweite Auflage ausgezeichnet. Aber das sind Erstausgaben. Die sind eine Menge Geld wert.«

Leonidas betrachtete ihn neugierig. »Weswegen haben Sie diese Bücher denn nun eigentlich zurückgebracht, Quinland?«

»Nun« – Quinland wich Dots Blicken aus –, »nun, das liegt an der Art, wie Miss Peters mich angesehen hat. So verächtlich. Leute haben mich schon oft beschimpft und Anschuldigungen gemacht und so weiter, aber die Art, wie sie einfach nur da stand und sagte, ja, sie hätte von mir gehört, das hat mir zu denken gegeben. Ich habe mich geschämt.«

»Sie bringen die Bücher also nicht zurück, weil Sie gehört haben, daß John North hier im Buchladen ermordet wurde, etwa zu der Zeit, zu der Sie die Bücher stahlen und davonliefen?«

Quinland kniepte mit den Augen, und die Muskeln um den Mund zuckten, als er verarbeitete, was Leonidas da gesagt hatte. Offensichtlich erfuhr er erst in diesem Augenblick von dem Mord.

»Das habe ich nicht gewußt.«

»Die Polizei kennt Ihren Namen, und wahrscheinlich werden Sie noch Ihre Aussage über die Ereignisse des Nachmittags machen müssen. Aber wenn Sie mir einige Dinge verraten, die ich wissen möchte, dann verspreche ich Ihnen, daß ich niemandem sagen werde, daß Sie noch einmal hier waren, ich werde Sie hier nicht festhalten und auch kein weiteres Wort mehr darüber verlieren. Und wir erklären die Angelegenheit mit den gestohlenen Büchern für erledigt.«

»Ich sage Ihnen die Wahrheit. Alles, was Sie wissen wollen, wenn Sie mir nur helfen, daß die Polizei mich nicht in die Finger bekommt. Ich sage Ihnen alles, was Sie wollen. Alles!«

»Nun gut.« Leonidas' blaue Augen bohrten sich in diejenigen Quinlands. »Haben Sie schon einmal von einem Satz Bücher namens *Gesammelte Predigten und theologischen Meditationen des Phineas Twitchett* gehört?«

Quinland nickte. »Ich weiß, daß letzte Woche jeder Bostoner Buchhändler den vierten Band der Serie in seinen Suchanzeigen hatte. Etliche Händler haben bei mir nachgefragt, ob ich vielleicht weiß, wo ein Exemplar steht.«

»Haben Sie jemals vor der letzten Woche von diesen Büchern gehört? Ist die Serie oder ist Band vier besonders wertvoll?«

»Nein.« Quinland schüttelte den Kopf mit Nachdruck. »Ich hatte noch nie von den Büchern gehört, bevor ich die Suchanzeigen sah, und glauben Sie mir, wenn ich nie von einem Buch gehört habe, dann ist es auch nichts wert. Ich beschäftige mich seit zwanzig Jahren mit Büchern und Antiquariaten.«

»Sie sind doch schon oft bei uns im Laden gewesen«, frage Leonidas weiter. »Haben Sie da jemals eine Möglichkeit gefunden, anders als durch die Tür herein- oder wieder hinauszukommen?«

»Nein.« Quinland lächelte ein wenig. »Nein, und ich kenne sonst bei jedem Laden in Neuengland mindestens drei solcher Schlupflöcher. Unter anderem dieser Tür haben Sie es zu verdanken, daß ich bis zum heutigen Tag noch nie etwas aus Ihrem Laden mitgenommen habe. Nur der eine Eingang, zu dem man auch wieder hinaus muß. Und dann die verdammte Glocke über der Tür, die jedesmal bimmelt!«

»Sie sind sich hundertprozentig sicher, daß es keinen anderen Zugang gibt?«

»Hundertprozentig. Früher hatte Peters einen Assistenten, mit dem ich befreundet war. Ich bin oft hier gewesen, wenn Peters nicht da war. Es gibt keinen Zentimeter in diesem Laden, den ich mir nicht irgendwann einmal angesehen habe.«

»Gut. Wenn sich etwas ergibt, wobei ich Ihre Hilfe brauche, wo kann ich Sie dann erreichen?«

Quinland zögerte.

»Mein Versprechen in puncto Polizei werde ich halten«, versicherte Leonidas ihm. »Es ist nur für mich. Wir haben eine Reihe von Sachen zu erledigen, und ich brauche vielleicht noch einmal Ihren Rat.«

Quinland murmelte eine Adresse und Telefonnummer in Roxbury. »Unter dem Namen Charles«, sagte er. »George Charles. Das ist mein richtiger Name. Tut mir leid, alles, Miss Peters.«

»Schon in Ordnung«, sagte Dot. »Erledigt. Aber bitte stehlen Sie nichts mehr. Jedenfalls nicht bei mir. Weder zum Vergleichen noch aus sonst einem Grund. Es macht mich furchtbar wütend, und ich bin eine arme Waise.«

»Versprochen. Und hören Sie, Miss Peters. Wenn ich noch einmal herkommen darf, irgendwann, dann kann ich Ihnen eine Menge Bücher im Keller zeigen, die wirklich Geld wert sind. Ihr Onkel hat nie etwas aus den guten Sachen gemacht, die er hier hatte. Er hat seine Tage mit schönen Einbänden verbracht und die Bücher in den Regalen verstauben lassen. Das Binden war ihm immer wichtiger als das Verkaufen. Wenn – na ja, wenn Sie mir jetzt noch vertrauen –«

»Kommen Sie wieder her, wenn diese Geschichte hier vorbei ist«, sagte Dot, »- *wenn* sie jemals vorbei ist –, und zeigen Sie mir dann meine Schätze. Ich kann das Geld wirklich bitter brauchen.«

Leonidas begleitete ihn hinaus.

»Warum haben Sie den Burschen denn einfach so laufen lassen?« fragte Freddy. Er machte ein ärgerliches Gesicht.

»Weil ich mir sicher bin, daß er die Wahrheit sagt. Er hat viel zuviel Furcht vor der Polizei, er würde sich nicht trauen zu lügen. Ich bin auch überzeugt, daß er nicht die – ähm – Energie hätte, überzeugend zu lügen. Ich hatte ohnehin nicht den Eindruck, daß er allzuviel Energie hatte.«

»Na«, erwiderte Freddy, jetzt wieder obenauf, »da bleibt ja nur noch Witwe Jordan. Auf geht's!«

»Freddy«, protestierte Dot, »Sie können jemanden wie Mrs. Jordan nicht einfach so überfallen, und Sie können auch nicht ins Mayflower einbrechen! Selbst ich, ein armes Kind aus dem mittleren Westen, habe schon von diesem Luxuskasten gehört! Das geht nicht! Sie – wir – wir können das nicht machen, schlicht und einfach. Bill, unternehmen Sie doch etwas. Und zwar schnell!«

Leonidas betrachtete sie nur mit einem milden Bedauern und half Gerty in den Mantel.

»Ich muß schon sagen, Dot«, tadelte er sie, »Sie lassen es am echten Abenteurergeist mangeln. Wollen Sie denn Martin gar nicht helfen?«

»Natürlich will ich das, aber ich verstehe nicht, wie ihm das helfen soll, wenn wir uns selber ins Gefängnis bringen! Sie benutzen doch Martin nur als Vorwand –«

»Hmnja. Aber, mein liebes Kind, bis jetzt sind wir ja noch nicht im Gefängnis. Oh«, unterbrach sich Leonidas, »darf ich Ihnen in die Überschuhe helfen? Ah, Reißverschluß, verstehe.«

Sie gingen zurück zu dem Sechzehnzylinder, und Dot ließ sich in die üppigen Polster sinken, die einen dezenten Parfümduft verströmten. Sie schüttelte traurig den Kopf.

Natürlich hätte sie Martin Jones liebend gern aus dem Kittchen geholt, und sie wollte auch nicht herumklucken wie eine neurotische alte Henne. Sie war ja keine Spielverderberin. Im Gegenteil, sie war immer für einen Spaß zu haben. Aber das hier, das war zuviel. Es war einfach zuviel. Es war wie in einem altmodischen Film, nur daß die Orgeluntermalung fehlte. »Die eiserne Hand«, mit Pearl White, aber ohne Musik. Ganoven, Einbrecher, gestohlene Autos, Kugeln, vor denen man in Deckung gehen mußte, Leichen,

Bücherdiebe! Und sie hatte gedacht, das Leben in einem Antiquariat würde genauso langweilig und verstaubt sein wie die alten Bücher!

Sie malte sich aus, wie es wohl im Gefängnis aussah. Wurden die Frauen auch in gestreifte Anzüge gesteckt, wie die Männer? Oder gab es das gar nicht mehr, heutzutage, wo die Kriminellen so verhätschelt wurden? Würden sie und Gerty Tüten kleben müssen? Oder Werg zupfen?

Sie wollte sich bei Gerty erkundigen, ließ es aber dann doch. Gerty, die stolz auf dem Rücksitz saß, als gehörte ihr der Wagen, und sich mit Leonidas über Clark Gable unterhielt – Gerty sah nicht aus wie jemand, der Angst vor dem Gefängnis haben mußte.

Dot hing noch immer ihren finsteren Gedanken nach, als Freddy den Wagen in einer Seitenstraße parkte, die zur strahlend erleuchteten Fassade des Mayflower führte.

Freddy sprang heraus und öffnete ihnen die Tür.

»Sie beide – Dot und Bill. Sie gehen rein und sprechen mit ihr. Wenn sie nicht da ist, warten Sie. Und schicken Sie auf alle Fälle einen Pagen raus und sagen mir Bescheid, ja? Nicht vergessen.«

»Gehen Sie diesmal als Gasmann«, fragte Dot, »oder um alte Zeitschriften für die Armen betteln? Was wird es diesmal?«

»Geben Sie mir Bescheid, Bill, vergessen Sie das nicht.« Freddy ließ sich von Dots Unken nicht aus der Ruhe bringen. »Wenn Sie in der Wohnung sind, verwickeln Sie sie in ein Gespräch und sorgen dafür, daß sie nicht in die anderen Zimmer geht, klar? Und wenn Gerty oder ich auftauchen, dann denken Sie dran, Sie haben uns noch nie gesehen. Wenn das Telefon klingelt, und es ist für Sie, oder sonst etwas in der Art, spielen Sie mit, klar? Lassen Sie sich was einfallen. Und Sie auch, Dot. Verderben Sie uns nicht alles!«

»Freddy, ich –«

»Schon gut, Schätzchen.« Gerty legte ihr tröstend den Arm um die Schulter. »Bis jetzt haben Sie doch noch keinen Ärger wegen uns bekommen, oder? Warum dann die vielen Sorgen? Und hören Sie mal. Wenn mein Freddy so in der Klemme säße wie dieser Jones, dann würd' *ich* mich nicht so anstellen!«

Dot seufzte. »Bill Shakespeare, ich zitiere Sie: ›Es liegt hierin etwas Übernatürliches, wenn die Philosophie es nur ausfindig machen könnte.«‹

Leonidas lachte. »Freut mich zu hören, daß Ihr Sinn für Humor Sie nur vorübergehend verlassen hatte. Von Ihrem Sinn für Proportionen ganz zu schweigen. Nun – ähm – gehen wir!«

Mit jener femininen Geschicklichkeit, die nie jemand wirklich erklären wird, puderte sich Dot die Nase, zog ihren Lippenstift nach und rückte den Hut zurecht, alles in einer einzigen raschen Bewegung.

Leonidas holte seinen Spazierstock mit dem goldenen Knauf hervor und schwang ihn munter, und so marschierten die beiden mit einer Nonchalance zum Foyer des Mayflower hinein, die keiner von beiden auch nur im mindesten spürte.

»Da würd' ich eine Million für geben«, meinte Gerty zu ihrem Freund, »wenn ich so an einem Türsteher vorbeistolzieren könnte wie die beiden da. Die haben Klasse, die zwei, auch wenn sie zusammen keine zwei Cent in der Tasche haben, Freddy.«

Freddy stimmte zu.

Drinnen setzte Leonidas seinen Zwicker auf und betrachtete den hochnäsigen Portier mit seinem verbindlichen, freundlichen Blick.

»Äh – Agatha. Mrs. Jordan«, erklärte er. »Sie erwartet uns.«

»Mrs. Jordan hat keine Instruktionen zu Besuchern hinterlassen«, erwiderte der Portier kühl.

Leonidas wandte sich Dot mit einer wunderbar entrüsteten, geradezu verächtlichen Miene zu.

»Immer und immer wieder sage ich ihr, wie heruntergekommen dieses Haus mittlerweile ist. Ganz und gar heruntergekommen. Kann gar nicht verstehen, warum sie nicht herüber zu uns ins Arms zieht. Nicht zu begreifen. Unverständlich.«

Das Benehmen des hochnäsigen Portiers änderte sich auf der Stelle. Das Leicester Arms, auf das Leonidas anspielte, war der aufstrebende Rivale des Mayflower. Und der Zufall wollte es, daß Mrs. Jordan am selben Tag in einem Wutanfall damit gedroht hatte, mit ihrer gesamten weltlichen Habe hinüber ins Arms zu ziehen, Mietvertrag hin oder her.

»Wenn Sie so freundlich sein wollen, Platz zu nehmen«, sagte er aalglatt. »Ich werde der Sache unverzüglich nachgehen. Neuer Mann im Tagdienst – etliches übersehen – größten Bedauern – unglückliches Mißverständnis –«

»Ja doch«, erwiderte Leonidas. »Sagen Sie ihr, Miss Peters und Mr. Witherall.«

Er führte Dot zu einem Lehnstuhl in rotem Plüsch.

»Ich an Ihrer Stelle«, sagte er, »würde jetzt mißbilligend in die Runde blicken. So als ob Sie den Laden unmöglich fänden. Unzumutbar. Wenn dieser schmalbrüstige Knabe sagt, Mrs. Jordan wünsche uns nicht zu empfangen, verlangen Sie den Geschäftsführer zu sprechen, in einem kalten, gelangweilten Tonfall.«

Dot nickte, zog eine Zigarette hervor und setzte das Gesicht eines Rolls-Royce-Besitzers auf, den die Umstände zwingen, zur Hauptgeschäftszeit mit dem gemeinen Volk in der U-Bahn zu fahren. Leonidas wog mit leiser, doch schneidender Stimme weiter die Vorteile des Leicester Arms gegenüber dem Mayflower ab. Daß er in ersteres noch nie einen Fuß gesetzt hatte, hielt ihn nicht im mindesten davon ab. Binnen fünf Minuten war das Mayflower kaum mehr als ein Slum, der nur noch auf den Abbruchunternehmer wartete.

Der Portier kehrte mit beflissener Miene eilig zurück.

»Mrs. Jordan ist – äh – verärgert. Sie hatte tatsächlich einen Hinweis hinterlegt, daß man Sie sofort nach oben führen soll, Sir, doch unser neuer Mann hat es durcheinander –«

»Hmnja. Gewiß doch. Ist Agatha in letzter Zeit umgezogen?«

Der Portier schüttelte den Kopf. »Nein, Sir. Immer noch im sechsten Stock, wie eh und je.«

Leonidas kritzelte etwas auf eine Visitenkarte und zeigte mit dem Finger auf einen Pagen. »Bringen Sie das zu meinem Wagen, Junge. Der graue – ähm – an der –« Er kam ins Stocken.

»Ein grauer Porter«, sprang Dot ein. »Er steht in der Seitenstraße. Jetzt aber gesputet, Onkel. Agatha wird immer ärgerlich, wenn man sie warten läßt.«

»Ganz recht. Geben Sie das dem Chauffeur und sagen Sie ihm, er soll warten.« In Gedanken nahm Leonidas sich vor, sich das nächste Mal, wenn er in einem gestohlenen Wagen fuhr, nach der Marke zu erkundigen.

Dot lächelte, als der Junge sich in Bewegung setzte. Nun würden Freddy und Gerty wenigstens wissen, auf welcher Etage Mrs. Jordans Apartment lag.

Ein Liftboy fuhr sie mit steinerner Miene nach oben und tat, als tue er ihnen einen ungeheuren Gefallen, als er den Klingelknopf an einer holzgetäfelten Tür für sie drückte. Mrs. Jordan öffnete ihnen persönlich.

»Vollkommen absurd«, begrüßte Sie sie, »daß man Sie warten läßt wie zwei Laufburschen. Absurd. Ich habe dieser Person am Empfang ausdrücklich gesagt, daß er Sie unverzüglich hinaufschicken soll, wenn Sie kommen, ob nun zusammen oder einer von Ihnen. Der Laden soll ja Hotelservice bieten, aber ich muß sagen, so bin ich noch in keinem Hotel behandelt worden, in dem ich abgestiegen bin. Neuerdings haben sie Schwierigkeiten mit dem Personal. Alle paar Tage kommen neue. Scharen davon. Horden. Kaum daß man sich an ein Gesicht hinter dem Frühstückstablett gewöhnt hat, kommt ein anderes. Ich bin allmählich zu alt für etwas mit so wenig Stabilität.«

Dot und Leonidas wechselten kurze Blicke. Die Chancen für Freddy und Gerty, daß sie in die Wohnung kamen, wurden besser.

»Das kostet«, sagte Mrs. Jordan und führte sie in ein freundliches Wohnzimmer – Föderalstil, von den Stichen, die Boston in seinen Kindertagen zeigten, bis zu den Lampen aus Sandwich-Glas auf dem Kaminsims –, »das kostet mich noch meine letzten Nerven, diese ganze Sache.«

»Bezauberndes Zimmer.« Leonidas betrachtete die Regale voller schmaler, kalbslederner Bände. »Bezaubernd.«

»Zum Ansehen vielleicht, aber entsetzlich unbequem, wenn man drin wohnen muß«, erwiderte Mrs. Jordan freundlich. »Ich weiß wirklich nicht, was in mich gefahren war, als ich das Haus am Louisburg Square aufgab, um in diese paar jämmerlichen Zellen zu ziehen. Der Inneneinrichter war so begeistert von Urgroßvaters Möbeln, daß ich ihm dieses Zimmer gestattet habe, ohne die Folgen zu bedenken. Die Möbel sind gut, keine Frage, aber ich muß doch sagen, daß unsere Vorväter sehr spartanische Menschen waren, die keinerlei Sinn für Bequemlichkeit hatten. Wie ist es weitergegangen, nachdem ich aus dem Laden aufgebrochen war?«

»Zunächst einmal«. erzählte Dot, »haben Sie die Polizei ganz schön ins Schwitzen gebracht. Ach, Mrs. Jordan, das hätten Sie sehen müssen, den Abgang, den Sie da hatten!«

Mrs. Jordan lächelte. Es war das erste Mal, daß Dot sie lächeln sah, und sogleich nahm sie manche Bosheit zurück, die sie in Gedanken über die Bostoner Aristokratenwitwen gesagt hatte. Es war ein wunderbar menschliches Lächeln, das Dot beinahe die unglaubliche Unbequemlichkeit des Stuhls vergessen ließ, auf dem sie saß.

»Stimmt«, bestätigte Mrs. Jordan, »ich hatte selbst den Eindruck, daß mir das gut gelungen war. Ein wenig in der Art der *Queen Mary*, wenn sie von einer Unzahl von Schleppkähnen aus dem New Yorker Hafen bugsiert wird. Stimmt. Ein Jammer, daß ich nicht die Zeit hatte, noch ein paar Leute mehr anzurufen«, fügte sie mit Bedauern hinzu. »Ich finde wirklich – na, das spielt ja auch keine Rolle. Und was haben Sie beide nun auf dem Herzen? Sie haben doch etwas auf dem Herzen, das ist nicht zu übersehen.«

Zu Dots Überraschung erzählte Leonidas ihr die gesamte Geschichte, von dem Augenblick an, wo sie das Rückenschildchen gefunden und ihre Vermutungen über den Hammer angestellt hatten, bis zum Besuch bei Harbottle und der Rückkehr des reumütigen Quinland. Das einzige, was er ihr vorenthielt, waren die Namen von Freddy und Gerty.

»Und jetzt«, schloß Mrs. Jordan, »sind Sie hier und wollen herausbekommen, ob ich vielleicht Band vier mitgenommen habe?«

»Ganz genau.«

Mrs. Jordan nahm sich eine Praline und kaute gedankenverloren.

»Ich habe ihn nicht. Sagen Sie, Mr. Witherall, ich verfüge über ein ungewöhnlich gutes und präzises Gedächtnis. Haben Sie in den alten Zeiten nicht auch bei Papanti verkehrt?«

Dots Herz schlug höher, als sie diesen Namen hörte. Papanti – wo die gesamte feine Gesellschaft von Boston sich ein Stelldichein gegeben hatte.

»Hmnja. Zur Tanzstunde. Doch, doch.« Leonidas polierte seinen Zwicker und lächelte.

»Die Ähnlichkeit zu dem unsterblichen Dichterfürsten«, fuhr Mrs. Jordan fort, »war damals noch nicht ganz so ausgeprägt. Sie hatten gerade Ihren Harvard-Abschluß gemacht und trugen einen Schnurrbart. Und einen Kragen, der so eng war, daß er Sie halb um den Verstand gebracht haben muß.«

»Das hat er. Und Sie kamen in Begleitung einer äußerst abschreckenden Gouvernante«, erwiderte Leonidas, »die ein tiefes

Mißtrauen gegenüber allen Harvard-Absolventen hegte, denen mit wie denen ohne Schnurrbart.«

»Ein durch und durch begründetes Mißtrauen«, fügte Mrs. Jordan hinzu. »Durch und durch. So ziemlich der einzige vernünftige Zug an dieser Frau war ihr Mißtrauen gegenüber euch Jungen.«

Dot sah, wie in Mrs. Jordans Kinn ein Grübchen auftauchte, ein wenig links von der Mitte. Leonidas' Augen strahlten.

»Sie hätten Kavalier genug sein und sich schon heute nachmittag daran erinnern können«, fuhr Mrs. Jordan fort, »oder mich wenigstens wiedererkennen. Ich will nicht leugnen, daß die Jahre auch bei mir ihre Spuren hinterlassen haben, doch –«

»Ich *habe* Sie erkannt«, erwiderte Leonidas. »Ich war kurz davor, es Dot zu gestehen. Aber wissen Sie, ich arbeite dort als Hausmeister. Ich –«

»Sie meinen, Sie wollten nicht – oh.«

In der Tür stand Gerty, züchtig in grauer Uniform mit einer spitzenbesetzten Haube, die ihre Locken im Zaum hielt.

»Haben Sie noch etwas für mich zu tun, Mrs. Jordan?«

»Danke. Heute abend nicht mehr. Mein übliches Frühstück um –« Sie griff zu ihrer Lorgnette und zielte. »Wer sind *Sie* denn?«

»Ich bin das neue Zimmermädchen, Ma'am.«

»Wie heißen Sie?«

»Gertrude, Ma'am.«

»Gertrude? Was Sie nicht sagen. So, so. Gertrude! Das wäre alles. Sie können sich zurückziehen, Gertrude.«

Gerty machte einen Knicks und verschwand.

Dot betrachte Mrs. Jordan aufmerksam, doch sie schien keinen Verdacht zu hegen. Leonidas ließ gutgelaunt seinen Zwicker kreisen und brachte das Gespräch wieder auf das Papanti.

»Erinnern Sie sich noch an das blaue Musselinkleid, das Sie damals hatten, Agatha? Und an den Abend, an dem Sie an zusammengeknoteten Bettlaken aus dem Fenster kletterten –«

»Damit ich auf Brad Townshends Party gehen konnte. Sicher weiß ich das noch. Ich weiß auch noch, wie es ausging. Das hat mich damals eine Europareise gekostet.« Sie warf einen Blick auf ihre Armbanduhr. »Würden Sie mich bitte für einen Augenblick entschuldigen? Ich habe ganz vergessen, daß ich meinen Sohn anrufen wollte, und er wird sicher schon warten.«

»Bill«, zischte Dot, sobald Mrs. Jordan aus dem Zimmer war, »wieso haben Sie ihr soviel erzählt? Sie hat längst Verdacht geschöpft. Ich spüre das! Und auch wenn sie Sinn für Humor hat, findet sie die Situation hier vielleicht doch nicht zum Lachen. Durchaus denkbar, daß sie uns der Polizei ausliefert, selbst wenn ihr die Mützen, die sie jetzt tragen, nicht gefallen. Und warum haben Sie mir nicht gesagt, daß sie eine alte Flamme von Ihnen ist, Bill? Ich hatte heute nachmittag schon das Gefühl, daß sie immer nach Ihnen geschielt hat –«

»Ehrlich gesagt, Dot, ich hatte erwartet, daß sie mich vergessen hat. Und – nun, auch wenn es mir nicht im mindesten etwas ausmacht, als Hausmeister zu arbeiten, habe ich doch meinen Stolz. Ein Hausmeister, auch wenn er sich noch so gut ausdrücken kann und akademische Titel hat, bleibt doch ein Hausmeister. Und –«

»Verstehe schon«, unterbrach ihn Dot. »Und Agatha ist die Witwe eines Gouverneurs. Pfui, Sie sollten sich schämen! Bill, von Ihnen hätte ich so etwas nicht erwartet. Ausgerechnet Sie, befangen in den überkommenen Vorstellungen der Klassengesell – oooh! Oh Bill! Sehen Sie? Ich *habe* es Ihnen ja gesagt –«

Gerty kam in ihrer Dienstmädchenuniform ins Zimmer marschiert, hinter ihr Freddy in Chauffeursmütze und Staubmantel, gefolgt von Mrs. Jordan, die in ihrer fähigen Faust eine ausgesprochen abschreckend aussehende automatische Pistole hielt.

»Aber Agatha!« Leonidas klang ganz und gar entrüstet. »Meine liebe Agatha, sind Sie jetzt unter die Banditen gegangen?«

»Nein. Doch wissen Sie, Leonidas, ich bin auch kein solcher Dummkopf! Die Mädchen hier werden beim Nachnamen genannt. Merkwürdiger Brauch. Und nachdem Sie mir von Ihren zwei Assistenten erzählt hatten, war es wirklich *zu* einfach.«

Freddy seufzte. »Sagen Sie –«

»Bitte!« Mit einer Handbewegung brachte Mrs. Jordan ihn zum Verstummen. »Können Sie, Leonidas, mir auch nur einen einzigen vernünftigen Grund nennen, warum ich Sie vier nicht auf der Stelle der Polizei übergeben sollte?«

»Also wirklich, Agatha«, erwiderte Leonidas, »wirklich, ich wüßte nicht, warum wir das tun sollten. Ich habe diese beiden noch nie in meinem Leben gesehen – Agatha, woher haben Sie denn nur diese entsetzliche Waffe?«

»Sie hat sie mir aus der Manteltasche geklaut«, erklärte Freddy mit heiserer Stimme. »Ich habe immer eine Pistole da drin –«

»Leonidas«, sagte Mrs. Jordan, »ich *weiß*, daß diese Geschichte auf Ihr Konto geht und daß die beiden mit Ihnen zusammenarbeiten, und Sie wissen, daß ich das weiß. Verraten Sie mir, warum ich nicht – jawohl, ich werde die Polizei verständigen, jetzt auf der Stelle.«

»Sie haben selbst gesagt, daß die Polizei nichts als ein Haufen Dummköpfe ist«, erinnerte Leonidas sie. »Warum – ähm –, warum, wo es schon soviel Dummheit auf der Welt gibt, wollen Sie uns alle noch weiterer Dummheit aussetzen? Schließlich hätten Sie mich ja auch fragen können, Agatha.«

»Und Sie hätten Ja gesagt?«

»Aber gewiß. Ich habe selbst schon überlegt, aber ich habe mich nicht getraut. Daß Sie gern mit von der Partie sein wollten, war ja offensichtlich genug, aber Ihr – ähm – sozialer Rang machte die Frage nicht leicht.«

Dot, Freddy und Gerty verfolgten diese Unterhaltung zwischen Leonidas und Mrs. Jordan mit einigem Erstaunen.

»He«, fragte Freddy, »he, was wird denn hier eigentlich gespielt, hm? Was –«

Mrs. Jordan reichte ihm seine Pistole. »Hier, nehmen Sie das Ding zurück, es macht mir angst! Ich habe eine Heidenangst vor Schußwaffen!«

Freddy nahm sie dankbar zurück. »Sagen Sie, Bill, einer hier ist durchgedreht, entweder die oder ich. Was ist denn hier los?«

»Mrs. Jordan«, erklärte Leonidas in aller Ruhe, »besitzt Band vier auch nicht. Doch ihr Interesse an diesem Buch und an der gesamten Situation ist nicht geringer als unseres. Deshalb schlägt sie uns einen Handel vor. Verstehe ich das richtig, Agatha?«

Sie nickte. »Ganz genau. Ich werde Sie nicht der Polizei übergeben, wegen bewaffneten Überfalls oder Raubüberfalls oder wie immer das heißt – unter der Voraussetzung, daß ich bei Ihren weiteren Ermittlungen mit von der Partie sein darf. Andernfalls drücke ich auf der Stelle diesen Alarmknopf hier. Die Sirene ist außerordentlich durchdringend und wird nicht ohne Wirkung bleiben. Der Service in diesem Haus spottet aller Beschreibung, aber wenn es um den Alarm geht, ist das Personal sehr tüchtig.«

VII.

»Gütiger Himmel!« riefen Dot und Freddy wie aus einem Munde.

Doch Gerty nickte nur energisch. »Sie werden uns eine gute Hilfe sein, Mrs. Jordan. Ich finde, das ist eine prima Idee. Nun mach doch nicht so ein Gesicht, Freddy. Manchmal frage ich mich, ob da in deinem dicken Schädel überhaupt ein Hirn drinsteckt! Hör mal, du Dummkopf, wenn wir Ärger mit der Polizei bekommen oder mit Bats Bande – dann haben wir ab sofort *sie*, verstehst du?«

»Oh.« Es dämmerte Freddy, und nun strahlte er. »Oh. Sicher. Jetzt versteh' ich's. Klar. Sie kennt die ganzen großen Tiere, und sie bringt uns – ja natürlich. Jetzt kapier' ich's.«

»Sie müssen Nachsicht mit ihm haben«, meinte Gerty entschuldigend zu Agatha, »er ist ein bißchen schwer von Verstand. Aber ein prima Junge. Herzensgut.«

Dot fand ihre Stimme wieder. »Mrs. Jordan, sind Sie von Sinnen? Hören Sie, Sie verstehen das nicht! Gertys Bruder ist hinter uns her, und die Polizei ebenfalls, und – verstehen Sie denn nicht?« Dot stöhnte. »Womöglich wird auf Sie geschossen! Sie könnten verletzt werden, Sie könnten umkommen! Wir haben die Kugeln schon pfeifen hören!«

»Daß auf mich geschossen wird«, erwiderte Mrs. Jordan, »ist nichts Neues für mich, meine Liebe. Ganz und gar nicht. In China, als ich Sebastian kennenlernte, da wurde am laufenden Band geschossen. Und später dann in Mexiko. Banditen. Aber Banditen sind keine großen Schützen. Sebastian hat immer gesagt, wenn sie schießen könnten, wären sie keine Banditen, und da hatte er recht.

Aber Freddy – ähm – haben Sie etwas dagegen, wenn ich Sie Freddy nenne?«

»Ganz wie's Ihnen gefällt«, erwiderte Freddy großzügig. »Bills Freunde sind auch meine Freunde.«

»Freddy, ich würde vorschlagen, daß Sie und Gerty jetzt wieder hinausgehen, und zwar so unauffällig, wie Sie gekommen sind, und auf dem selben Wege. Ich hole noch meinen Mantel, und wir treffen uns dann draußen.«

»Wohin fahren wir, Ma'am?«

»Zurück zum Buchladen, meinen Sie nicht auch, Leonidas? Ich würde mich gerne noch ein wenig umsehen, gerade in den Ecken. Ich bin sicher, daß noch jemand anderes oder sogar noch mehrere andere heute nachmittag im Laden waren.«

»Aber wie?« fragte Dot. »Wie sollen sie hereingekommen sein?«

»Ich habe keine Ahnung. Womöglich sind sie durchs Schlüsselloch gekrochen. Aber jemand muß dort gewesen sein – es kann ja gar nicht anders sein.«

Leonidas nickte. »Da stimme ich mit Ihnen überein.«

»Wahrscheinlich haben Sie beide recht«, meinte Freddy. »Wenn Sie das Buch nicht haben, und Sie haben's ja nicht« – er grinste –, »und wenn dieser Harbottle es nicht hat, und der hat's auch nicht, und wenn Quinland es nicht hat – na dann muß es noch jemand anderen geben, der es hat. Liegt doch auf der Hand. Und irgendwie muß der ja reingekommen sein.«

»Ich frage mich, ob Martin es haben könnte«, sagte Leonidas nachdenklich. »Das ist doch gut möglich, daß er das Buch in der Hand hatte und dann in der Aufregung eingesteckt hat. Jedenfalls sollten wir uns vergewissern, bevor wir weitermachen. Agatha, könnten Sie noch einmal Ihre grenzenlose Macht spielen lassen, bei der Polizei anrufen und fragen, ob Martin ein Buch bei sich hatte, als er in die Zelle kam?«

Mrs. Jordan griff zum Telefonhörer. Lächelnd wählte sie die Nummer und erkundigte sich.

»Sie forschen gerade nach«, berichtete sie den anderen und wartete. »Die haben sich geradezu überschlagen vor Freundlichkeit. Sie können sich gar nicht vorstellen, was für ein Vergnügen mir das macht.«

Der Beamte berichtete, daß Martin kein Buch bei sich gehabt habe. Mrs. Jordan legte auf, bevor er fragen konnte, warum sie das denn wissen wolle.

»Gut«, sagte Freddy, »dann verdrücken Gert und ich uns jetzt. Wir brauchen ein paar Minuten, bis sie wieder ihre eigenen Sachen anhat.«

»Wo haben Sie die Uniform eigentlich her? Ist die gestohlen?«

»Eins der Zimmermädchen ist die Cousine von einem Freund«, erklärte Freddy, »und der Koch ist auch ein Kumpel von mir. War überhaupt kein Problem. Können Sie dann nach hinten in die Seitenstraße kommen? Wäre nicht gut, mit dem Wagen hier vorzufahren. Womöglich kennt ihn jemand.«

Als Leonidas mit Agatha und Dot in die Eingangshalle kam, erschien wieder der Portier.

»Ah, Mrs. Jordan. Haben Sie – äh – vielleicht neue Aufträge für uns? Nachrichten, die Sie hinterlassen möchten? Ein Hinweis vielleicht, wann Sie zurückzuerwarten sind? Ich – äh –«

»Bei dem Service, den Sie bieten«, fuhr Agatha ihn an, »ist es gut möglich, daß ich überhaupt nicht zurückkomme.«

»Es ist gut möglich«, murmelte Dot vor sich hin, »daß Sie nicht zurückkommen, Mrs. J. Da steckt mehr Wahrheit drin, als Sie denken! Sie werden vielleicht gar nicht mehr zurückkommen *können*!«

»Oh Mrs. Jordan!« Der Portier war zerknirscht. »Sagen Sie doch so etwas nicht!«

Agatha würdigte ihn keines weiteren Wortes und wandte sich Dot zu, die immer noch ihre düsteren Prophezeiungen murmelte.

»Bitte, mein liebes Kind, machen Sie sich um meinetwillen keine Sorgen! Ein solches Abenteuer habe ich mir schon seit Jahren gewünscht. Jedenfalls kommt es mir vor, als ob es Jahre sind. Und glauben Sie ja nicht, ich lasse mir eine solche Gelegenheit entgehen, nur weil es vielleicht ein klein wenig gefährlich werden könnte! Das werde ich ganz bestimmt nicht. Ich freue mich ungeheuer darauf. Ich gebe zu, ich sehe aus wie die Karikatur einer reichen Bostoner Witwe – oh ja, ich habe Sie heute nachmittag gehört, meine Liebe! Sie haben viel zu spät mit dem Flüstern angefangen. Aber Sie müssen lernen, die Menschen nicht nach ihrem Äußeren zu beurteilen. Nicht wahr, Leonidas?«

»Wenn Sie sie gekannt hätten, als Sie –«

»Ich bitte Sie, Leonidas, keine Sentimentalitäten, keine Nostalgie. Sehen Sie sich diesen Witherall an, Dot. Der Mann hat Ihnen wahrscheinlich weisgemacht, er täte all das hier, um Martin aus dem Gefängnis zu holen. Glauben Sie ihm das nicht, meine Liebe. Glauben Sie ihm kein Wort! Versetzen Sie sich in ihn hinein, und Sie werden merken, daß er es nur um des Abenteuers willen tut. Früher –«

»Damit wären wir quitt, Agatha.«

»Nun gut. Oh, ich habe mein Scheckbuch vergessen. Ich wußte doch, daß ich noch etwas einstecken wollte. Irgend etwas sagt mir, daß es bei dieser Unternehmung gut sein könnte, wenn man ein Scheckbuch in der Tasche hätte. Warten Sie hier an der Tür auf mich. Ich bin gleich zurück.«

Wieder oben angekommen, sah sie sich nachdenklich im Wohnzimmer um. Sie war nicht des Scheckbuchs wegen zurückgekommen; das steckte, wie immer, sicher im Innenfach ihrer Handtasche.

Dots düstere Prophezeiungen hatten ihr mehr zugesetzt, als sie wahrhaben wollte. Schließlich war ja die ganze Unternehmung mehr als nur ein klein wenig illegal. Schon bisher konnte man nicht behaupten, daß der Verlauf übermäßig gesund gewesen war, und es war nicht anzunehmen, daß sich die Lage bessern würde. Im Gegenteil.

Agatha seufzte. Sie verstand sich als eine moderne, aufgeklärte Frau, die mit jeder nur erdenklichen Notlage fertig würde. Ein Scheckbuch würde in den meisten Fällen reichen, doch hier war offenbar etwas anderes zu empfehlen.

Sie sah sich noch einmal im Zimmer um und zerrte dann, als sei nichts dabei, von der Wand eine sechs Zoll lange Pistole, die in ihre Handtasche paßte, ohne sie allzu auffällig auszubeulen.

Vor etwa einhundertfünfunddreißig Jahren war eine solche Waffe die perfekte Taschenpistole eines Gentleman gewesen. Inzwischen, das gab Agatha unumwunden zu, war sie ein wenig veraltet. Weder als Angriffs- noch als Verteidigungswaffe taugte sie mehr viel. Aber man wußte nie. Mit der typischen Umsicht und Gelassenheit der Bostoner, gepaart mit der starken Willenskraft, die immer der Hauptzug ihrer Familie gewesen war, wäre es, dachte sie bei sich, durchaus möglich, den Zeitraum, der inzwischen vergangen war, einfach zu vergessen.

Sie vergrub die Pistole unten in ihrer Tasche, ließ das Schloß zuschnappen, kehrte zurück zu Leonidas und Dot, die unten im Foyer warteten, und rauschte gebieterisch zum Eingang des Mayflower hinaus. Nun fühlte sie sich sicher.

Mit einer Verbeugung öffnete Freddy ihnen die Wagentür.

»Eine erstklassige Wahl, Ihr Wagen«, meinte Agatha. »Darf ich fragen, wem er gehört, oder ist das ein Betriebsgeheimnis?«

»Zu meinem Bedauern muß ich sagen«, erwiderte Leonidas, »daß wir den Besitzer nicht persönlich kennen, auch wenn wir seinen Hang zu hochwertigen Automobilen teilen. Er war so freundlich, diesen Wagen für uns am Straßenrand zurückzulassen. Es kam so gelegen, daß, fanden wir, der Allmächtige seine Hand im Spiel haben mußte, und wer sind wir schon, Seinen Ratschluß in Zweifel zu ziehen?«

Agatha lachte leise vor sich hin. »Ich glaube, ich werde Sie auch Bill nennen. Leonidas ist einfach zu mühsam. Kein Wunder, daß Sie Junggeselle geblieben sind, mit einem solchen Namen. Welche Ehefrau, so sehr sie Ihnen auch sonst treu ergeben sein mochte, wollte schon für den Rest ihres Lebens mit Wäschetinte ›Leonidas Witherall‹ Bettücher und Wäsche markieren?«

Wiederum parkte Freddy den Wagen vor dem Athenaeum, und die Gesellschaft zog wieder zum Buchladen.

Aus einem finsteren Winkel holte Leonidas einen Schaukelstuhl hervor, den Agatha mißtrauisch betrachtete.

»Bill, habe ich Ihnen denn vorhin nicht deutlich genug zu verstehen gegeben, daß mir Antiquitäten ein Greuel sind? Ich möchte lieber auf einem der Schemel da sitzen.«

»Die sind noch wackliger«, warnte Dot sie.

»Mag sein, aber das Risiko gehe ich ein. Also, Bill, wir haben Harbottle, Martin, Quinland und mich als Diebe von Band vier ausgeschieden; was ist nun mit dem Unbekannten, der das Buch gestohlen haben muß? Können wir ihm denn nicht einen Namen geben?«

»X«, sagte Dot ohne zu zögern. »Alle Unbekannten heißen X. Das ist ein Naturgesetz oder so was.«

»Hmnja«, sagte Leonidas, »X. Um es kurz zusammenzufassen,

Agatha, ich stand hier bei der Tür. Ich weiß, daß niemand auf diesem Wege in den Laden gekommen ist. Ich – übrigens, ich an Ihrer Stelle würde den Mantel anbehalten. Es ist doch ausgesprochen kühl hier. Der Hausmeister hat den Heizkessel vernachlässigt. Wie dem auch sei, diese Tür ist der einzige mögliche Ein- und Ausgang.«

»Sind Sie da wirklich sicher?« beharrte Agatha.

»Das bin ich, und Quinland hat es bestätigt. Er ist Experte im Bücherstibitzen und kennt die Ausgänge sämtlicher Buchläden in Neuengland.«

»Schon möglich, aber das war doch hier früher einmal ein Wohnhaus, oder? Ein umgebautes Stadthaus, nicht wahr?«

»Ja, das kann schon sein. Ich bin mir nicht ganz sicher.«

»Dann«, erwiderte Agatha triumphierend, »gibt es mit Sicherheit eine andere Tür hinaus auf den Flur, Bill! Ich weiß doch, wie so ein Brownstone aufgebaut ist!«

»Es gibt«, bestätigte Leonidas, »oder besser gesagt: es gab eine solche Tür. Sie haben den ganzen Nachmittag über direkt davor gestanden. Von der Flurseite ist sie verkleidet, innen mit Regalbrettern ausgefüllt. Wenn man diese Tür öffnen wollte, bräuchte man ein paar Stunden und eine scharfe Axt, ganz zu schweigen von der Mühe, sieben- oder achthundert Bücher aus dem Regal zu nehmen.«

»Was ist mit den Fenstern?« Agathas Enthusiasmus war nicht zu bremsen.

»Es gibt ein Fenster unmittelbar über dem Arbeitsplatz in der linken hinteren Ecke«, gab Leonidas zu. »Aber das führt in den Innenhof, und dorthin gibt es keinen Zugang vom Ende des Flurs oder vom Anbau aus. Im Anbau gibt es mehrere kleine Fenster, aber die sind alle fest vernagelt und mit Maschendrahtgittern gesichert, die schon seit Jahren dort sind. Ich weiß das. Im Herbst sollte ich die Fenster putzen und mußte feststellen, daß es unmöglich war, die Gitter zu entfernen.«

»Aber das Fenster über der Werkbank, Bill. Von da zum Innenhof –«

»Niemand kann durch dieses Fenster gekommen oder gegangen sein. Zunächst einmal reicht der Anbau direkt an das Haus in der nächsten Straße heran. Rechts führen die Mauern des Nachbarhauses zwei Stockwerke hoch hinauf; links gibt es zwanzig Fuß hohe Eisenstäbe mit Spitzen obendrauf, dazu Stacheldraht. Und die Stäbe stehen dicht an dicht. Anders gesagt, es gibt keine Möglichkeit, von diesem Innenhof irgendwo*hin* zu gelangen oder *von* irgendwo in diesen Innenhof –«

»Und das Fenster über der Werkbank«, steuerte Dot noch bei, »ist außerdem vernagelt. Ich weiß das, weil ich noch heute nachmittag, als Bill uns kräftig einheizte, versucht habe, es zu öffnen. Onkel Jonas hat offenbar nicht viel Sinn für frische Luft gehabt.«

»Ein Fenster nach links«, sagte Agatha nachdenklich, »und keins nach rechts? Verzeihen Sie mir, daß ich so darauf herumhacke, aber ich weiß recht genau, wie die Häuser in diesem Viertel gebaut sind. Ich habe sogar das Gefühl, daß ich hier in diesem Haus schon einmal war, vor vielen Jahren –«

»Es gibt noch ein weiteres Fenster«, bestätigte Leonidas, »aber das ist genauso mit Brettern vernagelt und mit Regalen ausgefüllt wie die Tür zum Flur.«

»Puh«, sagte Gerty. »Da bleibt jetzt nur noch der Keller. Wie sieht es im Keller aus, Bill?«

»Es ist ein düsterer, langer, rechteckiger Raum vollgestopft mit Büchern, und ein kleiner Vorraum mit etwas, was der Hausbesitzer für einen Heizkessel hält. Er quillt wirklich über vor Büchern. Keinerlei Fenster.«

»Da ist doch noch ein Kellerfenster unter dem Schaufenster«, erinnerte Gerty sie.

»Das ist nur ein kleiner Vorratsraum. Muß früher einmal ein Teil des Kellers gewesen sein, aber jetzt ist er durch eine dicke Mauer abgetrennt. Kein Zugang zum Keller. Kein Zugang zum Laden. Außerdem ist er leer, verschlossen und verriegelt. Ich habe heute morgen noch selbst hineingesehen und ihn abgeschlossen.«

»Wie kommt man denn überhaupt in den Keller?« fragte Freddy.

»Es gibt nur einen einzigen Weg. Hier, direkt durch den Buchladen. Als das Haus umgebaut wurde, vor Jahren, kam alles hinein, was ein renoviertes Brownstone an Unvernünftigem überhaupt haben kann, und dann haben sie überlegt, was sie ihm sonst noch an Kuriositäten mitgeben können. Es ist geradezu verblüffend. Ich habe mich oft gefragt, wie –«

»Wo ist die Treppe?« fragte Freddy.

»Dort hinten.« Leonidas zeigte die Richtung mit dem Finger. »Zwischen der Theater-Abteilung, die Dot schon so lange vom Staube befreien will, und den Naturwissenschaften. Sehen Sie die Stelle da, wo das Regal erst ungefähr einen Meter über dem Boden beginnt? Das ist die Tür zur Kellertreppe, obwohl man es eigentlich kaum eine Tür nennen kann. Eher eine Klappe. Ich bin noch nie in den Keller gegangen oder wieder heraufgekommen, ohne daß ich mir daran den Kopf gestoßen habe. Und ich muß den Heizkessel in Gang halten. Es ist lausekalt hier –«

»Aber hören Sie«, meldete sich Gerty mit ihrem praktischen Verstand zu Wort, »wenn der Heizkessel im Keller bei den Büchern ist, wie kommt denn dann die Asche nach draußen? Die Treppe hier kann doch nicht der einzige Weg aus dem Keller sein!«

»Oh doch«, beteuerte Leonidas melancholisch. »Ich muß die Asche in kleinen Deckeleimern die Treppe hinauf- und dann durch den Laden nach draußen tragen. Wie gesagt, der Mann, der dieses Haus renovierte, hatte recht exzentrische Vorstellungen. Tja, diese Asche ist zweifellos in erster Linie verantwortlich dafür, daß Dots Bücher so verstaubt sind. Ich habe mit dem Besitzer schon einmal darüber gesprochen, wie wünschenswert es wäre, andere Vorkehrungen zu treffen –«

»Ölheizung?« fragte Gerty.

»Und mich um meine Stellung bringen? Das gewiß nicht. Nein, ich habe vorgeschlagen, unten durch den Vorratsraum noch einen Ausgang zu schaffen. Aber der Eigentümer weigert sich, auch nur einen einzigen Cent zu investieren. Solange der Mieter – oder die Mieterin – des Buchladens die Unannehmlichkeiten für eine niedrigere Miete in Kauf nimmt und solange er einen Hausmeister findet, der bereit ist, die Asche durch den Laden zu schleppen, sieht Bidwell keinen Grund, etwas zu ändern. Es ist sonst nicht meine Art, gehässig über meine Mitmenschen zu sprechen, aber Mr. Bidwell wäre unter der Erde besser aufgehoben. Er bereichert das Leben hier oben nicht um ein Jota.«

»Henry Bidwell?« fragte Agatha. »Ah, ich kannte seinen Vater. Ich hatte doch gleich das Gefühl, daß ich schon einmal in diesem Hause war. Die Bidwells sind eine durch und durch unerfreuliche

Familie, und eine todlangweilige dazu. Bill, das ist alles höchst enttäuschend; ich glaube, wir sind in eine Sackgasse geraten.«

Leonidas konnte nur zustimmen.

»Aber andererseits«, meinte Dot, »waren Sie doch auch sicher, daß es noch einen anderen Eingang geben muß.«

»Das bin ich nach wie vor. Rein logisch gesehen muß es einen zweiten Eingang geben. Es ist nicht anders denkbar. Keiner von den Leuten, die wir im Laden gesehen haben, hat das Buch mitgenommen, und doch sind das Buch und der Hammer verschwunden. Bücher und Hämmer können ja nicht einfach davonfliegen. Wenn keiner von denen, die wir kennen, sie mitgenommen hat, dann hat jemand, den wir *nicht* kennen, sie mitgenommen. Die Tatsache, daß wir niemanden hereinkommen sahen und daß wir uns nicht erklären können, *wie* jemand hereingekommen sein könnte, entkräftet nicht die Erkenntnis, daß jemand hereingekommen sein *muß* und daß er einen Ein- und Ausgang gekannt haben *muß*, von dem wir nichts wissen.«

»Da«, sagte Freddy voller Bewunderung, »das nenne ich Redekunst! Besser sind die Politiker bei einem Basar am 4. Juli auch nicht.«

Es klingelte an der Haustür.

»Bat!« rief Freddy sogleich. »Das ist Bat!«

»Unsinn«, tadelte Leonidas ihn streng. »Würde Bat McInnis sich die Mühe machen zu klingeln, wenn er es auf Sie abgesehen hätte? Es ist wahrscheinlich ein Polizeibeamter, der entweder nach mir oder nach dem Laden sehen will. Sie gehen nach hinten, alle zusammen, und bleiben dort. Gerty, Sie sorgen dafür, daß er Ruhe hält.«

Sie gehorchten. Mrs. Jordan drückte ihre Handtasche an sich.

Vor der Türe stand, wie Leonidas schon vermutet hatte, ein Polizist, atemlos und offenbar sehr aufgeregt.

»Sie sind Witherall, nicht wahr? Der Hausmeister?«

Leonidas gestand es ein. »Was kann ich für Sie tun, Officer?«

»Sagen Sie, sind Sie allein hier?«

»Ja. Warum? Ist etwas nicht in Ordnung?«

»Ich weiß es nicht«, antwortete der Polizist mit besorgter Miene. »Das ist ja das Schlimme. Wo ist das Mädchen, dem der Laden gehört?«

»Auf Besuch bei ihrer Tante«, erwiderte Leonidas ohne zu zögern. »Warum? Wollten Sie – ähm – mit ihr sprechen?«

»Nun, Mister«, antwortete der Mann, »in der letzten Viertelstunde ist dreimal dasselbe Auto hier über den Platz gefahren. Und am Steuer saß Bat McInnis! Ich habe ihn deutlich sehen können, das letzte Mal, als er seine Runde fuhr. Ich stand im Schatten des Gerichtsgebäudes. Und jedesmal sind sie vor dem Laden langsamer geworden. Ich weiß nicht, was sie vorhaben, aber sie führen irgendwas mit diesem Laden im Schilde. Ich habe den Rotschopf hier gesehen, und eins will ich Ihnen sagen – wenn Bat anfängt, vor einem Laden spazierenzufahren, dann ist das kein Ort mehr für eine junge Frau. Haben Sie eine Ahnung, was Bat mit der ganzen Geschichte zu tun haben könnte?«

»Nicht die leiseste.« Leonidas ließ seinen Zwicker kreisen. »Ich glaube, Sie haben sich einfach zu sehr von der düsteren Stimmung draußen auf dem Platz bedrücken lassen, Officer. Ich –«

»Also hören Sie, ich bilde mir das nicht ein! Ich erkenne doch Bat McInnis, wenn ich ihn sehe! Glauben Sie mir, ich mache mir wirklich Sorgen. Ich werde mal in der Wache Bescheid sagen, damit sie noch jemanden rausschicken. Sie halten Ihre Türen gut verschlossen, und wenn jemand versucht, hier hereinzukommen, rufen Sie auch noch einmal die Wache an, in Ordnung? Ich mache jetzt gleich meine Meldung, und dann komme ich wieder her.«

»Eigentlich« – Leonidas erstickte ein großes Gähnen –, »eigentlich wollte ich gerade zu Bett gehen. Ich persönlich könnte Bat McInnis nicht von einem Blumentopf unterscheiden, und ich bin sicher, daß er nie auf die Idee käme, bei uns einzubrechen. Ich kann mir nicht vorstellen, daß Buchläden die richtigen Läden für ihn sind. Meinen Sie nicht, er hat es eher auf eins der Bankhäuser am Platz abgesehen?«

Der Beamte nickte nachdenklich. »Wahrscheinlicher wäre das schon. Aber ich gebe trotzdem mal auf der Wache Bescheid. Sie können schlafen gehen, wenn Sie das wollen, Mister, aber eins kann ich Ihnen sagen: Wenn Bat McInnis vor *meiner* Tür den Fuß vom Gas nehmen würde, da würd' ich kein Auge zutun!«

Er machte kehrt und trottete raschen Schrittes die Straße hinunter.

Sorgfältiger als sonst verschloß Leonidas die äußere Tür, legte den Riegel vor, hakte die Kette ein und wiederholte diese Prozedur dann mit der inneren. Die Glocke der Ladentür rasselte hohl, als er wieder hereinkam, und auch hier drehte er zur Sicherheit noch den Schlüssel im Schloß.

Leise verständigte er die anderen.

»Freddy! Irgendwie hat Bat herausbekommen, daß Sie hier sind. Der Polizist war ganz aufgeregt. Er hat Bat am Steuer eines Wagens erkannt, und er sagt, Bat habe das Tempo verlangsamt, als er hier vorüberfuhr –«

»Gibt's einen Hinterausgang in dem Laden hier?«

»Nein, Freddy«, erwiderte Leonidas. »Sie werden sich erinnern, daß wir uns vorhin über dieses Thema unterhalten haben.«

»Stimmt. Ich seh' mir mal das Fenster da an.«

Seine eng beieinanderstehenden Augen funkelten, als er wieder zurückkam.

»Das Fenster ist zugenagelt mit Draht außen vor. Wie sieht's mit den Schlössern aus, den Türschlössern?«

»Außen- und Innentür verschlossen, verriegelt und mit Ketten versehen«, antwortete Leonidas.

»Hm.« Im selben Augenblick, in dem Freddy diese ausdrucksvolle Silbe von sich gab, fuhr draußen ein Wagen vorüber. Kurz darauf drückte der Fahrer ein paar Sekunden lang auf die Hupe.

Freddy und Gerty sahen sich an.

»Ich glaube nicht«, sagte Gerty, »daß der Bulle noch auf der Wache anrufen wird. Ich kann's mir nicht vorstellen.«

»Wieso?«

»Die Hupe da gerade, die haben sie gedrückt, damit keiner hört, wie sie ihn sich schnappen.«

»Gerty, soll das heißen, daß sie den Mann umgebracht haben? Erschossen?«

»Oh, den Ärger fangen die sich nicht ein«, beruhigte Gerty ihn. »Sie schnappen ihn sich einfach und setzen ihn für eine Weile außer Gefecht. Sie lassen ihn dann irgendwo wieder raus.«

»Bei Maguire«, sagte Freddy nachdenklich. »Oder Casey Jack. Da brauchen sie ungefähr zehn Minuten, um hin und –«

»Von wegen!« prahlte Gerty. »Fünf, mehr nicht. Dann nochmal zehn Minuten, dann sind die hier drin!«

»Aber Gerty«, wandte Leonidas ein, »alle Türen sind verschlossen!«

»Klar. Sicher, Bill. Verschlossen. Als ob das für Biff für einen Unterschied macht!«

»Für was?«

»Biff. Mein anderer Bruder«, erklärte Gerty. »Eine Viertelstunde, höchstens. Die Türen haben auch noch Glaseinsätze, stimmt's? Dann noch weniger.«

»Es ist wohl aussichtslos, die Flucht zu ergreifen?« fragte Agatha mit ruhiger Stimme.

Gerty nickte. »Fürchte schon. Sie haben sicher einen Aufpasser draußen gelassen.«

»Und die Polizei?«

»Die würden nur Freddy und Gerty verhaften«, antwortete Leonidas, »und Sie dazu. Es wäre wahrscheinlich nicht leicht, die Lage zu erklären. Aber, Freddy, ich glaube, es würde nichts schaden, wenn wir ein paar von Ihren Freunden verständigten.«

»Da sind sowieso schon welche draußen«, sagte Freddy. »Hab' ihnen vom Mayflower aus Bescheid gesagt. Bat wird sein blaues Wunder erleben.«

»Wie wär's, wenn wir die Tür mit Büchern verbarrikadieren würden?« schlug Dot vor. »Wenn sie die Eingangstür aufbrechen, kann man nichts machen, aber wir können sie wenigstens für einen Augenblick daran hindern, hier hereinzukommen, dann haben Freddys Leute mehr Zeit.«

Agatha strahlte sie an. »Das ist der beste Vorschlag«, sagte sie, »den ich bisher gehört habe. Bücher, Leonidas!«

Sie begannen mit dem Stapel Lexikonbände, auf dem Martin am Nachmittag gesessen hatte, dann folgten alle schweren Nachschlagewerke und Gesetzestexte, die ihnen zur Hand kamen. Sie arbeiteten nach dem alten Prinzip der Eimerkette, aus der Zeit, als es noch keine Feuerspritzen gab – Agatha, Dot und Gerty reichten die Bücher an, Leonidas und Freddy schichteten sie auf. Nach acht hektischen Minuten war die Tür mit einer Mauer aus Büchern verbarrikadiert, gut einen Meter dick und vom Fußboden bis zur Glocke über der Tür. Gerade als Freddy, ohne die Ironie zu bemerken, den letzten Band von Fox' *Buch der Märtyrer* wie einen Schlußstein oben einsetzte, hörten sie draußen ein leichtes Klirren.

Agatha hob die Augenbrauen.

»Sie haben die Türscheiben eingeschlagen«, erklärte Gerty. »Jetzt wird's ernst.«

Sie wußte genau, wenn Bat hereinkam und sie und Freddy zusammen fand – und wenn nicht im gleichen Augenblick Freddys Männer eingriffen –, würde sie wie schon so viele dem aufbrausenden Temperament zum Opfer fallen, das allen McInnis-Brüdern gemeinsam war. Freddys Jungs waren heißblütig und konnten recht unangenehm werden, aber wenn Bats Bande, auch wenn seine Leute nicht ganz so schnell in Wut gerieten, erst einmal loslegte, dann waren sie noch schlimmer. Viel schlimmer.

Gerty atmete tief durch, dann schluckte sie. Alle zusammen standen sie da und starrten die verbarrikadierte Tür an.

Ein leises Klicken war zu hören, dann ein zweites.

Dann erschütterte ein Stoß die Bücher.

Schweigend wies Leonidas auf die Kellertür. Alle fünf, einer nach dem anderen, duckten sie sich und kletterten die steile, wacklige Treppe hinunter, nur beleuchtet von dem schwachen Strahl von Freddys Taschenlampe – einer kleinen Stablampe, die als Füllhalter verkleidet war.

Rundum türmten sich die Bücher in staubigen Stapeln. Der modrige Geruch von mürbem Leder lag in der Luft, und mehr als nur ein Hauch von Kohlengas. Eine große Ratte kam hervor, hielt in dem schmalen Lichtstrahl kurz inne, sah sie mit ihren kleinen schwarzen Augen neugierig an und verschwand dann wieder im Dunkel.

»Die Tür da oben an der Treppe –« hob Freddy flüsternd an.

»Sie hat kein Schloß«, flüsterte Leonidas zurück. »Es hat keinen Zweck.«

»Gut, dann unter die Treppe, alle zusammen, und ich verschanz' mich hinter einem Stapel Bücher und knalle sie ab, einen nach dem anderen, wenn sie runterkommen. Ich laß mich doch nicht –«

Als Freddy seine Lampe wieder einschaltete, um sie einzuweisen, faßte Leonidas ihn bei der Hand und richtete den Strahl noch einmal auf den Bücherstoß an der Rückwand, den das Licht eben gestreift hatte. Er richtete ihn nach unten, bis er das Objekt wieder im Lichtkegel hatte, das dort unten lag.

»Der Hammer!« sagte Dot. »Bill, das ist der Buchbinderhammer! Kein Zweifel!«

»Hmnja. Wir hätten uns schon früher hier unten umsehen sollen.« Oben stürzte mit lautem Poltern die Bücher-Barrikade um. »Irgendwo hier unten muß ein Ausgang sein –«

»Moment!« Agatha faßte ihn am Arm. »Moment! Wir haben doch gesagt, das Haus gehörte dem alten Porter Bidwell. Dessen Vater Adams war im Ostasienhandel. Sebastian hat einmal Andeutungen gemacht, daß er auch seine Finger im Opiumgeschäft hatte. Adams hat das Haus hier gebaut – Bill, ich bin mir sicher, daß es hier unten irgendwo einen Gang gibt. Ich weiß noch, Sebastian hat mir damals erzählt, die Bidwells hätten sogar einen Geheimgang in ihrem Haus gehabt. Wir *müssen* diesen Ausgang finden, irgendwo zwischen den Regalen!«

Leonidas nickte. »Das müssen wir. Wer immer hier den Hammer liegengelassen hat, der hat auch damit zugeschlagen, da kann es keinen Zweifel geben – Freddy, helfen Sie mir mal!«

In fieberndem Eifer suchten die beiden Männer die Regale ab, sie drückten, zogen, zerrten, brachen sich die Fingernägel bei dem Versuch ab, das Regal vom Fleck zu bewegen, vor dem sie den Hammer gefunden hatten.

Oben ertönte ein zweites, lauteres Krachen, gefolgt von energischen Schritten.

Plötzlich klappte ein Regalsegment vor, wie eine Tür, und dahinter kam ein schmaler Gang zum Vorschein, gerade breit genug, daß Agatha sich hineinzwängen konnte. Dot und Gerty folgten ihr. Als letzter kam Leonidas, der in einer einzigen Bewegung Freddy hineinschob und nach dem Hammer griff. Er trat ein und zog die Regaltür hinter sich zu, gerade in dem Augenblick, in dem die Klappe am oberen Ende der Kellertreppe sich öffnete.

VIII.

Zwei Männer kamen die Kellertreppe heruntergepoltert, und der Lärm klang als ein hohles Echo in dem Geheimgang nach. Doch auch Agatha, am weitesten entfernt von der verborgenen Tür, konnte durch das Dröhnen hindurch deutlich die Worte der beiden McInnis-Brüder vernehmen, die nun unten angelangt waren.

»Jetzt sitzt du in der Falle, du Ratte!« sagte eine eiskalte Stimme.

»Das ist Biff«, erklärte Gerty. »Er ist –« Dot hielt ihr den Mund zu.

»Komm raus, Freddy«, lockte Bat beinahe freundlich. »Du bist geliefert. Erledigt.«

»Ratte«, schnaubte Biff.

Es gab ein lautes Klicken, als sie das Kellerlicht einschalteten.

»Der ist getürmt. Hier unten ist keiner. Der hat sich aus dem Staub gemacht!« Die Worte kamen fast trotzig – Biff war verblüfft.

»Ach was, der ist hier unten.«

»Ja«, fragte Biff durchaus vernünftig, »und wenn er hier ist, wo steckt er dann?«

»Der ist hier unten. He, Freddy!« Bat wurde nun lauter. »Spaghettifresser! Komm raus, da hinter den Büchern! Ich kann dich sehen! Komm raus oder ich mach ein Sieb aus dir!«

Es folgte ein düsteres Schweigen, dann kamen ein Schuß und rasche Schritte.

»Da war er nicht«, sagte Biff.

»Na, irgendwo hier steckt er jedenfalls. He, was ist denn das für eine Tür da vorne?«

»Heizungskeller, würde ich vermuten.«

»Da ist er drin! Da hat er sich versteckt! Komm raus, Freddy. Du auch, Gert, wenn du da drin bist. Ich gebe euch eine Chance. Ich zähle bis drei. Eins, zwei – nun kommt schon! Kommt raus!«

Gerty nickte. »Er hat mich immer gern gehabt«, sagte sie.

»Drei!«

Zwei Kugeln durchschlugen die Tür des Heizungskellers.

»Komm, Freddy, wo ist Gert? Sag uns, wo du Gert versteckt hast«, drängte Biff.

In dem Geheimgang schüttelte Freddy sich vor Lachen. Alle fünf schüttelten sie sich – es steckte an, und sie konnten nicht dagegen an.

»Mach die Tür auf«, wandte Biff sich an Bat.

»Mach sie doch selber auf.«

»Mach die Tür auf. Ich geb' dir Deckung.«

»Mach sie selber auf!«

»Ach Bat!«

»Hör mal« – Bats Stimme bekam nun etwas Drohendes –, »ich sage: Mach – die – Tür – auf!«

Biff öffnete sie.

»Mensch, da ist ja gar keiner drin! Freddy ist nicht da! Hier ist überhaupt keiner drin, nur der Heizkessel! Die sind weg!«

»Was?«

Sie hörten, wie Bat hinüberstapfte, um sich selbst davon zu überzeugen.

»Der ist nicht hier«, sagte Biff zum zweiten Mal in jämmerlichem Ton. »Der hat sich aus dem Staub gemacht.«

»Keiner hier unten«, flüsterte die unverbesserliche Gerty, »außer uns fünf Geißlein.«

»Hör mal«, sagte Biff nun, »vielleicht haben wir uns da doch vertan, hm? Was meinst du, Bat?«

»Wir haben uns nicht vertan. Gerty und dieser Spaghettifresser haben irgendwas vor. Sie haben was rausbekommen. Irgendwas, was mit diesem North zu tun hat, den sie hier im Laden umgelegt haben. Sie sind doch schließlich von Norths Haus losgefahren, oder nicht? Und was soll Spud Bugatti hier zu suchen haben, wenn Freddy nicht auch irgendwo in der Nähe ist? Wir haben doch Gerty und Freddy zusammen gesehen.«

»Ja, schon, aber jetzt sind sie nicht hier. Höchstens wenn sie in eins von den Büchern da reingekrabbelt sind!« Biff versetzte einem der Stapel einen Fußtritt. »Und da sind sie auch nicht drin. Weißt du, was ich denke, Bat? Ich denke mir, die haben uns angeschmiert. Ich denke mir, wir sollten sehen, daß wir von hier wegkommen, Bat.«

»Wer hat denn dich gefragt, was du denkst, hm? Wie sollen denn die Bücher oben hinter die Tür gekommen sein, wenn er nicht hier war?« wandte Bat ein. »Und er ist immer noch hier!«

»Unterm Dach womöglich?«

»Himmel nochmal! Wie soll er denn oben sein und trotzdem hier die Bücher hinter die Tür legen können? Meinst du, er ist durch die Decke geschwebt? Denk doch mal nach, bevor du den Mund aufmachst. Außerdem ist O'Connell oben und sieht sich da um. Der findet sie, wenn sie da oben sind. Guter Spürhund ist das. Gott, wenn ich dran denke, wieviel Arbeit ich mir mit dem Kind gemacht habe, was ich alles getan habe, damit sie ein anständiges Mädchen werden sollte –«

Gerty mußte auf ihr Taschentuch beißen.

»Hör mal, vielleicht steckt er ja in dem Heizkessel, Bat!«

»Der wird sich noch wünschen, daß er im Heizkessel steckt, wenn ich ihn erst mal in die Finger bekomme«, knurrte Bat. »Angelt sich meine Schwester, der –«

»Na ja«, gab Biff zu bedenken, »du hast sie ja nie mit unseren Jungs zusammengelassen, warum sollte sie da nicht mit ihm anbandeln? Irgend jemanden mußte sie doch haben –«

»Halt den Mund! Dieses Miststück!«

»Wer, Gerty? Ich dachte, du magst –«

»Ach«, stieß Bat nur noch gequält hervor, dann rief eine dritte, heisere Stimme von oben.

»Habt ihr ihn da unten? Oben ist er nicht.«

»Tatsächlich?« fragte Biff. »Was sagt man dazu? Hier unten ist er auch nicht.«

»Und auf wen habt ihr dann geschossen? Nur zum Spaß?« O'Connell kam die Treppe herunter. »Hört mal, das solltet ihr lieber lassen. Ich hab' euch doch gesagt, ich habe da einen Bullen auf dem Platz gesehen, als wir oben unsere Runden gedreht haben. Das war leichtsinnig, Bat, hier so ein Durcheinander und so einen

Krawall zu machen, wo praktisch keiner von den Jungs da ist. Statt daß ihr mich leise die Tür aufmachen laßt. Und du solltest auch mal an Gerty denken. Wenn sie Solano will, dann laß sie doch. Früher oder später schneidet er ihr die Kehle durch, dann mußt du es nicht tun. Machen die doch alle, die Ithaker. Und jetzt laß uns verdammt nochmal zusehen, daß wir von hier verschwinden!«

»Der Mann«, murmelte Leonidas, »ist ein Philosoph!«

»Kommt schon«, drängte O'Connell. »Wollt ihr denn, daß sie euch noch erwischen und ihr in diese Geschichte mit North reingezogen werdet? Sie werden rausfinden, daß Gerty bei ihm gearbeitet hat, und dann bist du sowieso dran, wenn du nicht aufpaßt. Laß das jetzt hier lieber sein, spar dir das für 'nen anderen Tag auf. Glaub mir, die Bullen werden jeden Moment hier sein, und wie stehst du dann da, hm? Ich –«

»Das war Spud, den sie sich da geschnappt haben«, flüsterte Freddy Leonidas ins Ohr, »vorhin, als sie die Hupe gedrückt haben. Nicht der Polizist. Junge, Junge, Bat wird ganz schön zu schwitzen haben, wenn die Bullen kommen!«

Und dies eine Mal hatte Freddy mit seiner Prophezeiung recht.

Während die McInnis-Brüder und O'Connell noch darüber spekulierten, ob denn Freddy nun tatsächlich in den Heizkessel gekrochen war oder ob er und Gerty womöglich ganz woanders steckten, kündete über ihnen das Schlurfen schwerer Schuhe von der Ankunft der Polizei.

Bat fand sofort seine Geistesgegenwart wieder.

»Was machen wir denn jetzt bloß?« jammerte Biff. »Schießen?«

»Unsinn, Dummkopf! Versteckt eure Kanonen zwischen den Büchern, aber so, daß keiner sie sieht! Wir sitzen hier und warten auf die Straßenbahn, Biff. Schnell, Biff, zieh deinen Mantel aus und mach dich an dem Kessel da zu schaffen, klar? O'Connell, du nimmst die Schaufel! Wir sind hier unten, weil wir nach dem Feuer sehen, klar?«

Hinter der Geheimtür nickte Leonidas anerkennend. Bat mochte keinen großen Wortschatz haben, doch wenn es hart auf hart ging, legte er den gleichen Einfallsreichtum an den Tag, den er auch schon bei Freddy gesehen hatte.

»Und wie sollen wir das eingeschlagene Glas in der Tür erklären, hm?«

»Nie gesehen, und ihr auch nicht.« Er hob die Stimme. »Na los, Biff, ordentlich stochern! Wir haben Witherall versprochen, daß wir uns um das Feuer kümmern, und es ist so gut wie aus!«

»Woher wissen sie denn seinen Namen?« flüsterte Dot Gerty ins Ohr.

»Zeitungen. Radio. Nachrichten.«

»Ist denn kein Holz mehr da, Biff? Also ich denke, wir sollten noch was nachlegen. Verdammt kalte Nacht, und schließlich sollen ja die Wasserleitungen nicht einfrieren – he, Witherall, sind Sie das? Oh. Gilroy. Wie sind Sie denn hier hereingekommen, Gilroy? Mann, O'Connell, hast du etwa die Tür offengelassen? Ehrlich, Sergeant, der Bursche ist so unachtsam. Immer muß ich auf ihn auf –«

»Schön die Hände in die Höhe, Bat.«

»Ganz wie Sie wünschen, Gilroy, aber weswegen? Meinen Sie vielleicht, ich hab' ein Schießeisen in der Tasche? Nicht mal eine Wasserpistole. Sie haben doch noch nie eine Waffe bei mir gefunden, nicht wahr? Sie lesen einfach zuviel Zeitung und bekommen ganz falsche –«

»Alle unbewaffnet«, verkündete Hanson enttäuscht. »Soll ich mich mal umsehen?«

»Da brauchen Sie zehn Jahre, bis Sie sich durch das Durcheinander hier gewühlt haben«, meinte Gilroy. »Nun, Bat, was führen Sie denn diesmal im Schilde, hm?«

»Ich hab's ja gleich gesagt, Gilroy, wir haben keine Waffen. Wissen Sie, Witherall hat sich den Arm verrenkt, und er hat uns gebeten, ob wir nicht –«

»Papperlapapp!«

»Ehrlich, Sergeant –«

»Mir hat er gesagt, er kennt Sie überhaupt nicht.« Der Streifenpolizist, der mit Leonidas an der Tür gesprochen hatte, meldete sich zu Wort. »Ich hab' euch herumkurven sehen und bin dann hergekommen, und da hat er es mir gesagt –«

»Das ist ein Kumpel von uns. Er hat gedacht, ihr wollt uns was anhängen. Er weiß doch, wie ihr Burschen immer wieder versucht, mich in die Klemme zu bringen. Sicher. Das ist ein Kumpel von mir. Der wollte nur einfach nicht, daß ich Ärger –«

»Wo steckt Witherall denn jetzt?»

»Er wollte einen Arzt mit Nachtdienst suchen, damit der mal nach seinem Arm sehen kann«, erklärte Bat.

»Das ist gelogen!« schimpfte der Streifenpolizist. »Die reine Lüge! Mir hat er gesagt, er wollte gleich ins Bett gehen!«

»Na«, erwiderte Bat, »man darf es sich doch wohl noch anders überlegen, oder? Hat er Ihnen denn nicht gesagt –«

»Nun kommen Sie schon, Bat«, kommandierte Gilroy. »Auf geht's. Legen Sie ihnen Handschellen an, Larry.«

»Nehmen Sie uns mit, damit wir den Captain begrüßen können? Taxifahrt kostenlos, was? Also, Sergeant, ich an Ihrer Stelle würde mal –«

»Schon gut, Bat. Larry, abführen!«

»Okay, Sergeant. Aber ich wette einen Tausender, wir bleiben nicht lange.«

»Das Schlimme, Hanson«, sagte Gilroy, nachdem ihre Schritte auf der Treppe verklungen waren, »das Schlimme ist, daß sie recht haben.«

»Wie meinen Sie das? Die sind doch schließlich hier eingebrochen, oder nicht?«

»Sicher. Aber die eingeschlagenen Scheiben, die haben die drei noch nie gesehen. Keine Fingerabdrücke, da können Sie Ihren letzten Dollar drauf wetten! Keinerlei Spuren. Woher sollen wir wissen, ob sie nicht tatsächlich Kumpels von diesem Witherall sind? Und wenn Witherall kommt, können Sie sicher sein, daß auch er Bat nicht widersprechen wird, selbst wenn er Bat noch nie in seinem Leben gesehen hat. Er hat Grips genug um zu sehen, daß es nicht gesund ist, wenn man Bat zum Feind hat.«

»Was ist denn überhaupt aus Witherall geworden? Ich war oben, aber sein Bett ist unberührt. Er ist nirgends hier zu sehen.«

»Weiß Gott, wo der steckt.« Gilroy sprach es mit einiger Bitterkeit. »Das geht einfach alles über meinen Verstand. Hanson, Sie bleiben hier im Laden. Ich lasse Ihren Wagen hier und fahre in der Grünen Minna mit zurück. Die ganze Sache gefällt mir überhaupt nicht. Was meinen Sie, hat Freddy Solano etwas damit zu tun? Wie ich höre, ist Bat hinter Freddy her, weil seine Schwester Gerty was mit Freddy hat. Tolles Mädel, diese Gerty!«

»Solano kann uns ja egal sein.« Hansons Stimme klang besorgt. »Ich möchte lieber wissen, was aus Witherall und dem Mädchen in dem Buchladen geworden ist. Schrecklicher Gedanke, daß Bat ihr etwas antun könnte. Sagen Sie, Sie glauben doch nicht, daß Bat Witherall umgelegt hat, oder? Er war noch hier, als Larry hier war, und jetzt ist er nirgends mehr zu sehen. Aber – da fällt mir was ein. Sein Mantel hängt oben!«

»Hingen da noch mehr Mäntel, oder nur seiner?«

»Nur der eine. Sein Stock auch. Und der schwarze Hut.«

»Womöglich haben Sie recht mit Witherall«, sagte Gilroy nachdenklich. »Für meine Begriffe sah der nicht aus wie einer, der mehr als einen Mantel hat, und niemand würde in einer Nacht wie dieser in Hemdsärmeln auf die Straße gehen. Das liegt auf der Hand. Hier ist er nirgends, und – tja, ich fürchte, Sie haben recht. Scheint, daß Bat ihn erledigt hat. Schade um den Burschen. Vielleicht hat Bat doch mehr mit dieser North-Geschichte zu tun als wir denken. Vielleicht sagt dieser Jones doch die Wahrheit. Was meinen Sie?«

»Schon denkbar.«

»Vielleicht hat Bat – na, ich werde mal zur Wache zurückfahren und sehen, wie lange wir sie festhalten können, bevor einer die Kaution zahlt. Letztes Mal waren es vierzig Minuten. Schade um Witherall!«

Ihre Stimmen verloren sich, als sie wieder nach oben stiegen.

»Ich bin gerührt, sagte Leonidas. «Zutiefst gerührt. Als ich heute nachmittag ohne jedes persönliche Interesse Gilroys Speckgesicht betrachtete, da hätte ich nie gedacht, daß in der rauhen Schale – ähm – das Herz eines Kindes schlägt. Und so weiter. Liebe Güte!»

»Himmel«, sagte Freddy leise. »Kann man das denn glauben? Bat schnappt sich Spud, die Bullen schnappen sich Bat, und dann denken sie auch noch, Bat hätte Bill umgelegt!«

»Und wir sitzen hier unten fest«, fügte Gerty hinzu. »Bill, wie sollen wir denn hier je wieder rauskommen? Wir können uns doch jetzt nicht bei den Bullen blicken lassen! Das wäre ja noch schlimmer, als wenn wir Bat über den Weg liefen!«

Sie klang ein wenig verwirrt, doch Leonidas fand das nur zu verständlich.

»Hmnja. Verstehe schon, was Sie meinen. Die Polizei würde so viele Erklärungen verlangen – und das wäre immerhin bei Ihrem Bruder anders. Hmnja. Die Frage, wie wir von hier wieder fortkommen, beschäftigt mich schon seit einigen Minuten. Wir können nicht einfach wieder nach oben gehen. Nein. Und wir müssen uns beeilen, solange niemand außer Harrison hier ist. Ich habe das Gefühl, Harrison ist ein Mann, mit dem man gut zurechtkommt, aber ich – Agatha, das ist wohl hoffnungslos, an Ihnen vorbeizukommen, oder?«

»Ausgeschlossen. Nicht bevor ich am Boden liege und Sie alle über mich hinwegtrampeln«, erwiderte Agatha mit Genugtuung.

»Ich – ähm – ich frage Sie das nicht gern, aber könnten Sie vielleicht Freddys Taschenlampe nehmen und nachsehen, wohin der Gang führt? Es sei denn, Sie wollen, daß doch jemand über Sie hinweg –«

»Geben Sie mir die Lampe.«

Sie faßte sie energisch und begann, sich auf Händen und Knien vorzuarbeiten. Der Gang war nur wenige Zentimeter breiter als sie und kaum einen Meter hoch.

Der schwache Strahl der Lampe zeigte merkwürdige Pilze, die entlang der Tunneldecke und an den gerundeten Wänden wuchsen, und ein unangenehmer grünlicher Schleim sickerte zwischen den alten Backsteinen hervor. Der Geruch, dachte sie bei sich, war das Abscheulichste, was sie jemals in ihrem ganzen Leben gerochen hatte. Sie schnüffelte und dachte an die Muschelbänke von Cape Cod bei Ebbe mit angeschwemmten Quallen. Oder an das kleine Gasthaus in der Bretagne. Sebastian hatte dieses Landgasthaus gemocht und war begeistert von der Küche gewesen, doch selbst Sebastian hatte zugeben müssen, daß mit der Drainage etwas nicht stimmte. Abwasserkanäle, toter Fisch –

»Puh.«

Sie hielt einen Augenblick lang inne, um wieder zu Atem zu kommen, und auch um aus ihrer Handtasche, die sie die letzten vierzig Minuten lang fest an sich gepreßt hatte, ein Spitzentaschentuch hervorzuholen, das noch ein wenig nach Eau de Cologne duftete. Sie hielt es sich vor die Nase, und irgendwie kam sie weiter. Soweit sie zurückdenken konnte, hatte sie, wie alle ihre Bostoner Freundinnen und Verwandten, immer ein linnenes Taschentuch in der Handtasche gehabt, das leicht mit Eau de Cologne parfümiert war. Manchmal hatte sie sich gefragt, wozu sie das brauchte. Nun wußte sie es.

Je weiter sie kroch, desto lebhafter nahm das Bild eingestürzter Gänge vor ihrem inneren Auge Gestalt an.

»Hier ruht Agatha Elwood Jordan«, stieß sie zwischen zusammengepreßten Zähnen hervor, »dahingerafft mit achtundfünfzig Jahren, ein Opfer ihrer unstillbaren Neugierde. Hm. Ob Cabot sich wohl trauen würde, mein Alter zu nennen? Und ob er den Bischof einladen würde? Aber wahrscheinlich würde der Bischof unter diesen Umständen sowieso nicht kommen!«

Aber sie kroch doch weiter. Das war in ihrer Familie nicht üblich, eine Sache, die man einmal angefangen hatte, aufzugeben. Die Elwoods, und die Jordans auch, waren sehnsüchtig nach Kasteiung, wenn diese Kasteiung sie zu einem Ziel brachte. Sehnsüchtig? Versessen darauf geradezu.

Endlich stieß sie an eine Tür, die derjenigen ähnelte, durch die sie gekommen waren.

Sie drückte dagegen, und sie gab ein wenig nach.

Mit einem Seufzer der Erleichterung begann sie den Rückweg; sie mußte rückwärts kriechen – zu wenden war unmöglich.

Der Rückweg war längst nicht mehr so schlimm.

»Und es ist vollkommen gerade bis hintenhin«, schloß sie ihren Bericht an Leonidas. »Und die Tür läßt sich öffnen. Ich habe keine Ahnung, was dahinter ist, aber ich könnte mir vorstellen, daß es in den Anbau führt.«

Leonidas nickte. »Das hatte ich gehofft. Agatha, Sie sind – wirklich – ich finde keine Worte. Sie sind großartig. Dot, Ihr Laden hier, und die Bücher – sind die versichert?«

»Versichert? Wogegen?«

»Feuer.«

»Ja, schon.« Dot zögerte. »Gerade vorgestern habe ich eine Riesenpolice abgeschlossen. Für weit mehr als mein Onkel versichert hatte. Ich – wieso fragen Sie?«

Aber Leonidas war schon von dem Gang wieder zurück in den Keller geschlüpft.

Aus einem umgestürzten Eimer holte er ein paar Putzlappen und legte sie an einen Stapel mit dünnen Heftchen. Dann ging er in den kleinen Heizungskeller, öffnete – sehr bedachtsam, damit er kein Geräusch machte – die Klappe des Kessels und kehrte mit einer kleinen Schaufel zurück, auf der er zwei glimmende Kohlen hatte. Vorsichtig kippte er die Kohlen oben auf die Lappen. Um noch ein wenig nachzuhelfen, legte er einen alten ledergebundenen Wälzer unmittelbar neben die Kohlen. Kleine, unangenehm riechende Rauchfähnchen kräuselten sich von dem Scheiterhaufen.

Leonidas schlüpfte zurück in den Gang und schloß die Geheimtür hinter sich.

»Sie vier krabbeln jetzt zum anderen Ende, so schnell Sie können«, kommandierte er. »Ich bleibe hier und warte ab, ob mein Plan funktioniert. Dann komme ich nach. Wenn Sie mich am anderen Ende hören, Agatha, öffnen Sie die Tür. Klettern Sie alle vier hinaus, gehen Sie aber noch nicht weiter. Gehen Sie keinen Schritt, bevor ich nicht da bin. Ich finde mich in dem Anbau auch im Dunkeln zurecht und Sie nicht. Wir können keine Komplikationen brauchen.«

Es dauerte keine fünf Minuten, bis Hanson oben das Lumpen- und Papierfeuer roch und heruntergestürmt kam.

Er sah die Flammen mit weit aufgerissenen Augen und tat dann, was Leonidas gehofft hatte: Er versuchte, das Feuer eigenhändig zu löschen.

Leonidas krabbelte durch den Gang und stellte dabei vermutlich einen Weltrekord für diese Art von Parcours auf. Er kroch durch die Tür am anderen Ende und drückte sie von außen fest zu.

Dann faßte er Agatha bei der Hand.

»Nehmen Sie Dot bei der Hand«, sagte er, »und Dot, Sie nehmen Gertys Hand. Freddy, schnappen Sie sich Gerty. Jetzt gut festhalten und ja nicht loslassen. Passen Sie auf, daß Sie nichts umwerfen. Bleiben Sie eng zusammen.«

Behende und doch mucksmäuschenstill führte er sie durch den Anbau, immer auf die verschiedenerlei Hindernisse konzentriert, deren Lage er genau kannte.

An der Tür, die vom Anbau auf den Hauptflur führte, hielt er inne, holte einen Schlüsselbund aus der Tasche und schloß auf. Alle fünf blinzelten, als er die Tür öffnete und sie in das Licht der nackten Glühbirne blickten, die den Flur erhellte.

»Jetzt!« sagte er.

Im Gänsemarsch und auf Zehenspitzen gingen sie den Flur hinunter, an der geschlossenen Tür des Buchladens vorbei und in den

Vorraum. Leonidas warf vorsichtig einen Blick auf die schmale Straße.

Sie war verlassen bis auf einen Polizeiwagen, der entgegen allen Verkehrsregeln geparkt war – in der falschen Richtung der Einbahnstraße, mit der Nase bergab in Richtung Scollay Square. Und dazu noch auf der linken Straßenseite.

Der Beamte, der am Steuer saß, war ganz beschäftigt mit einer Nachtausgabe der Zeitung, die in riesigen Lettern von dem Mord an North berichtete. Er las beim Schein einer Taschenlampe und hatte offenbar für nichts anderes Augen als für dieses rosa Blatt. Auf den Gedanken, die Ladentür zu bewachen, war er überhaupt nicht gekommen. Sein Radio hatte er leise auf ein Musikprogramm eingestellt, und das Orchester war gerade laut genug, daß es das Quietschen der Vordertür und den Klang der Schritte übertönte.

Die anderen, nach wie vor im Gänsemarsch, folgten Leonidas nach draußen und dann den Bürgersteig hinunter.

»Nicht zu schnell!« zischte er und mußte japsen, als ihn die feuchte Eisluft mit voller Stärke traf. »Daß mir ja keiner läuft! Unauffällig gehen!«

Sie spazierten die Straße entlang, fort vom Polizeiwagen, und bogen ohne die kleinste Schwierigkeit nach links in die Beacon Street ein. Agatha war verblüfft, mit welcher Leichtigkeit alles vonstatten ging. Sie hatte erwartet, daß es mehr Mühe machen würde, dem Arm des Gesetzes zu entwischen.

Es war ein kleines Wunder, doch auch die Porter-Limousine stand vor dem Athenaeum, wie sie sie verlassen hatten. Alle zusammen, einschließlich Freddy, ließen sie sich auf die Rücksitze fallen. Gerade als Gerty die Tür zuschlug, hörten sie die Sirene, und ein Feuerwehrwagen schoß vorüber.

Dot brach das Schweigen.

»Tja, Bill«, sagte sie, »ich hatte ja keine große Hoffnung, daß ich es im Antiquariatsbuchhandel wirklich zu etwas bringe, aber ich hätte es doch wenigstens gern versucht. Ich meine, ich will Ihnen wirklich keine Vorwürfe machen, aber wenn ich es eine Woche oder zwei hätte versuchen können, wäre doch schön gewesen, meinen Sie nicht auch?«

Leonidas lächelte. »Ihr Buchladen«, sagte er, »wird keinen

Schaden davontragen, Dot. Wirklich nicht. Denken Sie doch nur, wieviel Reklame das für Sie macht, und alles kostenlos!«

»Schöne Reklame ist das«, meinte Dot. »Wollen Sie Mord, Raubüberfall, Feuersbrunst, dann kommen Sie zu Peters. Aufregende Lektüre oder Aufregung ohne Lektüre. Oh ja, schöne Reklame! Freddy, was machen Sie denn da?«

Freddy hatte seinen Wolfsfellmantel ausgezogen. Bevor Leonidas etwas einwenden konnte, hatte er ihm den Mantel schon um die Schultern gelegt.

»Und wenn Sie noch mein Hemd wollen«, sagte Freddy, »das können Sie auch haben! Mann, das war gekonnt!«

Er stieg aus, setzte sich ans Steuer, und der Wagen rollte davon.

Ein paar Minuten darauf langten sie in einer heruntergekommenen Garage im North End an.

»Sorg dafür, daß die Karre hier jederzeit startbereit ist«, sagte er zu dem Mechaniker. »Ich gehe nach oben in die Wohnung. Sag den Jungs Bescheid, daß ich sie brauche, und zwar schnell.«

Ein winziger Aufzug brachte sie zu einer Wohnung in der obersten Etage, und Freddy führte sie in ein mit himmelblauen Möbeln vollgestopftes Wohnzimmer.

»Meine Bude«, sagte er lässig, doch der Stolz stand ihm im Gesicht geschrieben. »Gehört alles mir.«

Agatha ließ sich in den größten, üppigsten Sessel fallen.

»Rokoko«, sagte sie unvermittelt, »die reine Scheußlichkeit, aber doch viel, viel besser als die Holzlehnen und Flechtsitze meiner Vorväter. Bill, vor lauter Aufregung habe ich vergessen, Ihnen das hier zu geben, aber ich habe den Verdacht, daß es das ist, wonach wir suchen –«

Aus einer Innentasche ihres Pelzmantels holte sie einen kalbsledernen Band hervor, ganz verschmiert von dem Moos und den schleimigen Pilzen des Geheimgangs.

»Ich – ähm – habe es im Vorbeigehen eingesteckt«, meinte sie nur und nahm sich dann eine Praline aus einer reichverzierten gläsernen Bonbonniere. »Ganz unbewußt oder unterbewußt oder wie das heißt. Jedenfalls denke ich mir, das ist Band vier.«

IX.

Und wenn ich das hinzufügen darf«, fuhr Agatha gleichmütig fort, »ich wäre höchst dankbar für einen Waschlappen, wenn nicht sogar eine Badewanne, und außerdem« – sie biß eine kleine Ecke der Praline ab und kostete sie – »bin ich halb verhungert.«

Sie knabberte noch eine Ecke ab, dann steckte sie die ganze Praline in den Mund und verzehrte sie mit sichtlichem Vergnügen. Die anderen sahen sie mit großen Augen an. Ihnen fehlten die Worte.

»Ich habe bei den Lorimers zu Abend gegessen«, erklärte Agatha ihnen im Plauderton. »Erinnern Sie sich noch, Bill? Ein Haufen Brimborium, aber praktisch nichts zu essen. Der Teufel in Menschengestalt, den sie als Köchin beschäftigen –«

Leonidas war wieder so weit zu sich gekommen, daß er zu dem Buch greifen konnte.

Jedenfalls fehlte das Rückenschildchen!

Hastig schlug er den Band auf.

Auf dem Vorsatzblatt stand, in verblaßter Tinte und großen Lettern, die Signatur: »Lyman North, Boston, Massachusetts«.

»Sie haben recht! Das ist ohne Zweifel Band vier! Agatha, wo um alles in der Welt haben Sie den her?«

»Er lag in dem Geheimgang auf dem Boden. Das erste Mal, daß ich durchgekrochen bin, habe ich ihn nicht bemerkt, aber bis wir schließlich am anderen Ende herauskamen, hatte ich mich doch mehr oder weniger akklimatisiert. Ich konnte Unterschiede zwischen den Unebenheiten des Bodens spüren. Ich habe einfach die Hand ausgestreckt und es mir gegriffen. Ich weiß auch nicht warum. Es stört mich einfach, wenn Bücher umherliegen. Ähm –

Freddy. Sie *haben* doch eine Badewanne, oder? Ohne Bad kann ich wirklich nicht weiter. Ehrlich gesagt habe ich das Gefühl, daß keinem von uns Wasser und Seife schaden würden. Wir sehen aus wie ein Trupp Kanalarbeiter –«

Gerty warf ihr einen bewundernden Blick zu und führte sie dann in ein ganz in Schwarz und Silber gehaltenes Badezimmer.

Agatha musterte die im Boden eingelassene Wanne.

»Hm. Sehr modern. Weit über dem Standard des Mayflower, meine Liebe. Weit. Sie wissen nicht zufällig, bei welchem Klempner Freddy das machen läßt? Na, egal. Wir finden es später heraus. Ich nehme an, es gibt genug Badezimmer für uns alle?«

»Dot und ich können uns eins teilen, und Leonidas und Freddy auch. Also, Mrs. Jordan, von mir bekommen Sie die Palme verliehen. Ein ganzes Palmenhaus! Sie und Bill, Donnerwetter, was für ein Paar! Ich sage Mario Bescheid, daß er uns was kocht. Ist es schlimm, wenn es Spaghetti gibt? Das ist so ziemlich alles, was Mario kann, oder jedenfalls tut er so.«

»Ich liebe Spaghetti! Sebastian war eine Zeitlang Botschafter in Italien, müssen Sie wissen. Mit viel Käse.« Agatha widmete sich den verchromten Armaturen, bis sie die richtige Wassertemperatur gefunden hatte. »Und Zabaglione? Meinen Sie nicht, das könnte er vielleicht doch hinbekommen? Zabaglione mag ich *so* sehr!«

»Wenn der keine Zabaglione hinbekommt«, sagte Gerty mit Nachdruck, »dann hat er zum letzten Mal einen Löffel in der Hand gehabt.«

Die Tür schloß sich hinter ihr, und Agatha entledigte sich ihrer schmutzigen und verschmierten Kleider. In einem Schränkchen, das sich hinter dem Spiegel verbarg, fand sie Fleckenwasser und eine Bürste. Während die Wanne sich füllte, nahm sie sich der Kleider an. Pilze waren, wie sie feststellen konnte, weniger hartnäckig als sie gedacht hatte. Manchmal kicherte sie vor sich hin, eine Art ahnungsvolles Kichern, das Leonidas wahrscheinlich einige Sorgen bereitet hätte, hätte er es gehört.

Es war knapp zwei Uhr morgens, als sie sich zu Marios Spaghetti versammelten.

»Ich habe mir das Buch angesehen«, sagte Leonidas. »Das ist Norths Exemplar, kein Zweifel. Und hinten im Deckel hat Ihr Onkel den Preis nach seinem Code eingetragen, Dot. ›Schompglex‹ ist das Codewort, hatte ich Ihnen das gesagt?«

»Was für ein Code?« fragte Agatha. »Wofür?«

Leonidas erklärte es. »SMX bedeutet also einen Dollar fünfzig, verstehen Sie?«

Agatha schüttelte den Kopf. »Nein, verstehe ich nicht. Ich habe nicht die geringste Ahnung, wie so etwas funktioniert. Aber jetzt weiter.«

»Wenn Peters ein Buch verkaufte, radierte er den Preis aus; daraus würde ich schließen, daß es den Laden nicht verlassen hat, bis es in dem Geheimgang zu liegen kam. Eine merkwürdige Sache, dieser Gang. Er muß ja aus den Zeiten des alten Bidwell stammen, aber ich frage mich, warum Peters das Regal so angebracht hat, daß er immer noch zu benutzen war. Aber das werden wir wohl nie erfahren.«

»Um den Geheimgang«, erwiderte Agatha, »geht es ja schließlich auch nicht. Wir wissen jetzt jedenfalls, weswegen North umgebracht wurde, und daß das Motiv, oder sagen wir –«

»Das unmittelbare Motiv?« schlug Leonidas vor.

»Genau. Das unmittelbare Motiv war, daß der Täter in den Besitz dieses Buches gelangen wollte. Wir wissen, daß tatsächlich jemand durch diesen Gang den Laden verlassen hat, in den Anbau gelangte und von dort nach draußen spaziert ist, genau wie wir es vor einer Weile getan haben. Wir wollen kein Wort über diese letztere Wundertat verlieren, aber wir dürfen wohl annehmen, daß der Mörder auch auf diesem Wege hineingelangt war, die Kellertreppe herauf kam, North erschlug und wieder verschwand. Und daß er all das in den turbulenten zehn Minuten tat, in denen wir wie die Ölgötzen am Fenster standen und ramponierte Autos anstarrten, ramponierte Menschen, plötzlichen Unfalltod. Aber – wer war dieser Täter?«

»Und wie hat er von dem Buch erfahren?« wollte Gerty wissen. »Wie hat er denn überhaupt gewußt, daß North es hatte?«

»Ich würde eher fragen, *was* denn nun in dem Buch war, daß er es um jeden Preis haben wollte?« fragte Dot. »Zumal er es ja dann nach all den Anstrengungen, es zu bekommen, achtlos in dem Gang fortgeworfen hat. Das paßt doch nicht zusammen. Das ist nicht logisch.«

»Ihre Frage, Dot, ist die einzige, bei der ich auch nur die Ahnung einer Antwort und eine Reihe von Indizien habe. Die letzten vier Seiten und das hintere Vorsatzblatt des Buches sind herausgetrennt. Ich würde vermuten, daß darauf etwas geschrieben oder gezeichnet war, das der Schlüssel zu dieser ganzen Affäre ist.«

»Ich wette, das war eine Karte, auf der angezeichnet war, wo die geklauten Wertpapiere versteckt sind«, meinte Freddy.

»Gut denkbar.«

»Darf ich das Buch einmal sehen?« fragte Agatha und legte Gabel und Löffel nieder, mit denen sie technisch perfekt ihre Spaghetti verzehrt hatte.

Sie studierte den kleinen Band aufmerksam, während Leonidas weitersprach.

»Gut denkbar, Freddy. Beim Blättern fielen mir einige Bleistiftkommentare auf, vermutlich von Norths Hand. John North, meine ich. Sie können nicht vom alten Lyman stammen, dazu sind Stil und Inhalt zu neu. Thematisch beschäftigen sich diese Marginalien« – er sah Freddys Gesicht und setzte nach einem Hüsteln neu an – »die Randbemerkungen erzählen uns nicht nur, was North von Phineas Twitchett, Doktor der Theologie, und seinen Predigten hielt, sondern geben uns auch seine Ansichten zu praktisch allem anderen unter der Sonne. So etwas ist mir schon häufiger begegnet – Leute, die bei der Lektüre eines Buches an den Rand schreiben, was ihnen gerade einfällt, ob es nun mit dem Buch und dessen Thema zu tun hat oder nicht.«

»Elizabeth Morland hat das getan«, sagte Agatha. »Ihr Mann hat ein paar Seiten davon gelesen und sich auf der Stelle scheiden lassen.«

Leonidas lächelte. »Diese Bemerkungen haben mich, was die ersten drei Bände von Twitchetts reichlich langweiligen und weitschweifigen Ergüssen angeht, auf eine Theorie gebracht. Wir wissen nicht, wo sie stecken, doch ich würde vermuten, daß derjenige, der sie kaufte oder auf andere Weise an sich brachte, dies hauptsächlich wegen Norths Randbemerkungen tat. Jemand, der John North kannte, der von der Verwandtschaft zwischen John und Lyman wußte, und die Bände las oder zumindest durchsah. Vielleicht hat der Name ›L. North‹ auf dem Rückenschild ihn überhaupt erst darauf gebracht.«

Er hielt inne und nickte, als Mario mit sanfter Stimme weitere Spaghetti anbot.

»Und als dieser Unbekannte die Bücher durchsah oder las«, fuhr er fort, »stieß er auf jene Stellen, an denen North, wie wir vermuten, etwas Wichtiges mitteilte. Höchstwahrscheinlich etwas, was mit den vierzigtausend Dollar zu tun hatte, die Martin angeblich gestohlen hatte.«

»Sehr logisch«, bestätigte Agatha. »Ausgesprochen logisch. Wäre es denn nicht irgendwo festgehalten, wenn diese drei Bücher, wie ja anzunehmen ist, von Peters verkauft wurden?«

»Das habe ich auch überlegt. Doch dann fiel mir wieder ein, wie krank Peters war und wie wenig er sich in seinen letzten Tagen noch mit den Rechnungsbüchern abgegeben hat. Im Augenblick könnten wir ohnehin nicht in den Laden, um nachzusehen. Ich könnte mir vorstellen, daß es dort nur so von Polizisten und Feuerwehrmännern und dergleichen wimmelt. Wahrscheinlich suchen sie zwischen den verkohlten Büchern nach meiner von Kugeln durchlöcherten Leiche.«

»Wir können einen Ausverkauf machen«, schlug Dot vor. »Feuerschaden. Ein guter Ausverkauf, das ist doch immer etwas Feines. Alle Preise runtergesetzt – verzeihen Sie, Bill. Ich übertreibe es ein wenig mit Ihrer Brandstiftung, nicht wahr?«

»Ich würde bezweifeln, daß dieses Feuer so schlimm war, wie Hanson dachte«, erwiderte Leonidas. »Ehrlich. Die Lappen und Pamphlete brannten munter vor sich hin, aber Bücher brennen so schnell nicht. Hat jemand von Ihnen schon mal versucht, ein Buch zu verbrennen? Es ist beinahe unmöglich, wenn man nicht den Rücken aufbricht und die Seiten herausreißt. Wenn ich von Königen und Päpsten höre, die Bücher verbrennen ließen, dann frage ich mich jedesmal, wie sie diese Bücher *wirklich* zum Brennen gebracht haben. Das ist äußerst schwierig. Man braucht fast einen Hochofen dazu. Aber ich schweife ab. Die Frage, die sich nun stellt, lautet also: Wer hat die drei anderen Bände Twitchett, deren Randbemerkungen ihn vermutlich darauf brachten, was in Band vier verborgen war? Wer nahm North heute nachmittag im Laden Band vier fort und wer entfernte die letzten Seiten? Gerty, können Sie uns da nicht weiterhelfen? Gab es Kollegen oder Bekannte von John North, die ihm übler gesonnen waren als der Rest?«

»Glauben Sie mir, Bill, wenn es solche Leute gab, dann haben sie's mir nicht gesagt. Und North hat nie irgendwelche Andeutungen gemacht, daß er Feinde hätte. Außer Jones vielleicht. Er mochte Martin nicht, und Martin mochte ihn nicht, aber lieber Himmel, North war ja nun auch wirklich nicht gerade einer zum Liebhaben. Ich könnte mir vorstellen, daß auch seine eigene Mutter ihn manchmal angesehen und überlegt hat, was sie denn da angerichtet hat.«

»Ich glaube«, sagte Agatha, nahm den letzten Schluck Kaffee und dazu eine weitere Praline – der schweigsame Mario war so umsichtig gewesen, eine große Schachtel in Griffweite zu stellen –, »ich glaube, ich kann den Kreis der Verdächtigen einschränken. Es war eine Frau, die diese Seiten entfernt hat.«

»Wie wollen Sie das wissen?« fragte Dot.

»Diese albernen Haarnadeln, auf der einen Seite glatt, auf der anderen gewellt – wie heißen sie doch gleich? Wachtmeister –, Schupo –«

»Bobby-Pins?« fragte Dot.

»Genau. Bobby-Pins. Ich würde so etwas natürlich nie nehmen, aber ich kenne sie von meiner jungen Nichte. Letzte Woche war sie zu Besuch und hat aus lauter Langeweile die Seiten eines neuen Buchs mit einer solchen Nadel aufgeschlitzt. Das hat mich furchtbar geärgert, und das Buch ist ruiniert. Die Nadel hat eine Art Wellenlinie hinterlassen, die Farbe hat sich abgerieben, und überall, wo die Nadel mit dem Buch in Kontakt kam, sind schwarze Streifen geblieben. Wenn Sie sich hier die Kanten ansehen, werden Sie verstehen, worauf ich hinaus will. Es ist natürlich nur eine Vermutung, die uns auch völlig auf den Holzweg führen kann. Es kann gut etwas vollkommen anderes als ein Bobby-Pin gewesen sein. Und natürlich könnte auch ein Mann eine solche Nadel nehmen. Aber die Wahrscheinlichkeit spricht dafür, ganz gleich wie man es betrachtet.«

»Es ist ein guter Tip«, meinte Gerty, »aber leichter macht uns das die Sache nicht. North war ja nicht gerade ein Frauenheld. Jedenfalls war das, was zu Besuch kam, nicht gerade das, was ich Frauen nennen würde. Das waren vielleicht ulkige Schachteln, die da kamen! Alles, worüber die geredet haben, das war, ob's bei irgend einem Indianerstamm Ehescheidungen gab und wie sie ihre

Kinder großgezogen haben und wie sie ihre Hammel gekocht und ihre Töpfe gespült haben, und das alles vor fünfzig Millionen Jahren. Die hatten immer ganz ledrige Haut von der Sonne, und Fingernägel so schwarz wie ein Schuhputzer, und alle hatten sie quäkige Stimmen und dicke Hornbrillen auf der Nase.«

»Aber war denn keine einzige dabei, die Intelligenz und Mut genug gehabt hätte, so etwas zu tun?« fragte Dot.

»Sicher, Intelligenz hätten die alle gehabt«, antwortete Gerty angewidert. »Das war ja das Schlimme an ihnen. Zuviel Intelligenz.«

»Bill«, sagte Dot, »Sie wissen, daß niemand, ob Mann oder Frau, von sich aus auf den Geheimgang gekommen wäre. Aber mein Onkel kannte ihn offenbar. Wenn jemand anderes davon wußte, von wem kann er es dann erfahren haben, wenn nicht von ihm? Hatte der denn keine Freundinnen, denen er den Gang gezeigt haben könnte? Ohne jede Anzüglichkeit natürlich.«

Leonidas lächelte beim Gedanken an den verknöcherten, kahlköpfigen Jonas Peters.

»Dot – ähm –, da schätzen Sie Ihren Onkel falsch ein. Sie wußten wohl nicht viel von ihm?«

»Ehrlich gesagt, ich habe ihn nie im Leben gesehen.«

»Hmnja. Nun, ich würde es entschieden bezweifeln, daß er Freundinnen hatte.«

»Aber vielleicht irgendwelche Lieblingskundinnen.« Dot ließ nicht locker. »Eine reiche Sammlerin, so etwas. Vielleicht hat er der den Geheimgang gezeigt, sein Geheimnis mit ihr geteilt, als Zeichen seiner Wertschätzung, vielleicht in der Hoffnung, daß sie gerührt ist und noch ein paar mehr Bücher kauft? Ich habe den Eindruck, wenn es wirklich eine Frau ist, die wir suchen, dann muß sie meinen Onkel recht gut gekannt haben, und sie muß auch North recht gut gekannt haben – und sie muß etwas darüber gewußt haben, was aus dem Geld der anthropologischen Gesellschaft geworden war. Bill, das liegt doch auf der Hand – sie muß eine Kollegin oder so etwas von North gewesen sein! Es kann doch gar nicht anders sein! Jemand vom Fach. Denken Sie doch nur daran, wie sachkundig sie ihm den Schädel eingeschlagen hat, Bill!«

Leonidas' Züge hellten sich auf. »Dot, da haben Sie recht! Wie dumm von mir, daß ich darauf nicht selbst gekommen bin!«

»Ich bin mir jetzt sicher!« Dot war ganz von ihrer eigenen Theorie gepackt. »Ich habe immerhin meine fünfundzwanzig Jahre auf dem Buckel, die leidvolle Kinderzeit mitgerechnet, und in all den Jahren habe ich kein einziges Mal etwas von Genickschlägen gehört, auch wenn Mart tut, als ob das jeder wissen müsse. Ich bin einigermaßen intelligent und wahrscheinlich ziemlich durchschnittlich in dem, was ich so an nutzlosen Informationen gespeichert habe, aber ich wußte nichts von einem kurzen kräftigen Schlag auf den obersten Nackenwirbel. Mart hat am Nachmittag gesagt, es sei kein Mann im Laden, der diesen Schlag nicht theoretisch beherrsche, aber an Frauen hat er dabei nicht gedacht. Ich könnte mir vorstellen, daß es den meisten Frauen da nicht anders geht als mir. Wenn mir jemand einen Buchbinderhammer gäbe – haben Sie ihn eigentlich mitgenommen, Bill?«

»Aber sicher.«

»Also, wenn mir einer einen Buchbinderhammer in die Hand drückte und mich aufforderte, damit jemanden zu erschlagen, würde ich dem armen Opfer damit munter eins oben über die Rübe geben. Eine dunkle Erinnerung, die noch vom Biologieunterricht blieb, würde mir zwar vielleicht sagen, daß das keine vernünftige Stelle ist, aber dort zuschlagen würde ich trotzdem. Die Täterin *muß* also über anatomische Kenntnisse verfügt haben, denn eine durchschnittliche Frau hat keine Ahnung vom Schädeleinschlagen. Das engt den Kreis der Verdächtigen ein. Das Mädel, das wir suchen, braucht eine bestimmte Sorte Haarnadeln, und sie ist Anthropologin, da bin ich mir sicher. Kann gar nicht anders sein. Sie kannte North, und sie kannte meinen Onkel. Sie wußte von dem Geld. Sie kaufte die ersten drei Bände Twitchett. Mein Onkel hat ihr gesagt – aber was ist eigentlich mit den Bidwells? Den Leuten, denen das Haus gehört? Vielleicht hat sie bei denen von dem Geheimgang erfahren?«

»Nur daß Ihr Onkel seinen Laden immerhin an die dreißig Jahre dort hatte«, sagte Leonidas. »Ich glaube, wir können es riskieren, die Bidwells auszuschließen –«

»Sie sind vor über vierzig Jahren dort ausgezogen«, bestätigte Agatha. »Danach stand das Haus eine Weile leer, bis es dann umgebaut wurde. Ich denke mir, die Bidwells scheiden aus.«

»Vielleicht würde es helfen«, schlug Leonidas vor, »wenn wir rekonstruieren könnten, wer vor den Ereignissen des Nachmittags im Laden war. Jemand könnte gekommen sein, und dann wäre er oder sie nicht wieder gegangen, sondern hätte sich im Keller versteckt. Ich war zwar einige Male unten, um nach dem vermaledeiten Heizkessel zu sehen, aber es gibt Platz genug dort unten, wo sich jemand versteckt haben könnte.«

»Aber wenn sie ihm dort auflauern wollte, hätte sie wissen müssen, wo North war oder wo er hingehen wollte«, wandte Dot ein.

»Nicht unbedingt. Haben wir nicht alle eher den Eindruck, daß es eine spontane, unvorbereitete Tat war? So habe ich es verstanden, als Martin uns von den Naturvölkern erzählte, die mit solchen Hieben töteten, wenn sie sonst gerade nichts zur Hand hatten. Wenn jemand ausdrücklich in den Laden gekommen wäre, um dort John North aufzulauern, dann hätte er oder sie gewiß auch eine Waffe dabeigehabt. Lassen Sie mich einmal zusammenfassen, Schritt für Schritt, was ich bisher rekonstruiert habe.

Ich denke mir, daß jemand die ersten drei Bände Twitchett bei Jonas Peters gekauft hat – ich schließe das daraus, daß Band vier im Laden war. Peters hat nie Einzelbände von Ausgaben gekauft, aber er hat oft unvollständige Ausgaben *ver*kauft, weil einzelne Bände im Laden verlorengegangen waren. Der Anreiz für den Käufer der drei Bände Twitchett dürfte Lyman Norths Signatur oder die Besitzerangabe auf dem Rückenschild gewesen sein. Ich denke mir, daß die Suche nach Band vier in Gang kam, nachdem der Käufer die Randbemerkungen in den ersten drei Bänden studiert hatte. Und ich denke mir, daß dieser Käufer ein Anthropologe war, eine Anthropologin, die mit North und Peters bekannt war. Ich denke mir, daß sie heute in den Laden kam und diesen dann entweder wieder verließ und durch Anbau und Geheimgang zurückkehrte, oder daß sie in den Keller hinabstieg, hoffnungsvoll nach Band vier suchte, und dann wieder heraufkam. Ich denke mir, sie kam nach oben, unmittelbar nachdem Martin, von dem Autounfall aufgeschreckt, nach vorn gegangen war – »

»Es kann nicht anders sein«, bestätigte Dot, »sonst hätten Mart und ich sie gesehen, als sie zur Kellertür herauskam.«

»Genau. Und Sie werden sich auch erinnern, daß Martin auf dem gleichen Wege nach vorn zurückkam, auf dem Sie ihn nach hinten geführt hatten. Direkt an der Kellertür vorüber. Als er nach dem Unfall wieder nach hinten ging, ging er durch die Regalreihe, in der Agatha stand, auf der anderen Seite des Ladens. Um nun meinen Faden wiederaufzunehmen: Sie kam nach oben, ging in die Abteilung Theologie, um noch ein letztes Mal nach Band vier Ausschau zu halten, und stieß auf North, der den Band in Händen hielt. Es ist gut denkbar, daß sie inzwischen längst wußte, was auf dem Spiel stand. Beschlossen hatte, sich die Obligationen unter den Nagel zu reißen. Sie sah sich nach einer Waffe um – North wird wohl so sehr mit seinem endlich wiedergefundenen Buch beschäftigt gewesen sein, daß er sie gar nicht bemerkte, und außerdem kam von der Straße eine Menge Lärm herüber – und erblickte den Hammer, der dort so günstig zur Hand lag. Nahm ihn von der Werkbank, hob ihn und schlug zu. Dann stieg sie wieder in den Keller hinab, kroch durch den Geheimgang und spazierte wahrscheinlich zur Vordertür heraus, während Gilroy und Pinkham mit großen Augen über North gebeugt standen. Also, Dot, wer kam in den Laden? Strengen Sie Ihr Köpfchen an.«

»Aber wenn sie durch den Geheimgang kam, Bill, dann würde es uns überhaupt nichts nützen, uns an die Kundschaft zu erinnern.«

»Das ist wahr. Aber lassen Sie uns erst einmal davon ausgehen, daß es eine Impulshandlung war. Und in diesem Falle wäre sie ganz regulär durch die Ladentür gekommen. Den Geheimgang hätte sie nur genommen, wenn sie in der Absicht gekommen wäre, North zu töten. Ich kann mich noch an den Schuljungen erinnern, der eine Interlinear-Übersetzung des Vergil suchte, und den Jurastudenten, der *Sullivans Grundstücksrecht* wollte, die Ausgabe von 1801. Warum ausgerechnet 1801, weiß ich beim besten Willen nicht.«

»Wahrscheinlich ein Lieblingsjahr von ihm«, meinte Dot. »Ja, und ich habe die Frau mit dem langen Hals bedient, die auf der Suche nach einem unzensierten Zubelwicz war –«

»Zubel – was?« fragte Agatha.

Dot buchstabierte es ihr. »Zubelwicz. Und dazu haben die Eltern ihn mit dem Vornamen Ignatz geschlagen.«

»Nie gehört«, sagte Agatha schroff.

»Das ging mir nicht anders, aber offenbar schreibt er entsetzlich verruchte Sachen. Keine Ahnung, warum sie so etwas haben wollte. Sie hat mir ein paar Stellen zitiert; sie schien ihn auswendig zu können. Liebe Güte, was ist aus der Pornographie geworden, seit ich ein kleines Mädchen war! Wenn ich noch daran denke, daß man in keine Flüsterkneipe kommen konnte, ohne daß *Ulysses* oder *Lady Chatterley* oder sonst etwas Harmloses in dieser Art umherlag. Lektüre fürs Kloster im Vergleich zu unserem Meister Zubelwicz. Der nennt die Dinge beim Namen, glauben Sie mir.«

»Und was haben Sie ihr verkauft?« fragte Leonidas.

»*Geknechtete Männer.* Der Titel gefiel ihr. Aber das kann nicht unsere Frau gewesen sein. Das war nur ein zu groß geratenes Schulmädchen, ein wenig minderbemittelt. Die hätte wahrscheinlich den Nackenwirbel nicht vom Steißbein unterscheiden können.«

»Da war noch eine Frau, die eine antiquarische Ausgabe vom *Buch des Wissens* suchte«, erinnerte sich Leonidas, »aber sie nahm dann statt dessen *Graustark* und *Wie man seinen Mann bei der Stange hält: Sechstausend neue Salatrezepte.* Dann kamen zwei Männer, die Detektivgeschichten suchten, und eine Frau, die uns einen Anteil an ihrem Lotterielos verkaufen wollte. Sie wußte, daß es gewinnen würde, weil ein Astrologe es ihr vorausgesagt hatte. Und sie hatte in sechs Nächten hintereinander von Cork geträumt. Wieso war mir sofort klar. Hmmm. Nichts davon hilft uns weiter.«

»Was ist mit der Frau, die sich nach etwas Soziologischem erkundigt hat?« fragte Agatha. »Sie kam an mir vorüber, als sie nach hinten ging. Ich hatte den Eindruck, daß sie sich im Laden genau auskennt.«

»Zu der komme ich als nächstes«, antwortete Leonidas. »Ich hatte sie, glaube ich, noch nie im Laden gesehen, und doch wußte sie genau Bescheid. Wirtschaftsbücher und Soziologie stehen am Ende der Reihe, in der die theologische Abteilung ist. Hmnja. Die Soziologie könnte nur ein Vorwand gewesen sein, um nach hinten zu kommen. Obwohl es ja keinen Verdacht erregt hätte, wenn sie nach der Theologie gefragt hätte – aber diese Frau ist definitiv wieder gegangen, Agatha. Ich erinnere mich genau. Sie hat ein Buch gekauft, irgend etwas zum Thema Gesellschaft. Den Titel weiß ich nicht mehr. Ich sehe das Buch noch vor mir, und sie wollte mich runterhandeln. Moment – es war etwas zu Gesellschaftsformen bei den Naturvölkern!«

»Dann muß sie das gewesen sein! Naturvölker – Anthropologie! Das paßt doch wunderbar!«

»Aber sie hat den Laden verlassen, Dot, und ist nicht zurückgekommen.«

»Sie könnte immer noch durch den Geheimgang zurückgekehrt sein«, sagte Agatha. »Ist die Tür vom Korridor zum Anbau verschlossen?«

»Tagsüber nicht.«

»Da haben wir's! Wie sah sie aus? Sie haben sie ja besser sehen können als ich.«

»Hmnja. Sie war groß, oder jedenfalls eher groß. Eins siebzig, eins fünfundsiebzig. Schmal. Sie hatte einen dicken Tweedmantel an – Agatha, Sie haben sie doch gesehen, als sie vorüberkam, und eine Frau kann eine andere Frau immer viel besser beschreiben als ein Mann.«

»Sie trug einen Burberry«, erklärte Agatha mit Bestimmtheit. »Natürlich habe ich sie nur einen kurzen Augenblick lang gesehen, und viel kann ich Ihnen nicht sagen, aber es war ein alter Burberry, dem Schnitt der Schultern nach zu urteilen. Pfeffer und Salz, mit Leder paspeliert, und die Knöpfe waren schwarzes Leder, schon ein wenig abgerieben. Einer fehlte, der untere – was gibt es denn da zu lachen?«

»Ihre oberflächliche Beschreibung, erklärte Dot. «Viel können Sie ja nicht sagen! Aber erzählen Sie weiter!»

»Nun, von dem Gesicht habe ich nicht viel gesehen. Außer daß sie einmal ein wenig Hefe essen sollte. Aber ich habe mir das Gesicht kaum angesehen, weil ich von dem Hut so fasziniert war. Der kurioseste Hut, der mir je begegnet ist. Er bestand aus leuchtend roten Federn. Es war wirklich, als ob sie von sich aus den Gang zwischen den Regalen beleuchteten. Grellrot. Eine Art Toque. Mein erster Gedanke war, daß ich noch nie eine auch nur annähernd so groteske –«

»Moment!« rief Gerty. »Moment! Warten Sie mal! Lassen Sie mich raten! Mann, wenn das stimmt –! Hatte dieses rote Ding auch noch eine große rote Feder, die auf der einen Seite schräg hineingesteckt war?«

»Das hatte es. Darauf wollte ich hinaus. Ich hatte es mir als Höhepunkt aufgehoben. Die Feder verfing sich in einem der Drahtgitter, die Sie um die Glühbirnen haben – Gerty, ersticken Sie mir nicht! Sagen Sie uns vorher noch, ob Sie sie kennen! Wenn Sie diesen Hut kennen, dann kennen Sie auch die Frau. Einen solchen Hut kann es kein zweites Mal geben!«

Gerty lachte, daß ihr die Tränen die Wangen hinunterliefen. Sie lachte so sehr, daß sie am Ende einen Hustenanfall bekam. Mario und Freddy klopften ihr den Rücken und flößten ihr ein paar Schlucke Wasser ein.

»Ich – oh, ich kann nicht mehr! Das ist einfach zu –« Sie richtete sich schlagartig auf und hörte auf zu lachen. »Liebe Güte, Bill. Der Hut ist komisch! Wenn Sie hingesehen hätten, hätten Sie auch lachen müssen. Aber der Rest! Mann! Von jetzt an, Freunde, wird die Sache ernst!«

X.

Ja«, fuhr Gerty fort, »von jetzt an – ach, mein Gott, warum konnte es denn nicht jemand anderes sein?«

»Spannung«, sagte Leonidas, »ist wunderbar, aber man kann es damit bisweilen auch übertreiben. Gerty, wer ist diese Frau?«

»Sie ist die stellvertretende Leiterin in Norths Museum«, erklärte Gerty. »Sie heißt Langford. Maria Langford. Und wenn Sie mir den Ausdruck verzeihen, Mrs. Jordan, aber die Frau ist ein Aas.«

»Biologisch«, entgegnete Agatha, »überzeugt mich das nicht, aber ich kann mir vorstellen, was Sie meinen. Und Sie sind sicher, daß sie es war, Gerty?«

»Sicher? Also hören Sie, den Hut würd' ich auch mit verbundenen Augen erkennen. Ich würd' den noch riechen, wenn Sie ihn in der Pfeife rauchen würden. Sie hat sich den Hut letztes Frühjahr gekauft und hängt an dem Ding, als ob's der einzige Deckel wäre, der jemals aus Paris hier rüberkam. Keine Ahnung, wo diese Frau ihre Hüte herbekommt! Morgan Memorial vermutlich. So was von scheußlich! Bei dem roten Federhut kann ich mich nicht täuschen. Unmöglich, daß es so etwas noch ein zweites Mal gibt.«

»Aber –«

»Kein Aber, Bill. Ich beschreibe Ihnen, wie sie aussieht, und dann können Sie sehen, ob's paßt. Graue Augen. Die Art von graublauen Augen, die einem zu sagen scheinen: Ich hab' dich gesehen, aber meinetwegen könntest du genausogut ein alter Bierdeckel sein. Wissen Sie, was ich meine?«

»Hmnja. Das ist mir auch aufgefallen. Unpersönlich. Kalt. Berechnend.«

»Und so eine schnarrende Stimme. Dot und Mrs. Jordan, denen hört man gleich an, daß sie Klasse haben. Aber bei ihr hat man immer das Gefühl, daß sie eigentlich vom schlechten Ende der Stadt kommt.«

Leonidas nickte. »Haargenau. Nur eine Frau, Gerty, kann eine andere Frau wirklich beschreiben.«

»Na ja, wahrscheinlich kann sie ja nichts dafür, daß sie so ist. Jedenfalls hat sie eine kleine Nase, fast eine Stupsnase, und ihr Haar ist rabenschwarz und strähnig, so eine Art Mop aus Schnürsenkeln. Das wäre so ziemlich alles.«

»Und ich würde sagen, damit haben wir genug«, sagte Dot. »Kurzes Haar?«

»Ja. Lockig. Keine Wellen, eher gekräuselt. Wahrscheinlich selbergemacht. Jedenfalls sah es so aus. Wie auf Zeitungsschnipsel aufgedreht. Sie ist Ende vierzig, sieht aber viel älter aus. Die meiste Zeit ist sie auf so einer Insel mitten im Pazifik und studiert immer wieder dieselbe Horde von Wilden. Aber das letzte Mal, daß sie zurückkam, da hatte sie was Neues. Sie hatte mal was ganz anderes gemacht und Schnecken beobachtet statt ihren Wilden.«

»Schnecken?« fragte Leonidas. »Schnecken? Sie meinen die kleinen schleimigen Dinger, Gerty, die am Boden kriechen?«

»Sicher, Schnecken. Sie und North, die haben von da an nur noch wegen den Dingern zusammengehockt. Auf der Insel, wo sie immer hinfährt, hat sie eine Menge Landschnecken gefunden. Es gab – ehrlich, das ist verrückt!« Sie kicherte. »Es gab welche, die immer nach rechts krochen, und welche, die immer nach links krochen. Und die, die nach rechts krochen, fraßen mehr als die, die nach links krochen –«

»Sie wollen uns einen Bären aufbinden!« sagte Agatha vorwurfsvoll.

»Ehrlich nicht. Die rechten Schnecken fraßen mehr als die linken Schnecken. Das habe ich sie sagen hören.«

»Gilt das auch für weiße und schwarze Pferde?« fragte Freddy albern.

»Ach, lach du doch nur, du blöder Gorilla! Na jedenfalls weiß sie alles über die Hottentotten auf dieser Insel, sie fährt jedes Jahr hin und hat da sämtliche Vorväter ausgegraben und ihre Nase in alles gesteckt, was die Leute da so machen. Sie spricht sogar immer von *ihren* Leuten, als ob sie die Mutter von der ganzen Bande wäre. Aber da war North auch nicht anders. Der hat auch immer von *seinen* Indianern gesprochen.«

»Wahrscheinlich wollte sie das Geld für ihre eigenen Expeditionen, genau wie North für die seinen. Die Pazifikinsel liegt ja wohl weit draußen, und es wird sicher weder leicht noch billig sein, dorthin zu kommen. Hmnja. Und was ist nun das Sinistre an ihr, Gerty?«

Ein Schaudern überlief sie. »Puh, Bill, das ist nicht ganz einfach zu erklären. Es gibt eine ganze Menge an ihr, das ist lustig, ihr Hut zum Beispiel, und die Art, wie sie sich bei manchen Sachen anstellt, aber diese Augen, ja« – ein weiterer Schauder überlief sie –, »irgendwas ist an ihr, was mir immer angst gemacht hat. Ich kann's nicht erklären. Sie ist irgendwie einfach kein richtiger Mensch. North hatte auch immer ein bißchen Angst vor ihr. Einmal hat er mir ein paar Sachen über sie erzählt, aber er – na, da brauchte er einfach nur jemanden, der zuhört. Sie konnte nicht – jedenfalls ist das niemand, mit dem man spielt wie mit einem Kätzchen.«

»Ist sie bekannt?« fragte Leonidas. »Ich kann mich nicht entsinnen, daß ich den Namen je gehört habe.«

»Doch, ich glaub' schon. Die anderen haben sie immer mit Frau Doktor angeredet. Sie hat Dutzende von dicken Büchern über ihre Wilden geschrieben. Von einem hab' ich mal ein Stück gelesen – es ging darum, was *ihre* Männer so alles machen, wenn sie volljährig werden oder sowas. Das war genau wie im College, wenn da einer Mitglied von so einer Verbindung wird. Ich hab' ihr gesagt, ich hätte ihr Buch gelesen und es wär' genau wie im College, und da war sie wütend.«

»Und sie war, wie Sie sagen, stellvertretende Leiterin im Museum. Hmmm. Ich hatte Sie schon bitten wollen, Agatha, noch einmal Ihre Kontakte spielen zu lassen, damit Martin uns mehr über sie erzählen kann, aber ich glaube, wir haben schon alles, was wir brauchen. Maria Langford scheint sich auf ihrem Fachgebiet auszukennen, hat einen Doktortitel. Hmnja. Hatte wahrscheinlich das Gefühl, daß *sie* Leiterin des Museums sein sollte und nicht North. Alle stellvertretenden Leiterinnen sind davon überzeugt, daß sie an Stelle der Männer Leiter sein sollten. Hmnja. Da hätten wir also das erste Motiv: Neid. Dann liest sie die drei Bände, kommt dahinter, was wirklich aus den Obligationen geworden ist, und sieht ihre Chance, North unter Druck zu setzen und vielleicht an seiner Stelle die Leitung des Museums zu übernehmen. Dann überlegt sie jedoch weiter, und an die Stelle des Neides tritt Habgier als Motiv. Sie kann die Wertpapiere ebensogut brauchen wie North. Sie muß blitzartig überlegt und erkannt haben, daß niemand sie verdächtigen würde, wenn sie North umbringt. Hmnja – ich irre mich vielleicht in Einzelheiten, aber ich denke, das wäre die grobe Linie.«

»Und wie geht's jetzt weiter?« fragte Freddy. »Sie hat die Seiten aus dem Buch. Wahrscheinlich ein Lageplan, wo die Papiere versteckt sind. Womöglich hat sie die längst geholt und ist über alle Berge.«

»Das glaube ich nicht, Freddy. Nicht wenn sie so klug ist wie ich vermute. Sie wird zumindest ein paar Tage warten, bis sie sicher sein kann, daß sie nicht verdächtigt wird und keiner sie beobachtet. Selbst wenn in Band vier tatsächlich eine solche Schatzkarte steckte, wird sie nicht gleich losstürmen. Sie wird abwarten. Das heißt, wir haben Zeit, uns in Ruhe zu überlegen, was wir tun, bevor wir sie uns vorknöpfen.«

»Heute nacht?« fragte Dot. »Sie meinen – jetzt gleich? Bill, meine Uhr ist um halb drei stehengeblieben, und das war vor Wochen!«

»Nehmen Sie noch eine Tasse Kaffee«, riet Gerty ihr. »Freddy arbeitet auch am liebsten nachts. Was haben Sie vor, Bill?«

»Ich überlege noch. Nach dem Muster, nach dem wir es bei Agatha und Harbottle gemacht haben, geht es diesmal nicht. Zum einen ist es zu spät für einen höflichen Besuch, zum anderen würde sie Dot und mich wiedererkennen und sofort Verdacht schöpfen. Und ich habe den Eindruck, zum gegenwärtigen Zeitpunkt wäre es sehr unklug von uns, ihren Verdacht zu erregen. Ich habe immer wieder festgestellt, daß der beste Weg zur Weisheit ist, den Gegenspieler so lange wie nur möglich im Dunkeln zu lassen. Und als ich noch Lehrer an der Akademie war, habe ich gelernt, daß ein einziger, schwerer Überraschungsschlag bei den Jungen viel besser wirkte als ständige Ermahnungen, wenn sie die Regeln verletzten. Besser man wartet, stellt sich unwissend und schlägt dann blitzschnell zu. Ein guter erster Schritt wäre wohl herauszufinden, wo sie wohnt, ob sie zu Hause ist und dergleichen. Wissen Sie zufällig die Adresse, Gerty?«

»Irgendwo in Malden.«

Freddy brachte ein Telefonbuch herbei, in einem florentinischen Ledereinband verborgen. Er schrieb Straße, Hausnummer und Telefonnummer auf.

»Sollen wir mal anrufen, um zu sehen, ob sie da ist, Bill?«

»Hmnja. Meine Stimme ist allerdings zu unverwechselbar. Die könnte sie gut wiedererkennen. Ich an ihrer Stelle würde sie wiedererkennen. Dot, ich glaube, Sie wären die Richtige, um dort anzurufen. Fragen Sie nach Miss Langford und verwickeln Sie sie zuerst in ein Gespräch. Dann vergewissern Sie sich, daß sie *Mary* Langford ist und entschuldigen sich überschwenglich, wenn sich herausstellt, daß sie es nicht ist. Murmeln Sie etwas von einer Party.«

Lächelnd begab Dot sich zum Telefon. Sie ließ Dr. Langford volle zehn Minuten lang zappeln, bevor sie auf die Party und die nonexistente Mary zu sprechen kam. Es war ein lautes Knacken zu hören, als Dr. Langford den Hörer auf die Gabel warf.

»Siedepunkt überschritten! Sehr reizbar, die Dame, und, Gerty, ich verstehe jetzt, was Sie wegen der Stimme meinten und daß sie Ihnen Angst einjagt. Bill, diese Stimme hat etwas Sinistres, das mir ganz und gar nicht gefällt! Jedenfalls wissen wir jetzt, daß sie zu Hause ist. Wie locken wir sie denn jetzt von dort weg? Ich darf doch vermuten, daß Freddy in Aktion treten wird, sobald sie das Haus verlassen hat.«

»Das war mein Plan. Als nächstes, Dot, rufen Sie die Auskunft an und finden Sie heraus, ob unter dieser Adresse ein zweites Telefon verzeichnet ist. Fragen Sie nach den Langleys unter dieser Nummer. Sagen Sie, Sie hätten eine Dr. Langford am Apparat gehabt, seien aber sicher, daß Ihre Freunde dort wohnen.«

Dot plauderte eine ganze Weile mit der Auskunft.

»Sie werden es nicht glauben«, sagte sie, als sie zurückkehrte, »aber die Langleys wohnen nicht dort. Es gab einmal eine Familie namens Stanislaus dort, aber das Telefon wurde letzte Woche abgeklemmt. Sie sind nach Newton gezogen. Jetzt gibt es in dem Haus nur noch den einen Anschluß.«

»Gut«, sagte Leonidas. »Gut. Daraus können wir schließen, daß es sich um ein Haus mit zwei Wohnungen handelt, von denen eine derzeit leersteht. Hmmm. Ob wohl ein Brand im Museum sie von dort fortlocken würde?«

»Großartig«, sagte Agatha. »Die Fahrt in die Stadt und zurück sollte sie für eine Weile beschäftigt halten. Eine halbe Stunde mit dem Taxi und ganze Jahre mit der Untergrundbahn. Hat sie einen eigenen Wagen?«

»Ja«, sagte Gerty, »aber der steht in einer Garage ein ganzes Stück ab vom Haus. Ich habe sie oft genug darüber jammern hören.«

»Dann wird sie wohl in einer eisigen Nacht wie dieser ein Taxi nehmen. Eine halbe Stunde Hinfahrt, zehn Minuten für nutzlose Nachforschungen, eine halbe Stunde zurück. Wunderbar, Bill.«

»Und wenn sie bei unserem Köder nicht anbeißt?«

»Dann müssen wir wohl zum Äußersten greifen und ihr ein Telegramm schicken. Von nahen Verwandten.«

»Sie hat keine Verwandten«, erklärte Gerty. »Ich habe gehört, wie sie mal zu North gesagt hat, daß sie ein Waisenkind ist und nicht wüßte, was sie mit ihrem Testament machen soll.«

»Sie muß doch Freunde haben«, meinte Dot. »Das gibt es doch gar nicht! Aber warum fahren wir denn nicht hin, rufen von einer Telefonzelle in der Nähe aus an, warten, ob sie darauf hereinfällt, und denken uns dann notfalls noch etwas anderes aus?«

»Mir ist es lieber, wir haben schon etwas in der Hinterhand, bevor wir losfahren«, beharrte Leonidas. »Ich – ähm – ich nehme an, ihr Sinn für Humor ist nicht sehr ausgeprägt?«

»Keine Spur. Natürlich sind nur die wenigsten erfreut, wenn sie mitten in der Nacht von jemandem aus dem Schlaf gerissen werden, der die falsche Telefonnummer hat, und das noch in einer Nacht wie dieser. Aber ich konnte nicht ein Fünkchen von Humor entdecken.«

»Ich ebensowenig, heute nachmittag. Gibt es denn wirklich kein passendes – Gerty, wissen Sie vielleicht, wer ihr und North am großzügigsten Geld für ihre Forschungen gegeben hat?«

Gerty dachte einen Moment lang nach. »Ja. Das war ein Mann namens Alison. Sydney Alison. Er war ein- oder zweimal bei North zu Besuch, und –«

»Ich kenne ihn«, unterbrach Agatha. »Ich meine, ich weiß, wer er ist.« Ihr Ton machte klar, daß es zwischen beiden einen gewaltigen Unterschied gab. »In Wirklichkeit heißt er Sydney Levinson. Sein Vater hat ein Vermögen mit dem Abriß von Slumvierteln an der New Yorker Lower East Side verdient. Und nun verbringt Sydney seine Tage damit, Stiftungen aufzubauen. Friede, Völkerverständigung, solche Sachen. Stiftungen aller Art. Es war sogar erst heute abend von ihm die Rede. Beim Abendessen bei den Lorimers. Er sollte bei irgend einem Wohltätigkeitsbankett als Redner auftreten.«

»Soll das heißen, hier in Boston?«

»Genau. Er ist heute nachmittag mit dem Flugzeug eingetroffen.«

»Hmnja. Das ist die Trumpfkarte, für den Fall, daß sie nicht zum Museum fährt«, sagte Leonidas. »Einer von uns ruft als sein Sekretär an, sagt, Alison sei im Begriff, nach New York zurückzufliegen, und fragt, ob sie bereit sei, sich noch zu nächtlicher Stunde auf dem Bostoner Ostflughafen mit ihm zu treffen. Ah, das ist gut. Das läßt uns zwar nicht ganz soviel Zeit wie das Museum in Flammen, aber es ist doch ebenso dramatisch, wenn nicht sogar dramatischer. Freddy, es wäre vielleicht ratsam, für unseren Ausflug eine Leibwache zu organisieren. Ich kann mir nicht vorstellen, daß Bat lange in Untersuchungshaft gesessen hat. Er ist vermutlich wieder auf freiem Fuß und Ihnen längst auf den Fersen. Und – ähm – haben Sie schon etwas wegen Mr. Bugatti unternommen?«

»Spud? Sicher. Ich hab' ein paar Jungs zu Maguire geschickt, damit sie ihn da abholen.«

»Dann würde ich Spud empfehlen. Und ein paar andere dazu. Sie sollten uns in diskretem Abstand in einem zweiten Wagen folgen.«

»Sicher.«

»Und wenn Bat oder seine Spießgesellen uns weiter das Leben schwer machen, dann hoffe ich, daß unsere Nachhut Maßnahmen ergreift.«

Freddys Augen funkelten. »Worauf Sie sich verlassen können.«

»Gut. Also, Freddy, mein Plan ist folgender. Wir werden in Dr. Langfords Haus eintreten, während sie anderweitig beschäftigt ist, und nachsehen, ob die ersten drei Bände Twitchett in ihrem Besitz sind. Wenn ja, werde ich mich vergewissern, ob meine Vermutung stimmt, daß Norths Randbemerkungen für sie der Schlüssel zu diesem ganzen Geheimnis waren.«

»Was ist mit den rausgerissenen Seiten, hm?«

»Wenn wir sie finden, wäre es wohl das beste, sie abzuzeichnen und dann zu sehen, ob wir nicht an das Versteck herankommen können, in dem North die gestohlenen Wertpapiere gelassen hat. Das wäre dann auch der Punkt, an dem Sie Ihren Anteil bekommen, Freddy –«

»Was?« fragte Agatha. »Was soll das heißen?«

»Warum sollte Freddy nicht seinen Anteil bekommen? Sie werden doch nicht sagen wollen, er sei weniger wert als ein Haufen Indianer oder Südsee-Insulaner? Außerdem habe ich es ihm versprochen. Sie bekommen also Ihren Anteil, Freddy. Wir nehmen die verbleibenden Obligationen, den Hammer mit Langfords Fingerabdrücken darauf – ich habe ihn sehr vorsichtig behandelt und denke, daß schon noch eine Spur von ihren Abdrücken bleiben wird – und so weiter und so fort. Jedenfalls sehen wir zu, daß wir Martin aus seiner Klemme helfen. Wenn weder Bücher noch fehlende Seiten sich in dem Haus finden lassen, gehen wir wieder. Aber wir lassen jemanden zurück, der sie sehr sorgfältig im Auge behalten wird. Wenn wir die Papiere nicht selbst ausfindig machen können, wollen wir sehen, daß sie uns zu ihnen führt. Verstanden?«

»Schon, aber –«

»Deswegen mache ich mir solche Mühe und gehe so vorsichtig vor, Freddy. Ich will nicht, daß sie Verdacht schöpft. Nicht wenn es sich vermeiden läßt. Ganz egal was uns mißlingt und wann es uns mißlingt – sie soll nicht merken, daß wir versucht haben, sie zu überlisten. Sie soll sich sicher fühlen, damit sie uns, wenn es nicht anders geht, zu den Papieren führt und damit sozusagen selbst den Hals in die Schlinge legt. Ist das klar? Ja? So, und jetzt wüßte ich noch gerne, ob Sie mir vielleicht einen Mantel leihen können, ein Paar Überschuhe und einen Hut, der einigermaßen paßt.«

Über- und Handschuhe waren bald gefunden; ein passender Mantel war schon schwerer aufzutreiben. Schließlich nahmen sie einen schweren, ein wenig klerikal wirkenden Waschbärmantel. Freddy hatte eine Schwäche für Pelzmäntel.

Doch die Suche nach einer Kopfbedeckung blieb erfolglos. Sie probierten Freddys sämtliche Hüte, doch alle saßen nur locker hoch oben auf Leonidas' Kopf. Marios grauer Filzhut paßte auch nicht besser. Obwohl ein Dutzend Männer von einem geheimen Versammlungsort irgendwo im Haus herbeigerufen wurde, hatte keiner von ihnen einen Hut, der groß genug für Leonidas war. Schließlich kam der Mechaniker aus der Garage mit einer Pudelmütze, leuchtend orange mit violetten Streifen. Leonidas blieb keine Wahl, er mußte sie aufsetzen. Der Waschbärmantel und die bunte Mütze ergaben ein sehr pittoreskes Ensemble.

»Shakespeare!« grölte Dot. »Shakespeare im Gewand unserer Zeit! Ich muß Sie einfach zitieren, ich muß es –«

»Das lassen Sie schön bleiben.« Leonidas' blaue Augen funkelten. »Ich werde mich selbst zitieren, bevor Agatha mir zuvorkommt. ›Ein würd'ger Narr! Die Jacke lob' ich mir.‹ So, und nun brechen wir auf –«

Unten angekommen, kletterten sie wieder in die schwere Limousine. Sie glitten aus der Garage, und hinter ihnen rollte ein zweiter Wagen – Spud Bugatti und noch ein weiterer von Freddys Männern.

Boston lag in tiefem Schlaf. Kaum ein Fenster im North End war erleuchtet, und noch weniger Autos waren unterwegs. Die drei oder vier Fußgänger, die ihnen begegneten, eilten die Bürgersteige entlang, das Kinn fest in den Mantelkragen gedrückt. Der kalte, feuchte Ostwind fegte erbarmungslos durch die leeren Straßen, riß Türen auf, wirbelte Papier aus den Rinnsteinen durch die Luft. Die endlosen Reihen alter Backsteinhäuser und die Schatten der trüben Gaslaternen hatten etwas seltsam Sinistres.

Die Heizung des Wagens tat, was sie konnte, doch trotzdem spürte Agatha, wie ihre Füße allmählich taub und schwer wurden. Leonidas zog sich die Mütze noch tiefer über die Ohren.

Gerty brach das Schweigen. »Ich wünschte, wir wären in Los Angeles. Da ist es nur acht, neun Grad unter Null. Ich wette, das ist warm wie im Backofen da drüben. Und auf der Insel von Miss Langford ist jetzt wahrscheinlich Tag. Die Leute haben nichts an außer einem Baströckchen und einer Kette mit Glasperlen und einem Lächeln. Oder vielleicht sogar *nur* das Lächeln. Gott, ist mir kalt!«

Gerade auf den letzten Pflastersteinen hinter dem Navy Yard, kurz vor der Auffahrt zur Klappbrücke nach Charlestown, steuerte Freddy den Wagen an den Bordstein.

»Wir haben 'n Platten.« Freddy steckte den Kopf zur Tür herein, um ihnen Bescheid zu geben. »Haben Sie's nicht gespürt?«

»Eine Reifenpanne?« fragte Agatha ungläubig. »Das kann doch gar nicht –«

»Doch. Aber das ist nicht weiter schlimm. Die Jungs haben das schnell wieder in Ordnung gebracht.«

Doch es erwies sich als nicht so einfach, wie er erwartet hatte. Die Ersatzreifen der Limousine waren mit Schlössern gesichert, und selbst als Freddy und seine beiden Helfer sämtliche Schlüssel probiert hatten, die sie bei sich hatten, blieben diese Schlösser fest verschlossen.

»Verrückt«, sagte Freddy grimmig. »Der Kerl läßt seine Karre offen stehen, und dann hat er Schlösser an seinen Ersatzreifen, die man nicht abkriegt! So ein Blödsinn. Spud, du bleibst hier bei uns. Das ist ein Fall für Lefty. Du« – er nickte dem zweiten Mann zu –, »du fährst zurück und holst Lefty, klar?«

Freddy postierte Spud auf dem Fahrersitz und kam zu den anderen in den Passagierraum. Er hockte sich auf den Boden, doch binnen zehn Minuten hatte er einen Krampf im Bein.

Gerade als er wieder ausstieg, donnerte ein Polizist auf einem Motorrad vorüber. Freddy sah ihm mißtrauisch nach. Der Beamte überquerte die Brücke, und Freddy seufzte erleichtert auf. Er hatte so schon genug Ärger, auch ohne daß die Polizei ins Spiel kam.

Er stocherte noch einmal vergebens in dem Schloß.

Der Motorradpolizist kam wieder über die Brücke gerumpelt und hielt direkt neben ihm an.

»Wem gehört der Wagen hier?«

»Der Lady, die drinsitzt.«

»Sie sind der Chauffeur?«

»Ja.«

»Und wer ist das da vorne?«

»Lakai«, erwiderte er ohne zu zögern. Freddy kannte sich aus in der feinen Gesellschaft.

»Wieso hat er keine Uniform an?« Der Beamte musterte die Melone, die Spud auf dem Kopf hatte, und dann Freddys Chauffeursmütze.

»Gerade frisch eingestellt.«

»Wie lange haben Sie den Wagen schon?«

»Noch nicht lange«, antwortete Freddy wahrheitsgemäß.

»Führerschein.«

Freddy begann am Fahrersitz zu kramen. Er hatte keinen Führerschein; schon vor langem hatte ein unerbittlicher Amtsrichter ihm dieses Dokument entzogen. Doch Freddy war nicht der Mann, den eine solche Forderung in Verlegenheit brachte. Voller Vertrauen griff er ins Handschuhfach.

»Soll ich ihm eine Ladung Blei verpassen?« zischte Spud ihm zu.

»Nein. Halt den Mund.« Wenn die Ladung Blei sein mußte, würde Freddy sie persönlich verpassen. Seine Finger stießen an ein Lederetui. Er schaltete die Lampe am Armaturenbrett ein, öffnete die Brieftasche und studierte ihren Inhalt. Drinnen steckte der Führerschein des Chauffeurs, und das Foto war so nichtssagend, daß es jeder hätte sein können. Lässig reichte er ihn dem Beamten.

»Hm. Wieso stehen Sie hier?«

Freddy wies auf den platten Reifen.

»Warum wechseln Sie ihn nicht?«

»Kann ich nicht«, flüsterte Freddy dem Polizisten zu. »Ich hab' den Schlüssel verloren. Ich will sehen, daß ich das Schloß aufkriege, verstehen Sie? Die alte Dame ist sowieso schon wütend auf mich. Ich will das in Ordnung bringen, ohne daß sie's merkt. Sowieso ihre Schuld. Miese Reifen. Billiges Zeug.«

»Ach ja?«

»Sehen Sie doch hin.«

»Dann wissen Sie wohl nicht« – der Beamte hatte die Hand an der Pistole –, »daß dieser Wagen gestohlen ist, was?«

»Was soll denn das für ein Unsinn sein?«

»Sie sagen, er gehört der Dame, die drinsitzt?«

»Ja.«

»Dann lassen Sie sie mal aussteigen. Machen Sie die Tür auf und sagen Sie ihr Bescheid.«

Freddy öffnete die Tür. »Ma'am, der Polizist hier behauptet, das sei nicht Ihr Auto. Er sagt, es ist gestohlen. Und er will, daß Sie nach draußen kommen.«

Innerlich verfluchte er sich dafür, daß er die Nummernschilder nicht gewechselt hatte. An Nummernschildern herrschte in der Solano-Organisation kein Mangel.

In aller Ruhe erhob Agatha sich vom Passagiersitz und kletterte nach draußen auf das Pflaster.

»Wer sind Sie, guter Mann?« fragte sie von oben herab.

»Polizei. Der Wagen hier ist gestohlen.«

»Wie kommt«, fragte Agatha mit einiger Schärfe, »wie kommt die Polizei auf diese absurde Idee?«

»Der Sohn von der Dame, der er gehört, hat es gemeldet. Er wurde gegen halb zehn in Charlestown gestohlen.«

»Mein guter Mann, Sie irren sich. Glauben Sie mir. Ich bin schon den halben Tag und den größten Teil des Abends mit diesem Wagen unterwegs.«

»Hören Sie, Lady, ich habe die Nummer von dem Auto hier, und das ist als gestohlen gemeldet. Für mich ist das ein klarer Fall. Ich muß Sie mit auf die Wache nehmen.«

»Dieser Wagen gehört mir«, erwiderte Agatha eisig. »Ich habe der Polizei keinerlei Anweisungen gegeben. Nicht die geringsten. Ich habe diesen Wagen nicht als gestohlen gemeldet. Er *ist* nicht gestohlen.«

»Ach ja?«

»Guter Mann, ich habe nicht vor, es Ihnen ein zweites Mal zu sagen. Dieser Wagen ist nicht gestohlen. Und damit basta.«

»Ach ja? Und dann werden Sie mir wohl als nächstes weismachen wollen, daß Sie Mrs. Sebastian Jordan sind, die Besitzerin dieses Wagens?«

Freddy stockte der Atem; dann lief ein Grinsen über sein Gesicht, und seine Muskeln entspannten sich. Er war kurz davor gewesen, die Sache in die Hand zu nehmen.

»Ich bin Mrs. Sebastian Jordan. Hier meine Karte, guter Mann. Hier« – Freddy leuchtete ihr mit seiner kleinen Taschenlampe, während sie in der Handtasche wühlte –, »hier ist mein Paß. Ah, da haben wir sie. Hier, die Wagenpapiere –«

XI.

Die drei auf dem Rücksitz, die Agathas Worte durch die offene Tür vernahmen, mußten an sich halten, damit sie nicht vor Freude und Erleichterung laut aufjuchzten.

Leonidas sagte sich, daß er es hätte wissen sollen, so betont, wie Agatha vom guten Geschmack des Wagenbesitzers gesprochen hatte, und so überaus verblüfft, wie sie über die Reifenpanne gewesen war. Weder der Zahn der Zeit noch Boston noch Sebastian Jordan, dachte er bei sich und lachte vor sich hin, hatten Agatha Elwood auch nur das kleinste bißchen verändert.

Der Beamte nahm Freddy die Lampe aus der Hand und musterte seine eindrucksvolle Sammlung von Dokumenten.

»Alles gut und schön«, hob er nach einer Weile unsicher an, »aber trotzdem haben wir auf der Wache die Anzeige, daß der Wagen gestohlen ist, und es ist per Funk durchgegeben worden –«

»Darf ich erfahren, wer die Anzeige erstattete?«

»Mr. Cabot Jordan. Ich war selbst auf der Wache, als er kam. Wie wollen Sie das erklären, hm? Das würde mich interessieren.«

»Cabot Jordan ist mein Sohn«, erklärte Agatha in aller Ruhe, während der Wagen mit Freddys Leuten langsam und unheilverkündend vorüberfuhr. Spud machte vom Fahrersitz der Limousine rasche Handbewegungen, und der Wagen fuhr über die Brücke und verschwand.

»Mein Sohn« – eine gewisse Erleichterung konnte Agatha in ihrer Stimme nicht unterdrücken. »Die Erklärung ist ganz einfach, Officer. Heute nachmittag hat Cabot mich in meiner Wohnung besucht. Er war in großer Eile, und ich bot ihm an, meinen Wagen für die Rückfahrt zu nehmen. Offenbar verstand er es so, daß er den

Wagen für den ganzen Abend behalten könne. Ein Irrtum seinerseits, kann ich Ihnen versichern. Als der Wagen nicht zurückkam, habe ich einfach bei ihm zu Hause nachgefragt, wohin er fahren wollte, begab mich dorthin und ließ den Wagen – ähm – von meinem Chauffeur übernehmen. Ich brauchte ihn.«

»Aber da war ein Chauffeur dabei, als er – als Mr. Jordan auf die Wache kam. Er kam mit dem Chauffeur und machte die Meldung.«

»Ich habe zwei«, log Agatha, ohne rot zu werden. »Nicht daß ich zwei bräuchte, das nicht, doch seit der Wirtschaftskrise habe ich stets mein Bestes getan, die Arbeitslosigkeit zu lindern. Eine Chauffeursstelle, das ist gute, ehrliche Arbeit, und das ist besser für einen Mann, als wenn er den ganzen Tag lang nur die Zeit totschlägt. Aber meine häuslichen Arrangements werden Sie nicht interessieren. Ich habe mich wirklich sehr über Cabot geärgert. Ich habe ihm den Wagen gerne geliehen, aber ich hatte schon erwartet, daß er ihn zurückschickt. Ich hatte mehrere Verabredungen für den Abend, und die ganze Sache hat mir eine Menge Unannehmlichkeiten gemacht.«

»Wo haben Sie den Wagen geholt?«

Das brachte Agatha einen Augenblick lang in Verlegenheit. Sie hatte ja nicht die leiseste Ahnung, wo Freddy und die anderen den Wagen entwendet hatten. Aber sie fing es meisterlich auf.

»Wie«, wandte sie sich an Freddy, »wie hieß dieser abscheuliche Ort doch gleich?«

»Mike's Gentlemen Club.« In Freddys Stimme schwang Bewunderung für ihre Geistesgegenwart mit. »In Charlestown. Da kommen eine Menge feiner Herren hin, seit sie die Läden in der Stadt zugemacht haben.«

Der Beamte kratzte sich am Kopf. »Ja, das ist die Stelle, die er uns auch genannt hat. Also, die Wagenpapiere sind in Ordnung, soweit ich das sehen kann. Das Paßfoto sieht nach Ihnen aus, das auf dem Führerschein nach Ihrem Chauffeur. Aber trotzdem –«

»Ich komme gern mit Ihnen auf die nächste Polizeiwache«, beteuerte Agatha, »und stelle diese absurde Angelegenheit klar. Cabot, auch wenn er mein Sohn ist, ist manchmal ein wenig einfältig. Hat er wirklich geglaubt, daß ich – *ich* – in dieses Lokal – diese – ähm – *Kaschemme* komme, um ihm zu sagen, daß ich meinen Wagen wiederhaben will? Ganz gewiß nicht. Er hat zwei vollauf genügende eigene Automobile, in denen er Spiellokale aufsuchen kann. Ich hätte wirklich gedacht, er ist gewitzt genug und reimt sich zusammen, daß ich es war, die den Wagen –«

Ein kleiner Viersitzer kam neben ihnen zum Halten. Freddy sah die Schirmmützen und zog instinktiv den Kopf tiefer in den Mantelkragen. Aus gutem Grund mied er Polizeiwagen, wo er nur konnte.

Der Motorradpolizist wiederholte die ganze Geschichte noch einmal für den hoch aufgeschossenen Sergeant, der herausgeklettert kam.

Agatha sah den Neuankömmling an und lächelte. »Ah. Morrison. Sie sind doch Morrison, nicht wahr? Ich habe Sie gleich erkannt. Morrison, würden Sie wohl so freundlich sein und diesem Beamten bestätigen, wer ich bin? Und können Sie ihm versichern, daß ich nicht meinen eigenen Wagen gestohlen habe?«

»Sicher, Mrs. Jordan.« Der Sergeant grinste. »Das kläre ich schon. «Sie haben's heute nicht leicht mit der Polizei, was?«

»Das kann man wohl sagen, Morrison, da haben Sie recht. Und auch wenn es durchaus lobenswert ist, wie aufmerksam und pflichtbewußt der Beamte sich verhalten hat, war es doch in diesem Falle vollkommen überflüssig. Ich hoffe, Katherine geht es gut, Morrison?«

»Katy geht's prima, Mrs. Jordan. Sie hat mir auch aufgetragen, wenn ich Sie wieder einmal sehe, soll ich Ihnen sagen, daß die kleine Agatha in ihrer neuen Schule die Klassenbeste ist.«

»Wunderbar«, sagte Agatha von Herzen. »Prachtvoll. Das freut mich zu hören. Sagen Sie Katherine, sie muß mir bald mehr von sich und der kleinen Agatha erzählen. Also, Morrison, würden Sie mir den Gefallen tun und sich dieser Sache annehmen, und würden Sie auch Cabot anrufen und ihm von mir ausrichten, daß er ein Dummkopf ist? Ich wäre Ihnen so dankbar.«

»Ich nehme die beiden Sachen in die Hand«, versprach er. »Was hält Sie hier auf? Ein Platten?«

»Ja, aber machen Sie sich nicht die Mühe, uns zu helfen, Morrison. Mein Fahrer kommt schon zurecht. Ich bin *so* froh, daß Sie gekommen sind. Grüßen Sie Ihre Mutter von mir. Sagen Sie ihr, ich komme irgendwann einmal wieder auf eine Tasse Tee vorbei.«

Der Streifenwagen und der Motorradpolizist entfernten sich.

»›Laß dein Brot über das Wasser fahren‹«, murmelte Agatha fromm und sah den Rücklichtern nach, die in der Ferne entschwanden, »›so wirst du es finden nach langer Zeit‹. Das war Glück!«

»Also ich kann mir nicht vorstellen«, meinte Freddy, als er ihr galant wieder ins Auto half, »daß mich jetzt noch einmal im Leben etwas überraschen wird. Liebe Güte, nein! Wie haben Sie bloß – oh, da sind die anderen.«

Der zweite Wagen rollte wieder heran, und der unvergleichliche Lefty machte sich mit der Lässigkeit des Könners an das Öffnen des Reserveradschlosses.

»Also wirklich«, sagte Leonidas. »Also wirklich, Agatha!«

»Warum haben Sie uns denn nicht gesagt, daß das *Ihr* Auto ist, das wir da geklaut haben?« fragte Dot. »Und das stimmt doch, daß es Ihr Auto ist, oder?«

»Und wie kommt es«, wollte Gerty, die stets praktisch dachte, wissen, »daß Sie die Papiere und den Paß dabeihatten?«

Agatha angelte eine Praline aus der Schachtel, die Mario ihr vorausblickend als Wegzehrung mitgegeben hatte, und nahm zuerst ein paar kleine Bissen davon, bevor sie antwortete.

»Sie haben den Wagen«, sagte sie kühl, »am Mayflower unmittelbar unter meinem Schlafzimmerfenster geparkt. Das Fenster geht zur Seitenstraße heraus. Natürlich habe ich ihn sofort erkannt. Die Karosserie ist eine Sonderanfertigung. Ich hatte den Wagen tatsächlich, wie ich es dem Beamten gesagt habe, Cabot geliehen, und es war wirklich ein Schock, als ich sah, wie Bill und Dot ausstiegen. Oh, da habe ich eine mit Nüssen erwischt; ich mag keine Nüsse in Pralinen. Nun, Cabot hatte in seiner Eile die Wagenpapiere vergessen. Ich habe sie in der Regel bei mir – Penrose macht zu viele Privatausflüge, wenn ich sie ihm lasse. Ich bringe es nicht übers Herz, mich von Penrose zu trennen. Er war Kutscher bei meinem Bruder. Ich habe natürlich zwei und zwei zusammengezählt und wußte, daß es besser war, bei unserer Spazierfahrt die Papiere in der Tasche zu haben. Den Paß hatte ich noch dabei, weil ich ihn heute morgen habe verlängern lassen. Ich trage mich mit dem Gedanken, nächste Wochen nach Italien aufzubrechen.«

»Warum haben Sie uns denn nicht gesagt, daß das Ihr Auto ist?« fragte Dot.

»Und hätte Ihnen damit den ganzen Spaß verdorben? Nein, den Gedanken hätte ich nicht ertragen, meine Liebe. Außerdem dachte ich, es ist Ihnen vielleicht eine Lehre, damit Sie in Zukunft nicht mehr herumziehen und Leuten ihre schönen Automobile stehlen. Eine gefährliche Angewohnheit, und unanständig dazu. Sind Sie etwa schon fertig mit dem Reifen, Freddy?«

»Jawohl, Ma'am.«

»Penrose hätte das nie in der Zeit geschafft. Ich verstehe sowieso nicht, wie es zu dieser Panne kommen konnte. Die Reifen sind so gut wie neu. Übrigens, war es nicht Glück, daß Penrose ein solches Allerweltsgesicht hat? Und ist es nicht viel entspannender, Freddy, ausnahmsweise einen Wagen zu fahren, dessen Eigentümer auf dem Rücksitz sitzt? Wieso haben Sie eigentlich keine eigenen Autos?«

»Die Wirtschaftskrise«, erklärte Freddy nur. »Ich muß die Grundkosten niedrig halten.«

Mr. Bugatti kehrte zum Wagen der Nachhut zurück, und sie nahmen ihre Fahrt zum Haus von Dr. Langford wieder auf.

»Und woher kennen Sie den wackeren Morrison?« fragte Leonidas.

»Seine Frau war früher Hausmädchen bei mir. Ich halte immer noch ein wenig Kontakt zu ihnen. Morrison, darf ich hinzufügen, ist der eine Mann bei unserer neuen Polizei, zu dem ich wirklich Vertrauen habe. Ich denke mir, daß er gerade jetzt hier aufgetaucht ist, das war ein gutes Omen. Es hätte sehr unangenehm werden können, wenn der Motorradpolizist mich beim Wort genommen und tatsächlich auf die nächste Wache gebracht hätte.«

Gerty konnte nur zustimmen. »Freddy«, fügte sie hinzu, »ist da ja auch ziemlich bekannt. Und ich wette, nach Ihnen suchen die längst, Bill. Ehrlich, ich hab' ja schon manches mitgemacht, aber sowas wie heute nacht, das hab' ich noch nicht erlebt! Und wahrscheinlich werd' ich's auch nicht nochmal. Ehrlich, Mrs. Jordan! Das können Sie mir glauben!«

Es war vier Uhr morgens, als sie in einer Seitenstraße beim Langford-Haus in Malden hielten. Die Nachhut parkte hinter ihnen.

Leonidas übernahm das Kommando.

»Spud, an der vorigen Straßenecke war ein Imbiß, der noch offen hatte. Ist Ihnen der aufgefallen?«

»Kenn' ich. Der Bursche, der den betreibt, ist ein Freund von mir.«

»Gehen Sie hin und rufen Sie die Nummer hier an. Verlangen Sie Dr. Langford. *Frau* Dr. Langford. Sprechen Sie atemlos, so als wären Sie gerade gelaufen. Sagen Sie ihr, das Museum brennt, und Sie wissen nicht, wen Sie verständigen sollen, jetzt wo North tot ist, und daß die Feuerwehrmänner ein entsetzliches Durcheinander anrichten. Schildern Sie es so grausig wie möglich.«

»Klar.«

»Machen Sie es atemlos, aufgeregt, und wenn sie fragt, wer Sie sind, sagen Sie, der Hausmeister vom Haus gegenüber. Es ist ein Apartmenthaus, das ist durchaus glaubwürdig. Sagen Sie, die Feuerwehr hätte gefragt, ob Sie jemanden vom Museum verständigen könnten. Wenn sie zuviele Fragen stellt, legen Sie einfach auf. Verstanden?«

»Klar.«

»Na dann los. Und schnell.«

»Was ist mit den anderen Jungs?« fragte Freddy.

»Hmnja. Nach der eindrucksvollen Probe seines Könnens denke ich mir, wir sollten Lefty dabeihaben. Sie, Lefty und ich gehen. Einer von den beiden anderen – Spud, denke ich mir – bleibt draußen und sorgt dafür, daß uns niemand überrascht.«

»Und wir?« fragte Dot. »Was tun wir denn während der großen Einbruchsszene? Sollen wir einfach hier im Auto sitzen bleiben? Was ist, wenn Bat in der Zwischenzeit kommt?«

»Wenn er bisher nicht aufgetaucht ist, wird er wohl auch nicht mehr kommen. Freddy, ich würde die Limousine startbereit halten.«

»Okay. Gert, du wartest eine halbe Stunde, dann setzt du dich ans Steuer und läßt den Schlitten an, damit wir sofort abhauen können. Pete, du nimmst die zweite Karre und parkst sie eine Straße weiter. Am besten bleibst du drin und läßt auch den Motor laufen. Wenn wir in Schwierigkeiten kommen, Bill, dann können wir hierhin oder dorthin laufen, verstehen Sie? Gerty, wenn wir in 'ner halben Stunde nicht zurück sind, rufst du in der Garage an und läßt Verstärkung kommen. Wenn du merkst, daß es Ärger gibt, fährst du ab. Ich laß dir die Kappe und den Mantel hier. Spud, alles okay?«

»Alles erledigt. Hab' sie gleich selber am Apparat gehabt. Sie wollte wissen, in welchem Flügel es brennt –«

»Gott im Himmel!« rief Leonidas. »Das Museum *hat* keine Flügel! Haben Sie –«

»Keine Angst«, erwiderte Spud ungerührt, »ich hab' den Kasten schon mal gesehen. Ich hab' ihr gesagt, sie sei ja ganz durcheinander, es sei das Museum, im hinteren Teil. Es sieht ziemlich schlimm aus, hab' ich noch gesagt, dann hab' ich aufgelegt.«

»Wunderbar, Spud. Alles fertig, Freddy? Spud, Sie folgen uns unauffällig.«

»Mir gefällt dieses Arrangement nicht«, sagte Agatha mit Nachdruck, nachdem die Männer gegangen waren. »Mir gefällt dieses Arrangement ganz und gar nicht. Ich finde, einer von den Leuten hätte hier bei uns bleiben sollen.«

»Aber wenn man sich's mal so richtig überlegt«, meinte Dot und zündete sich eine Zigarette an, »kann ja nicht mehr viel Neues kommen, oder? Also, ich bin jetzt über meine Ängste hinweg. Ich füge mich in mein Schicksal. Ich – oh, da kommt schon ein Taxi. Ob das heißt, daß die Langford angebissen hat?«

»Denkbar, aber mir gefällt – aber – aber – sie kommen zurück! Etwas nicht in Ordnung?«

»*Alles* nicht in Ordnung«, knurrte Freddy. »Im Haus nebenan ist Festbeleuchtung, und es wimmelt nur so von Bullen und allen möglichen Leuten. Hab' noch nie so viele Leute in einem einzigen Haus gesehen. Richtiger Menschenauflauf.«

»Aber warum?«

»Keine Ahnung. Deshalb sind wir zurückgekommen. Vorne auf der Sitzbank lag 'ne Abendzeitung. Irgendwas Großes muß da passiert sein. Vielleicht steht es in der Zeitung.«

Leonidas musterte die Schlagzeilen im Licht der kleinen Taschenlampe.

»Hier haben wir es«, sagte er. »Ein hohes Tier bei der Amerikanischen Legion, Freund und Gönner der hiesigen Polizei, gestern nachmittag in Malden gestorben. Hmmm. Von Foch dekoriert. Goldmedaille – hmmm. Freimaurer – bedeutender Mann offenbar. Das ist die Erklärung.«

»Was machen wir denn jetzt, Bill?«

Spud kam hinzu.

»Die Lady ist ausgeflogen«, berichtete er. »Ich hab' gehört, wie sie dem Fahrer Anweisungen gegeben hat, zum Museum, so schnell wie möglich. Sie wohnt in der unteren Etage. Oben steht ein großes Schild im Fenster, daß es zu vermieten ist.«

»Schön«, sagte Freddy, »aber wie sollen wir denn reinkommen, bei dem Betrieb da draußen, hm?«

»Warum nicht von der anderen Seite des Hauses?« schlug Agatha vor. »Schließlich hat alles seine zwei Seiten, sogar ein Haus.«

»Hmnja«, gab Leonidas zu und rückte seine Pudelmütze zurecht, »hmnja. Aber hier ist es schwierig. Es ist ein Doppelhaus. Geht man es von dieser Seite aus an, hat man die Festbeleuchtung mit all den Menschen, die kommen und gehen. Selbst mit einem Meister wie Lefty können wir nicht hoffen, da unbemerkt einzutreten. Die Hintertür liegt an der Veranda, und die Veranda ist ebenfalls schwarz vor Menschen. Ich wäre dankbar für jede Anregung, wie sich die Aufmerksamkeit des Publikums ablenken –«

»Moment!« rief Gerty aufgeregt. »Ich habe einen Plan!«

Atemlos erklärte sie ihn. Als sie damit fertig war, nickte Leonidas.

»Genial«, sagte er, »absolut genial. Aber gefährlich. Agatha, glauben Sie wirklich, daß Sie –«

»Aber natürlich. So etwas liegt mir im Blut.«

»Und ich bleibe ganz allein hier«, jammerte Dot. »Mutterseelenallein. Ich muß schon sagen, ich finde diesen Plan überhaupt nicht gut.«

»Das geht schon in Ordnung«, versicherte Gerty ihr. »Sie bleiben einfach hier, und in zwanzig Minuten starten Sie den Wagen und sind bereit, wenn es soweit ist. In Ordnung, Bill? Wenn sie drauf reinfallen, handeln Sie sofort. Aber übertreiben Sie es nicht, Mrs. Jordan. Lassen Sie sich jetzt ja nicht von Ihrer Begeisterung mitreißen!«

»Sie können sich«, beteuerte Agatha, »auf mich verlassen.«

Gerty stieg aus und ging hinunter zu der Straße, an der Dr. Langford wohnte. An der Ecke angekommen, begann sie zu laufen. Aus den Augenwinkeln beobachtete sie, wie sie die Blicke der

Leute vor dem Haus des verstorbenen Wohltäters der Polizei auf sich lenkte.

»Warum so eilig, Schätzchen?« rief eine hohe Stimme.

Gerty grinste. Genau so eine Frage hatte sie sich ausgemalt. Sie drehte sich zu den Männern um, starrte sie an und stieß einen kurzen Schrei aus. Dann ließ sie sich nach allen Regeln der Kunst in Ohnmacht fallen.

Die Männer, die vor dem Haus gestanden hatten, kamen allesamt gelaufen.

Gerty stöhnte leise.

»Sie ist ohnmächtig geworden!« verkündete einer der Polizeibeamten ehrfurchtsvoll.

»Süßes Ding, was?«

»Hübscher Hut.«

»Aber sollten wir nicht irgendwas tun –«

»Hat jemand was zu trinken?«

Aus dem halben Dutzend Fläschchen, die gezückt wurden, wurde eines ausgewählt und Gerty an die Lippen gehalten.

Der Inhalt war, wie sie später sagte, gräßlich.

Das Gurgeln, mit dem der Whisky ihr die Kehle hinabrann, gehörte eigentlich nicht zu ihrem Aufritt. Sie gurgelte laut, bekam es ein- oder zweimal in den falschen Hals und hustete heftig, als Agatha am Ort des Geschehens eintraf.

Mit einiger Mühe boxte Mrs. Jordan sich durch die Traube von Männern.

»Was«, fragte sie mit strenger Stimme, »ist hier geschehen?«

»Das Mädchen ist ohnmächtig geworden.«

»Wer ist sie? Wieso?«

»Keine Ahnung. Sie kam hier die Straße langgelaufen, und dann – ja, dann ist sie einfach umgekippt.«

»Er hat mir etwas tun wollen«, röchelte Gerty. »Einer von den Männern hat mir etwas antun wollen.«

Agatha kniete neben dem Mädchen nieder.

»Sie Ärmste«, sagte sie, »Sie Ärmste! Ich – aber das ist ja Gertrude! Mein armes, liebes Kind! Was ist geschehen? Was haben diese Menschen mit Ihnen gemacht?«

»Mutter brauchte wieder ihre Medizin«, schluchzte Gerty herzerweichend, »und ich wollte zum Drugstore laufen. Unser Telefon geht nicht mehr.« Insgeheim bewunderte Agatha, wie realistisch sie schluchzte. Allerdings waren die Schluchzer nicht rein künstlerisch; als sie am Boden lag, war ihr eine Eisscholle vom Rasen in den Nacken gekommen, die ihr nun allmählich den Rücken hinunterrutschte. »Deshalb – deshalb mußte ich dann selbst gehen. Und als ich die vielen Männer hier sah, da fing ich an zu laufen, und dann – dann wollte einer von ihnen sich mir nähern!«

Agatha richtete sich auf. Nun lag es an ihr, ob sie Gertys schauspielerischen Standard halten konnte.

»Ist das wahr, was das Kind mir da erzählt?« rief sie empört. »Haben Sie wirklich – hat wirklich einer von Ihnen – und ich sehe Polizeibeamte unter Ihnen! Männer, die unser Heim und die öffentliche Ordnung schützen sollen! Hat einer von Ihnen wirklich die Unverfrorenheit besessen, die Grausamkeit, dies junge Mädchen auf seinem Gang der Mildtätigkeit unsittlich zu belästigen?«

Die Männer blickten verlegen.

»Aha!« rief Agatha. »Sie leugnen es nicht! Das, meine Herren, glauben Sie mir, das ist etwas, was den Zeitungen zu Gehör gebracht werden wird! Wenn ein junges, schutzloses Mädchen so in die Enge getrieben wird, daß ihm die Sinne schwinden –«

»Und, Tante Kate«, jammerte Gerty weiter, »sie – sie haben mir Whisky eingeflößt!«

»Zuerst belästigen Sie ein unschuldiges Kind«, rief Agatha voller Entsetzen, »dann wollen Sie es mit Alkohol gefügig machen! Wenn man sich das vorstellt! Wenn man sich das auch nur vorstellt! Es ist unerhört! Es ist unglaublich! Ich werde –«

»Nun hören Sie mal, Lady«, fand einer der Beamten seine Stimme, »wer sind Sie denn überhaupt? Wie kommen Sie –«

»Zufällig bin ich die Tante dieses armen unglücklichen Mädchens. Ich war eben auf dem Weg zu ihrem Haus. Ich habe Freunde in Wellesley besucht, und der Wagen, der mich nach Hause bringen sollte, streikte in der Kälte. Ich mußte per Zug und Straßenbahn kommen. Aber ich weiß nicht, was Sie das überhaupt angeht. Kannst du aufstehen, Gertrude, meine Liebe? Du mußt es versuchen, sonst holst du dir noch eine Lungenentzündung.«

»Ich – ich glaube nicht«, wimmerte Gerty. »Ich bin so schwach. So – schwach.«

»Du mußt es versuchen, Liebes. Versuche es!«

Gerty versuchte es. Beim dritten Versuch schaffte sie es wieder auf die Beine.

Agatha stützte sie.

»Sobald ich wieder ein Telefon zur Hand habe«, verkündete sie, »werde ich die Sache melden. Und ich werde meinen Anwalt verständigen. Bisher habe ich ja die Geschichten nie geglaubt, die man sich über die Polizei erzählt, doch dies hier hat mich eines Besseren belehrt. Ich werde –«

»Glauben Sie uns, Lady –«

»Keine Entschuldigungen! Ich will nichts hören!«

»Aber –«

»Kein Wort! Gertrude, meinst du, du wirst laufen können?«

»Wahrscheinlich schon«, hauchte Gerty. »Ich glaube, ich kann es gerade so schaffen, Tante Kate.«

»Hören Sie, Lady, wir fahren Sie gern –«

»Sie werden nichts dergleichen tun!« sagte Agatha streng. »Ich setze mich lieber allein den Gefahren dieser nächtlichen Straßen aus, als daß ich meine Nichte noch einmal – den Anzüglichkeiten der sogenannten Polizei und ihren zwielichtigen Freunden –«

Mit ruhiger, gleichmäßiger Stimme, in stets wohlgesetzten Worten, ohne ein einziges Mal laut zu werden zählte Agatha die Anzüglichkeiten der sogenannten Polizei und ihrer zwielichtigen Freunde auf. Immer und immer wieder kam sie auf die Schutzlosigkeit des jungen Mädchens zu sprechen. Sie sprach davon, wie moralisch verwerflich es war, junge Frauen mit Alkohol gefügig zu machen, und erläuterte ausgiebig, was sie von Alkoholmißbrauch und dessen Folgen hielt. Sie ging sogar so weit, den Anwesenden zu verstehen zu geben, daß sie in ihren Augen nichts weiter waren als ein Haufen degenerierter Perverser.

»Ich persönlich zweifle nicht«, schloß sie – allmählich gingen ihr die Ideen aus, und sie spürte auch, daß sie jeden Moment in ein lautes Lachen ausbrechen und alles verderben würde –, »ich persönlich zweifle nicht, daß sich in Ihren Reihen Opium- und Mädchenhändler verbergen.«

In dem betretenen Schweigen, das auf diese Tirade folgte, trat Lefty mit einer lautlosen Geste des Triumphes in Dr. Langfords Küche ein. Leonidas und Freddy folgten ihm auf dem Fuße.

XII.

Ich – ich bin –« Agatha suchte ihren Wortschatz nach einem passenden Wort ab – »ich bin fassungslos!«

Die Schluchzer, in die Gerty daraufhin ausbrach, hatten einen gewissen hysterischen Unterton.

»Hören Sie«, meldete sich einer der Männer mit schuldbewußter Stimme, »hören Sie, ich war derjenige, der sie angesprochen hat – aber ich habe wirklich nichts Böses im Sinn gehabt! Nicht im mindesten. Ich konnte doch nicht wissen, daß das Kind einen solchen Schrecken bekommt, sonst hätte ich es ja nie getan – aber wenn man ein Mädchen mitten in der Nacht alleine auf der Straße sieht – früher Morgen ist es ja fast schon – dann – na, jedenfalls tut es mir leid. Ehrlich. Ich habe Frau und Kinder zu Hause, und wenn Sie eine große Affäre daraus machen und es in die Zeitungen kommt, verliere ich meine Stellung!«

Alle waren sich einig, daß Charley es überhaupt nicht so gemeint hatte.

»Und den Drink haben wir ihr doch nur gegeben, damit sie wieder zu sich kommt«, fügte Charley entschuldigend hinzu, »ehrlich, und wo es doch so eine kalte Nacht ist, das ist doch keine Sünde, oder? Wir wollten sie nicht betrunken machen. Wir wollten nur, daß sie wieder zu sich kommt!«

»Jetzt mach' dich doch nicht verrückt wegen den beiden, Charley«, erhob sich eine andere Stimme. »Das sind zwei Gauner, das ist alles. Die spielen dir das vor. Ich hab' von solchen Geschichten schon öfter gehört. Die sind nur auf's Geld aus. Gib ihnen fünf Dollar, und du sollst sehen, wie schnell die um die nächste Straßenecke verschwunden sind!«

»Mein guter Mann!« donnerte Agatha. »Wollen Sie etwa behaupten –«

»Will ich. Sie wissen doch, daß es stimmt. Hör' mal, Brodie, warum lochst du sie nicht einfach ein? Wir wissen ja nicht mal, wer die zwei überhaupt sind.«

Agatha spürte, wie die Stimmung der Männer umschlug. Auch ohne Gerty, die warnend an ihrem Ärmel zog, wußte sie, daß ihr Auftritt allmählich gefährlich wurde. Der hochmütige Abgang, auf den sie hingearbeitet hatte, war nun unmöglich geworden. Sie mußte nun einen Namen nennen – Gerty hörte, wie sie tief durchatmete, und war gespannt, was als nächstes kommen würde.

»Ich«, sagte Agatha mit ruhiger Stimme, »bin Mrs. Mark Jordan.«

Es war zu hören, wie einige der Umstehenden den Atem anhielten. Wiederum konnte Gerty nur in Gedanken den Hut vor dieser unglaublichen Frau ziehen. Mrs. Mark Jordan wohnte in Malden. Alle hatten schon von ihr gehört. Sie war eine Multimillionärin, und ihre exzentrische Art war Legende. Und das wichtigste war, daß sie nie zuließ, daß man sie fotografierte. Es gab kein Bild von ihr; niemand wußte, wie sie aussah.

Kein Bild von ihr! Gerty hätte sich am liebsten selbst umarmt. Kein Mensch hätte diese Frau auf der Straße erkannt, aber jeder hatte schon die Geschichte von dem Mann gehört, dem sie tausend Dollar gegeben hatte, weil er ihr beim Überstreifen einer widerspenstigen Galosche behilflich gewesen war.

»Ich fordere«, fuhr Agatha ruhig fort, »und erwarte auf der Stelle eine Entschuldigung. Und zwar umfassend.«

Sie bekam sie. Es dauerte fast zehn Minuten, bis Charley und seine Freunde sich für alle und alles entschuldigt hatten, zerknirscht, verängstigt, mit stammelnden Worten.

»Gertrude, meine Liebe«, sagte sie, als sie schließlich verstummten, »du hast gehört, was diese Menschen zu sagen haben. Was hältst du davon? Ich will es ganz dir überlassen. Ich für meinen Teil bin bereit, die Sache zu Ende zu führen und dafür zu sorgen, daß Gerechtigkeit waltet, aber ich spüre auch Mitleid mit dem Mann. Soll denn wirklich seine Karriere so jäh zu Ende sein?«

»Du hast schon recht, Tante Kate.« Gerty schneuzte sich in ein winziges Chiffontaschentuch. »Ich – ich denke an die kleinen

Kinder. Es ist nicht recht, daß wir ihnen die Zukunft – laß uns gehen! Ich kann einfach nicht mehr!«

Und das war, dachte sie bei sich, die reine Wahrheit. Noch zehn Sekunden, und sie würde schreiend am Boden liegen.

»Nun gut«, sagte Agatha. »Dann wollen wir kein weiteres Wort mehr darüber verlieren. Vergessen wir die ganze Sache. Aber ich hoffe, das wird Ihnen eine Lehre sein, meine Herren, und Sie werden sich in Zukunft anständiger gegenüber wehrlosen jungen Mädchen betragen.«

»Wir danken Ihnen, Mrs. Jordan. Sehr großzügig von Ihnen. Aber können wir Sie nicht doch noch dorthin fahren, wohin Sie unterwegs waren?«

»Danke«, erwiderte Agatha frostig, »danke nein! Komm, Kind.«

Langsam gingen sie zum Ende des Häuserblocks, bogen um die Ecke und stiegen wieder in den Wagen. Als sie erst einmal drinnen waren, im vergleichsweise Warmen, gab es kein Halten mehr. Unter Zuckungen, immer wieder unterbrochen von schallendem Gelächter, erzählten sie Dot ihre Geschichte.

Im Inneren des Hauses Langford fühlte sich Leonidas inzwischen mehr als nur ein wenig nervös. Es war gut und schön, die Opfer in eine muntere Unterhaltung zu verwickeln, während andere in ihr Haus einbrachen, aber es war etwas ganz anderes, wenn man selbst der Einbrecher war. Gewiß, einmal in Stockholm war er dabei behilflich gewesen, gewisse kompromittierende Briefe zurückzuerlangen, doch ein Einbruch im eigenen Land hatte längst nichts so Romantisches, und hier galt es weitaus gründlicher abzuwägen, ob das Ergebnis das Risiko auch wert war.

Aber nachdem sie in den vergangenen acht Stunden schon so oft auf wunderbare Weise dem Arm des Gesetzes und den Mächten der Unterwelt entronnen waren, konnte er schon den Eindruck bekommen, ja das Gefühl drängte sich geradezu auf, daß das Glück auf ihrer Seite war. Die Sterne, da gab es keinen Zweifel, waren ihnen gewogen.

»Vier Zimmer und ein Bad«. Lefty kam von seinem Erkundungsgang zurück. »Dieses hier, dann so eine Art Hobbyraum mit einem Haufen Bücher und anderen Sachen drin, und ein Wohnzimmer, ziemlich klein. Und ein Schlafzimmer. Das Bett ist aufgeschlagen, aber es sieht so aus, als ob sie heute nacht noch überhaupt nicht drin war.«

»Hmnja«, meinte Leonidas. »Das kann ich mir gut vorstellen. «Wenn diese Frau wirklich das getan hat, was ich vermute, dann würde ich sehr zweifeln, daß sie geschlafen hat wie der sprichwörtliche Stein. Ich persönlich hätte wohl weder Schlaf noch Schlummer gefunden, wenn ich an ihrer Stelle wäre. Lassen Sie uns in den – ähm – Hobbyraum gehen.»

Das Arbeitszimmer lag auf der anderen Seite des Flurs.

Freddy zog die Springrollos herunter, dann ließ er den Lichtkegel von Leftys kräftiger Taschenlampe langsam durch den Raum gleiten.

Die Mitte des Raumes nahm ein großer Schreibtisch im Eichendekor ein. Auf der schartigen Platte fanden sich mit Büroklammern zusammengehaltene Manuskripte auf braunem Papier, merkwürdig geformte Töpferwaren aus rötlichem Lehm, mit farbigen Flecken verziert, und eine Reihe von grotesk-lüsternen Statuetten. Lefty und Freddy grinsten zunächst als sie sie sahen, doch die Ausdrücke auf ihren Gesichtern änderten sich rasch.

»Puh«, sagte Freddy, »die sind ja schrecklich. Was sind das für Dinger, Bill? Woraus wird sowas gemacht?«

»Sie sind aus Stein, würde ich vermuten«, antwortete Leonidas, »wahrscheinlich von ihren Südsee-Insulanern. Was sie zu bedeuten haben, das kann ich auch nicht besser raten als Sie.«

»Liebe Güte«, sagte Lefty, »hier ist einer aus Wachs, mit Nadeln reingestochen. So wie früher bei den – hört mal, wir sollten sehen, daß wir hier wegkommen. Das ist mir nicht geheuer!«

Leonidas klopfte ihm auf die Schulter. »Kümmern Sie sich einfach nicht um die Zierstücke. Hmmm. Alles sehr kurios hier!«

Ihm fiel auf, daß sich ein Zigarettenstummel im Aschenbecher noch ein Restchen Glut zeigte, und er malte sich aus, daß Dr. Langford an diesem Schreibtisch gesessen und gearbeitet hatte, bis der falsche Feueralarm sie fortrief. Am Boden neben dem Schreibtisch hatte sie eine bunte Sammlung von Trophäen ihrer Forschungsreisen ausgebreitet: seltsam geformte Flechtkörbe, Ballen eines groben Tuches, Schnüre mit geschnitzten Holzperlen, eine Reihe kleiner, spitzer Speere zum Fischen und ein halbes Dutzend großer, exotischer Masken. Die meisten dieser Dinge waren mit grob gezeichneten oder geschnitzten erotischen Symbolen versehen, in der gleichen Art wie die Statuetten.

Mitten zwischen all diesen fremdartigen Dingen stand ein wenig verlegen und verloren eine nagelneue Reiseschreibmaschine.

Leonidas sah sich die Dinge an, mit denen Dr. Langford offenbar noch kurz zuvor beschäftigt gewesen war. Es waren Abhandlungen über die geheimen und, wie er fand, ausgesprochen intimen Riten, nach denen bei ihrem Südseestamm die Ehepartner bestimmt wurden. Die Zeremonien waren in allen Einzelheiten und mit beträchtlichem Gusto beschrieben. Lefty sah ihm über die Schulter, las einen Absatz und wandte sich dann angewidert ab.

»Was die für eine schmutzige Phantasie hat!« meinte er. »Was sind das für Messer hier unter dem Papier, Bill?«

Leonidas betrachtete das Sortiment, auf das Lefty wies. »Skalpelle«, antwortete er. »Ich frage mich – Lefty, ich bin ganz Ihrer Meinung. Je mehr ich sehe, desto größer wird meine Abneigung gegen diese Frau.« Er nahm sich die vollgestopften Bücherregale vor. »Wir sollten uns lieber an die Arbeit machen und sehen, daß wir die ersten drei Bände Twitchett finden. Zwischen den Manuskripten auf dem Tisch stecken die herausgerissenen Seiten nicht. Es sind kleine Bände, Lefty, ledergebunden, ungefähr fünfzehn Zentimeter hoch. Haben wir noch eine Taschenlampe? Danke. Und seien Sie vorsichtig, bringen Sie nichts durcheinander. Stellen Sie alles wieder genau so hin, wie Sie es vorfinden.«

Er ging die Regalreihen durch und las hier und da einen der akademischen, eher abschreckenden Titel.

Akten des amerikanischen Museums für Naturgeschichte; *Contributions to the Ethnology of the Haida*; Czaplickas *Ureinwohner Sibiriens*; *Crime and Custom in Savage Society*; *Les fonctions mentales dans les sociétés inférieures*; *Anthropometrien: Ein Handbuch der sozialen Hygiene und Gesundheitsvorsorge* und so weiter.

Es war nichts auch nur entfernt Literarisches dabei – das heißt, doch: Auf einem unteren Regalbrett fand er acht Bände von Ignatz Zubelwicz, dem Verruchten.

»Ich glaube«, murmelte Leonidas vor sich hin, »allmählich kann ich mir ein Bild von Dr. Langford machen. Liebe Güte, ich wünschte, sie hätte einmal ein Kochbuch oder das Leben des P. T. Barnum oder sonst etwas Menschliches!«

Auch Freddy, der in seiner Sektion den Raum hinter den Büchern abtastete, rief wortreich seinen Schöpfer an.

»Wir können einpacken«, schloß er kurz und klar.

»Wieso das?« Leonidas studierte immer noch fasziniert die Titel der Bücher.

»Wenn die Lady hier diese ganzen Sachen liest und das alles im Kopf hat, dann läßt die sich doch von uns nicht hinters Licht führen. Sowas ist doch überhaupt kein Mensch!«

Auch die sorgfältigste Suche in Regalen und Bücherschränken brachte die Bände eins, zwei und drei der Predigten des Phineas Twitchett nicht zum Vorschein, und auch die fehlenden Seiten aus dem vierten Band tauchten nirgends in den Papierstößen oder den Schubladen des Schreibtisches auf.

Freddy stand vor einem riesigen Aktenschrank, und die Miene, mit der er ihn ansah, war der Verzweiflung schon recht nahe.

»Müssen wir da etwa auch noch ran?«

»Hmnja. Ich fürchte schon. Wissen Sie, Freddy, ich habe den Eindruck – genauer gesagt habe ich den Eindruck schon, seit sie versucht hat, Spud mit ihrer Frage nach dem Flügel des Museums zu überlisten –, daß diese Frau äußerst mißtrauisch ist und keinerlei Risiko eingeht. Und zudem bleibt uns leider nicht mehr viel Zeit. Sie und Lefty sehen den Schrank durch; aber vorsichtig. Bringen Sie keine Papiere durcheinander. Obwohl ja alles sehr verstaubt ist. Nicht gerade häuslich, die Frau Doktor. Wenn sie die Seiten, die wir suchen, in ein anderes Buch gesteckt hat, können wir das vielleicht an der Spur erkennen, die sie dabei an der Vorderkante der Bretter im Staub hinterlassen hat.«

Doch auch wenn sich mehrere Spuren im Staub fanden, wo sie Bücher kürzlich herausgenommen hatte, steckten doch in keinem dieser Bände die gesuchten Papiere, und Freddy und Lefty hatten bei der Durchsicht des Aktenschrankes ebensowenig Erfolg.

»Wir sind auf dem falschen Dampfer«, sagte Freddy mürrisch. »Vollkommen auf dem falschen Dampfer. Die Frau hier ist nicht die, die wir suchen, und da bin ich heilfroh drüber! Mir läuft's kalt den Rücken runter in der Bude hier. Hat wohl doch nicht gestimmt, was wir uns da zusammengereimt haben – meinen Sie nicht auch, Bill?«

»Im Gegenteil. Ich bin sicher, wir sind auf der richtigen Fährte.«

»Und wieso?«

»Gewiß, Sie haben recht, Freddy, bisher haben wir nichts gefunden, was unsere Theorien wirklich bestätigt, aber gerade daß wir überhaupt nichts finden, kommt mir schon wieder verdächtig vor – wenn Sie verstehen, was ich meine. Außerdem –«

»Sie meinen, die Lady hat damit gerechnet, daß jemand hier herkommt und –«

»Ganz genau. Sie hat alles für uns arrangiert.«

»Aber woher wollen Sie das wissen?«

»Der Stapel mit Manuskripten zum Beispiel, Freddy. Fast alle sind mit der Hand geschrieben. Ist Ihnen die neue Schreibmaschine aufgefallen? Wenn sie gerade etwas neu schrieb, warum hat sie dann nicht die Maschine genommen? Das Manuskript ist in grüner Tinte geschrieben. Haben Sie gesehen, daß es zwar drei Tintenfässer auf dem Schreibtisch gibt – schwarze Zeichentusche, schwarze Schreibtinte und rote Tinte –, aber weit und breit keine grüne zu sehen ist? Der Füllfederhalter ist mit schwarzer Tinte gefüllt. Und der Löscher hat schwarze und rote Flecken, aber keine Spur von grüner Tinte.«

»Sie meinen, das ist alles nur so hingelegt?«

»Ich habe den Eindruck, daß sie uns die schönsten Belege dafür hinterlassen wollte, daß sie fleißig bei der Arbeit war. Aber an dem Manuskript, mit dem sie den Eindringling täuschen wollte, hat sie nicht wirklich gearbeitet. Sie hat unter anderem die Sache mit der grünen Tinte übersehen, außerdem den Umstand, daß sie einige Blätter datiert hat, und diese Blätter sind zwei Jahre alt.«

»Warum ist sie denn dann trotzdem gefahren, wenn sie damit gerechnet hat, daß der Anruf falsch ist?« wollte Freddy wissen.

»Selbst eine Anthropologin«, erwiderte Leonidas, »ist zuerst eine Frau und erst in zweiter Linie Anthropologe, Freddy. Alle Frauen sind neugierige Geschöpfe, Freddy, die einen mehr –«

»Sind schon komisch, Frauen«, stimmte Freddy zu.

»Sie sind einfach gerne dabei, wenn irgendwo etwas los ist. Ich könnte mir vorstellen, daß unsere gelehrte Frau Doktor hin- und hergerissen war zwischen der Vermutung, daß der Anruf nur ein Trick war, um sie aus dem Haus zu locken, und der quälenden Frage, ob das Museum womöglich tatsächlich in Flammen stand. Sie mußte sich einfach Gewißheit verschaffen. Doch mit bewundernswerter Umsicht sorgte sie dafür, daß von den ersten drei Bänden Twitchett keine Spur blieb, ebensowenig von den fehlenden Seiten des vierten Bandes –«

»Vielleicht hat sie sie mitgenommen.«

»Die Seiten schon. Das halte ich für sehr wahrscheinlich. Ich bin mir sogar sicher. Aber ich kann mir nicht vorstellen, daß sie die drei Bücher eingepackt hat. Das wäre doch unpraktisch gewesen, und wenn das Museum tatsächlich gebrannt hätte, hätten die Leute sich gewundert, warum sie mit Büchern kommt. Oh, eines noch, Freddy. Ist Ihnen die Ausgabe der *Encyclopaedia Britannica* aufgefallen?«

»Was?«

»Die großen Bücher dort auf dem untersten Brett. Die kommen von Peters. Sie sind neu gebunden, und ich kann mich noch genau an den Einband erinnern. Peters hat mir einmal gesagt, er habe die Ausgabe an eine seiner besten Kundinnen verkauft. Das paßt doch wunderbar. Also, Freddy, wenn Sie eine Frau wären, wo würden Sie die drei Bücher verstecken?«

»Na wenn ich *die* Frau wäre, dann weiß Gott wo! Eine Frau, die Bücher wie die hier hat, die würde auch Sachen nicht an den Stellen verstecken, an denen normale Frauen sie verstecken. Das können Sie mir – he, Bill, hinter dem Regal da, sieht das nicht aus wie ‘ne Tür? Könnte ein Einbauschrank in der Wand sein. Das ist mir vorhin gar nicht aufgefallen, nicht mal, als ich direkt davorstand. Zu Hause habe ich einen Safe, der hat auch so eine Tür davor.«

Leonidas ging hinüber. Es war eine Art Wandschrank, keine Frage. Die Tür hatte einen winzigen Knopf zum Öffnen, kaum größer als eine Reißzwecke.

»Ein Safe ist das nicht«, meinte Freddy. »Seltsames Ding, was? Machen Sie mal auf, Bill.«

Leonidas öffnete die Tür und leuchtete einen Sekundenbruchteil lang in die Vertiefung, die sich dahinter auftat. Er schaltete sofort ab, doch unwillkürlich entfuhr ihm ein Laut des Entsetzens.

»Nur ein kleiner Schrank, sonst nichts«, sagte Freddy. »Lassen Sie uns nochmal reinsehen, Bill. Was hat sie da drin? Sah aus wie Einmachgläser. Da wird sie doch nicht ihr Eingemachtes drin haben, hm?« Freddy lachte. »Schalten Sie die Lampe nochmal ein, das will ich mir ansehen.«

Leonidas schüttelte den Kopf. »Es ist tatsächlich Eingemachtes, Freddy, könnte man sagen. Ich an Ihrer Stelle würde nicht noch einmal hineinsehen. Nicht einmal für eine Sekunde die Taschenlampe einschalten.«

»Warum nicht? Bill, Sie sind ja ganz weiß um die Nasenspitze! Nun sagen Sie schon!« Freddy ließ nicht locker. »Was war in den Gläsern? Die rochen auch so komisch.«

Bevor Leonidas ihn abhalten konnte, öffnete er die Tür und leuchtete hinein. Lefty kam von hinten und lugte ihm über die Schulter, dann setzte er sich mit einer abrupten Bewegung auf einen Stuhl.

»Tja«, sagte Leonidas, »ich hatte Sie ja gewarnt! Lefty, wenn Ihnen schlecht wird, dann bitte anderswo!«

»Was war das?« fragte Lefty mit schwacher Stimme.

»Eine Sammlung menschlicher Hände, Füße und – ähm – anderer Extremitäten in Formaldehyd«, erklärte Leonidas. »Und –«

»Aber die Köpfe!«

»Das waren nur Menschenköpfe«, sagte Leonidas sanft. »An der Luft getrocknet. Kein schöner Anblick. Ähm – lassen Sie uns lieber zu Band vier –«

»Eine Bestie ist das!« schnaubte Lefty. »Die –«

»Ich glaube, wir sind uns alle einig«, sagte Leonidas, »daß die Psyche dieser Dame einen Zug zum Krankhaften hat. Lassen Sie uns aber trotzdem noch einmal überlegen, wo sie die Bücher und die herausgerissenen Seiten versteckt haben könnte.«

»Meine alte Dame«, meinte Lefty, noch immer mit zitternder Stimme, »die versteckt immer Sachen im Kühlschrank. Im Kühlschrank oder im Brotkasten. Sollen wir nicht rüber in die Küche gehen, hm?«

»Ausgezeichnete Ideen, alle beide«, sagte Leonidas. »Freddy – was –«

Freddy hatte die Hand am Pistolenhalfter und starrte zur Tür.

Sie hatten die Tür angelehnt gelassen, und nun öffnete sie sich ganz langsam.

Eine große Colt-Automatik erschien in Freddys Hand, und er trat einen Schritt zurück zur Wand. Auf der anderen Seite des Zimmers hatte Lefty, ähnlich bewaffnet, ebenfalls den Blick fest auf den Türspalt geheftet, der Millimeter um Millimeter breiter wurde.

»Pfoten hoch!« rief Freddy.

Die Tür öffnete sich weiter.

Leonidas lächelte erleichtert, als er sah, was es war. »Keine Sorge, Freddy. Es ist nur eine Katze. Komm, Mieze!«

Die schwarz-weiße Katze spazierte gebieterisch ins Arbeitszimmer, schnupperte nur mißbilligend in Richtung Freddy und Lefty und kam dann geradewegs zu Leonidas.

»Verrat es mir«, sagte Leonidas und kraulte sie an der Stelle hinter den Ohren, an der alle Katzen besonders gern gekrault werden, »verrat es mir, Mieze, wo versteckt die Frau Doktor ihre Wertsachen? Im Kühlschrank oder im Brotkasten?«

Die Katze schnurrte laut.

»Einen Versuch wert«, meinte Freddy. »Wenn sie normal genug ist, sich 'ne Katze zu halten, dann ist sie vielleicht auch normal genug, die Sachen an den üblichen Stellen zu verstecken.«

Doch der winzige elektrische Kühlschrank enthielt nur einen dürftigen Vorrat an Lebensmitteln, und der Brotkasten war leer bis auf einen Wecken, der schon grün verschimmelt war.

»Puh.« Freddy rümpfte die Nase. »Keine gute Hausfrau. Bill, ist da Milch im Kühlschrank? Ich habe Durst.«

Er nahm die Flasche, die Leonidas ihm reichte, und goß ein Glas für sich und eines für Lefty ein. Leonidas lehnte dankend ab.

»Ich stifte meinen Anteil der Katze«, sagte er. »Wo ist sie denn geblieben?«

»Hinter dem Herd. Und was machen wir jetzt, Bill? Laßt uns abhauen, hm?«

»Hmnja«, antwortete Leonidas abwesend. Er achtete kaum auf Freddy, denn er war auf Händen und Knien hinter den Herd gekrochen und versuchte vergebens, dabei nicht die Milch zu verschütten, die er in eine Untertasse gegossen hatte.

Der Herd stand in einer Nische neben einem großen Einbauschrank, und der Raum zwischen beiden, in den er nun kroch, war eigentlich zu eng für ihn. Als er erst einmal drin steckte, bereute er die Gutherzigkeit und Sentimentalität, die ihn auf die Idee gebracht hatte, das Tier zu füttern. Das war unangemessen. Er war, ermahnte er sich streng, schließlich ein Einbrecher. Einbrecher vergeudeten keine Zeit damit, daß sie Katzen fütterten.

Außerdem war es fast dunkel in der Küche, denn Freddy hatte

nach dem Blick in den Kühlschrank die Taschenlampe ausgeschaltet. Von dem nach wie vor hell erleuchteten Nachbarhaus kam gerade genug Licht herüber, daß sie die Milch trinken konnten, ohne ihre Gläser zwischen den Schlucken aus den Augen zu verlieren.

Leonidas tastete nach der Katze und fand sie schließlich. Sie lag in einem hohen geflochtenen Katzenkorb. Er stellte ihr die Untertasse hin und streichelte sie.

Plötzlich stieß seine Hand an etwas Hartes. Etwas kleines mit spitzen Ecken! Ein Buch. Er tastete weiter. Er fand ein zweites. Und ein drittes! Auch ohne Licht hatte er keine Zweifel, welche Bücher das waren. Dr. Langford hatte die ersten drei Bände Twitchett im Katzenkorb versteckt! Und, dachte Leonidas gerührt, nur der Katze hatte er es zu verdanken, daß er sie je gefunden hatte. Nicht, wie Agatha bei Morrison gesagt hatte, das Brot, das er über das Wasser fahren ließ, sondern die Milch –

Gerade als er den anderen von seiner Entdeckung berichten wollte, ging das Küchenlicht an.

»Laßt eure Knarren stecken«, kommandierte Dr. Langford. »Hände hoch. Und zwar sofort! Ich habe schon öfter auf Leute geschossen und ich habe auch jetzt kein Problem damit.«

Ein Schlurfen war zu vernehmen; Freddy und Lefty hatten eingesehen, daß ihnen nichts anderes übrigblieb als zu gehorchen.

Leonidas duckte sich tiefer hinter den Ofen und wartete, daß für ihn der Befehl kam hervorzukriechen. Doch was die Frau als nächstes sagte, ließ ihn Hoffnung schöpfen. Sie sprach nur zu Freddy und Lefty; es schien tatsächlich, daß er vor ihren Blicken verborgen war und sie gar nicht bemerkt hatte, daß er da war.

»Was habt ihr zwei hier zu suchen?«

»Lady«, sagte Freddy, »wir hatten Hunger. Wir haben schon seit drei Tagen nichts Richtiges mehr gegessen. Seit sechs Jahren haben wir keine Arbeit mehr. Wir haben in einer Weberei oben in Lowell gearbeitet, aber die haben zugemacht, und wir haben's in Kalifornien versucht; dann haben wir gehört, daß die hier oben wieder aufmachen, und –«

Leonidas lächelte. Das Beste an Freddy war seine blühende Phantasie.

»Ich glaube euch kein Wort. Wer hat euch dafür bezahlt, daß ihr hier einbrecht? Was sollt ihr holen?«

»Lady, wir wollten wirklich nur was zu essen.« Freddy klang herzerweichend. »Sonst nichts. Mein Kumpel und ich, wir haben früher in Lowell gearbeitet –«

»Schön die Hände obenlassen!«

»Aber ja, Lady. Wir haben nichts gestohlen außer dem Glas Milch. Das Brot war verschimmelt. Das sollten Sie nicht so im Brotkasten –«

»Hände obenlassen! Höher! Umdrehen. Ihr geht jetzt vor mir her. Und keine Tricks. Ich glaube euch kein Wort von eurer Geschichte. Ihr seid viel zu gut angezogen für zwei arbeitslose Herumtreiber. Rüber ins andere Zimmer. Bis ich mit euch fertig bin, wird es euch noch leid tun, daß ihr bei mir eingebrochen seid!«

»Aber Lady, wir wollten wirklich nur was zu essen –«

Als sie auf dem Weg aus der Küche an ihm vorbeischlurften, hörte Leonidas, wie Lefty Gebete vor sich hinmurmelte. Er rief jeden einzelnen Heiligen an, von dem er je gehört hatte, und er kannte viele.

Das Trio begab sich von der Küche zum Arbeitszimmer. Vorsichtig und unter Mühen kam Leonidas wieder hinter dem Herd hervorgekrochen. Mehr denn je war er überzeugt, daß die Sterne ihm günstig standen.

»Sogar ein ganzer Sternenhimmel«, murmelte er vor sich hin.

Daß Dr. Langford die Täterin war, daran hatte er nun keinen Zweifel mehr. Sonst hätte sie auf der Stelle das Fenster geöffnet und einen der Polizisten herbeigerufen, die immer noch in Scharen vor dem Nachbarhaus standen. Dieser Umstand sprach genauso eindeutig für seine Hypothese wie die Tatsache, daß sie die Bücher versteckt hatte. Es war offensichtlich, daß Dr. Langford nichts weniger wollte als eine Begegnung mit der Polizei.

Sie war klug genug zu sehen, daß Freddy sie belog. Und ihr Tonfall ließ keinen Zweifel daran, daß auf die beiden nichts Gutes wartete. Wenn er an die Abscheulichkeiten in den Gläsern im Wandschrank dachte, an die Skalpelle und was er sonst noch im Arbeitszimmer gesehen hatte, dann waren ihre Worte mit Sicherheit keine leeren Drohungen. Er war kein Anthropologe, aber er wußte doch, daß die spitzen Haken auf dem merkwürdigen Holzreif, den er neben den Speeren gesehen hatte, keine Fischerhaken waren. Da, wo sie herkamen, waren sie nicht für flüchtige Tintenfische gedacht, sondern für widerspenstige Menschen. Und das wuchtige hölzerne Objekt mit den entsetzlichen Schnitzereien am Griff – das hatte mehr als nur eine leichte Ähnlichkeit mit den Daumenschrauben, die Leonidas einmal in einer Ausstellung über die Inquisition gesehen hatte. Und die Abscheulichkeiten im Wandschrank nährten seine schlimmsten Befürchtungen.

Aus dem Arbeitszimmer drang ein erstickter Schrei herüber.

»Hmnja«, sagte Leonidas voller Mitgefühl. »In der Tat!«

Das Küchenlicht brannte nach wie vor, und er sah sich erwartungsvoll um. Es war mit Spud abgemacht, daß er in Aktion treten sollte, sobald ein Licht im Haus anging. Konkrete Pläne gab es keine, doch Spud sollte für Hilfe sorgen, sobald die Lage ernst wurde. Und auch wenn Freddy und Lefty vielleicht schon in diesem Augenblick den Foltern der Naturvölker ausgesetzt waren, empfahl es sich wohl doch, zunächst auf das Eingreifen Spuds zu warten. Denn Leonidas hatte keine Waffe. In Anbetracht des Arsenals, mit dem die Leibgarde ausgerüstet war, hatte Freddy es nicht für nötig gehalten, ihn zu bewaffnen, und außerdem hatte Leonidas auch keine Ahnung, wie man mit diesen Dingen umging.

»Warte zwei, drei Minuten«, hatte Freddy zu Spud gesagt, »und dann schlag zu!«

Spud hatte genickt und dem Boß versichert, daß er sich auf ihn verlassen könne.

Ein weiterer Schrei aus dem Arbeitszimmer. Leonidas wurde allmählich nervös. Die Solano-Organisation hatte ihm bisher einen recht soliden Eindruck gemacht. Sollte sie jetzt versagen, wo sie am dringendsten gebraucht wurde? Leonidas hätte die beiden gern aus den Fängen von Dr. Langford befreit, ohne daß sie ihn dabei erkannte. Er wollte, daß weiter im unklaren blieb, ob die beiden wirklich die Gelegenheitseinbrecher waren, als die sie sich ausgaben, oder ob sie im Auftrag von jemandem handelten, der auf die Spur ihres Geheimnisses gekommen war.

Wieder kam ein Schrei aus dem Arbeitszimmer.

Leonidas zerbrach sich den Kopf, was Spud sonst noch an Instruktionen von Freddy erhalten hatte.

»Wenn die Lichter ein- und ausgeschaltet werden oder sonst irgendwas, was ein Zeichen sein könnte, dann wird's Zeit für dich!«

Leonidas sah den Schalter an. Wenn er ihn drehte, würde man

das Klicken vielleicht drüben hören, und er wäre entdeckt. So reckte er sich denn auf die Zehenspitzen, schraubte die Birne heraus und dann wieder ein.

Doch noch immer von Spud keine Spur.

Mit einem Seufzer mußte Leonidas einsehen, daß die Solano-Bande ihren Boß im Stich gelassen hatte.

Vielleicht waren es die üblichen internen Rivalitäten. Vielleicht war es auch der lange Arm von Bat McInnis. Doch was auch immer der Grund sein mochte – Solanos Leute waren ihnen nicht zu Hilfe gekommen.

Leonidas seufzte ein weiteres Mal.

Es blieb ihm, ihm allein, überlassen, diese Frau zu überlisten und zu überwältigen, die Frau mit der funkelnden Pistole und den abscheulichen Folterwerkzeugen.

XIII.

Leonidas hielt einen Moment lang inne und putzte nachdenklich seinen Zwicker. Dann setzte er ihn auf und wandte sich wieder der Küche zu.

Zuerst nahm er ein Geschirrtuch von einer Stange neben dem Herd und faltete es zu einem handlichen Päckchen, dann griff er zu einem der leeren Milchgläser und hielt inne. Er schüttelte den Kopf.

Er hatte das Glas in den Kohlenkasten werfen wollen, und wenn – falls – Dr. Langford dann kam, um zu sehen, woher der Lärm kam, wollte er sie mit dem Tuch von hinten knebeln. Aber die Aussichten, daß es gelang, waren nicht gut, und das Klirren hätte vielleicht bei den Polizisten nebenan Aufmerksamkeit erregt.

Leise ging er hinüber zum Spülbecken. Die Flasche mit Salmiakgeist brachte ihn auf eine andere Idee. In seiner Jugend war Leonidas viel mit dem Hochrad unterwegs gewesen, und um Straßenköter zu vertreiben, die aus sein großes Vorderrad neugierig waren, hatte er immer eine Spritze mit Salmiakgeist dabeigehabt. Er öffnete die Flasche und schnüffelte daran.

»Schwach«, murmelte er. »Verdünnt.«

Trotzdem füllte er eins der Gläser damit. Nicht, so versicherte er sich, daß er die Absicht hatte, Miss Langford ernstlich zu verletzen, aber man mußte seine Waffen nehmen, wo man sie fand. Und sie kannte ja bei Freddy und Lefty auch keine Gnade. Normalerweise hielt sich Leonidas an die Regel »Was du nicht willst, daß man dir tu ...«, aber nicht immer hatte man genügend Zeit, um der Vorsehung die Rache zu überlassen.

Das Glas in der einen Hand, das Tuch in der anderen, trat er zur

Küchentür hinaus auf den schmalen Flur, der zum Arbeitszimmer führte. Zu seinem Ärger sah er, daß die Tür geschlossen war; doch die schwarz-weiße Katze, die ihm aus der Küche gefolgt war, gab ihm eine neue Idee ein.

Er legte Tuch und Glas ab und drehte vorsichtig den Türknauf. Langsam. Ganz langsam. Er hielt den Knauf fest und öffnete die Tür einen winzigen Spalt weit. Die Katze verstand sofort, was von ihr erwartet wurde. Sie steckte die schwarze Nase in den Spalt und drückte die Tür auf.

Dr. Langford reagierte sofort. »Waffe weg! Ich – Oh. Komm rein, Binks, sieh dir das an, wie die zwei Ganoven schlottern!«

»Hören Sie«, sagte Freddy bitter, »wie lange wollen Sie dieses Spiel denn noch spielen, hm?«

»Bis ich von euch erfahre, wer mich von hier fortgelockt hat, damit ihr inzwischen in meinen Papieren herumschnüffeln könnt –«

»Lady, wir wollten nichts weiter als ein Glas Milch und ein bißchen was zu essen. Wir haben doch überhaupt nichts angerührt –«

»Ihr wärt sogar damit durchgekommen, wenn ihr mich nicht für einen solchen Dummkopf gehalten hättet. Aber ich habe angerufen und nachgefragt. Und jetzt seid ihr –«

»Lady« – Freddy klang, als sei er den Tränen nahe –, »Lady, lassen Sie's gut sein. Wenn die Bullen uns so sehen, werden Sie eine Menge Ärger kriegen. Sie haben kein Recht, uns so –«

»Wenn ihr mir sagt, wer euch hergeschickt hat«, sagte Dr. Langford, »wird keine Polizei kommen.«

Leonidas war nun weit genug herangeschlichen, daß er durch den Türspalt sehen konnte.

Freddy und Lefty standen einander gegenüber vor dem Schreibtisch, keine anderthalb Meter von ihm. Leonidas sah sie mit großen Augen an und konnte nur mit Mühe einen Entsetzensschrei unterdrücken.

Ihre Hände hatten sie nach wie vor gen Himmel gereckt, außerhalb des hölzernen Reifens mit den spitzen Widerhaken, der ihnen um den Hals gelegt war wie ein Halfter. Jedesmal, wenn einer von ihnen sich regte, bohrten sich die Spitzen in ihr Fleisch.

Offenbar hatten sie das Grundprinzip verstanden, denn sie standen so still, wie sie nur konnten; doch mit den müden, schmerzenden Armen hoch über dem Kopf war es nicht leicht, die Balance zu halten. Sie konnten gar nicht vermeiden, daß sie ein wenig schwankten, und mit jeder Bewegung gruben sich die Haken tiefer.

Doch das war nicht alles. Zwischen Oberlippe und Nase hatte Freddy zwei mit geradezu mathematischer Präzision angesetzte Schnitte, aus denen Blut sickerte. Leftys Gesicht konnte Leonidas nicht sehen, doch er sah das rote Rinnsal, das von einer Stelle unterhalb des linken Ohrs zum Kragen rann.

Dr. Langford stand vor dem unglücklichen Duo, zwischen ihnen und der Tür. In der rechten Hand hielt sie ohne jedes Zittern die Pistole, in der linken einen kleinen häßlichen Fischspeer. Von Zeit zu Zeit demonstrierte sie ihre guten anatomischen Kenntnisse und stieß die beiden Männer in, wie Leonidas uneingeschränkt zugestehen mußte, äußerst verletzliche Körperteile. Offenbar mit Genugtuung sah sie zu, wie die zwei sich wanden.

Lautlos beobachtete Leonidas sie. Ein Schaudern überlief ihn, als er den Gesichtsausdruck der Frau sah. Freddy hatte recht. Das war kein Mensch. Und Gerty hatte ebenfalls recht. Er verstand nun genau, was Gerty über sie hatte sagen wollen, doch selbst in seinem beträchtlichen Wortschatz fand er nicht die passenden Ausdrücke. Diabolisch war viel zu harmlos und konventionell. Satanisch implizierte eine Art boshafter Freude, doch die einzigen, die Emotionen zeigten, waren Freddy und Lefty.

Leonidas biß sich auf die Lippen. Sein ganzes Leben lang war er freundlich, zuvorkommend und ritterlich zu Frauen gewesen, doch diese Frau, sagte er sich, verdiente keine Rücksicht.

Er hob das Glas mit dem Salmiakgeist, bis er es etwa auf Höhe des Knotens des karierten Halstuches hatte, das sie über dem Ausschnitt ihres dicken Pullovers trug. Dann wartete er einen Augenblick lang, bis seine Hand nicht mehr zitterte. Im Jahr 1890 hatte er die Meisterschaft im Bogenschießen gewonnen, und auf seine Augen und Hände konnte er sich nach wie vor verlassen. Der Inhalt des Glases würde genau auf diesem Knoten landen, davon war er überzeugt. Das mußte er einfach.

Er holte tief Luft. Dann stieß er mit einer einzigen raschen Bewegung seines Fußes die Tür auf und schleuderte die Flüssigkeit in Richtung Knoten.

Instinktiv ließ Miss Langford die Pistole fallen und hob die Hände, um sich zu schützen. Leonidas hatte ausgezeichnet gezielt.

Schon einen Sekundenbruchteil später steckte ihr das Geschirrtuch im Mund, Freddy und Lefty hatten ihren Folterkragen abgestreift, und Freddy verband ihr mit seinem bunten Taschentuch die brennenden, tränenden Augen. Leonidas sah ein wenig benommen zu, wie Lefty Hände und Füße mit weiteren Taschentüchern fesselte. In einer fast automatischen Bewegung nahm er den Zwicker ab und begann ihn zu putzen.

»Was machen wir mit ihr?« fragte Freddy.

Leonidas nahm ein Blatt Papier vom Schreibtisch und schrieb in seiner kleinen, präzisen Handschrift rasch etwas darauf.

»Nennen Sie mich nicht beim Namen«, schrieb er. »Sie hat mich nicht erkannt, bevor der Salmiak sie traf. Sie und L. tragen sie auf ihr Bett. Sehen Sie dabei nach, ob sie Papiere bei sich hat, aber bleiben Sie Gentlemen, so gut es geht. Lassen Sie L. als Aufpasser bei ihr, aber schärfen Sie ihm ein, er soll nichts allzu Brutales mit ihr machen, auch wenn ihm sicher danach zumute sein wird. Sehen Sie im Badezimmer nach, ob Sie Jod und Desinfektionsmittel finden können. Bringen Sie alles, was Sie finden, zu mir, damit ich Sie verarzten kann.«

Freddy nickte.

Unter einigen Schwierigkeiten hoben er und Lefty ihre Peinigerin auf und trugen sie ins Schlafzimmer.

Leonidas nahm ihre Handtasche vom Schreibtisch und sah sie durch. Ihr Inhalt war das Femininste, was er an Dr. Langford bisher gefunden hatte. Sie enthielt eine schmutzige Puderquaste, eine zerbrochene Puderdose, einen Lippenstift ohne Kappe – an der Spitze klebten Tabakkrümel, die aus der zerdrückten Schachtel Zigaretten gefallen waren. Zum Anzünden hatte sie ein billiges Feuerzeug, außerdem, obwohl das Feuerzeug funktionierte, ein Streichholzbriefchen.

Er musterte noch rasch die übrigen Stücke – ein Notizbuch, ein abgebrochener Bleistift, eine Brieftasche, in der sich Autopapiere, Führerschein, Waffenschein, ein Angelschein und diverse Versicherungspapiere befanden. Ein Scheckbuch in einer Klapphülle zeugte von einem weitaus besser bestückten Bankkonto, als Leonidas es hatte; eine Reihe von Kundenkärtchen bewies, daß sie bei den Läden der Stadt Kredit hatte.

»Nichts zu finden«, berichtete Freddy. »Keine Papiere oder

sonst irgendwas bei sich. Lieber Himmel, Bill! Haben Sie die gesehen? Haben Sie diese – diese –«

»Man findet keine Worte dafür«, sagte Leonidas. »Jedenfalls nicht in unserer Sprache. Freddy, ich ziehe von Ihnen und Lefty den Hut. Ich hätte wahrscheinlich, wenn ich in einer solchen Lage gewesen wäre, gebrüllt wie am Spieß. Hat es sehr wehgetan?«

»Lefty hat mehr abgekriegt. Sie stand näher an ihm dran. Was ist mit der Handtasche?« Freddy gab sich stoisch, doch Leonidas sah ihm an, daß ihm nicht so zumute war.

»Auch nichts. Es wird Zeit, daß wir aufbrechen, Freddy, und ich würde vorschlagen, daß Sie ihr Geld aus der Handtasche mitnehmen.« Er zog den Korken aus der Flasche mit Desinfektionsmittel, die Freddy mitgebracht hatte. »Und wenn ich Sie gleich verarztet habe, sollten Sie auch an Wertgegenständen, Schmuck und dergleichen einstecken, was Sie finden. So, jetzt machen Sie sich mal frei, damit ich mir den Schaden ansehen kann.«

»Wieso denn das? Auu!«

»Ja, das brennt, und die Jodtinktur wird noch schlimmer. Aber Sie wollen doch keine Blutvergiftung riskieren, und weiß Gott, wieviele Generationen von ungewaschenen Wilden schon mit diesen Speeren in intimen Kontakt gekommen sind. Ihr Glück, daß Sie lange Unterhosen tragen«, meinte Leonidas, und Freddy blickte verlegen drein. »Das hat Ihnen Schlimmeres erspart.«

»Autsch!« rief Freddy. »Himmel, Sie tun mir ja mehr weh als die Lady! Dieses Biest! Bill, kann ich sie nicht doch ein bißchen tranchieren –«

»Nein. Halten Sie still. Die drei Bände Twitchett sind im Katzenkorb hinter dem Herd. Die fehlenden Seiten sind nicht zu finden. Wahrscheinlich hat sie sie irgendwo außerhalb des Hauses versteckt. So. Jetzt holen Sie mir die Bücher, Freddy, und dann schicken Sie Lefty zum Verarzten her und packen ihre Wertsachen ein. Ich hoffe, dann wird sie Ihnen abnehmen, daß Sie ihr die Wahrheit gesagt und wirklich nur zwei Vagabunden waren. Und jetzt Beeilung!«

Freddy brachte ihm die drei Bücher, und schon ein kurzes Blättern genügte, um ihm zu bestätigen, daß er mit seinen Vermutungen recht gehabt hatte: In Norths Randbemerkungen fanden sich allenthalben Hinweise auf Band vier.

Lefty ließ die Desinfektion seiner Wunden ohne jeden Laut über sich ergehen. Er dachte sich seinen Teil.

»Der Lady würde ich gern eine Lektion erteilen«, sagte er nur.

»Das werden wir, warten Sie's nur ab. So, fertig. Sind Sie soweit, Freddy?« Leonidas hatte das ungute Gefühl, daß, wenn es ihnen nicht gelang, Dr. Langford gemeinschaftlich eine Lektion zu erteilen, Lefty es auf eigene Faust tun würde.

»Ich bin fertig«, sagte Freddy. »War nicht viel, was das Mitnehmen lohnt, und das Silber kommt aus dem Kaufhaus. Was schreiben Sie da auf?«

»Ihre Autonummer; die könnten wir noch brauchen. Ich darf annehmen, keines der Taschentücher, mit denen sie gefesselt ist, weist Monogramme oder Wäschezeichen auf?«

»Wofür halten Sie uns?«

»Meinen Sie, sie kann sich befreien?«

»Diese Woche nicht mehr«, antwortete Lefty stolz. »Sagen Sie, wollen Sie mich nicht doch mal ranlassen? Ich bring' die zum Reden!«

»Ich zweifle nicht, daß Sie sie zum Reden bringen«, stimmte Leonidas zu, »aber ich kann mir nicht vorstellen, daß Sie aus ihr herausbekommen werden, was wir von ihr hören wollen, und ich bin sicher, sie ließe sich eher von Ihnen in Streifen schneiden, als daß sie verriete, wo die Seiten aus Band vier versteckt sind. Nein. Mit Gewalt werden Sie bei ihr nichts erreichen. Wir geben ihr ein wenig Leine, und ich glaube, mehr wird nicht nötig sein.«

»Ich könnte –«

»Nein«, sagte Leonidas mit Bestimmtheit. »Nein. Freddy, stekken Sie die Bücher wieder genau so zurück, wie Sie sie gefunden haben, und Sie, Lefty, lockern ihre Knoten so weit, daß sie sich binnen ein paar Stunden befreien kann. Ich will, daß sie sich bewegen kann. Keine Sorge, die bekommt schon noch ihre Strafe. Wir fangen gerade erst mit ihr an.«

Sehr widerwillig ging Lefty ins Schlafzimmer und lockerte die Fesseln.

»Sagen Sie, Bill«, meinte Freddy, als er die drei Bücher in die Küche zurückgebracht hatte, »das war ja ein toller Auftritt von Ihnen, aber warum haben Sie denn Spud nicht die Arbeit tun lassen? Wieso hat er überhaupt so lange gewartet?«

»Spud«, klärte Leonidas ihn auf, »war nicht verfügbar.«

»Was?«

»Spud war offenbar anderweitig beschäftigt. Er war nicht da –«

»Nicht da? Soll das heißen –«

»Ganz genau. Nachdem Sie gegangen waren, wartete ich auf Spud. Ich gab ihm Zeichen. Ich ging sogar so weit, ihm sozusagen zuzuwinken. Ich versuchte, könnte man sagen, alles, um ihn auf uns aufmerksam zu machen. Aber Spud wurde wohl anderswo gebraucht. Deshalb mußte ich zum – ähm – Salmiak greifen. Eine Verlegenheitslösung«, meinte Leonidas bescheiden, »aber sehr wirksam, fand ich.«

»Sie meinen, Sie haben sich das ganz allein ausgedacht und sind dann auf die Lady los, obwohl die 'ne Knarre in der Hand hatte? Donnerwetter! Aber – was ist denn aus Spud geworden?«

»Die Frage kann ich Ihnen auch nicht beantworten. Ich kann nur sagen, daß er nicht da war, als er gebraucht wurde. Ähm – ›Und Edelleut' in England, jetzt im Bett, ihr wißt nichts von den Stürmen‹ – ähm – und so weiter. Ich muß zugeben, ich bin enttäuscht von Spud. Ich hatte ihn für einen Mann gehalten, auf den man sich verlassen kann.«

»Das ist er auch«, erwiderte Freddy besorgt. »Das sieht Spud überhaupt nicht ähnlich. Der ist doch kein Feigling. Nichts hätte den da draußen weggekriegt, wo ich ihm gesagt hatte, er soll auf uns aufpassen. Da stimmt was nicht, Bill. Das gefällt mir gar nicht.«

»So, jetzt kann sie sich befreien«, verkündete Lefty von der Tür her.

»Gut. Dann sollten wir gehen, Freddy. Und ich denke mir, durch die Vordertür.«

»In Ordnung.« Freddy klärte Lefty auf, daß Spud sie im Stich gelassen hatte. »Der kann was erleben, wenn er sein dummes Gesicht wieder blicken läßt. He.« Sie hatten die Tür schon geöffnet. »Moment noch. Mir fällt da was ein.«

Er lief zurück ins Arbeitszimmer. Als er zurückkam, hatte er den Folterkragen unter dem Arm.

»Die Lady hat mich da auf eine Idee gebracht«, meinte Freddy. »Sie – Was sagst du, Lefty? Dich auch? Was – he, die Jungs nebenan sind alle verschwunden. Wahrscheinlich war's doch zu kalt.«

Als sie um die Straßenecke kamen, stieß Freddy einen Schrei aus und faßte Leonidas am Arm.

»Bill, sie sind weg! Das Auto ist nicht mehr da!«

Die schwere graue Limousine war nirgends mehr zu sehen.

»Wir waren gerade mal eine Stunde weg«, sagte Freddy. »Und Gerty wäre doch nicht sofort losgefahren. Zehn Minuten hätte sie uns mindestens noch gegeben. Bill, meinen Sie, daß Bat –«

Leonidas dachte schon lange an Bat; er dachte schon an ihn, seit Spud nicht zur vereinbarten Hilfe gekommen war. Er erinnerte sich, was die Polizisten im Buchladen über Dot gesagt hatten – was für ein Glück es für sie war, daß sie nicht da war, als Bat auf der Bildfläche erschien. Er erinnerte sich, mit welcher Selbstverständlichkeit Bat seine Schüsse durch die Heizungskellertür gefeuert hatte, obwohl er ja damit gerechnet hatte, daß sich seine eigene Schwester dort drinnen befand.

Und Agatha! Er hätte nie zulassen dürfen, daß sie ihn auf ein so unverantwortliches Unternehmen begleitete. Das galt auch für Dot und Gerty. Und was ihn selbst anging – auch er wäre besser in seinen eigenen vier Wänden geblieben. Er hätte sich einen guten Anwalt suchen sollen, der Martin verteidigt hätte, und das Ausfindig- und Dingfestmachen von Mördern hätte er denen überlassen, deren Beruf es war. Wenn die drei Frauen Bat in die Hände gefallen waren! Er schüttelte den Kopf, und ein Schaudern durchlief seinen ganzen Körper.

»Lassen Sie uns nachsehen, ob der andere Wagen noch da ist«, schlug er mit einer Ruhe vor, die er ganz und gar nicht spürte.

Doch der zweite Wagen, in dem Pietro auf sie warten sollte, war ebenfalls verschwunden.

Freddy stöhnte. »Ich versteh' das nicht, Bill. Ich kann das nicht begreifen. Das ist einfach unmöglich, daß Spud uns im Stich gelassen hat. Und Pete macht sowas auch nicht. Und Gerty hätte länger gewartet, da bin ich sicher.«

»Ich würde vorschlagen«, sagte Leonidas, »Sie rufen bei sich zu Hause an und fragen, ob dort vielleicht jemand von den anderen gehört hat.«

»Schon, aber von wo soll ich denn hier anrufen?«

»Von dem Imbiß, von dem Spud sich bei Dr. Langford gemeldet hat.«

»Gut.«

Sie eilten zu dem Imbißschuppen und weckten den dicken, rotgesichtigen Mann, der friedlich hinter dem Tresen schnarchte.

Er wurde freundlicher, als er erfuhr, daß sie Freunde seines Freundes Spud waren, und zeigte mit dem Daumen in Richtung Telefon.

Leonidas nahm auf einem Hocker Platz und versuchte, nicht an den Geruch von altem Tabksrauch und gebratenen Zwiebeln zu denken, der zum Schneiden dick in dem Lokal stand. Er wollte sich ganz auf die Frage konzentrieren, was aus den drei Frauen, aus Spud und Pietro geworden war.

Es war gut vorstellbar, daß Bat die drei Frauen entführt hatte, auch Pietro in dem zweiten Wagen; aber wenn sie Spud vor Miss Langfords Haus entdeckt hatten, wieso hatten sie dann nicht geschlossen, daß Freddy in der Nähe sein mußte? Warum hatten sie nicht gewartet, bis Freddy, Lefty und er aus aus dem Haus gekommen wären, und sie dann auch noch mitgenommen? Schließlich war Bat vor allem hinter Freddy her. Hinter Freddy und Gerty. Leonidas war sich sicher: Wenn Bat hinter dieser Sache gesteckt hätte, dann wäre er nicht so dumm gewesen, Freddy dort zu lassen.

Freddy winkte ihn herüber.

»Nichts«, flüsterte er. »Keiner ist zurückgekommen. Was sollen wir machen?«

»Lassen Sie jetzt gleich einen Wagen herschicken, der uns hier abholt. Und ist noch jemand da, dem Sie wirklich trauen können?«

»Klar.«

»Dann schicken Sie den los; er soll sich umhören, ob er erfahren kann, was Bat heute nacht getrieben hat; ob er hier in der Gegend war und ob er die Frauen in seiner Gewalt hat. Auch denkbar, daß er selbst nach wie vor auf der Polizeiwache ist, und das hier wäre die Arbeit von seinen Leuten.«

Freddy nickte und gab kurze Anweisungen in hastigem Italienisch. Als er den Hörer auflegte, sah sein Gesicht bleich und angespannt aus. Er stupste den schläfrigen Mann hinter dem Tresen an.

»Drei Kaffee, schwarz.«

Sie schlürften aus ihren dampfenden Tassen und sprachen kaum etwas. Lefty befühlte von Zeit zu Zeit vorsichtig seinen Nacken und brummte vor sich hin. Offensichtlich beschäftigte die Begegnung mit Dr. Langford und ihren Haken und Speerspitzen ihn nach wie vor mehr als das Verschwinden der anderen.

Binnen unglaublich kurzer Zeit fuhr ein Wagen vor, und sie machten sich auf den Rückweg zu Freddys Wohnung.

Freddy hatte Tränen in den Augen.

»Wenn der Kerl Gerty was angetan hat«, sagte er mit gebrochener Stimme, »wenn – Bill, ich weiß nicht, was ich machen soll!«

Leonidas nahm seine Pudelmütze ab und musterte sie kritisch. »Ich glaube, Sie müssen sich nicht zu viele Sorgen machen«, erwiderte er. »Ich bin zu dem Schluß gekommen, daß Bat nicht hinter dieser Geschichte stecken kann.«

»Hm?«

»Wenn sie Spud gefunden hätten, hätten sie auf Sie gewartet. Allein die Tatsache, daß Spud dort war, hätte ihnen verraten, daß Sie ebenfalls in der Nähe waren. Eindeutiger als wenn er Gerty gesehen hätte. Bei Gerty hätte Agatha beteuert, daß sie mit ihr unterwegs ist, und ich traue ihr zu, daß sie sogar Bat von Gertys vollkommener Unschuld überzeugt hätte. Aber Bat war ja vor allem hinter Ihnen her, Freddy. Seit wir Dr. Langfords Haus verlassen haben, habe ich damit gerechnet, daß man auf uns schießt oder auf andere Weise versucht, uns ins Jenseits zu befördern. Doch offenbar will niemand etwas von uns, und deshalb denke ich, daß die anderen von sich aus gefahren sind. Irgend etwas hat sich so plötzlich ergeben, daß sie keine Zeit mehr hatten, uns zu verständigen.«

»Schon, aber –«

»Und die drei Frauen sind klug«, fuhr Leonidas fort. »Wenn Bat oder seine Leute sie entführt hätten, hätten sie ein Zeichen für uns zurückgelassen.«

»Ich wünschte nur, ich könnte Ihnen glauben«, seufzte Freddy.

»Kopf hoch«, munterte Leonidas ihn auf. »Ich bin überzeugt, nicht einmal Bat könnte fünf Menschen und zwei Automobile verschwinden lassen, ohne daß es für einiges Aufsehen sorgte. Wir hätten es mit Sicherheit mitbekommen, wenn etwas Turbulentes geschehen wäre, gerade mit so vielen Polizisten nebenan. Gar nicht anders vorstellbar.«

Doch in der Garage hatte man noch immer nichts von den anderen gehört. Der Mann, den Freddy ausgesandt hatte, um sich wegen Bat umzuhören, war noch nicht zurück.

»Noch eins«, sagte Leonidas, als sie im Begriff waren, nach oben zu gehen. »Ich könnte mir vorstellen, daß unsere Frau Doktor, sobald sie sich von den Fesseln befreit hat, nach den fehlenden Seiten von Band vier sehen wird – sofern sie sie denn wirklich irgendwo versteckt hat. Oder sie unternimmt sonst etwas, was für uns interessant sein könnte. Hier haben Sie die Autonummer, Freddy. Schicken Sie jemanden los, der ihr Haus gut im Auge behält. Beide Türen. Ich habe den Namen der Garage dazugeschrieben, wo sie, glaube ich, ihren Wagen hat; jedenfalls taucht der Name mehrfach auf den Belegabschnitten ihres Scheckbuchs auf, mit dem Vermerk ›Automiete‹. Und Ihr Mann soll uns Bescheid sagen, sobald sie das Haus verläßt.«

»Okay.«

»Sorgen Sie dafür, daß wir uns darauf verlassen können. Wir erfahren, wann sie geht, wohin sie geht und so weiter. Ich denke, daß sie schon sehr bald nachsehen möchte, ob auch niemand an den Wertpapieren gewesen ist. Sie ist unschlüssig, ob ihr jemand auf die Schliche gekommen ist oder nicht, aber sie wird sich eher sagen, daß jemand, der es auf die Papiere abgesehen hätte, sich nicht die Mühe gemacht hätte, auch noch ihr Geld aus der Handtasche zu nehmen.«

»Okay«, sagte Freddy noch einmal.

Sie waren kaum oben angekommen, als auch schon der Summer an der Wohnungstür erklang, und Mario ließ einen weiteren von Freddys Männern herein.

»Hast du was wegen Bat herausgefunden?« fragte Freddy. »Wie sieht die Sache aus, Joe?«

Joe zuckte demonstrativ mit den Schultern. »Die Bullen haben ihn gestern abend am Pemberton Square geschnappt, aber eine Stunde später war er wieder auf freiem Fuß. Wo er seitdem steckt, weiß keiner. Alle sagen, er hat es auf dich und Gerty abgesehen. Die Bullen wissen auch Bescheid.«

»Warst du bei Maguire?«

»Sicher.« Joe zögerte. »Sicher war ich da.«

»Und was sagen die da?«

»Tja, die sagen, Bat hat Gerty umgelegt.«

Freddy ließ sich in seinem Sessel zurückfallen

»Sie sagen, Bat wußte genau Bescheid, daß sie mit dir geht, und heute nacht hat er sich ihr an die Fersen geheftet und hat sie umgelegt. Das«, fügte Joe zum Trost hinzu, »ist vielleicht alles nur dummes Geschwätz, aber so habe ich's gehört.«

Schluchzer erschütterten Freddys ganzen Körper. Dicke Tränen kullerten ihm die Wangen hinunter.

Leonidas ließ nachdenklich seinen Zwicker kreisen. Er war überzeugt gewesen, daß Bat nichts mit dem Verschwinden der anderen zu tun hatte, doch Joe brachte es so überzeugend vor, daß ihm nun ebenfalls seine Zweifel kamen.

»Wenn er sie erwischt hat«, fuhr Joe zögernd fort, »dann – tja, dann – verdammt, dann – ist da nichts mehr zu machen!«

»Tja«, sagte Lefty traurig. »Und sie war ein prima Mädel. So eine wie Gerty, die findet man nicht alle Tage.«

Es folgte ein bedrücktes Schweigen, und Leonidas ging zum Fenster und zog die schweren blauen Vorhänge zurück.

Er hatte es für durchaus möglich gehalten, daß Gerty und die anderen aus freien Stücken abgefahren waren. Nun glaubte er selbst nicht mehr recht daran.

Die Backsteinwände der ärmlichen Straße tanzten vor seinen Augen. Der graue Schnee der letzten Woche schien zu schmelzen und türmte sich wieder neu zu Bergen am Straßenrand auf. Die altmodischen Gaslaternen flackerten, gingen aus, flammten neu auf.

Unter allen kalten, grauen Morgen, die er je erlebt hatte, dachte Leonidas, war dies der kälteste und graueste. Und alles war nur seine Schuld. Agatha hatte ja im Grunde recht gehabt, als sie zu Dot sagte, Leonidas habe sich ebenso aus Lust am Abenteuer auf die Sache eingelassen wie aus Mitgefühl für Martin.

Es war alles seine Schuld. Gerty, Spud und Pietro wären wahrscheinlich eines Tages so oder so Bat zum Opfer gefallen – aber Dot und Agatha!

Er rieb sich ein paarmal die Augen.

Als er wieder nach unten auf die Straße sah, blinzelte er zweimal und rieb sich noch einmal die Augen. Aber was er dort unten gesehen hatte, war kein Traumbild.

Der Wagen, der da lautlos der Garageneinfahrt entgegenglitt, war die große, graue Limousine, und hinter ihm kam der kleine Viersitzer, mit dem Freddys Leibgarde ausgerückt war.

Mit einem Ausruf der Erleichterung lief Leonidas zu Freddy hinüber und zerrte ihn ans Fenster, und sie konnten gerade noch sehen, wie die graue Limousine unter ihnen in der Einfahrt verschwand.

XIV.

Bevor Freddy noch wirklich begriffen hatte, daß Gerty und die anderen wohlauf und wieder da waren, drehte sich ein Schlüssel im Schloß der Wohnungstür, und Gerty höchstpersönlich kam hereingehüpft, gefolgt von Agatha und Dot. Die Nachhut bildeten die beiden Männer, Spud mit blauem Auge und blutigem Hemd, Pietro mit dem Arm in einer improvisierten Schlinge. Doch auf ihren Gesichtern hatten sie alle fünf ein breites Lächeln.

»Gerty!« Freddy nahm sie in die Arme. »Wo hast du denn bloß gesteckt! Warum hast du mir nicht gesagt, was ihr macht!« Er küßte sie voller Inbrunst. »Du Herumtreiberin, du!«

Leonidas half Agatha aus dem Mantel.

»Wir haben hier gesessen«, sagte er, »und für Ihre entfleuchten Seelen gebetet. Bat, wurde uns zugetragen, habe Gerty umgelegt. Wir hatten keinen Zweifel, daß Sie alle fünf längst tot und begraben waren. Es ging uns sehr nahe. Ähm – wo haben Sie denn nun gesteckt?«

»Und warum habt ihr euch einfach so verdrückt?« Freddy rieb seine Wange an Gertys Wange. »Und wieso seht ihr alle so glücklich aus, hm?«

Gerty lächelte Agatha an. »Erzählen Sie's.«

»Nun gut.« Agatha nahm eine Praline und gähnte. »So glücklich sind wir eigentlich gar nicht. Nur sehr froh, daß wir wieder zu Hause sind. Es war eine anstrengende Nacht. Als erstes will ich erzählen, wie wir die Wachhunde abgelenkt haben, während Sie sich als Einbrecher betätigten.«

Sie erzählte die Geschichte von Mrs. Mark Jordan und der armen, wehrlosen Gertrude, und alle schüttelten sich vor Lachen.

»Und niemand ist Ihnen gefolgt?« fragte Leonidas.

»Die waren viel zu verschüchtert. Ich muß um Verzeihung bitten, daß ich so gähne, aber das ist die erste Nacht seit mindestens fünfzehn Jahren, in der ich nicht meine üblichen neun Stunden Schlaf habe. Nun, nachdem Dot und Gerty und ich gelacht hatten, bis wir nicht mehr konnten, saßen wir im Wagen, und es wurde uns kälter und kälter. Dann kam ein Taxi vorüber. Ich persönlich hätte es nie bemerkt, ich war viel zu verfroren und müde, aber Dot fiel es auf. Sie hatte die Langford erkannt. Sie war sicher, daß sie es gewesen war. Bevor ich noch recht wußte, was überhaupt geschehen war, war sie schon aus dem Wagen gesprungen und folgte dem Taxi. Und bevor ich wußte, was *ich* tat, lief ich ihr nach.«

»Und ich wollte das Auto nicht einfach so stehen lassen«, sagte Gerty, »und bin drin sitzen geblieben.«

»Genauer gesagt«, fügte Dot hinzu, »setzte sie sich in ihrer gewohnten praktischen Art ans Steuer und ließ den Motor laufen. Nun, ich rannte die Straße hinunter; dann fielen mir die Polizisten und die anderen Männer wieder ein, und ich ging langsamer und schlüpfte in den Schatten der Veranda des Hauses neben dem Langford-Haus, wo das Taxi gerade hielt. Der Fahrer hatte kein Wechselgeld, und die Langford schnauzte ihn deswegen an – das war der Augenblick, in dem Agatha kam, und ich zerrte sie zu mir in den Schatten.«

»Ein winziges Fleckchen Schatten«, fügte Agatha mit Leidensmiene hinzu.

»Schließlich einigte sich die Langford mit dem Fahrer«, fuhr Dot fort, »und ging dann zum Haus. Auf der Treppe blieb sie zögernd stehen. Bückte sich. Etwas klimperte, und dann ging sie ins Haus. Nun kam einer der Männer von dem hell erleuchteten Haus herüber und blickte sich neugierig um. Ich kann mir überhaupt nicht vorstellen, wieso er uns nicht gesehen hat. Ich überlegte noch, weswegen die Langford innegehalten hatte und was da geklimpert hatte, aber Agatha hatte die Lösung schon. Jetzt sind Sie wieder dran, Agatha.«

»Zwanzig Jahre lang«, nahm Agatha den Faden auf, »hat der Milchmann bei mir seine Flaschen unter dem Schlafzimmerfenster abgestellt. Man könnte sagen, kein Klimpern einer Milchflasche ist mir fremd. Die Frau hatte, das war gar keine Frage, die leere Milchflasche genommen, etwas hineingesteckt und sie wieder abgestellt. Ich –«

»Ich kann es mir schon denken«, sagte Leonidas sogleich. »Die Seiten aus Band vier.«

»Immer schön der Reihe nach, Bill. Ich werde Ihnen alles vollständig und eins nach dem anderen erzählen. Außerdem ist ein Wermutstropfen dabei. Die Geschichte ist weitaus besser als das, was am Ende dabei herauskam. Als ich erst einmal erkannt hatte, daß sie etwas in die Milchflasche gesteckt hatte, schickte ich Dot los, um Ihrem Aufpasser Bescheid zu sagen, denn nun ging mir auch auf, daß sie sich hineinschleichen und Sie bei Ihrem Einbruch überraschen konnte.«

»Genau das tat sie.«

»Tatsächlich? Also, Dot ging zur Rückseite des Hauses, bei dem wir uns versteckt hatten, und nahm Kontakt zu Spud auf. Ich zwängte mich weiter in meine winzige düstere Ecke und bewachte die Milchflasche. Ich konnte ja nicht aus dem Schatten hervor, um die Flasche zu holen, weil dieser entsetzliche Mann noch immer überall seine Nase hineinsteckte. Ich war sicher, daß es niemand anderes war als unser Freund Charley, und ich hatte wirklich kein Bedürfnis, noch weitere Worte mit Charley zu wechseln. Charley war der Mann mit dem Familiensinn – Sie werden sich erinnern. Und er spazierte auf und ab vor diesem Haus, auf und ab; ich hätte schreien können. Konnte er sich denn für seine Nachtwandeleien keinen anderen Bürgersteig aussuchen? Nun –«

»Jetzt bin ich wieder an der Reihe«, sagte Dot. »Hinter dem Haus, Bill, fand ich Spud. Gerade als er auf mich schießen wollte, ging plötzlich das Küchenlicht an! Wir schlichen uns ans Fenster und sahen die Langford, wie sie mit ihrer Pistole Freddy und Lefty im Schach hielt, und ich kann Ihnen sagen, meine Nerven waren zum Zerreißen gespannt! Dann geschah alles auf einmal. Agatha kam um die Hausecke gekeucht, um zu sagen, daß der Milchmann gerade die Flasche abholte –«

»Abgeholt hatte«, korrigierte Agatha. »Während ich da stand und Charley sämtliche Plagegeister der Hölle an den Hals wünschte, war mir klargeworden, was es mit dieser Flasche auf sich hatte. Die Langford hatte die Seiten mit zu dem vermeintlich in

Flammen stehenden Museum genommen. Als sie feststellte, daß es falscher Alarm war, ging ihr wohl auf, daß, wenn jemand sie vom Haus fortlockte, dieser Jemand das nur deswegen tat, damit er in das Haus hin*ein*konnte. Anders ausgedrückt, jemand war auf der Suche nach diesen Blättern. Also versteckte sie – sehr vernünftig – die Papiere draußen, als sie wieder nach Hause kam. Aber sie dachte nicht daran, daß es schon fast Zeit für den Milchmann war. Während ich noch dort stand und Charley an alle unliebsamen Orte wünschte, die mir überhaupt in den Sinn kamen, kam plötzlich aus dem Blauen der Milchmann. Aus dem Nichts. Holte mir die Flasche vor den Augen weg. Vor Charleys Stupsnase. Und fuhr damit davon.«

»Aber –«

»Bill, ich hätte ihm nicht nachlaufen können! Nicht wo dieser Charley da herumschnüffelte! Er hätte mich sofort wiedererkannt, und binnen einer Sekunde wäre alles vorbei gewesen. Ich muß schon sagen, der Milchmann war sehr unachtsam. Er bemerkte das Papier in der Flasche überhaupt nicht. Er stellte nur eine volle Flasche hin, nahm die leere, steckte sie in einen Kasten auf seinem Wagen und war genauso schlagartig wieder verschwunden, wie er gekommen war. Immerhin war ich geistesgegenwärtig genug, mir die Nummer des Wagens zu merken – ein deutliches Zeichen, daß ich noch weit davon entfernt war, den Kopf zu verlieren, das darf ich wohl sagen.«

»Hmnja. Und dann?«

»Dann lief ich nach hinten und fand Spud und Dot, die eben zu einer filmreifen Befreiungsaktion ausholten. Ich konnte sie gerade noch aufhalten. Ich wollte nicht, daß Gerty den Wagen fahren mußte, wenn wir den Milchmann verfolgten, und wir durften keine Zeit verlieren. Wir hatten ja schon viel zuviel Zeit verloren. Da waren nun die Seiten aus Band vier, steckten in einer Milchflasche und rumpelten auf dem Milchwagen durch die Straßen von Malden. Mario« – sie nahm sich eine Tasse Kaffee von dem Tablett, das er brachte –, »Sie sind ein Engel. Erzählen Sie weiter, Dot, während ich mich stärke.«

»An diesem Punkt«, fuhr Dot fort, »wurde Spud ein wenig aufsässig. Wir hatten es nicht leicht mit ihm. Er –«

»Warum auch?« fragte Spud. »Da drin steckte Freddy –«

»Er weigerte sich schlichtweg, von dort fortzugehen, bis ich ihm zeigte, daß Sie, Bill, eben hinter dem Herd hervorgekrochen kamen und daß es keine Situation gab, mit der Sie nicht allein fertigwerden konnten.«

»Freundlich von Ihnen«, sagte Leonidas, »und schmeichelhaft. Ich muß allerdings zugeben, daß ich zu jenem Zeitpunkt eher verärgert als geschmeichelt war. Haben Sie sich – ähm – je gefragt, ob ich bewaffnet bin? Wahrscheinlich kaum.«

»Bill! Soll das etwa heißen, Sie hatten keine Pistole? Aber nicht eine Sekunde lang hätte ich das für möglich gehalten! Bei dem ganzen Arsenal, das wir dabeihatten, hätte ich – aber, wie – ich – Bill! Wie haben Sie es denn dann gemacht?«

»Indem ich zu einem einfachen Hausmittel griff, einem Glas Salmiakgeist. Unfair, unsportlich, unanständig, und Dr. Langford sieht die Welt vermutlich noch immer durch tränende Augen, aber es bewährte sich sehr gut als Ersatz für tödlichere Waffen.« Er berichtete ihnen kurz von dem Folterwerkzeug mit den Widerhaken, von den Fischspeeren und davon, wie er Freddy und Lefty befreit hatte. »Doch nun zurück zu Ihrem Bericht.«

»Und diese Frau hat tatsächlich – Bill, die Frau ist ja wirklich der reinste Teufel! Die –«

»Weiter!« sagte Freddy. »Ich will nicht mehr an sie denken, sonst überlege ich mir's anders und knöpfe sie mir doch noch vor!«

»Also, wir haben natürlich geglaubt, daß Bill eine Pistole hat, und so liefen Spud und Agatha zur Limousine, und ich lief durch den Garten zur anderen Straßenseite, um Pietro Bescheid zu geben, daß er der Limousine nicht nachfahren, sondern auf Sie drei warten solle. Gerade als ich ihm das unter einigen Mühen klargemacht hatte, kam Bat um die Ecke.«

»Er hat die Karre erkannt«, erklärte Pietro. »Die Nummer hat uns verraten.«

»Und im nächsten Moment flogen die blauen Bohnen«, fuhr Dot fort. »Er hatte es auf Pete und mich abgesehen. Ich wollte gerade einsteigen – wir hatten beschlossen, auf die andere Seite zu fahren, wo der Porter gestanden hatte –, als der erste Schuß fiel. Pete sackte zusammen. Ich habe mich so erschrocken, daß ich ausrutschte und lang hinfiel, und im selben Augenblick hörte ich den zweiten Schuß. Gleich darauf waren Auto und Schützen wieder verschwunden. Sie hatten gesehen, wie ich zu Boden ging, und müssen wohl mich für Gerty und Pete für Freddy gehalten haben.«

»Aber ich habe keine Schüsse gehört«, wandte Leonidas ein. »Deswegen war ich ja sicher, daß Bat nichts mit Ihrem Verschwinden zu tun hatte.«

»Es klang auch gar nicht wie Pistolenschüsse. Eher wie Fehlzündungen bei einem Auto, und nicht allzu laut. Außerdem würde ich vermuten, daß Sie zu diesem Zeitpunkt nicht einmal eine Bombenexplosion gehört hätten, so beschäftigt, wie Sie waren. Nun, ich wollte mich von dem Schneehügel aufrappeln, auf dem ich so künstlerisch drapiert lag, aber Pete rief, ich solle liegenbleiben. Zum Glück habe ich auf ihn gehört. Bat kam zurück und fuhr noch einmal um den Block, um sich zu vergewissern. Aber dann war er wohl mit dem Ergebnis zufrieden und ließ sich nicht noch einmal blicken. Ich rappelte mich auf, und Pete kam hinter dem Steuerrad hervor –«

»Schlimm?« fragte Freddy, an Pete gewandt.

»Nö. Nur ein Kratzer am Ellenbogen.«

»Aber das wußte ich nicht«, sagte Dot. »Ich habe wirklich geglaubt, er ist halbtot, oder womöglich sogar ganz. Ich bekam es mit der Angst zu tun. Pete wollte auf Sie warten, aber ich habe ihm gesagt, Sie finden immer Mittel und Wege, nach Boston zurückzukommen; aber ihn und mich, uns hatte Bat im Visier, und wir hatten nur jeder das eine Leben zu verlieren. Er konnte nicht fahren, also habe ich mich ans Steuer gesetzt. Was meinen Sie, Bill, hätte ich warten sollen?«

»Meine Liebe, unter diesen Umständen hätte ich nicht auf den Herrgott persönlich gewartet.«

»Genau was ich auch gedacht habe. Ich hatte natürlich nicht die geringste Ahnung, wo wir waren, aber Pete hat mir gesagt, wo wir langfahren müssen. Er wollte nicht anhalten – sein einziger Gedanke war, daß er so schnell wie möglich zur Garage kam und wieder jemanden zu Ihnen herausschicken konnte –, aber ich fuhr doch in eine Seitenstraße und ließ mir erst einmal seine Wunde zeigen. Ich muß sagen, das war sehr vorausschauend von Ihnen, Freddy, daß Sie einen Verbandskasten im Wagen hatten. Ich holte den Kasten unter dem Sitz hervor und verarztete Pete, und dann ging es weiter Richtung Boston.«

»Woher wußte Bat denn, wo wir waren?« fragte Leonidas, an Freddy gewandt. »Das verstehe ich nicht.«

»Bat ist ja nicht blöd«, sagte Gerty. »Der hat so viele Männer auf Freddy angesetzt, wie er nur kann. Jetzt im Augenblick jedenfalls. Daß wir die Limousine hatten, hatte er vielleicht noch nicht gehört, aber den anderen Wagen kannte er, und er hatte die Nummer. Er hatte wahrscheinlich einen Tip bekommen, wo der hingefahren war, und hat sich dann in der Gegend umgesehen.«

»Hm. Das erklärt jedenfalls das Gerücht, daß Gerty tot sei. Erzählen Sie, wie es weiterging, Dot.«

»Wir gaben Gas, weiter in Richtung Boston, und kamen auf eine größere Straße; den Namen weiß ich nicht. Und dort stießen wir auf den Milchwagen, der vor uns herzockelte. Agatha hatte mir die Nummer des Wagens, auf dem die Flasche mit den Papieren war, nicht gesagt – sie rechnete ja damit, daß wir beim Haus bleiben würden. Aber sie hatte ihn beschrieben, orange mit bunten Streifen, und als der Wagen vor uns ins Scheinwerferlicht kam, sah ich, daß er genau auf die Beschreibung paßte – orange mit bunten Streifen. Und Flaschen hatte er auch auf der Ladefläche. Pete und ich beratschlagten kurz und beschlossen, ihm zu folgen. Wir hefteten uns ihm an die Fersen, und dann kam aus einer Seitenstraße die Limousine. Agatha, mir geht allmählich die Luft aus.«

»Sie machen das aber sehr gut.«

»Nun, bis wir auf unserer Seite soweit waren, war der Milchwagen natürlich über alle Berge, obwohl Gerty den Motor schon angelassen hatte und wir ihm nachsetzten wie ein Windhund dem Kaninchen oder so etwas. Spud war großartig. Binnen sechzig Sekunden bog er um ungefähr genausoviele Straßenecken. Doch keine Spur von dem Milchwagen. Spud schlug vor, wir sollten es an einer Hauptstraße versuchen, in der Hoffnung, daß der Wagen sie früher oder später passieren würde. Gerade als wir in diese Hauptstraße einbiegen wollten, kam der Milchwagen vorüber, mit Freddys Wagen direkt dahinter. Wir konnten uns nicht erklären, was geschehen war und warum sie nicht in Malden geblieben waren, um dort auf Sie zu warten. Vor lauter Sorge darum, daß Freddy keinen Wagen vorfinden würde, wenn er aus dem Haus der Frau Doktor kam, konnte Spud sich gar nicht darüber freuen, daß wir den elenden Milchwagen wiederhatten.«

»Wie sind Sie denn zu diesem farbigen Auge gekommen?« wandte Leonidas sich an Spud.

»Dazu kommen sie gleich. Die Kleine, die bei Pete geblieben war, hatte uns gesehen und hat sofort geschaltet. Sie trat aufs Gas, überholte den Laster und zwang ihn zum Anhalten. Ausgebremst, verstehen Sie?«

Leonidas betrachtete Dot und schüttelte den Kopf. »Und wenn ich mich recht entsinne, waren *Sie* doch diejenige, die uns noch vor wenigen Stunden die Gefahren und die Unverantwortlichkeit unserer ganzen Unternehmung predigte, nicht wahr?«

»Ich weiß, Bill«, erwiderte Dot reumütig, »aber was sollte ich denn anderes machen? Man fühlt sich eben ein. Und es wäre ein Jammer gewesen, es mit Agathas Wagen zu machen und ihn womöglich zu beschädigen. Ich habe einfach die Hupe gedrückt, bin vorbeigefahren, habe mich vor den Lastwagen gesetzt und bin in die Bremsen gestiegen. Ich hatte erwartet, daß er auffahren würde, aber er kam noch zum Stehen, auf Haaresbreite hinter unserer Stoßstange. Wohl Preßluftbremsen oder so etwas.

Jedenfalls kam der Fahrer hervor, rot vor Wut, und mein ganzes Leben lang habe ich nichts gehört, was den Flüchen vergleichbar wäre, die diesem Mann über die Lippen kamen! Schon als er anfing, war er ziemlich in Fahrt. Er hatte eine Nase wie ein Umleitungsschild, irgendwie krumm und als ob sie nicht wüßte, in welche Richtung sie will. Tja, er schäumte vor Wut, er keifte uns an, und plötzlich stand Spud vor ihm. Spud war genauso wütend wie er. Er zahlte dem Milchkutscher mit gleicher Münze heim und legte gleich noch ein wenig dazu, als er ihm zu verstehen gab, daß man so nicht vor einer Dame spricht. Als er fertig war, legte Pete los. Wirklich, ich wünschte, ich hätte es aufschreiben können. Alles Ausdrücke, die man irgendwann noch einmal gebrauchen kann. Und –»

»Und während all dessen machten Gerty und ich uns an dem Milchwagen zu schaffen. Er war nicht groß, doch mehr leere Flaschen kann es auch in einer Flaschenfabrik nicht geben. Aber wir haben so lange gestöbert, bis wir die Flasche fanden, die wir suchten. Gerty hielt die Lampe, und mit vor Kälte klammen Fingern kopierte ich haargenau, was ich auf den Blättern fand –«

»Agatha, soll das heißen, Sie hatten die großartige Geistesgegenwart, die Papiere in der Flasche zu lassen und nur eine Kopie zu machen?«

»Ganz genau. Ich hatte ja noch im Kopf, daß Sie zu Freddy gesagt hatten, Sie wollten die Langford so lange wie möglich im dunkeln lassen. Als ich keuchend im Garten stand und zum Küchenfenster hineinsah, da wußte ich, daß Sie die Sache im Griff hatten. Ich konnte mir vorstellen, daß Sie versuchen würden, die anderen zu befreien, ohne daß die Langford Sie dabei erkannte. Ich konnte mir auch vorstellen, daß Sie, wenn Sie feststellten, daß sie die Papiere nicht bei sich hatte, sie an der langen Leine lassen würden, in der Hoffnung, daß sie Ihnen zeigen würde, wo sie waren –«

»Agatha, Sie sind wunderbar.«

»Na, übertreiben Sie nicht. Aber um nun fortzufahren: Ich konnte mir auch vorstellen, daß die Langford als erstes versuchen würde, die Papiere zurückzubekommen, und daß sie, wenn sie feststellte, daß die Flasche fort war, die Verfolgung aufnehmen würde. Sie hatte die Seiten ja schon eine ganze Weile, und wir konnten davon ausgehen, daß sie sich damit beschäftigt hatte. Vielleicht war sie längst dahinter gekommen, was sie zu bedeuten hatten. Ich dachte mir, es kann uns nur nützen, wenn wir es so einrichten, daß sie die Papiere zurückholen kann, und dann führt sie uns –«

»Agatha, Sie sind großartig, einmalig.« Feierlich nahm Leonidas ihre Hand und führte sie an die Lippen. Nur Dot fiel auf, daß Agatha ihm dabei die Hand drückte, bevor er die ihre wieder losließ. »Lefty, ich darf doch hoffen – ich bete zum Himmel –, daß Ihre Fesseln locker genug waren, daß sie noch eine Chance hat, zur Molkerei zu kommen, bevor dort die Flaschen gewaschen werden?«

»Die Lady«, sagte Lefty und befühlte seinen Hals, »ist längst wieder auf den Beinen.«

»Ich hoffe es. Hmnja. Zuerst wird sie wohl in der Molkerei anrufen und erklären, daß sie aus Versehen statt einer Anweisung für den Milchmann wertvolle Papiere in eine ihrer Flaschen gesteckt hat. Hm. Welche Molkerei war es?«

Agatha nannte den Namen.

»Freddy, schicken Sie jemanden hin –«

»Kann ich das übernehmen?« bat Lefty.

»Sie sind genau der Richtige – aber passen Sie auf, daß Sie sie nicht sieht. Geben Sie Nachricht, wenn sie dort auftaucht, und seien Sie auf der Hut, daß sie Ihnen nicht entwischt.«

Lefty nickte und machte sich auf den Weg, und Spud und Pietro gingen mit ihm hinaus.

»Und was geschah mit Ihnen«, wandte Leonidas sich an Dot, »während Agatha und Gerty sich am Milchwagen zu schaffen machten?«

»Oh, ich stand einfach nur mit weit offenem Mund dabei und hörte zu. Schließlich hielt der Milchkutscher es nicht mehr aus und versetzte Spud einen Schlag. Der reinste Kugelblitz. Spud mitten ins Auge. Danach – Leute zahlen Geld für schlechtere Boxkämpfe. Spuds Gegenschlag landete auf der krummen Nase. Daher auch das Blut auf seinem Hemd. Wir setzten den Fahrer schließlich an den Straßenrand, mit einem Eisbeutel auf der Nase. Ich habe ihm den Eisbeutel aus seinem Taschentuch und ein paar Eisbrocken von der Straße gemacht. Dann trotteten wir nach Hause wie brave Kinder.«

»Weiß er Ihre Autonummer?«

»Die von Freddys Wagen nicht. Da hat Pete nach dem Zwischenfall mit Bat Schmieröl auf die Nummernschilder getan. Und ich glaube, von der Limousine hat der Fahrer überhaupt nichts bemerkt. Die stand ja hinter dem Lastwagen.«

»Hmnja. Was ist nun mit Ihrer Abschrift der Papiere? Ich fürchte, viel länger kann ich es nicht mehr aushalten. Ich muß sie jetzt einfach sehen.«

»Alles hier. Aber, Bill, sie werden uns überhaupt nichts helfen. Nicht das geringste.« Agatha wühlte in ihrer Handtasche. »Ich hatte kein Notizbuch dabei, da mußte ich die Rückseiten von zwei Schecks nehmen. Auf der ersten Seite war eine Art Lageplan. Hier. Zwei gerade Linien, die sich im rechten Winkel kreuzen. Eine Wegkreuzung, würde ich vermuten.«

Leonidas sah sich die Skizze an. »Hm. Nichts außer den vier Zeichen hier. Ein Baum, ein Wegweiser, ein Fels und noch einmal ein Baum. Hmnja. Eine Wegkreuzung im Wald.«

»Den Eindruck hatte ich auch. Wahrscheinlich gibt es höchstens vier oder fünf Millionen davon. Hier in Massachusetts, meine ich.«

»Sonst noch etwas?«

»Ja. Ein einzelner Absatz. Auf den letzten beiden Seiten stand nichts. Wahrscheinlich hat Dr. Langford sie nur mit herausgerissen, weil es einfacher war, sie alle herauszutrennen als nur die beiden vorletzten. Aber es hilft uns überhaupt nichts, Bill. Das stammt nicht einmal von North.«

»Wieso?«

»Die Tinte war ganz verblaßt, und –«

»Das läßt sich fälschen, das macht überhaupt keine Mühe.«

»Ja, schon. Aber – hier. Ich weiß ja, Sie können es gar nicht mehr erwarten, die Passage zu sehen. Hier meine Abschrift. Sehen Sie es sich an und schlagen Sie die Hände über dem Kopf zusammen. In dem Augenblick, in dem ich das sah, wußte ich, daß die Karte unsere einzige Hoffnung war und daß Dr. Langford uns zu dem Versteck führen mußte. Das da ist einfach nur etwas, was vor Urzeiten einmal ein Kind da hineingekritzelt hat. Das ist keine Geheimschrift. Entweder ein Kind oder ein Hausangestellter, der zum ersten Mal eine Feder in der Hand hatte.«

Leonidas studierte sorgsam die Buchstaben auf der Rückseite des Scheckformulars:

di:s ɪst di: 'anvaizʊŋ di: 'ɔŋkəl ʊns
ga:b zain 'ru:dər,bo:t tsʊ 'fɪndən
'vɛndə dɪç na:x rɛçts am 've:g,vaizər
ʊnd 'ge:hə just 'ainə 'halbə 'mailə
hɪ'ny:be ɪns 'marʃ,land nɪm dɔrt
den pfa:d tsʊm ʃtrand hɪ'nʊnte
ʊnd du: vɪrst ɛs 'fɪndən tse:n fu:s
fɔm 'rɛçtən 'ɛndə des ve:gəs an de
'ki:fe ʊnd fe'bɔrgən ɪm gə'byʃ

»Da hat sie recht«, sagte Dot und musterte die Zeichen. »Agatha hat recht. Hier dieses N mit dem Schnörkel und die langen S, das sieht doch sehr altmodisch aus. Deshalb haben wir es Ihnen auch nicht mit großem Hurragebrüll unter die Nase gehalten, als wir vorhin hier ankamen. Irgendein kleiner North hat das schon vor Generationen da hingemalt. Aber – Bill – Bill! Wenn ich Sie so ansehe – verstehen Sie etwa, was da steht?«

»Nein, das nicht. So weit würde ich nicht gehen, zu behaupten, daß ich verstehe, was es bedeuten soll, aber –«

»Sie können es lesen?«

»Oh ja. Sie irren sich, wenn Sie meinen, das sei alt. Hmnja. Ganz und gar.«

»Wie meinen Sie das?«

»Wenn die Tinte beim Original verblaßt war, dann deswegen, weil North wollte, daß dieser Eindruck entsteht. Er hatte sich etwas Besseres als einen Geheimcode einfallen lassen. Ein Code ist geradezu eine Aufforderung, ihn zu entziffern und zu übersetzen. Ich bin mir sicher, viele Geheimnisse sind nur deswegen ans Licht gekommen, weil Leute dumm genug waren, sie zu verschlüsseln, und dann kommt ein neugieriger Mensch daher und will dem Geheimnis auf den Grund gehen.«

»Aber – Bill!«

Leonidas lächelte und ließ seinen Zwicker kreisen. »Es ist überhaupt nichts Altmodisches daran. Im Gegenteil, es ist ganz auf der Höhe der Zeit. Es ist auch nicht verschlüsselt. Man muß es nur lesen, wie es dasteht. Und es stammt zweifellos von Norths eigener Hand. Und es beschreibt exakt, wo die Wertpapiere zu finden sind, die North gestohlen hat.«

XV.

Ich werde es Ihnen erklären«, fuhr Leonidas fort. »Als ich am Abend in Dr. Langfords Arbeitszimmer war, habe ich mir auch die Bücher von John North angesehen, die sie dort hatte. Offenbar waren Indianersprachen sein Fachgebiet. Die Sprache der amerikanischen Ureinwohner –«

»Sie meinen, was ich da abgeschrieben habe, ist Indianersprache?« Agatha sah ihn ungläubig an.

»Das nun nicht. Aber North benutzte eine Lautschrift, um die Sprache der Indianer so festzuhalten, wie sie gesprochen wurde. Ich habe diese Lautschrift selbst schon oft verwendet. Und darum handelt es sich bei dieser Passage: North hat einfach in phonetischer Schreibweise festgehalten, was er sagen wollte. Verstehen Sie?«

»Ja«, antwortete Dot. »Ungefähr. Aber warum?«

»Weil er hoffte, daß jeder, der zufällig darauf stieß, es genau so deuten würde, wie Sie es getan haben.«

»Aber die Tinte war so braun und verblichen, Bill! Es sah wirklich uralt aus!«

»Wahrscheinlich nur braune Tinte, mit Wasser verdünnt.«

»Da haben Sie bestimmt recht, Bill«, bestätigte Gerty. »Er hat ungefähr fünfzig Millionen Karten und Schaubilder und sowas im Jahr gezeichnet, und alles immer in Farbe. Er hatte Dutzende von Tintenfläschchen in allen möglichen Farben. Dauernd hat er sie umgeworfen, und ich mußte dann sehen, wie ich den Teppich wieder sauberbekam.«

Leonidas nickte. »Dann ist verdünnte braune Tinte die Erklärung. Was hier steht, lautet einfach nur: ›Dies ist die Anweisung, die Onkel uns gab, sein Ruderboot zu finden –‹«

»Was sollen wir denn mit einem Ruderboot?« fragte Gerty. »Und was für ein Onkel? So ein Blödsinn! Bill, diesmal sind Sie auf dem Holzweg!«

»Ich glaube nicht, Gerty. Dieser erste Satz sollte wahrscheinlich den Eindruck, daß ein Kind es geschrieben hat, oder zumindest jemand vor langer Zeit, noch unterstützen. ›Onkels Wegbeschreibung‹ wäre zu auffällig gewesen. Er mußte eine Erklärung parat haben, für den Fall, daß jemand zufällig auf dieses Blatt stieß, und das sind die Vorkehrungen, die er dafür traf. Wo auch immer er die Hinweise notierte, er ging auf jeden Fall ein Risiko ein. Wieso er seine Randbemerkungen in den anderen drei Bänden stehenließ, weiß ich nicht. Wahrscheinlich wußte er gar nicht, daß sie dort waren; viele Leute tun so etwas unbewußt.«

»Wie die Kritzeleien, die jemand beim Telefonieren macht?« fragte Dot. »So muß man sich das vorstellen?«

»Genau so. Doch nun weiter. ›Dies ist die Anweisung, die Onkel uns gab, sein Ruderboot zu finden. Wende dich nach rechts am Wegweiser und gehe just eine halbe Meile hinüber ins Marschland. Nimm dort den Pfad zum Strand hinunter, und du wirst es finden zehn Fuß vom rechten Ende des Weges, an der Kiefer und verborgen im Gebüsch.‹«

Freddy lehnte sich vor, so daß er Leonidas über die Schulter sehen konnte, und betrachtete lange das Schriftstück. Dann schüttelte er den Kopf.

»Bill, das ist schon ein Wunder, was Sie da alles im Oberstübchen haben. Mann, wenn ich doch nur auch soviel Grips hätte!«

Leonidas lächelte und warf Agatha einen Blick zu.

»Haben Sie schon einmal von Kipling gehört, Freddy?«

»Hm?«

»Er war ein Dichter«, erklärte Leonidas. »Schrieb Verse. Er –«

»Aha.« Freddy schniefte. »Einer von der Sorte.«

»Hmnja, aber mir fallen da ein paar Zeilen von ihm ein, die wirklich sehr passend sind:

Kein Satz, den der weise Euklid je schrieb,
Keine Weisheit aus des Lehrers Händen,
Wird schützen dich vor des Säbels Hieb
Noch die Kugel von dir wenden.

Drum schlage zu, wer will, drum ziele gut, wer kann,
Das Glück hat immer der schlechtere Mann.«

»Da mag er recht haben«, meinte Agatha. »Gut denkbar. Mr. Kipling wird schon gewußt haben, wovon er schrieb. Aber nach den Ereignissen der letzten Stunden können Sie mir nicht mehr weismachen, daß je eine Kugel, ein Säbel, ein Dolch oder sonst etwas Sie schrecken wird. Um es mit den Worten Ihres Ebenbildes zu sagen: ›Gott verleihe denen Weisheit, die welche haben; und die, so Narren sind – laßt sie mit ihren Gaben wuchern.‹ Und was halten Sie nun von Norths Aufzeichnungen, Bill? Sicher, den Weg beschreiben sie gut genug, aber sie sagen uns nicht, wo die Stelle ist.«

»Das«, entgegnete Leonidas, »ist eine Frage, mit der ich mich bereits beschäftigt habe. Es dürfte leicht zu finden sein, wenn wir erst einmal wissen, wo sich diese Wegkreuzung befindet –«

»Ein schöner Trost!« schnaubte Agatha. »Was meinen Sie, wieviele Wegkreuzungen es in Neuengland gibt? Leicht zu finden! Ich würde eher sagen, da sitzen wir schon gleich am Anfang fest!«

»Hmnja. Andererseits –«

»Wieso haben Sie sich die Langford denn nicht vorgeknöpft, als Sie die Gelegenheit dazu hatten?« fragte Dot.

»Wie hätten wir das tun sollen? Und was hätte sie uns ohne den Lageplan oder sonst einen Beleg, daß sie die Seiten aus Band vier hatte, genutzt? Und –«

»Aber den Beleg haben Sie jetzt auch nicht. Und sie kann –«

»Oh, wir haben jetzt viel mehr in der Hand als zuvor, Dot. Am Abend wäre es undenkbar gewesen, daß wir Dr. Langford festhalten. Es –«

»Es wäre wahrscheinlich nicht ganz legal gewesen«, sagte Agatha. »Also wirklich! Finden Sie nicht, daß Sie da ein wenig zimperlich sind? Wir nehmen es doch schon eine ganze Weile mit Gesetz und Ordnung nicht mehr so ganz genau.«

Leonidas seufzte. »Wie ich Freddy und Lefty schon erklärt habe: Es hätte uns nichts genutzt. Sie hätte uns nichts verraten, wir konnten nichts beweisen, und Freiheitsberaubung wird recht schwer geahndet. Es wäre keine vernünftige Idee gewesen, Dr. Langford zu festzuhalten. Wir müssen warten, bis wir sie mit den gestohlenen Obligationen in der Hand erwischen, und selbst dann – na, das werden wir ja dann sehen. Und die Karte allein nützt uns auch nichts, solange wir nicht wissen, auf welche Stelle sie sich bezieht. Und selbst wenn Dr. Langford diesen Ort im Augenblick nicht kennt, wird sie ihn wahrscheinlich schneller finden als wir. Denn eines hat sie uns voraus: Sie weiß vermutlich mehr über North, als Gerty weiß. Und – wenn sie auf die Suche geht, dann heften wir uns an ihre Fersen, es sei denn, wir sind inzwischen selbst darauf gekommen, wo die Wertpapiere sind. Leuchtet das denn nicht ein?«

»Aber wenn sie nun keine Anstalten macht, irgendwo hinzufahren, und wenn sie das Rätsel nicht für uns löst? Dann können wir nichts mehr für Martin tun.«

»Nun, immerhin haben wir noch den Hammer, auf dem vermutlich ihre Fingerabdrücke sind.«

»Aber selbst wenn auf diesem Hammer ihre Abdrücke sind«, beharrte Agatha, »wie wollen Sie jemals beweisen, daß sie tatsächlich auch Norths Mörderin war? Wir selbst mögen noch so davon überzeugt sein, aber können wir es der Polizei glaubhaft machen?«

»Wahrscheinlich nicht. Aber wir können es versuchen. Ihre Fingerabdrücke werden auf dem Hammer sein – davon können wir, glaube ich, ausgehen. Ich habe zweimal Gelegenheit gehabt zu sehen, daß Frau Doktor keine Handschuhe trägt. Wo der Hammer gefunden wurde, das können wir alle bezeugen; wir können belegen, daß sie im Laden war; und in der Not könnte Gerty auch noch ein Motiv bestätigen, nämlich Neid – eine Bemerkung, die sie einmal gehört hat, oder etwas in dieser Art. Es ist immerhin eine Möglichkeit, Agatha: Wenn wir sie nicht selber zu fassen bekommen, können wir wenigstens der Polizei ein paar Anregungen geben. Da wird sie eine ganze Menge zu erklären haben.«

»Und wie geht es jetzt weiter?« fragte Dot. »Warten wir, bis sie den nächsten Schritt tut, oder unternehmen wir selbst etwas?«

»Beides, denke ich mir. Hmnja, Freddy. Ich möchte Sie bitten, einen von Ihren tüchtigen Helfern auszuschicken, damit er uns die Morgenzeitungen bringt, sobald sie verfügbar sind. Ich würde gern sehen, wieviel von unseren nächtlichen Unternehmungen bekannt geworden ist und was Presse und Polizei dazu zu sagen haben.

Agatha, Sie sollten wohl besser Ihren Sohn anrufen und ihm Bescheid sagen, daß es Ihnen gut geht, meinen Sie nicht auch?«

Agatha schüttelte den Kopf. »Nein.«

»Aber wird er sich denn keine Sorgen machen? Denken Sie nicht –«

»Ich für meinen Teil«, erwiderte Agatha, »denke überhaupt nicht an Cabot. Sie kennen ihn nicht. Wenn ich ihn jetzt anrufen und ihm sagen würde, daß es mir bestens geht, würde er daraus sofort schließen, daß man mich entführt hat und daß jemand Lösegeld fordern wird. So funktioniert sein Verstand nun einmal. Er würde den Anruf zurückverfolgen, und binnen zehn Minuten hätten Sie eine Staffel Flugzeuge über dem Haus und die Nationalgarde vor der Tür. Nein, Bill, alles in allem halte ich es für vernünftiger, wir überlassen Cabot seiner eigenen Phantasie. Wir können vielleicht nicht mehr riskieren, meinen Wagen zu nehmen, aber ich bin sicher, dafür fällt Freddy schon eine Lösung ein.«

Leonidas mußte zugeben, daß es schlüssig war, was sie sagte.

»Obwohl ich nicht weiß, wie Sie ihm die Sache später erklären«, fügte er hinzu.

»Ich erkläre nie etwas«, erwiderte Agatha majestätisch. »Niemals. Und Cabot am allerwenigsten. Cabots Sinn für Humor – aber lassen Sie uns von etwas anderem sprechen. Bill, was steht also nun auf dem Programm?«

»Ich will versuchen herauszufinden, wo die Wegkreuzung ist«, sagte Leonidas, »und dafür brauche ich als erstes eine Landkarte von Massachusetts und Umgebung, so klein im Maßstab und so detailgenau wie möglich. Natürlich könnte North die Wertpapiere überall in den Vereinigten Staaten versteckt haben, aber –«

»Kann er nicht«, meldete sich Gerty zu Wort. »Wenn Sie an die Floridareise vor Weihnachten denken – so lange kann er die nicht im Haus gehabt haben. Er hat sie sicher verschwinden lassen, bevor Jones das erste Mal verhaftet wurde. Und um die Zeit war er nicht aus Boston weg. Jedenfalls nie länger als einen Tag.«

»Hmnja.« Leonidas dachte einen Moment lang nach. »Können Sie mir denn eine solche Landkarte besorgen, Freddy?«

Freddy schien nicht recht zu wissen, wie er es anstellen sollte. »Wahrscheinlich schon«, sagte er.

»Aber sicher kannst du das«, sagte Gerty. »Du hast doch Dino!«

Freddys Züge hellten sich auf. »Ja natürlich! Dino!«

»Ähm«, sagte Leonidas, »was haben die Vorzeitechsen –«

»Dino«, erklärte Gerty, »hat in der alten Zeit immer die Fahrtrouten für Freddys Lastwagen organisiert. Sie wissen schon. Früher, als Freddy noch im Getränkehandel war. Laß Dino herkommen, Freddy. Der kennt jeden Feldweg hier in der Gegend – ganz egal, wo Sie hinwollen, der kennt immer drei verschiedene Wege da hin. Hat die im Laufe der Zeit alle selber abgefahren. Und er ist nicht blöd. Dem fällt die richtige Stelle ein. Der hat alles im Kopf.«

»Dann lassen Sie Dino herkommen, unbedingt. Und ich würde sagen, die anderen können sich jetzt hinlegen und ein wenig schlafen. Alle außer Gerty. Gerty, Ihre Hilfe brauche ich noch –«

»Schlafen?« fragte Dot. »Schlafen? Sie meinen, den Kopf auf etwas Weiches legen und Schäfchen zählen, bis man hinüberdämmert? Sind Sie von allen guten Geistern verlassen, Bill? Wie können wir denn jetzt schlafen? Kommt das oft vor, daß Sie ein Nickerchen machen, wenn Sie gerade eine Tonne Dynamit unter Ihrem Bett angezündet haben? Schlafen? Ich weiß überhaupt nicht, was das ist. Agatha, könnten Sie jetzt schlafen?«

»Das Fleisch ist willig, meine Liebe, doch der Geist – nein. Tausendmal nein. Wir bleiben hier bei Ihnen sitzen, Bill, damit Sie sich nicht ganz so leicht konzentrieren können. Und Sie können mich ruhig für verfressen halten – ich für meinen Teil habe Hunger.«

»Mario hat das Frühstück fertig«, sagte Gerty. »Wenn Sie etwas wollen, was er nicht hat, brauchen Sie nur zu fragen. So, und jetzt sind Sie dran, Bill. Was wollen Sie wissen? Und nehmen Sie es nicht persönlich, wenn ich gähne.«

»Gut. Besaß North noch ein Haus oder sonst eine Unterkunft außerhalb von Boston? Gab es bestimmte Gegenden, in die er häufiger fuhr? Gab es einen Ort oder eine Gegend, wo er gern am Wochenende oder in den Ferien hinfuhr?«

»Wenn er mal Ferien machte«, antwortete Gerty, »steckte er immer bei seinen Indianern und hat sich erzählen lassen, wie Häuptling Gespreizte Feder die Welt aus rosa Regenbogen erschaffen hat oder solchen Kram.«

»Hatte er einen eigenen Wagen?«

»Der? Nein. Der konnte mit Mühe seine Bleistifte spitzen. Am Steuer war er hilflos wie ein Kind. Aber gefahren ist er trotzdem.

Jedenfalls das, was er für Autofahren hielt. Wahrscheinlich ist er ja mit einem Ponywagen bestens zurechtgekommen, aber alles, was von sich aus lief, das war einfach zuviel für ihn. Ich hab' einen von diesen neuen elektrischen Dosenöffnern gekauft – die, die man an die Wand schraubt und die dann die Dose ganz von selber aufmachen – wissen Sie, was ich meine? –, und da hat er sich fast damit umgebracht. Na, jedenfalls war's gefährlich. Er war ja kein Mechaniker, so wie Freddy. Freddy, der kann fahren, und der kann –«

»Hmnja«, bestätigte Leonidas, »Freddy ist ein Künstler auf seinem Gebiet. Aber lassen Sie uns bei North bleiben. War er kurz vor oder kurz nach dem Diebstahl der Wertpapiere einmal für länger aus dem Haus?«

»Nie. Das weiß ich noch genau. Er hatte einen Burschen aus Neumexiko zu Besuch, so einen Experten für die alten Knochen. Da war er jeden Abend zu Hause.«

»Wie hat er es angestellt, wenn er ein Automobil brauchte?«

»Oh, das hat er von einem Laden in Cambridge gemietet. Die hatten eine alte Mühle, wo's nicht so drauf ankam, und die haben sie ihm immer zum dreifachen Preis vermietet oder sowas. Es war ein alter Reo, der hatte schon einen richtigen Bart. Der hatte eine von diesen komischen Kupplungen mit zwei Pedalen. Ich weiß auch nicht, ob sie ihm den gegeben haben, weil er damit nicht zurechtkam und immer irgendwas angefahren hat, und dann konnten sie ihm teure Reparaturen berechnen, oder ob sie gedacht haben, bei dem Ding macht es nichts, wenn er es eines Tages mit der Schubkarre zurückbringt.«

»Das heißt, wenn er irgendwo hinwollte, hätte er wahrscheinlich diesen Wagen genommen und nicht den Zug – oder was meinen Sie?«

»Niemals den Zug.« Da war Gerty sicher. »Er war so zerstreut, daß schon Tage vorher alles bis ins kleinste geplant werden mußte, wenn er mit dem Zug fuhr, und selbst dann mußten ich oder seine Schwester ihn zum Bahnhof bringen und aufpassen, daß er auch in den richtigen Zug stieg. Jede Kleinigkeit lenkte ihn ab. Danke, Mario, für mich auch Eier. Drei. Keine Frage, Bill. North wäre nie mit dem Zug gefahren. Der hätte das Auto genommen.«

Leonidas bediente sich reichlich von dem Tablett, das Mario ihm präsentierte, und Dot kicherte.

»Was gibt's zu lachen?«

»Es sieht einfach so komisch aus, Shakespeare beim Frühstück. Das ist, als ob –«

»Schluß jetzt! War North ein rasanter Fahrer, Gerty?«

»Rasant?« fragte Gerty mit einem Mund voller Toast. »Rasant? Den hätten Sie zu Fuß überholen können. Er hat immer gesagt, schneller als dreißig Kilometer die Stunde sollte keiner fahren. Einmal bin ich mit ihm und seiner Schwester unterwegs gewesen, und da hätte mich bald der Schlag getroffen. Dreißig Kilometer die Stunde! Und das mitten auf der Straße, und ich wette, da haben sich ein Dutzend Leute die Stoßstangen eingefahren, so ein Gerangel war das, an ihm vorbeizukommen. Und wie er da am Steuer saß, wie ein Springteufel! Wenn da einer von uns eine Haarnadel hätte fallen lassen, da hätten wir im Graben gelegen.«

»Nervös, wollen Sie sagen?«

»Und wie. Aufgeregt, daß einer, der vom Dämon der Geschwindigkeit besessen war – das waren die Leute, die vielleicht mal über fünfzig gefahren sind –, kommt und ihn rammt. Und er hat immer Angst gehabt, daß er nicht mehr anhalten kann oder daß was explodiert. Das erste Auto, in dem er gefahren ist, ist explodiert. Im Bürgerkrieg oder wann das war. Damals hatten die noch Dampfmaschinen, hat er uns erzählt.«

»Was meinen Sie, wie weit könnte er bei seinem Fahrstil an einem Tag gekommen sein?«

»Keine hundertfünfzig Kilometer«, sagte Gerty, »da bin ich sicher. Die dreißig waren ja Spitze, verstehen Sie, nicht der Durchschnitt. In der Stadt ist er immer nur im zweiten gefahren.«

»Im zweiten Gang, meinen Sie? Wieso das?«

Gerty krümmte sich vor Lachen. »Ob Sie's glauben oder nicht – er hat gesagt, im zweiten hätte er mehr Kraft! Freddy sagt, das stimmt, aber trotzdem! Sie hätten ihn sehen müssen, wie er die Hügel an der Commonwealth Avenue hochgeröhrt ist oder den Old Colony Boulevard oder den Worcester Turnpike – alles im zweiten Gang! Und wenn er mal irgendwo an einen steileren Hügel kam, wo er den zweiten hätte brauchen können, da ist er im großen Gang hochgekrochen! Also der hätte bestimmt acht oder neun Stunden für hundertfünfzig Kilometer gebraucht, Bill, wahrscheinlich noch mehr. Hundertfünfzig Kilometer, das wäre für ihn schon eine große Fahrt gewesen, und sowas hat er immer Wochen im voraus geplant, ehrlich. Ich glaube nicht, daß er mehr als achtzig Kilometer von Boston weg war, Bill. Eher fünfzig. Hundert Kilometer hin und zurück. Wenn's mehr gewesen wär', hätte ich von dem Drama was mitbekommen, und das wüßte ich dann jetzt noch. Der wäre völlig erledigt gewesen. Und daß er ohne jede Hilfe mit dem Zug irgendwo hingefahren wäre – unmöglich.«

»Hmmm«, sagte Leonidas. »Das macht uns die Sache einfacher. Viel einfacher. Die Wegkreuzung befindet sich vermutlich in einem Fünfundsechzig-Kilometer-Umkreis von Boston. Wir nehmen die Mitte zwischen Ihren beiden Schätzungen, Gerty, und sagen fünfundsechzig –«

»Ich gebe zu, ich kann mich nur noch sehr vage an die Berechnung von Kreisflächen erinnern«, unterbrach Agatha ihn, »aber wenn Sie davon ausgehen, daß North diese Papiere irgendwo in fünfundsechzig Kilometer Umkreis von Boston versteckt hat, wären das nicht ungefähr dreizehntausend Quadratkilometer, in denen Sie suchen müßten?«

»Die Hälfte«, korrigierte Dot. »Die andere Hälfte läge im Atlantik, nicht wahr? Wissen Sie, Bill, mein Vertrauen in Ihre Fähigkeiten ist ja wirklich grenzenlos, aber diese Stelle, die werden Sie niemals finden.«

Leonidas lächelte. »Überlegen Sie doch nur, um wieviel wir die Fläche schon in ein paar wenigen Minuten reduziert haben. Wir haben mit den gesamten Vereinigten Staaten begonnen, es auf Neuengland eingegrenzt, auf Massachusetts, dann –«

»Dann auf lächerliche sechstausendfünfhundert Quadratkilometer«, sagte Dot. »Eine Kleinigkeit. Überhaupt nicht der Rede wert.«

»Falsch. Auf ungefähr hundertdreißig Kilometer.«

»Wie kommen Sie denn auf hundertdreißig?«

»Sie haben die Anweisungen aus Band vier vergessen. ›Nimm dort‹«, zitierte er, »›den Pfad zum Strand hinunter.‹ Das dürfte doch wohl bedeuten, daß die Wertpapiere irgendwo an der Küste versteckt sind. Wie Gerty uns sagt, hätte North keine achtzig Kilometer von Boston fahren können. Zwischen hundert und hundertdreißig Kilometer hin und zurück, darauf können wir es einschränken. Er war nie für länger vom Haus fort, das heißt, er muß es innerhalb eines Tages getan haben, und zwar tagsüber. Hundertdreißig Kilometer sind es also, die wir absuchen – fünfundsechzig im Süden und fünfundsechzig im Norden von Boston.»

Mit einem Seufzer gab Agatha ihren leeren Teller Mario zurück und nahm sich ein Karamellbonbon.

»Um auf die Lehren des Euklid zurückzukommen«, sagte sie, »offenbar ist Ihnen jede einzelne davon geläufig. Zugegeben, daß es am Strand sein soll, hatte ich inzwischen wieder vergessen. Aber selbst bei hundertdreißig Kilometer Küste sind die Möglichkeiten noch unendlich!«

»Ich weiß. Gerty, hatte North Vorlieben, wenn er aus der Stadt fuhr? Eher nach Norden oder eher nach Süden? Sie haben doch vorhin eine Reihe von Straßen genannt.«

»Stimmt. Er hat alle möglichen Richtungen probiert. Lange Zeit ist er immer nur Richtung Norden gefahren, weil er sich dann nicht durch den Verkehr der Innenstadt wühlen mußte. Aber nach einer Weile kannten ihn die Verkehrspolizisten da oben so gut und haben ihn immer wieder angehalten, weil er den Betrieb aufgehalten hat oder mitten auf der Straße fuhr oder Verkehrsinseln überrollt hat und so weiter, daß er dann nicht mehr dorthin wollte. Einmal hat er auf der Hauptstraße bei Wellesley den ganzen Verkehr zum Erliegen gebracht; er wollte zurück nach Boston und ist einfach irgendwo über den Mittelstreifen gefahren. Abbiegespuren, Überführungen, Unterführungen, um sowas hat er sich nicht gekümmert!«

»Und dann wechselte er seine Vorlieben?«

»Nach jenem Tag. Von nun an fuhr er immer nach Süden. Er nahm den Old Colony Boulevard, der war breit genug für ihn.«

»Dann wäre er auch mit den Wertpapieren Richtung Süden gefahren?«

Gerty nickte. »Würde ich mit rechnen.«

»Dann«, verkündete Leonidas munter, »können wir unsere Suche auf die fünfundsechzig Kilometer südlich von Boston beschränken.«

»Wenn das so weitergeht«, meinte Agatha, »werden Sie die Papiere finden, ohne daß Sie überhaupt dies Zimmer verlassen!«

»Ein schöner Gedanke, aber das wird uns wohl doch nicht ganz gelingen. Gerty, hatte North vielleicht irgendwelche Lieblingsstraßen an der Südküste?«

»Lieblingsausflüge gab es für ihn nicht. Wenn er drei- oder viermal irgendwo gewesen war, kannten ihn die Leute da. Er hatte mal eine Stelle bei Quincy, wo er von geschwärmt hat, aber nach dem zweiten Mal haben die Bullen ihm gesagt, wenn er sich nochmal blicken läßt, buchten sie ihn ein. Sein Fahrstil war die reine Katastrophe! Ich habe oft gestaunt, was die Stoßstangen von dem alten Reo alles ausgehalten haben, und trotzdem sind sie nie abgefallen.«

Der Summer an der Wohnungstür erklang, und Freddy führte einen kleinen, rundlichen Italiener mit dicker Hornbrille herein.

»Dino«, stellte er ihn vor. »Hast du die Karten dabei?«

Dino wies mit dem Finger auf eine Rolle, die er unter dem Arm hatte.

»Zeigen Sie ihm mal die Skizze, Bill.«

Leonidas reichte sie hinüber.

»Hier, Dino. Paß auf. Südlich von Boston. Ungefähr fünfundsechzig Kilometer, aber nicht weiter, klar? Und an der Küste, klar?«

Dino nickte.

»Irgendwo in einem Wald«, fügte Gerty hinzu. »Mit einem Felsen und einem Wegweiser.«

»In einem dieser unverwechselbaren Wälder«, murmelte Agatha.

Wiederum nickte Dino.

»Sag uns die Stelle«, verlangte Freddy ohne Umschweife. »Wir müssen da hin, klar?«

Dino rollte die Karte auf.

»Freddy«, rief Leonidas plötzlich, »Freddy! Was hat das rote Blinklicht zu bedeuten, da über der Tür?«

Freddy warf einen Blick zu dem Licht und lächelte gequält.

»Razzia. Die Bullen.«

»Die Polizei kommt hier herauf?«

»Tja. Mario! He, Mario! Führ sie nach draußen, alle zusammen. Du nicht, Dino. Du bist schon den ganzen Abend hier, verstanden? Nehmen Sie die Skizze mit, Bill. Gert, du leerst die Aschenbecher. Steck die Kippen in die Tasche. An deinen ist immer Lippenstift dran.« Er zog seine Jacke aus und streifte einen kunstvoll bestickten Brokat-Hausmantel über. »Dino, Jacke und Krawatte aus. Hast du neue Handtücher im Bad, Mario? Alles Geschirr gespült? Alles in Ordnung?«

»Si.«

»Gut. Ihr geht alle zusammen mit Mario. Verdrückt euch! Und laßt euch nicht blicken, ganz egal, was ihr hört, verstanden? Selbst wenn hier geballert wird. Wir kümmern uns da schon drum.«

»Der Wagen«, sagte Agatha und drückte die Bonbonniere an sich. »Mein Wagen –«

»Längst versorgt. Ich hab' vorhin Bescheid gesagt, da kümmern sich die Jungs drum. Dino, du bist schon den ganzen Abend hier bei mir, klar? Und der Rest verschwindet!«

Als Mario sie aus dem Zimmer führte, erklang der Summer an der Wohnungstür. Dann hämmerte jemand mit Fäusten dagegen.

XVI.

Mario führte Leonidas, Agatha, Dot und Gerty in seine makellose Küche.

»Und was kommt nun?« fragte Agatha schicksalsergeben. »Falsche Bärte?«

Gerty grinste. »Der nächste Geheimgang«, erklärte sie nur kurz, »und ich bete zum Himmel, daß Sie hineinpassen!«

Sie half Mario, einen großen, schmalen Schrank aufzuschließen, und zusammen holten sie Besen, Mops und Wischtücher heraus.

»Was zum Teufel –«

»Die Rückseite läßt sich aufklappen«, erklärte Gerty ganz lässig. »Gehen Sie zuerst hinein, bitte. Ich – ich hoffe nur, Sie passen durch. Der Gang hat Licht und Belüftung und alles.«

Agatha holte einmal tief Luft und zwängte sich durch die Öffnung. Dot und Leonidas folgten ihr, und dann verschwand auch Gerty durch die Tür. Draußen in der Küche schloß Mario die hintere Tür, ließ unsichtbare Schlösser einschnappen, stellte Mops und Besen zurück und schloß dann die Schranktür wieder.

Als die Polizisten die Küche betraten, scheuerte er gerade einen Kessel und pfiff munter »Santa Lucia« dazu.

Hinten im Gang gluckste Gerty vor Vergnügen.

»Freddy hat sich das in der Prohibitionszeit anlegen lassen«, erklärte sie. »Damals gab es eine Razzia nach der anderen, und irgendwann war er's einfach leid. Da hat er –«

»Sagen Sie«, unterbrach Agatha sie, »wie würden Sie – ähm – was macht Freddy denn eigentlich, um seinen Lebensunterhalt –«

»Ich finde«, sagte Leonidas eilig, »das ist jetzt nicht der Augenblick, darüber zu sprechen, gerade wo wir ja, wenn man so sagen darf, seine Gastfreundschaft genießen. Können wir eigentlich riskieren, hier drin zu sprechen, Gerty?«

»Klar. Da kann nichts passieren. Die können uns draußen nicht hören. Aber weiter vorn gibt's eine Stelle, wo *wir* hören können, was im Wohnzimmer gesagt wird. Jetzt sind es nur noch ein paar kleine Geschäfte dann und wann, Mrs. Jordan.«

»Kleine – oh, Freddy meinen Sie. Nur kleine Geschäfte. Das kann ich mir vorstellen. Das – ähm – Ende der Prohibition muß ein schwerer Schlag für ihn gewesen sein?«

Gerty grinste breit. »Sowas kann Freddy doch nichts ausmachen«, meinte sie. »Bill, die ganze Geschichte wird immer verrückter, was?«

»Das kann man wohl sagen«, bestätigte Agatha, bevor Leonidas etwas antworten konnte. »Das kann man wohl sagen. Gerty, ich hoffe nur, daß der nächste Geheimgang, in den das Schicksal mich führt, wenigstens Größe 48 hat. Ich bin keine von den Frauen, die meinen, Größe 46 ginge wohl auch noch, und das scheint bisher der Durchschnitt gewesen zu sein. Ich kenne meine Grenzen – oder sollte ich sagen: meinen Mangel an Grenzen? Wo *sind* wir denn hier, Gerty? Ich meine, wohin führt der Gang, und wieso ist er überhaupt da?«

»Er führt von der Küche zur Vorderseite des Hauses. Es gibt auch eine Treppe hoch zum Dach. Freddy hat einen Vetter, der ist Bauunternehmer, und der hat ihm das gebaut. Der Gang hat Lampen, und von irgendwo kommt Luft rein und alles. Wenn Sie noch fünf, sechs Meter weitergehen – Sie werden schon merken, wenn die Stelle kommt. Ich würde gern hören, was die Bullen sagen.«

»Wie kann es denn sein, daß wir hören, was draußen gesagt wird, und die Leute draußen hören uns nicht?« fragte Dot.

»Das hat sich irgendwie so ergeben«, antwortete Gerty. »Es war gar nicht geplant. Ak – Ak – wie heißt das denn?«

»Akustik?« schlug Leonidas vor.

»Genau. Komische Sache. Aber jetzt lassen Sie uns mal horchen!«

»Einen Augenblick noch«, sagte Leonidas. »Eins habe ich vergessen zu fragen. Ist Dr. Langford jemals mit North auf einen seiner – ähm – Ausflüge mit dem alten Wagen gegangen?«

»Oft sogar. Stimmt, das wollte ich Ihnen noch sagen. Hab' nie verstanden, warum sie mit ihm mitgefahren ist. North war ja nicht gerade Clark Gable, und wenn die Langford selbst am Steuer saß, dann ist sie gefahren wie der Teufel. He, Bill – hören Sie sich das an!«

Klar und deutlich konnten sie hören, was in dem stahlblauen Wohnzimmer gesprochen wurde.

»Nun komm schon, Freddy«, sagte eine lockende Stimme mit irischem Akzent, »sei ein lieber Junge, erzähl es uns. Wo hast du die Nacht über gesteckt, hm? Das ist alles, was wir wissen wollen.«

»Na, hier im Zimmer.« Freddy schien geradezu gekränkt, daß sie überhaupt etwas anderes denken konnten. »Hier im Wohnzimmer, zusammen mit Dino. Dino war die ganze Nacht hier. Wir haben die Karten hervorgeholt und von den alten Zeiten geplaudert, und wir haben überlegt, wo ein guter Ankerplatz für ein Boot wäre, das ich letzte Woche bekommen habe. Ich will da einen richtig tollen Vergnügungsschuppen draus machen, wissen Sie. Dino hat eine Stelle im Auge, die wollte er gerade auf der Karte suchen. Haben Sie was dagegen, wenn er weitermacht?«

Leonidas lächelte.

»Hast du gehört, was mit deiner Freundin passiert ist, Freddy? Haben sie es dir schon erzählt?«

»Hm?«

»Weißt du, was sie mit Gerty gemacht haben?«

»Mit wem?«

»Tu doch nicht so, Freddy. Der Schwester von Bat.«

»Bat? Bat McInnis meint ihr? Mit seiner Schwester?«

»Genau der. Du weißt, wen wir meinen.«

»Sicher«, sagte Freddy. »Ich hab' sie mal kennengelernt. Hab' erst hinterher erfahren, wer sie war, verstehen Sie.«

»Was du nicht sagst.«

Freddy seufzte. »Und was soll ich mit ihr gemacht haben?«

»Ausnahmsweise warst du es nicht, Freddy. Es war Bat. Wir haben gehört, daß Bat sie um die Ecke gebracht hat.«

»Seine eigene Schwester? Das ist ja allerhand. Und wo?«

»Das wollten wir gern von dir wissen, Freddy. Hör mal, die Leute sagen, er hat sie kaltgemacht, weil sie mit dir gegangen ist.«

»Tatsächlich?«

»Freddy, du und Gerty, ihr wart dauernd zusammen, das wissen wir. Verstehst du denn gar nicht? Bat hat sie *um*gebracht!«

»Hören Sie.« Freddy setzte einen gequälten Ton auf. »Bat könnte mit seiner eigenen Mutter und mit der ganzen Familie in einem Boot aufs Meer fahren und sie da versenken, und es wär' mir egal. Er könnt' sie in ein Flugzeug packen und dann ohne Fallschirm rauspurzeln lassen, klar? Und ihr seid extra hier zu mir herausgekommen, weil irgendwo ein Mädel umgelegt worden ist?«

»Was weißt du über John North?«

»Wen?«

»John North.«

»Den Namen habe ich, glaube ich, schonmal gehört«, sagte Freddy. »Ist das nicht der Buchmacher in Downs?«

»Das ist der Kerl, dem gestern nachmittag jemand in einem Buchladen den Schädel eingeschlagen hat.«

»Da, ich hab' doch gewußt, daß es was mit Büchern zu tun hat«, meinte Freddy. »Davon hab' ich in der Zeitung gelesen.«

»Hast du ihn gekannt?«

»Mit dieser Art von Buchmachern«, erwiderte Freddy mit dem Brustton der Überzeugung, »habe ich mich nie viel abgegeben.«

»Gerty McInnis war bei ihm angestellt.«

»Tatsächlich?«

»Ist dir mal ein Mann namens Witherall begegnet? Sieht aus wie Shakespeare.«

Im Geheimgang stieß Leonidas einen Seufzer aus.

»Wie wer?«

»Lieber Himmel!« rief Kelly verzweifelt. »Mir platzt gleich der Kragen. Mach du mal weiter, Sam.«

Sam machte weiter. »Eher groß, Spitzbart, Schnurrbart. Shakespeare, das hast du doch schon mal gehört.«

»Hat der nicht früher für Notre Dame gespielt?«

Freddy bekam dringend empfohlen, die blöden Witze zu lassen.

»Und jetzt die Wahrheit. Kennst du diesen Witherall?«

»Nie gehört. Wieso?«

»Hör zu, Freddy. Irgendwas ist im Busch, und wir haben das Gefühl, daß wir Bat diesmal festnageln können. Verstehst du? Geht das in deinen dicken Schädel rein?«

»Klar.«

»Gut. Wir gehen davon aus, daß Bat Gerty umgelegt hat, und diesen Witherall wahrscheinlich auch. Und das Mädchen dazu, dem der Laden gehört, in dem sie North den Schädel eingeschlagen haben. Womöglich war es sogar auch Bat, der North ins Jenseits befördert hat, verstehst du?«

Die vier im Geheimgang grinsten. Was Agatha vor sich hinmurmelte, war nicht gerade ein Kompliment für die Bostoner Polizei.

»Aber habt ihr denn nicht wegen dem Buchmacher schon einen eingelocht?« fragte Freddy.

»Doch. Aber jetzt sieht's aus, als ob doch mehr an der Sache ist. Wir vermuten, daß Bat sie alle drei auf dem Gewissen hat – Gerty, diesen Witherall und das Mädchen aus dem Buchladen. Peters hieß sie.«

»Alle drei?« staunte Freddy. »Na, das hört sich ja an wie der Valentinstag in Chicago in den guten alten Zeiten.«

Weder Agatha noch Leonidas noch Dot verstanden die Anspielung auf das Massaker, bei dem sieben O'Banions ihr Leben gelassen hatten, doch Gerty strahlte.

»Immer die passende Antwort«, sagte sie voller Bewunderung. »Freddy ist einfach nicht zu schlagen!«

»Freddy«, sagte Kelly, nun fast schon flehend, »wenn du uns erzählst, was du weißt, ist Bat geliefert. Das müßte dir doch sehr gelegen kommen.«

»Wie hat er das denn angestellt?« fragte Freddy. »So viele Leute auf einmal umgelegt?«

»Das ist eben das Problem«, antwortete Kelly kleinlaut. »Das wissen wir nicht. Wir haben keine Spur von den Opfern, obwohl wir sicher sind, daß er es war.«

»Und warum löchert ihr mich dann deswegen? Warum knöpft ihr euch nicht Bat vor?«

»Wie sollen wir Bat zu fassen bekommen, wenn wir keine Leichen haben?«

Das, gab Freddy zu, war ein Problem.

»Ich bin empört«, meinte Agatha, an Leonidas gewandt. »Kein Wort von mir. Bin ich etwa keine Leiche?«

»Immer mit der Ruhe«, sagte Gerty, »die fangen ja gerade erst an. Warten Sie nur, bis die warmgeworden sind. Die reden immer erst eine Weile um den heißen Brei herum.« Gerty sagte das, als wisse sie aus jahrzehntelanger Erfahrung alles über die Taktiken der Polizei. »Die kommen schon noch auf Sie. Ich könnte mir auch vorstellen, daß die beiden nicht allein sind und daß die anderen nur noch nichts gesagt haben.«

Die Prophezeiung bewahrheitete sich sogleich. Beim Klang der nächsten Stimme begann Agatha zu kichern.

»Was ist mit Mutter, Mr. Kelly?«

Agatha faßte Dot am Arm. »Das ist Cabot!« rief sie begeistert. »Cabot! Stellen Sie sich das doch nur vor, Cabot, der sich für einen so großen Inneneinrichter hält, da in dem vollgestopften stahlblauen Wohnzimmer! Ach, das ist wunderbar!«

»Genau«, fügte eine zweite Aristokratenstimme hinzu. »Was ist mit der guten Agatha?«

Die gute Agatha jauchzte beinahe. »Mein Vetter Leveritt! Liebe Güte, das wird ja immer schöner! Cabot in dem blauen Wohnzimmer, das war ja schon gut genug, aber Leveritt! Mein Gott! Bill, Sie können sich doch sicher noch aus Ihrer Harvard-Zeit an Leveritt erinnern?«

Leonidas, der in dem engen Gang den Zwicker etwas kürzer gefaßt hatte, nickte und lächelte.

»Ein wenig nervend, fand ich schon damals.«

»Nervend? Das Schlimmste, was ich außer den grauenhaften Möbeln im Föderalstil geerbt habe, sind die Verwandten. Beide sind in einem Maße unbequem, daß man es kaum für möglich hält. Aber lassen Sie uns zuhören. Das sollten wir nicht verpassen.«

»Ja, natürlich«, sagte Kelly. »Hatte ich ganz aus den Augen verloren. Freddy, haben Sie schon einmal von Mrs. Sebastian Jordan gehört?«

Freddy hörte den Namen zum ersten Mal.

»Wer ist außer dir und Dino noch hier?«

»Mario. Der Koch.«

»Ich will ihn sehen.«

Einen Moment lang herrschte Schweigen, während Mario aus der Küche geholt wurde.

»So, du bist Mario, was?« fragte Kelly schließlich. »Noch jemand hier außer dem Boß und Dino?«

Marios Antwort kam wie aus der Pistole geschossen, auf Italienisch.

»Er spricht kein Englisch«, erklärte Freddy. »Soll ich es über –«

»Einen Augenblick bitte.« Cabot Jordan meldete sich zu Wort. »Mario – ich bin sicher, ich habe Ihr Gesicht schon einmal gesehen. In Rom. Damals, als mein Vater dort Botschafter war.«

»Cabot vergißt nie ein Gesicht«, erklärte Agatha. »Ich hoffe nur, das bringt Mario nicht in Verlegenheit –«

Aber Mario feuerte schon die nächste Salve.

»Er sagt, er hat früher in Rom bei uns gearbeitet«, übersetzte Cabot es den anderen, »und er kann sich noch an mich erinnern, und an Mutter auch. Sie hat ihm das Geld gegeben, mit dem er nach Amerika kommen konnte. Er möchte wissen, wie es ihr geht, und fragt, ob sie ihm wohl gestatten würde, sie einmal zu besuchen.«

»Ich glaube, das führt zu nichts«, meinte Kelly. »Hier steckt sie nicht. Hast du was dagegen, wenn wir uns hier mal umsehen, Freddy, oder würde dich das stören?«

»Fühlen Sie sich wie zu Hause.«

Während der nächsten zehn Minuten war nichts zu hören außer dem Geräusch von Schranktüren, die geöffnet und wieder geschlossen wurden. Einmal mußte Gerty lachen.

»Sie machen gerade die Schubladen der Anrichte auf«, erklärte sie. »Wer sich da wohl drin versteckt haben soll? Haben Sie Mario eigentlich wiedererkannt, als Sie ihn hier sahen, Mrs. Jordan?«

»Nein das habe ich nicht. Aber ich weiß jetzt wieder, daß wir einen Küchenjungen in Rom hatten, der so gerne nach Amerika wollte, und daß ich ihm in einem großzügigen Augenblick das Geld für die Überfahrt geschenkt habe.«

»Hm. Also ich glaube, er hat Sie auf Anhieb erkannt. Ich habe mich schon gefragt, warum er Sie ganz besonders verwöhnt hat, seit Sie hier sind, immer höflich und zuvorkommend und alles. Normalerweise ist er nämlich ziemlich langsam und stur. Aber seit gestern abend arbeitet er wie der Blitz. Alles Ihnen zu Ehren. Ich glaube, er wünscht sich oft, daß er wieder zu Hause in Italien wäre.«

»Ein schönes Beispiel«, erwiderte Agatha, »für eine der großen, ewigen Wahrheiten des Lebens. Man sehnt sich nach einem Ort, und wenn man erst einmal dort ist, sehnt man sich nur wieder anderswohin. Gestern abend wollte ich nur fort aus dem Mayflower, ich wollte etwas erleben; jetzt wünschte ich, ich wäre dort geblieben und hätte meine neun Stunden Schlaf gehabt. Ich glaube, wenn ich jetzt die Prunkfassade des Mayflower erblickte, würde es mir die Tränen in die alten Augen treiben. Ich glaube kaum, daß ich sie noch einmal wiedersehen werde – Bill, was machen Sie denn für ein finsteres Gesicht?«

»Ich dachte an Dr. Langford. Ich hätte erwartet, daß wir inzwischen längst etwas von ihr gehört hätten.«

»Wieso sind Sie denn so sicher, daß wir überhaupt etwas hören werden?«

»Nach dem kurzen Eindruck, den ich von der Frau hatte, würde ich sagen, ihr erster Impuls wird es sein, die Papiere aus ihrem Versteck zu holen und anderswohin zu bringen. Wenn sie, wie Gerty sagt, häufiger mit North ausfuhr und wenn North mit Vorliebe in die Gegenden südlich von Boston fuhr, dann ist es gut denkbar, daß sie die Straßenkreuzung auf der Skizze erkannt hat. Und wenn sie bei der Molkerei angerufen und dort womöglich sogar von unserem kleinen Überfall auf den Milchwagen erzählt bekommen hat, dann wird sie mit Sicherheit handeln. Daß wir die Seiten aus der Milchflasche nicht mitgenommen haben, wird sie vielleicht davon überzeugen, daß Freddy und Lefty wirklich nur die zwei Herumtreiber waren, als die sie sich ausgaben, aber daß plötzlich noch eine dritte Person auftauchte, hat ihr gewiß zu denken gegeben. Nichts, was bisher vorgefallen ist, beweist ihr, daß irgendwo jemand von ihren Wertpapieren weiß. Andererseits wird jedoch alles, was vorgefallen ist, ihre Zweifel nähren. Ich kann sie hören, wie sie sich sagt: ›Maria, vielleicht wissen sie Bescheid. Aber wie sollten sie dahintergekommen sein? Ich glaube, ich hole die Wertpapiere lieber aus dem Versteck und bringe sie anderswohin. Hier in der Wohnung haben sie nichts gefunden, sie haben die Papiere aus der Flasche nicht mitgenommen, aber ich werde lieber nichts riskieren.‹«

Und genau das waren die Gedanken, die Dr. Langford in diesem Augenblick durch den Kopf gingen.

»Hören Sie?« frage Agatha. »Sie verabschieden sich. Ach, was sehne ich mich nach einem Stuhl! Kommen Sie, Gerty, lassen Sie uns hier herauskriechen!«

»So schnell geht das nicht. Eine Weile müssen wir schon noch warten. Himmel, das Telefon! Ich hoffe nur, das ist nicht dieser

Dummkopf Lefty, der irgendwas durchgeben will! Wenn einer von den blöden Bullen rangeht und Lefty das nicht schnell genug kapiert –«

»Nur das Telefon«, hörten sie Freddys Stimme. »Das hat nichts zu bedeuten.«

»Ach?« Kelly stapfte mit seinen schweren Schuhen durchs Zimmer. »Nichts zu bedeuten? Dann hast du ja sicher auch nichts dagegen, wenn ich rangehe, Freddy? Schon wieder eine Mühe gespart.«

»Ganz wie Sie wollen.« Freddy ließ sich nicht aus der Reserve locken.

»Da ist er in der Klemme«, erklärte Gerty. »Er will nicht, daß der Bulle mit einem von den Jungs spricht, aber es muß so aussehen, als ob ihm das vollkommen egal wäre, sonst werden sie mißtrauisch und lassen nicht mehr locker. Also mittlerweile bekomme ich fast ein bißchen Achtung vor den Bullen! Wie die sich das alles zusammengereimt haben! Natürlich stimmt das meiste nicht, aber sie haben es immerhin versucht, und das ist ungefähr eine Million mal mehr als sie sonst zustandebringen.«

»Hallo?« Kellys Stimme hatte viel Ähnlichkeit mit derjenigen Freddys. »Was? Ob wir was? Diesmal zwei Flaschen Milch? Ob ich – Donnerwetter nochmal!«

Er knallte den Hörer auf die Gabel.

Gerty grinste. »Sie haben ihn gleich erkannt. Freddy spricht nämlich am Telefon immer Italienisch. Puh! Das war ein Segen!«

»Der Milchmann hat nicht alle Tassen im Schrank«, erklärte Freddy, an Kelly gewandt. »Läßt Magermilch statt Vollmilch da, bringt die falsche Sahne, und bei der Butter –«

»Was du nicht sagst. Na dann bis zum nächsten Mal, Freddy.«

Die Wohnungstür schloß sich mit einem lauten Knall.

»Was bin ich froh, daß dieses Zwischenspiel vorbei ist«, seufzte Agatha voller Erleichterung. »Lassen Sie uns herauskriechen aus diesem Reagenzglas.«

»Es ist noch zu früh«, sagte Gerty. »Tut mir leid, aber wir müssen noch hierbleiben.«

»Wieso das?«

»In ungefähr zehn Minuten sind sie wieder hier. Wahrscheinlich steht einer auf dem Flur Wache. Sie kommen noch ein zweites Mal und sehen sich nochmal überall um, ob nicht doch unsere Leichen irgendwo liegen.«

Noch bevor die zehn Minuten um waren, war Kelly zurück, wie sie es prophezeit hatte.

»Entweder bist du ein ganzes Stück heller, als ich immer gedacht habe«, meinte er zu Freddy, als er sich schließlich verabschiedete, »oder du erzählst uns wirklich die Wahrheit.«

»Ich«, beteuerte Freddy mit klagender Stimme, »ich sage immer die Wahrheit. Das sollten Sie doch wissen, Kelly. Mein ganzes Leben lang habe ich immer die Wahrheit gesagt. Jedenfalls zu Ihnen, Kelly.«

Es vergingen weitere zehn Minuten, bevor Mario die Innentür des Küchenspindes aufschloß und sie wieder nach draußen ließ.

Gerade als sie ins Wohnzimmer gestürmt kamen, klingelte wieder das Telefon. Freddy hob ab und unterhielt sich eine ganze Weile.

»Das war Tony, den ich zum Haus von der Lady geschickt habe«, berichtete er schließlich. »Er sagt, sie ist zur Garage gegangen und wollte ihr Auto holen, wie wir's vermutet haben. Das wollte er mir sagen, als er das erste Mal anrief. Aber inzwischen haben sie gemerkt, daß die Mühle nicht läuft. Irgendwas am Vergaser. Sie läßt es reparieren, aber das wird fünf oder sechs Stunden dauern, sagt Tony. Sie müssen das Ersatzteil aus dem Hauptgeschäft kommen lassen. Das hat ihm der Mechaniker erzählt. Er bleibt in der Nähe und sagt uns Bescheid, wenn sich was tut.«

Leonidas nickte. »Gut so. Freddy, haben Sie jemanden losgeschickt, die Zeitungen holen? Ich kann es kaum erwarten zu sehen, was die Presse aus alldem gemacht hat. Das muß doch ein – ähm – Fressen für sie gewesen sein.«

Mit breitem Grinsen erschien Mario, ein Bündel Zeitungen unter dem Arm, und wies mit seinem kurzen Zeigefinger auf die Schlagzeilen:

Mordfall North: Stecken Gangster dahinter?
Mrs. Sebastian Jordan verschwunden!
Polizei vermutet kriminelle Motive
Angesehene Familien fürchten Entführung!
Die Ermittlungen sind im Gange!

»Ich bin erleichtert«, sagte Agatha, »und froh, daß sich endlich auch einmal jemand um *meinen* Fall kümmert! Ist das nicht reizend! Aber Mario, ich dachte, Sie sprechen kein Englisch? Wie haben Sie es denn dann gelesen?«

»Oh, der kann genausogut Englisch wie alle anderen«, erklärte Gerty, suchte eine Boulevardzeitung aus und zog die bunten Comicteile heraus, »er redet nur einfach nicht gern. Mal sehen – oh, hier, das ist schön! Soll ich mal vorlesen?

›Der Mord an Professor John North, dem bekannten Indianer-Archäologen, der gestern nachmittag in einem Bostoner Buchladen verübt wurde und den die Polizei zunächst als einen Racheakt von Martin Jones ansah, dem ehemaligen Angestellten, der seinerzeit wegen Diebstahls von Wertpapieren und Geldmitteln der Anthropologischen Gesellschaft verhaftet und später von seinem Arbeitgeber North entlassen wurde, nahm eine geheimnisvolle Wendung, die seit den frühen Abendstunden die gesamte Polizei der Stadt in Atem gehalten hat.

Kaufen Sie amerikanische Waren, gefertigt von –‹« Sie hielt inne. »Das gehört wohl nicht mehr dazu. Mehr steht hier nicht, aber da sind eine Menge Bilder.«

»Das kann ich mir vorstellen«, meinte Dot. »Bill, was machen Sie für ein gequältes Gesicht?«

»Das ist der Stil dieser Zeitungen«, erklärte Leonidas. »Liebe Güte, ich frage mich, wo der Redakteur zur Schule gegangen ist. Aber blättern Sie weiter und sehen Sie nach, ob noch irgendwo Buchstaben zwischen den Bildern sind.«

»Okay. Oh, Mann –

›Die Polizei, die Norths Vorstadthaus einen Besuch abstattete, fand keine Spur von der zierlichen, attraktiven Hausangestellten, von der sich bald herausstellte, daß sie niemand anderes war als Gerty McInnis, Schönheitskönigin (aufgepaßt, Jungs, Fotos auf den Seiten 2, 3, 7 und 9) und Schwester des berüchtigten Ganoven Bat McInnis (siehe Seiten 4, 5 und 6), der mit seinen Schandtaten –‹«

»Nein.« Leonidas wand sich. »Nein. Gerty, seien Sie so lieb und nehmen Sie eine andere Zeitung, ja? Ich kann es nicht mehr ertragen. Und etwas nicht ganz so Schreiendes, wenn es geht.«

»Sicher. Hier ist eine, da steht eine Menge über Bat. Oh, da haben wir es:

›Alles deutete darauf hin, daß Gerty McInnis Professor Norths Wohnhaus in großer Eile verlassen hat. In den gestrigen späten Abendstunden fand sich keine Spur von ihr, und in Unterweltkreisen geht das Gerücht, sie sei von ihrem Bruder, der über Leichen geht, oder einem seiner Bandenmitglieder beseitigt worden.‹«

»Das ist deutlich genug«, sagte Agatha. »Da weiß man wenigstens, worauf sie hinauswollen. Lesen Sie weiter, Gerty.«

»Na gut:

›Noch geheimnisvoller ist das Verschwinden von Leonidas Witherall, vormals Professor an der Meredith-Akademie, heute stellvertretender Geschäftsführer des Buchladens, in dem John North ermordet wurde – ‹«

»Das gefällt mir, ›stellvertretender Geschäftsführer‹«, meinte Leonidas dazu. »Von heute an bin ich stellvertretender Geschäftsführer. Das hat etwas so Distinguiertes, was dem Wort ›Hausmeister‹ doch vollkommen abgeht.«

»›Die Polizei stattete dem Buchladen gestern abend einen Besuch ab, nachdem Streifenpolizist F. X. Larry Meldung gemacht hatte, daß sich verdächtige Gestalten in der Nähe aufhielten. Obwohl Mr. Witherall am früheren Abend noch im Laden gesehen worden war, war er unauffindbar, als die Polizei eintraf. Daß er Hut, Mantel, Brieftasche und andere Besitztümer zurückgelassen hatte, gibt der Vermutung noch weitere Nahrung, daß er entführt wurde. Am Ort des Geschehens befand sich Bat McInnis, der entschieden leugnete, etwas über den Verbleib des vermißten Mannes zu wissen.

McInnis und seine Begleiter wurden kurzfristig von der Polizei in Gewahrsam genommen, konnten jedoch untadelige Zeugen benennen, die ihre Alibis für den Tag und Abend bestätigten. Ein mysteriöser Brand komplizierte die Angelegenheit noch weiter, und der Polizei fehlt bisher jede Erklärung dafür. Das Feuer, offenbar mit Absicht gelegt, wurde von Sergeant L. C. Hanson entdeckt; eine anschließende gründliche Durchsuchung ergab, daß sich zu jenem Zeitpunkt außer Hanson niemand im Gebäude befand.

Professor Witherall hatte Officer Larry die Auskunft gegeben, Miss Dorothy Peters, mit der er gemeinsam den Buchladen führt, sei zu Besuch zu einer Tante gefahren. Doch trotz wiederholter Suchmeldungen im Radio ist es der Polizei bisher nicht gelungen, etwas über den Verbleib der vermißten jungen Frau herauszufinden.

Die spektakulärste Entwicklung dieses verblüffenden Falles betrifft jedoch Mrs. Sebastian Jordan, die spurlos aus ihrer Wohnung verschwunden ist. Mrs. Jordan, Witwe des vormaligen Gouverneurs und einstigen Botschafters –‹«

Gerty hielt inne und sah Agatha bewundernd an.

»Mein Gott, was Sie und Ihr Mann alles für Ämter gehabt haben! Die nächsten zweieinhalb Spalten handeln nur von Ihnen und Ihrer Familie und davon, wo Sie überall waren und was Sie da gemacht haben und welchen Vereinen Sie angehören und so weiter!«

»Lassen Sie das aus«, kommandierte Agatha. »Das mag eindrucksvoll sein, aber das ist Legende, und wir wollen die neusten Nachrichten. Was kommt dann?«

»Hmm.« Gerty überflog die Seite. »Oh:

›Gegen elf Uhr gestern abend verließ Mrs. Jordan das Mayflower in Begleitung eines Mannes und einer Frau, die, nach den Beschreibungen zu schließen, die Angestellte des Mayflower von ihnen gaben, große Ähnlichkeit mit Miss Peters und Professor Witherall aufwiesen. Die Polizei geht davon aus, daß alle drei nach ihrem Aufbruch entweder entführt wurden oder auf andere Weise in die Hände von Kriminellen gerieten. Alle waren gestern nachmittag in dem Buchladen, in dem sich der Mord an North zutrug. Mr. Cabot Jordan und Colonel Leveritt Houghton zählen zu den zahlreichen Prominenten, die sich um Aufklärung des Falles bemühen. Jede erdenkliche Anstrengung wird unternommen, die Spur der verschwundenen Mrs. Jordan aufzunehmen.‹«

Gerty blätterte um. »Mehr steht eigentlich nicht mehr da, außer einem Haufen Gerede darüber, daß Boston doch endlich was gegen diese Gauner und Ganoven und die Schandtaten tun muß, die sie täglich begehen, und daß die Polizei davon ausgeht, daß sie die Schuldigen bei diesem abscheulichen Verbrechen binnen kurzem gefaßt haben wird und so weiter. Ich habe längst nicht alles vorgelesen, aber in den anderen Absätzen steht nur nochmal dasselbe mit anderen Worten, wie das bei den Zeitungen eben ist.«

»Und mehr nicht?« fragte Agatha enttäuscht. »Das ist das einzige, was sie von unseren Heldentaten überhaupt bemerkt haben?«

Gerty grinste. »Es steht noch eine Menge mehr drin. Sie haben nur nicht gemerkt, wie es zusammengehört. Hier zum Beispiel:

›Theodore Moat, 46, wohnhaft Wensel Street 23, Cambridge, meldete den Diebstahl seines neuen Viersitzers, der in der Nacht unmittelbar vor seinem Haus entwendet wurde. Dies ist der vierzehnte Autodiebstahl in diesem Distrikt binnen drei Tagen.

Der Wagen wurde später in einem verrufenen Viertel von Charlestown verlassen aufgefunden, und die Polizei geht davon aus, daß die Täter Mitglieder der Dripping-Dagger-Bande waren. Schritte sind dringend geboten, dieser Bande von gesetzlosen Herumtreibern das Handwerk zu legen.‹«

»Die Dripping-Dagger-Bande«, sagte Leonidas. »Hmnja. Eine jugendliche Organisation, die sich auf das Stehlen von Automobilen für Wettrennen auf der Schnellstraße nach Charlestown spezialisiert hat, nicht wahr? Wenn man bedenkt, daß wir jetzt Mitglied werden dürfen!«

»Was ist mit dem wackeren Harbottle?« fragte Dot. »Steht denn nichts über die Harbottle-Episode drin?«

»Doch, das habe ich hier«, sagte Agatha. »Oh je!

›Reverend Dr. Matthew Harbottle aus der Walnut Street meldet, daß am vergangenen Abend Einbrecher versuchten, sein Haus auszurauben. Die Täter sperrten drei Hausangestellte im Keller ein. Entwendet wurde nichts, doch deuten Spuren darauf hin, daß die Räume durchsucht wurden.

Erklären konnte Dr. Harbottle sich die Tat nicht. ›Ich würde vermuten‹, äußerte er sich, hörbar verärgert, ›daß es sich entweder um einen Irrtum handelte oder um einen Scherz von Jugendlichen.‹«

»Wahrscheinlich hätte er, wenn wir ihm von unseren Taten der vergangenen Nacht erzählt hätten, von kleinen Ungezogenheiten gesprochen!« meinte Dot. »Wird denn nirgends erwähnt, daß Morrison Sie noch gesehen hat, bei der Reifenpanne? Und was ist mit dem Auftritt von Mrs. Mark Jordan?«

»Kein Wort davon«, antwortete Gerty. »Ich glaube nicht, daß unser Freund Charley oder die anderen Jungs das an die große Glocke hängen wollten, ganz gleich was sie sich vielleicht dabei gedacht haben. Der Name hat da Wunder gewirkt. Und die Sache mit der Reifenpanne halten sie vielleicht unter Verschluß. Das würde ja nicht gut aussehen, Mrs. Jordan, wenn sie zugeben würden, daß einer Sie *beinahe* aus den Klauen der Entführer befreit hätte und dann Sie und die Bösewichter einfach davonfahren ließ. Würde keinen guten Eindruck machen. Aber für uns ist das mit den Zeitungen auch nicht gut, oder?«

»Wie meinen Sie das?« fragte Agatha.

»Na, keiner von uns kann sich jetzt mehr sehen lassen. Vor allem Bill nicht. Sehen Sie sich das hier mal an, Bill.«

Sie reichte ihm die Zeitung. Leonidas warf einen Blick darauf und lachte.

Offenbar hatten sie kein Bild von ihm zur Verfügung gehabt und hatten statt dessen ein Shakespeare-Porträt genommen, mit der Unterschrift »Leonidas Witherall«.

»Die Ähnlichkeit ist verblüffend«, sagte Leonidas nachdenklich. »Hmnja. Großartig. Sie hätten nur Mr. Shakespeares Rüschenkragen retuschieren sollen. Wahrscheinlich werden von jetzt an alle erwarten, daß ich einen solchen elisabethanischen Kragen trage, und die sind so schwer zu bügeln und bringen Leute auch immer auf falsche Ideen. Von Ihnen sind übrigens auch Bilder dabei, Agatha, in Ihrem Garten, in der Oper – und hier begrüßen Sie eine Reihe von angesehenen Bürgern, allerdings ausgerechnet bei einem Rodeo! Hier haben wir auch etwas, worunter Ihr Name steht, Dot. Ein Paßbild vielleicht. Nicht sehr schmeichelhaft. Und natürlich sind überall Bilder von Gerty, in allen erdenklichen – ähm – Posen. Hmnja, das wird nicht leicht sein, unerkannt aus dem Haus zu kommen. Ich zweifle auch nicht, daß sie Freddy und die Garage überwachen werden, einfach aus Routine.«

»Und schließlich bleibt nach wie vor Miss Langford«, fügte Agatha hinzu. »Was ist denn, wenn jetzt gleich der Anruf kommt, daß wir ihr nachfahren sollen, Bill? Und wenn uns dann jemand erkennt?«

»Darüber zerbreche ich mir schon seit einer Weile den Kopf, und wegen Dr. Langford ohnehin. Hmnja. Inzwischen ist mir eingefallen, daß sie ja auch einen Wagen mieten könnte.«

»Zu gefährlich«, sagte Gerty. »Da muß man Formulare ausfüllen und solche Sachen.«

»Gewiß, aber wenn sie uns überlistet und mit einem geliehenen Wagen dorthin fährt, dann werden wir –«

»Vergessen Sie nicht, daß jemand sie im Auge behält«, wandte Agatha ein, »und an der Molkerei noch ein zweiter. Bevor sie nicht ihren Lageplan zurückhat, kann sie ja ohnehin kaum etwas machen.«

»Da haben Sie wohl recht«, entgegnete Leonidas, doch es klang nicht so, als ob er davon überzeugt war. »Hmnja. Ich –«

Dino erhob sich abrupt aus dem Sessel, in dem er die ganze Zeit gesessen und seine Landkarten studiert hatte.

Er hakte seinen Finger in Leonidas' Uhrenkette.

»Sehen Sie hier, Mister«, erhob er zum ersten Mal die Stimme, seit er angekommen war. »Sehen Sie!«

»Dino, Sie wollen doch nicht sagen –«

»Sehen Sie, Mister. Hier! Ich – Dino – ich habe gefunden Ihre zwei Straßen mit Kreuzung!«

XVII.

Dino, sind Sie da sicher?«

»Sicher bin ich da sicher. Ich kenne alle Straßen, überall.« Er machte eine allumfassende Geste. »Überall kenne ich sie. Sehen Sie her.« Dino breitete die Karte auf dem Tisch aus. »Sehen Sie her. Ich zeige Ihnen. Es ist zwischen hier« – er wies auf Scituate Harbour – »und hier.« Er zeigte mit dem Finger auf North Scituate.

Agatha betrachtete die Linie, die Dino mit seinem fleischigen Finger zog, und nickte.

»Ah ja. Die Gegend kenne ich. Womöglich nicht weit von Hatherley Road? Ich hatte einmal«, fügte sie erklärend hinzu, »ein Sommerhaus nicht weit von Scituate, vor vielen Jahren.«

»Hier ist es«, sagte Dino. »Es ist bei so einer Art Sumpf, da wo wir früher auch immer gelandet sind.«

»Aber sind Sie da sicher, Dino?« fragte Leonidas zum zweiten Mal.

»Sicher bin ich da sicher, ich hab's doch gesagt. Hier, ich zeige es Ihnen auf meiner Karte, auf der alten Karte. Hier, da war mal ein schlimmes Feuer. Da kommen die Bäume nicht zurück. Nur zwei Bäume sind stehengeblieben, die anderen sind alle weg. Ich habe alles gesehen, als ich zuletzt da war, im Oktober. Da ist der Wegweiser, hier, in die Richtung zeigt er. Und ein großer Stein ist auch da, hier.«

Leonidas ließ glücklich seinen Zwicker kreisen. »Dino, das ist ja wunderbar. Genial, wirklich genial. Was wir auf der Skizze gesehen haben, waren also gar keine Symbole – es war einfach nur eine Zeichnung, genau so, wie es dort aussah! Dino, ich hätte es nie für möglich gehalten, daß Sie wirklich – hmmm. Was meinen Sie, Freddy, wäre es nicht das beste, wir würden uns jetzt gleich dorthin auf den Weg machen, ohne weitere Verzögerung?«

»Jetzt gleich?« Das fand Gerty unvernünftig. »Mensch, Bill, die schnappen Sie, bevor Sie den zweiten Fuß auf die Straße setzen. Und überlegen Sie mal, was Sie denen dann alles erklären müßten!«

»Hmnja. Diese Erwägungen sind mir nicht fremd.« Leonidas erhob sich und spazierte zum Fenster, wo er sich schräg hinter die schweren Vorhänge stellte, damit man ihn von draußen nicht sah. »Hmnja.«

Er stand mehrere Minuten lang so da, und die anderen sprachen kein Wort.

»Nun?« fragte Agatha schließlich. »Nun, Bill? Werfen Sie etwa das Handtuch?«

Leonidas wandte sich um, ein Lächeln auf den Lippen. »Freddy, wissen Sie zufällig, wem das Beerdigungsunternehmen auf der anderen Straßenseite gehört?«

»Sicher weiß er das«, antwortete Gerty. »Den Besitzer kennt er gut. Es gehört ihm. Kleines Nebengeschäft.«

Leonidas und Agatha sahen sich an.

»Natürlich.« Leonidas räusperte sich. »Natürlich. Das hätte ich mir denken können. Wie – ähm – praktisch. Verleihen Sie auch Trauerkleider, Freddy? Schleier und alles was dazugehört? Gut. Wunderbar! Lassen Sie ein halbes Dutzend kommen, Freddy, und rasch. Und einen schwarzen Damenmantel in meiner Größe. In dem Wagen werden vier Frauen sitzen, in tiefer Trauer –«

»Bill«, sagte Agatha, »da sieht man wieder, daß Sie, wie Gerty sagen würde, was in der Rübe haben. Haben Sie denn einen großen schwarzen Wagen, Freddy, in den wir alle passen?«

»Wir nehmen Ihren«, antwortete Freddy. »Spricht doch nichts gegen, oder?«

»Aber das geht nicht. Der ist grau. Es muß –«

»Doch, das geht. Er ist jetzt schwarz«, erklärte er beiläufig. »Rundum schwarz mit schwarzen Rädern. Und einem Nummernschild aus New Jersey. Das macht Ihnen doch nichts aus«, fügte er noch höflich hinzu, »daß wir ihn umlackiert haben, oder? Wenn er Ihnen nicht gefällt, lackieren die Jungs ihn hinterher wieder grau.«

Einen Augenblick lang vergaß Agatha sich und schluckte schwer. Sie hatte vier Stunden gebraucht, um jenen Grauton auszusuchen, der zuvor die Zierde ihres Wagens gewesen war, und die gesamte Belegschaft der Porter-Agentur war den Tränen nahegewesen. Es war ein distinguiertes Grau gewesen, ein unverwechselbares Grau, ein Grau wie kein zweites auf der Welt.

»Schwarz«, sagte Leonidas nachdenklich. »Aber trotzdem – hmmm.« Plötzlich lächelte er. »Ich hab's. Ich hab's, Freddy! Gibt es in Ihrem Beerdigungsunternehmen auch einen Leichenwagen?«

»Sicher«, sagte Freddy mißtrauisch. »Wieso?«

»Dann kann Ihre Leibgarde uns in dem Leichenwagen folgen, Freddy. Und an die Windschutzscheibe des Porter stecken wir eins von diesen Schildern, auf denen ›Trauerzug‹ steht. Das ist vielleicht ein wenig gotteslästerlich, aber es wird verhindern, daß wir selbst in den Leichenwagen kommen. Ich kann mir nicht vorstellen, daß die Polizei eine Trauergesellschaft aufhalten wird. Und ich hoffe doch, daß Bat ebenfalls nicht ganz ohne Pietät ist.«

Freddy grinste und griff zum Telefon.

»Aber im Augenblick, in dem wir vor die Tür treten«, erinnerte Agatha sie, »wird ein Spitzel von Bat oder ein neugieriger Polizist es bemerken, und er muß ja kein großes Licht sein, um sich zusammenzureimen –«

»Ich weiß. Das habe ich schon bedacht. Freddy muß sich was einfallen lassen, um sämtliche Spitzel und sonstigen Informanten von diesem Häuserblock fortzulocken, bevor wir aufbrechen können.«

»Warum nehmen wir nicht einfach die Hintertür der Garage?« fragte Freddy kurz zwischen den Anweisungen, die er ins Telefon sprach.

»Hmnja. Der erste Ort, würde ich doch denken, den jeder Aufpasser, der diesen Namen verdient, im Auge behalten würde. Nein, wir nehmen den Haupteingang. Aber ich habe die Lösung schon. Sie müssen irgendwie noch einen zweiten Leichenwagen auftreiben. Und eine schwarze Limousine, etwas in der Art wie Agathas. Setzen Sie drei verschleierte Frauen und einen Mann mit Bart hinein – kennen Sie noch jemanden mit Bart, Freddy? Der Bart muß sein.«

»Mein Onkel hat einen –«

»Gut. Holen Sie ihn her. Wenn alles fertig ist, öffnen Sie das hintere Tor, sehen sich sehr auffällig um, ob die Luft rein ist, lassen ein paar von Ihren Männern aufmarschieren und so weiter, und dann schicken Sie diesen Trupp auf die Reise. Man wird Meldung machen. Man wird die Verfolgung aufnehmen. Und wir selbst verlassen das Gebäude würdevoll durch die Vordertür.«

»Wie wäre es mit einer Bombe?« fragte Agatha.

»Eine Bombe? Also wirklich, meine liebe Agatha, in Ihrem Alter –«

»Eine Bombe«, erwiderte Agatha, »ist das einzige, was uns noch fehlt. Bisher. Ohne Bombe ist unser Abenteuer nicht komplett. Ich meine nur, während der falsche Leichenwagen aufbricht, sollte es da nicht auch noch etwas geben, was für Ablenkung sorgt, ein inszenierter Aufruhr? Ein inszeniertes Feuer haben wir ja schon gehabt. Ich weiß nicht, warum Ihnen da plötzlich bei einer Bombe Bedenken kommen.«

»Eine Bombe hätte ich«, sagte Freddy. »Wir haben massenhaft Bomben im Keller. Wir nehmen sie immer –« Gertys Augen schossen Blitze. »Wir haben sie«, verbesserte er sich, »in den alten Tagen gebraucht. Mario, lauf mal in den Keller und hol mir ein paar von den Bomben, ja? Die im –«

Leonidas räusperte sich. »Mario, nein. Freddy, nein. Agatha, nein, entschieden nein! Es gibt Grenzen, finden Sie nicht auch? Und darf ich Sie erinnern, daß wir bisher stets mit ausgesprochen unschädlichen Mitteln –«

»Ein Glas Salmiakgeist, das Sie jemandem in die Augen schütten, finde ich nicht gerade harmlos«, erwiderte Agatha, »und genausowenig das Feuer oder –«

»Ich gebe ja zu, ein wenig Aufruhr wäre gar keine schlechte Idee«, sagte Leonidas, »aber keine Bomben. Freddy, haben Sie Politiker in ihrer Bekanntschaft?«

»Er kauft sie im Dutzend«, sagte Gerty.

»Dann lassen Sie einen davon herkommen und hören Sie sich um, wo man diese entsetzlichen Lautsprecherwagen bekommen kann, mit denen sie zur Wahlzeit ihre Parolen auf den Straßen herausbrüllen –«

»So einen habe ich unten stehen«, sagte Freddy. »Der lauteste weit und breit.«

»Das kann ich mir vorstellen. Fahren Sie ihn an eine Stelle, wo man ihn gut hören kann, setzen Sie jemanden hinein und lassen Sie ihn loslegen. Lassen Sie ihn etwas versprechen. Eiscreme kostenlos –«

»Nicht bei dem Wetter«, wandte Agatha ein.

»Gut, heißen Kaffee, heiße Würstchen, was Ihnen eben einfällt. Hauptsache, er macht Krach. Das wird uns all die lästigen Zeugen besser vom Leibe halten als jede Bombe. So, Freddy, und jetzt lassen Sie einmal sehen, was Ihre Organisation kann!«

Um Punkt zwölf Uhr verließ ein Leichenwagen mit Dino am Steuer und Spud auf dem Beifahrersitz die Garage durch die Vordertür. Es folgte die schwere Porter-Limousine, gesteuert von Freddy – einem neuen Freddy, dessen wache schwarze Augen nun hinter einer dunklen Brille verborgen waren und dessen Oberlippe – eine Inspiration in letzter Minute – ein schwarzes Schnurrbärtchen zierte. Er sah, hatte Dot gesagt, aus wie ein Erstsemester an der Fernuniversität.

Auf dem Rücksitz saßen Agatha, Leonidas, Gerty und Dot.

Die grinsenden Gesichter und die Schultern, die sich vor Lachen schüttelten, waren unter langen, fließenden Trauerschleiern verborgen. Von ihrer letzten Unternehmung, dem Versuch, Spuds blaues Auge mit Schminke zu kaschieren, hatten sie sich noch nicht wieder ganz erholt. Selbst die übermütige Gerty hatte zugeben müssen, daß das Auge zwar farblich gut zur Aufmachung paßte, dem Ganzen aber doch einen allzu frivolen Anstrich gab.

Doch ihre Stimmung wäre wohl so düster gewesen wie ihr Aufzug, wenn sie von zwei Telefonaten gewußt hätten, die im selben Augenblick, in dem sie um die Straßenecke bogen, geführt wurden – zwei Telefonate, die, wie man zu sagen pflegt, ihr Schicksal bestimmen sollten.

In der Telefonzelle eines Ladens nicht weit von Dr. Langfords Garage in Malden hatte Tony ein kleines Vermögen an Münzen bei dem Versuch geopfert, Freddy zu erreichen.

Vielleicht hätte er wenigstens mit Mario sprechen können, hätte dieser nicht in der Küche beim Töpfespülen lauthals mit der Musik einer Konzertorgel mitgesungen, die aus dem Lautsprecher des Radios dröhnte. Mario war bei Musik nicht wählerisch; er mochte fast alles, wenn es nur laut genug war.

Nachdem wegen der Worte, mit denen er seine Lage kommentierte, zuerst die Vermittlung aufgelegt und dann der Ladenbesitzer ihn zur Ordnung gerufen hatte, biß Tony auf seine kalte Zigarre, stürmte aus der Zelle und stapfte, leise vor sich hinfluchend, nach draußen.

Die ganze Sache, sagte er sich immer wieder, war nicht seine Schuld. Wenn Freddy ihn unbedingt auf so eine blöde Geschichte ansetzen wollte, dann war Freddy auch selber schuld, wenn es nicht klappte. Was war denn schon anderes zu erwarten gewesen?

In der Garage hatten sie ihm gesagt, daß die Reparatur fünf oder sechs Stunden dauern würde. Woher hatte er denn wissen sollen, daß die Lady sofort zu einem anderen Laden marschieren und da ein anderes Auto mieten würde?

Tony warf die zerkaute Zigarre fort und zündete sich eine Zigarette an, mit einer Geste, die deutlich genug sagte: Zum Teufel mit der ganzen Sache.

Er stieg in seinen eigenen Wagen und fuhr in Richtung Providence davon. In Boston, dachte er bitter, gab es ihm zu viele Ganoven. Einen Mann wie ihn auf so eine Tour zu schicken! Er hatte schon lange von Freddy die Nase voll.

Er machte sich aus dem Staub.

Vor der Einfahrt zur Molkerei wurde es Lefty allmählich langweilig. Und er hatte Hunger. Er schlenderte hinüber zu der düsteren Cafeteria an der Ecke, trank eine Tasse Kaffee und vertrieb sich ein wenig die Zeit. Freddy wußte schon, was er tat, sagte er sich, doch genau wie Tony hatte auch er seine Zweifel, ob Freddy nicht allmählich weich wurde. Mit der verrückten Lady hätten sie kurzen Prozeß machen müssen, als sie bei ihr im Haus waren. Lefty kniff die Augen zusammen. Er hätte schon dafür gesorgt, daß ihr die Sache mit dem Halsband leidtäte, und er hätte dafür nicht im Kalten vor einer Molkerei herumhängen müssen. Er nicht.

Mit Gusto aß er sein drittes Spiegelei, ließ sich noch einmal Kaffee nachschenken, plauderte ein wenig mit dem Mann am Tresen und begab sich dann widerwillig zurück auf seinen Posten.

Er konnte gerade noch sehen, wie Dr. Langford die Tür eines kleinen Coupés öffnete. Offenbar war sie bereits im Büro der Molkerei gewesen und hatte ihre Papiere wiederbekommen.

Ohne zu überlegen, was er überhaupt tun wollte, sprintete Lefty zum Bordstein und langte an, als Dr. Langford gerade die Tür hinter sich schloß. Er riß sie wieder auf, schubste Dr. Langford beiseite und zwängte sich hinter das Steuer.

Schon im nächsten Augenblick bereute er seine unbedachte Tat.

Eine Automatik wurde ihm in die Rippen gedrückt. Lefty hab die Arme wie eine Marionette.

»Schön«, sagte Dr. Langford. »Wunderbar. Einer von meinen beiden hungrigen Freunden. Ich hatte schon auf Sie gewartet. Legen Sie die Hände ans Steuer. Anlassen. Fahren Sie los.«

Lefty machte den Mund auf, um etwas zu sagen, doch die Worte blieben ihm im Halse stecken.

»Fahren Sie«, sagte Dr. Langford, »und keine Tricks.«

Lefty beobachtete sie aus den Augenwinkeln. Ihre Stimme klang anders als bei ihr zu Hause. Es schwang nun etwas darin mit, wovon es ihm kalt den Rücken herunterlief. Er begriff, daß er von dieser Fahrt wahrscheinlich nicht zurückkehren würde.

Er fuhr rein mechanisch und faßte das Steuerrad so fest, daß ihm die Fingerknöchel davon schmerzten. Er wußte nicht, wohin er fuhr, doch er gehorchte den knappen, grimmigen Kommandos der Frau, die neben ihm saß.

Seine Augen brannten ihm, und er spürte ein Pochen im Hinterkopf – als ob, dachte er, jemand auf die Pflastersteine vor dem Haus pochte, in dem er wohnte. Schweißperlen standen ihm auf der Stirn. Zweimal wäre er fast mit anderen zusammengestoßen; nicht weil er es darauf anlegte, sondern weil er die anderen Wagen wirklich erst bemerkte, wenn ein Stoß mit der Automatik ihn wenigstens halbwegs zu Bewußtsein brachte.

In einem trostlosen, menschenleeren Parkgelände außerhalb der Stadt – Lefty sah es nur verschwommen, wie etwas in einem Traum – ließ Dr. Langford ihn anhalten.

Sie ließ ihn vor sich her über den mit Sand bestreuten Pfad gehen. Das Eis knirschte unter seinen Füßen so harsch, daß ihm fast das Trommelfell davon platzte.

Am anderen Ende des Parks war ein Bahnhof. Lefty blickte hinüber und wußte, was kommen würde. Er hatte schon in ähnlichen Fällen seines Amtes gewaltet.

Ein Expreß Richtung New York rollte vorüber, und zugleich rumpelte ein Güterzug nach Norden.

Im Speisewagen lachte ein Mann und meinte zu seinem Begleiter:

»Ganz schön glatt da draußen. Hast du gesehen, wie der Bursche da gerade auf die Nase geflogen ist?«

Eine Viertelstunde später saß Dr. Langford wieder im Wagen, allein.

Und so kam es, daß, während Leonidas und die anderen am Südbahnhof vorüberfuhren und sich prächtig über ihren gelungenen Aufbruch amüsierten, Dr. Langford mit den herausgerissenen Seiten aus Band vier in der Tasche auf dem Old Colony Boulevard unterwegs war, nur ein paar Kilometer vor ihnen.

Doch das zweite Telefonat, das zur gleichen Zeit geführt wurde wie Tonys vergeblicher Anruf, hätte ihnen, hätten sie davon gewußt, diesen Übermut noch gründlicher ausgetrieben als das erste.

Das meisterhafte Ablenkungsmanöver, mit dem sie sich für ihren Aufbruch aus Freddys Garage freie Bahn geschaffen hatten, war ein großer Erfolg gewesen, soweit es Bats Aufpasser und die Polizei betraf, doch niemand hatte an Maria Moreno gedacht. Maria, deren Vater in Freddys Beerdigungsgeschäft arbeitete, war Freddys Mädchen gewesen, bevor Gerty gekommen war.

Maria war eine sehr eifersüchtige junge Frau, und sie war auch nicht auf den Kopf gefallen.

Sie wußte, daß Gerty McInnis bei Freddy steckte, auch wenn die Zeitungen schrieben, Gerty McInnis sei tot. Sie hatte die schwarzen Schleier zusammengelegt und bei beiden Leichenwagen geholfen, sie mit bunten Papierblumen zu schmücken. Sie hatte Pietro mit Fragen gelöchert und genug herausbekommen, daß sie sich zusammenreimen konnte, was Freddy vorhatte. Für sie war der lang ersehnte Augenblick der Rache gekommen. Sie rief Bat McInnis an, der eben aus der Kirche kam und noch ganz vom Geist der Nächstenliebe durchdrungen war.

Bat stellte nur eine einzige Frage.

»An der Ecke, ist er da nach rechts oder nach links gefahren? Welches von beiden, hm?«

»Nach rechts.«

Bat legte auf, rückte sein Pistolenhalfter zurecht, steckte noch je eine Pistole in beide Manteltaschen und stapfte hinaus zum Wagen.

Jeder Gedanke an die brüderliche Liebe zwischen den Menschen war wie weggeblasen. Er machte sich auf den Weg und wartete nicht einmal, bis Biff und O'Connell zurück waren.

Es war nicht schwer, die Route zu verfolgen, die Leichenwagen und Limousine von Freddys Hausecke genommen hatten; Bat kannte Freddys Gewohnheiten genauso gut wie seine eigenen.

Wohl noch nie zuvor hatte Bat Auskunft so leicht bekommen, und er würde sie wohl auch so bald nicht wieder so leicht bekommen. Jeder, den er atemlos nach dem Trauerzug fragte, bei dem er den Anschluß verpaßt hatte, gab ihm ausführlich und voller Mitgefühl Antwort, am ausgiebigsten darunter die Polizisten. Und jeder, der ihn nicht genau kannte, hätte seinen Gesichtsausdruck durchaus für tiefe Trauer halten können.

Keine zwanzig Minuten nach Leonidas und den anderen bog Bat in den Old Colony Boulevard ein. Einmal hielt er an einer Telefonzelle und gab vorsorglich Biff Bescheid. Ansonsten genügte dann und wann ein »Ist hier ein Leichenwagen durchgekommen, Bruder?«

In der Limousine begann Leonidas sich inzwischen, nachdem die erste Welle der Heiterkeit verflogen war, ein paar ernsthafte Gedanken zu machen.

Ihm ging auf, daß sie versäumt hatten, Mario wegen der zu erwartenden Anrufe Anweisungen zu geben, und keine Vorsorge getroffen hatten, daß Neuigkeiten über Dr. Langford, die dort eintrafen, auch bei ihnen ankamen.

Andererseits hatte Tony durchgegeben, daß die Reparaturen an Miss Langfords Wagen fünf bis sechs Stunden dauern würden. Mario war in der Wohnung. Lefty behielt die Molkerei im Auge. Mit gerunzelter Stirn wägte Leonidas das Für und Wider ab.

»Soweit ich es durch zwei Schleier sehen kann«, sagte Agatha, »blicken Sie ziemlich finster drein. Was ist los?«

Leonidas erklärte es ihr. »Und ich fürchte«, schloß er, »wir haben den Fehler begangen und Dr. Langfords Fähigkeiten unterschätzt. Wenn ich an ihrer Stelle wäre, ich würde den Wagen in der Garage lassen und einen anderen anderswo mieten. Gerade unter diesen Umständen. Ich kenne diesen Tony nicht, aber wenn er vom gleichen – ähm – geistigen Kaliber wie manche anderen von Freddys Mitarbeitern ist, die ich gesehen habe, dann wäre es wahrscheinlich nicht schwer, ihn zu – ähm – zu –«

»Hinters Licht zu führen?« schlug Gerty vor. »Das ist mir auch schon durch den Kopf gegangen. Wenn Sie in der Nähe gewesen wären, Bill, dann wäre alles in Ordnung gewesen. Ihre Pläne sind gut, aber die haben Sie ohne diese Gorillas gemacht. Ich glaube, wir sagen Freddy lieber, er soll mal anhalten.« Sie nahm das Sprachrohr, das zum Fahrersitz führte, und brüllte etwas hinein.

Doch Freddy schüttelte den Kopf.

»Tony wird sich um sie kümmern«, brüllte er zurück, »oder Lefty. Mach dir mal keine Sorgen.«

Doch Leonidas war nach wie vor nicht wohl dabei.

Bisher hatte er immer das Gefühl gehabt, daß alles gut ausgehen würde, und bisher hatte ihn dieses Gefühl auch nicht getrogen; doch der Einfluß eines guten Sterns oder eines freundlichen Schicksals konnte nicht ewig währen. Er spürte, daß ihre Glückssträhne zu Ende ging, und unwillkürlich überlief es ihn kalt. Sein Verstand sagte ihm, daß es nur Schlafmangel oder eine Folge der ständigen Nervenbelastung war, doch nach einer Weile, etwa vierzig Kilometer südlich von Boston, griff Leonidas selbst zum Sprachrohr und wies Freddy an zu halten.

Die beiden Männer im Leichenwagen bogen eben um eine Kurve und bemerkten nicht, daß die Limousine ihnen nicht mehr folgte.

Freddy kam nach hinten und öffnete die Tür.

»Bill, was ist denn los mit Ihnen, hm? Machen Sie sich mal keine Sorgen, das klappt schon.«

»Freddy, Sie müssen in der Wohnung anrufen und sich vergewissern, ob Lefty oder Tony Neuigkeiten über Miss Langford durchgegeben haben. Und Sie müssen dort hinterlassen, wohin wir fahren, damit jemand –«

»Das weiß ich ja selber nicht, Bill. Ich fahre eigentlich nur Dino nach, verstehen Sie? So gut kenn' ich mich hier in der Gegend nicht aus. Und Dino hat nicht gemerkt, daß wir angehalten haben. Der ist weitergefahren. Wir sollten sehen –«

»Das ist schon in Ordnung. Die machen kehrt, wenn sie merken, daß wir nicht mehr hinter ihnen sind. Ob es denn hier irgendwo ein Telefon gibt?«

Freddy blickte zweifelnd die schmale Landstraße entlang, an der weit und breit kein Haus zu sehen war.

»Da hinten rechts«, sagte er, »war da nicht vorhin so eine Art Hütte? Imbiß oder sowas. Vielleicht haben die ein Telefon. Aber mit dem Auto können wir da nicht reinfahren. Da bleiben wir im Schnee stecken. Und was ist, wenn irgendwas los ist? Was soll ich dann machen?«

»Am besten gehen Sie mit, Bill«, schlug Agatha vor. »Nehmen Sie vorher den Schleier ab und ziehen Sie den schrecklichen Mantel aus. Helfen Sie ihm, Dot. Nehmen Sie Freddys Wolfspelz; er hat ja den Chauffeursmantel. Wickeln Sie den Schal um den Mund, damit man die untere Gesichtshälfte nicht sieht, und geben Sie sich so unauffällig wie möglich. Es dürfte am heutigen Tag sehr viele Menschen geben, die sich wieder gut an das Gesicht von Mr. Shakespeare erinnern.«

»Wahrscheinlich ist es gut, wenn ich mitgehe«, stimmte Leonidas zu, »aber der Gedanke gefällt mir gar nicht, daß Sie drei dann allein hier sitzen. Ich –«

»Der Leichenwagen ist gleich wieder da«, versicherte ihm Gerty. »Die kommen zurück, wenn sie merken, daß wir nicht mehr nachkommen. Los, ab mit Ihnen. Was haben wir denn schon zu befürchten? Die Langford kennt uns nicht, und wenn Bat uns doch noch nachgefahren wäre, wäre er längst hier.«

Beruhigt machten sich Freddy und Leonidas auf den Weg.

Doch Spud und Dino standen eine Meile weiter am Straßenrand und warteten, daß Freddy nachkam. Leonidas hatte Freddys Leuten keineswegs unrecht getan, als er seine Bemerkung zu ihren geistigen Fähigkeiten machte.

Freddy und Leonidas verschwanden zwischen den Bäumen, und Dot schlug ihren Schleier zurück und zündete sich eine Zigarette an.

»Ich bin halb erstickt«, sagte sie. »Kommt mir vor, als wäre ich im Türkischen Bad gewesen. Wie haben denn die Frauen das nur ausgehalten, als sie noch ständig solche Dinger trugen? Ich meine, wenn man picklige Haut hatte, war es natürlich wunderbar, aber es muß doch eine Qual gewesen sein?«

»Es war nicht leicht«, bestätigte Agatha. »Aber ich kann mich noch an die Zeit erinnern, als es der schiere Exhibitionismus gewesen wäre, ohne Staubmantel, Schutzbrille, Handschuhe und an die zwanzig Meter Chiffon, die man um den Kopf wickelte, in ein Automobil zu steigen. Die Schleier zum Autofahren waren das Schlimmste, aber auch die Gefahren, die einem in Aufzügen von den Hutnadeln anderer Frauen drohten, waren nicht zu unterschätzen. Bis zu meinem letzten Stündlein werde ich nicht vergessen, wie ich einmal mit Sebastian zu einem hochwichtigen Empfang ging und mein Schleier sich in einer solchen Nadel verfing, gerade als ich das Hotel betrat. Es blieb keine Zeit mehr, einen neuen zu besorgen, und ich mußte – Dot, Sie sollten lieber die Zigarette ausdrücken und ihren Schleier wieder herunterstreifen. Da kommt ein Wagen.«

Gerty wandte sich um, warf einen Blick auf den Zweisitzer, der herankam, und hielt den Atem an.

Selbst durch den schwarzen Crêpeschleier gesehen war dieser Wagen nicht zu verkennen.

»Lieber Himmel, das ist Bat! Bat und –«

»Sicher?«

»Natürlich! Was sollen wir jetzt bloß machen?« jammerte Gerty.

»Bleiben Sie ruhig«, kommandierte Agatha. »Vielleicht weiß er gar nichts von uns. Aber wenn er anhält und aussteigt, lassen Sie mich das machen. Sie sagen kein Wort!«

»Sie wollen es mit Bat aufnehmen? Das ist unmöglich! Wie stellen Sie sich das denn vor?«

»Ich habe keine Ahnung, wie ich das machen soll«, erwiderte Agatha grimmig, als der Zweisitzer hinter ihnen hielt, »aber ich werde es tun. Ich werde versuchen, ihn hinzuhalten, bis der Leichenwagen zurückkommt oder bis Bill und Freddy wieder hier sind –«

Sie öffnete die Tür und trat hinaus auf die Straße.

Als Bats stämmige Gestalt hinter dem Lenkrad hervorkam und sie das Gesicht sah, mit dem er sie anblickte, sank ihr einen Moment lang der Mut. Doch die Stimme versagte ihr zum Glück nicht.

»Ich bitte um Verzeihung«, fragte sie höflich, »aber ist Ihnen vielleicht ein Leichenwagen begegnet?«

»Was?«

»Ein Leichenwagen. Sie wissen schon« – sie machte eine vielsagende Geste –, »ein Leichenwagen.«

»Wieso?«

»Wir haben ihn verloren«, erwiderte Agatha nur.

»Verloren?«

»Ja.« Agatha lüftete ihren Schleier und musterte Mr. McInnis nachdenklich. »Wir wissen nicht, wo er steckt. Der Leichenwagen.«

Bat betrachtete die ehrfurchtgebietende Gestalt, die da vor ihm stand, und überlegte, ob er womöglich einen Fehler machte.

Er warf einen raschen Blick auf das Nummernschild des schwarzen Wagens. New Jersey. Hier war er richtig!

Agatha bemerkte den Blick und begann in fieberhafter Eile zu improvisieren.

»Mein Gatte – mein geliebter Mann – letzte Woche in Montclair ist es geschehen. Und dabei war er *so* gesund. *So* rüstig. In dreiundfünfzig Jahren nicht einen einzigen Morgen seine kalte Dusche ausgelassen. Er –«

Sie wünschte nur, ihr kämen die Tränen. Manche Frauen konnten ja auf Kommando weinen. Mit ein paar Tränen hätte sie Mr. McInnis wenigstens ein Weilchen hinhalten können. Alle Männer waren hilflos, wenn eine Frau weinte, und auch Ganoven waren schließlich nur Männer.

Dann fiel ihr Pogo wieder ein, der Pekinese, der unters Auto gekommen war. Der arme Pogo. Zwei Tränen kullerten ihr über die Wangen.

»Der arme Pogo«, sagte sie laut. »Der arme, arme Pogo!«

»Hm?«

»Po –« Agatha riß sich zusammen. »Pogo – ich – mein Mann hieß Edwin, aber ich habe ihn immer nur Pogo genannt. Mein Pogo! Und nun – nun haben wir den Leichenwagen verloren. Den Leichenwagen mit *ihm*!«

Bat blickte verlegen drein. Bevor er noch recht wußte, was er tat, hatte er ein buntes Seidentaschentuch aus der Brusttasche gezogen und reichte es ihr.

Agatha dankte mit einem Nicken und betupfte ihre Augen.

»Und Sie – haben – wirklich – keinen Leichenwagen gesehen?« schluchzte sie.

Bat schüttelte den Kopf.

Die ganze Geschichte war verrückt, dachte er. Eine Frau wie die hier, die würde sich doch nicht mit einem Spaghettifresser wie Freddy Solano abgeben. Die war doch keine von denen. Die hatte Klasse. Die *war* Klasse. Bostoner High Society. Das war die Art von Frauen, die man am Ritz oder am Copley Plaza aus teuren Autos steigen sah. Vielleicht war der Anruf nur eine Finte gewesen, um ihn aus der Stadt zu locken. Bat knirschte mit den Zähnen.

Agathas Schluchzer wurden schwächer. Sie konnte nicht ewig wegen Pogo weinen. Schließlich hatte die Töle ihr das beste Tischzeug zernagt und ihren Perserteppich für immer ruiniert. Was gab es sonst noch Trauriges, woran sie denken konnte? Etwas Sentimentales. Ihr kamen immer die Tränen, wenn die Marseillaise gespielt wurde. Und Marie Antoinette – Marie Antoinette hatte ihr immer leid getan.

»Die arme Marie«, schluchzte sie nun, »die arme, arme Marie!«

Nun war Bat vollends verwirrt.

»Was?«

»Marie. Meine Tochter. So jung und nun schon den Vater verloren. Das arme, liebe Mädchen!«

Nun begann sie tatsächlich zu weinen. Ratlos trottete Bat zurück zu seinem Wagen. Innerlich seufzte Agatha erleichtert auf. Bis dahin hatte sie vor allem zwei Dinge gefürchtet – daß Freddy und Leonidas zurückkommen und die Situation nicht rechtzeitig erfassen könnten oder daß sie überhaupt nicht zurückkommen könnten. Jetzt hoffte sie eher, daß die beiden noch fortblieben. Sie hatte Bat unsicher gemacht.

Bat stand schon auf dem Trittbrett seines Wagens. Wahrscheinlich hätte er sich hinter das Steuer geklemmt und wäre ohne weiteres davongefahren, hätte sich Gerty nicht ausgerechnet diesen Augenblick ausgesucht, um zu niesen.

Ein kluger Beobachter der Menschheit hat einmal gesagt, daß man jeden einzelnen an den Geräuschen erkennen kann, die er produziert – daß keine zwei Menschen auf genau die gleiche Weise lachen oder seufzen oder kichern. Und was Gertys Nieser anging, hatte er mit Sicherheit recht. Er war unverwechselbar, und jeder, der Gerty kannte, hätte sie unter noch so vielen Niesern sofort herausgehört.

Und Bat hatte ein sehr gutes Gehör.

Mit einem einzigen langen Sprung war er an der Tür der Limousine und riß sie auf. In der rechten Hand hatte er eine große automatische Pistole, die Zwillingsschwester, dachte Agatha, derjenigen, die sie bei Freddy gesehen hatte.

»Komm raus da!« fauchte Bat. »Jetzt hab' ich dich, Gert! Komm sofort da –«

Agatha unternahm einen letzten verzweifelten Versuch, die Situation doch noch zu retten.

»Was ist in Sie gefahren, guter Mann?« rief sie gebieterisch. »Niemand namens Gerty ist in diesem Wagen! Nur meine Tochter und ihre Freundin –«

Bat kümmerte sich gar nicht mehr um sie.

»Raus da, Gerty. Ich zähle bis drei –«

Agatha zuckte zusammen.

Die Erfahrungen, die sie im Keller des Buchladens gemacht hatte, waren eindeutig genug gewesen. Wenn Bat McInnis bis drei zählte, dann waren es nicht zwei oder vier. Es waren genau drei. Nun hoffte sie doch wieder, daß Freddy und Bill zurückkehrten, sie sehnte sich ebenso inbrünstig danach, so wie sie sich noch zwei Minuten zuvor danach gesehnt hatte, daß sie fortblieben. Und der Leichenwagen! Wo blieben denn Spud und Dino nur? Warum waren sie nicht hier, wo sie gebraucht wurden?

»Eins.«

Agatha zitterte vor Kälte und zog den Mantel fester zu. Zum ersten Mal, seit sie zu diesem irrwitzigen Abenteuer aufgebrochen war, hatte sie wirklich Angst. Sie drückte ihre Handtasche an sich, und da lief plötzlich ein Leuchten über ihr Gesicht.

Rasend wühlte sie in ihrer Handtasche.

»Zwei.«

Gerty begann nun zu wimmern, und Dot stieß seltsame, kehlige Laute aus.

Agatha rupfte die Sachen nur so aus ihrer Handtasche. Scheckbuch, Füllfederhalter, Visitenkarten, Geld – alles fiel unbesehen in den Schlamm des ausgefahrenen Weges.

»Drrr –«

»Hände hoch!« rief Agatha triumphierend.

Sie hielt Bat die Mündung der kleinen Steinschloßpistole in den

Nacken, die sie am Abend zuvor in ihrer Wohnung von der Wand genommen hatte.

»Höher«, kommandierte sie in einer Stimme, die sie kaum als ihre eigene erkannte. »Noch höher! Bis an die Wolken!«

Langsam reckte Bat die Hände empor, höher und höher, bis er die Arme lang ausgestreckt hatte.

Agatha strahlte über das ganze Gesicht und betrachtete liebevoll die kleine Pistole.

Auch diesmal hatte sich das Haus Elwood auf seine Waffen verlassen können.

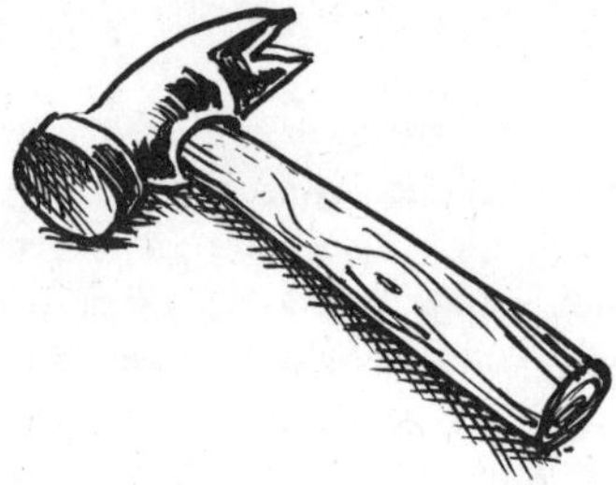

XVIII.

Gerty lüftete den Schleier, erkannte, daß das Blatt sich gewendet hatte, und schritt sofort zur Tat. Sie sprang von ihrem Sitz auf und nahm Bat die Automatik aus der emporgereckten Hand.

Ihr Gesicht war kreidebleich, bis auf zwei tiefrote Flecken auf beiden Wangen. Sie atmete heftig, und ihre Lippen zitterten, doch die Hand, mit der sie die Pistole hielt, war wie aus Granit gemeißelt. Agathas Bewunderung für das Mädchen stieg um eine weitere Stufe.

»Drücken Sie auf die Hupe, Dot«, kommandierte Gerty. »Dreimal. Bat, auf die Knie. So. Nein, bleib in der Richtung, in der du bist. Jetzt aufs Gesicht gelegt, und immer schön die Arme über dem Kopf behalten. Dot, sehen Sie mal in seinen Taschen nach. Das ist nur die Pistole aus dem Schulterhalfter. Der hat noch andere. Ich kenne ihn doch.«

Dot drückte die Hupe und durchsuchte dann etwas verlegen die Taschen von Bat, der flach auf dem Boden lag. Eine zweite und dritte Automatik kamen hervor, mehrere Magazine dafür, ein Totschläger und zwei Schlagringe aus Messing.

»Mein Leben lang«, sagte Agatha und musterte das Arsenal mit großem Interesse, »habe ich von Männern reden hören, denen man besser nicht in einer finsteren Gasse begegnet. Bat ist offenbar ein solcher Mann.«

»Was mache ich denn jetzt mit den Sachen?« fragte Dot hilflos. »Ich will sie nicht. Ich will sie nicht einmal in der Hand halten.«

»Halten Sie sie trotzdem fest«, sagte Gerty. »Und du, Bruder, lieg still, sonst verpaß ich dir eins. Du bleibst schön brav da liegen und hörst auf deine kleine Schwester. Diesmal hat die Schwester das Steuer in der Hand.«

Bat hörte auf seine Schwester und rührte sich nicht. Alle Mitglieder der McInnis-Familie achteten und respektierten einander, besonders dann, wenn solche Familienbande durch Feuerwaffen verstärkt waren.

Bat wußte, daß Gertys Worte keine leeren Drohungen waren, und er wußte auch, daß sie nicht zimperlich war. Die McInnis unterschätzten einander auch nicht.

Es dauerte noch zehn Minuten, bis Freddy und Leonidas zurück waren.

»Ein Mist ist das«, keuchte Freddy. »Alles schiefgegangen – wir – lieber Himmel! Bat! He, was machst du denn hier?«

»Hat denn keiner unsere Hupe gehört?« fragte Dot.

»Was für eine Hupe? Aber hört mal, ihr habt doch überhaupt keine Schießeisen gehabt. Wie habt ihr –«

»Ich schon.« Lässig zeigte Agatha ihre Steinschloßpistole. »Ich hatte ein – ähm – Schießeisen. Hier.«

Freddy ging in Deckung, als die Mündung der kleinen Pistole auf ihn zeigte.

»Vorsicht!« rief er. »Nicht auf mich, Mrs. Jordan! He, was ist denn das, eine Handgranate oder was? Sowas hab' ich ja noch –«

»Das ist nur eine Steinschloßpistole«, erklärte Leonidas und lachte vor sich hin. »Ist sie geladen, Agatha?«

Agatha warf ihm einen empörten Blick zu.

»Geladen? Selbstverständlich nicht! Meinen Sie, ich trage ein geladenes Schießeisen mit mir herum? Mit Sicherheit nicht. Selbst wenn ich wüßte, wie es überhaupt geladen wird.«

Bat wand sich am eiskalten Boden.

»So«, fuhr Agatha fort. »Was ist denn nun schiefgegangen?«

»Alles«, antwortete Leonidas kurzgefaßt. »Nach einer Weile haben wir Mario endlich ans Telefon bekommen. Niemand hat sich in der Wohnung gemeldet. Weder Tony, der die Garage im Auge behalten sollte –«

»Dieser Nichtsnutz, dieser Verräter –« Eine ganze Kanonade von italienischen Flüchen folgte; Agatha hob die Augenbrauen, und Freddy verstummte.

»Kein Wort von Tony«, wiederholte Leonidas, »und was noch

schlimmer ist: Einer von Freddys Männern berichtet, er habe Lefty zusammen mit einer Frau in einem Wagen gesehen. Lefty saß am Steuer, und Freddys Mann sagt, er fuhr wie betrunken –«

»Das war die Langford!« sagte Dot. »Sie – meinen Sie, sie hatte ihn in ihrer Gewalt?«

»Ich fürchte schon«, antwortete Leonidas. »Wahrscheinlich hat Lefty sich auf sie gestürzt und sich selbst ans Messer geliefert. Er muß von Sinnen gewesen sein. Der Mann, der ihn gesehen hat, hat Dr. Langford genau beschrieben. Und ich persönlich kann mir nicht vorstellen, daß Lefty sie freiwillig chauffiert hätte. Und wenn er am Steuer einen benommenen Eindruck machte, nun« – Leonidas zuckte mit den Schultern –, »dann dürfte das kein gutes Zeichen sein.«

»Ob sie wohl die Blätter aus Band vier wiederbekommen hat?« überlegte Agatha.

»Das hat sie«, brummte Freddy. »Erzählen Sie es, Bill.«

»Nachdem wir mit Mario gesprochen hatten«, fuhr Leonidas fort, »habe ich noch in der Molkerei angerufen und erfahren, daß Dr. Langford schon vor über zwei Stunden dort war. Voller Stolz erzählte man mir, daß sie alle Papiere zurückerhalten habe. Offenbar kommt es häufiger vor, daß Leute wertvolle Dokumente in Milchflaschen deponieren, und die Molkereiangestellten halten immer die Augen offen. Sie –«

»Bill, soll das heißen, diese Langford hat die Papiere, und sie hat Lefty, und –«

»So ist es Agatha. Dr. Langford hat genau das getan, was ich schon vor einer Weile prophezeit habe. Sie ließ ihren eigenen Wagen zur Reparatur in der Garage und ging dann direkt zu einer anderen Firma und mietete dort einen neuen. Sie fuhr zur Molkerei und erhielt dort die fehlenden Seiten aus Band vier zurück, und wahrscheinlich war das auch der Zeitpunkt, zu dem sie Lefty zu sich in den Wagen zwang. Und inzwischen – es würde mich gar nicht wundern, wenn sie inzwischen längst die Obligationen aus ihrem Versteck geholt hätte und in einem Flugzeug in den sonnigen Süden säße. So hätte ich das jedenfalls an ihrer Stelle gemacht.«

»Und Lefty?« fragte Agatha.

Freddy bekreuzigte sich. »Er war ein guter Junge, und glauben Sie mir, die Lady wird dafür büßen.«

»Was machen wir denn mit Bat?« fragte Gerty und betrachtete ihren Bruder und Widersacher mit Genugtuung, wie er im Dreck der Straße lag.

»Den lassen wir hier. Wir müssen weiter –«

»Aber –«

»Freddy«, sagte Leonidas und zeigte zum ersten Mal Zeichen von Ungeduld, »Sie werden noch eine ganze Million Gelegenheiten haben, diesen McInnis nach der Methode umzubringen, die in seinen Kreisen üblich ist. Aber Sie haben nur diese eine Chance, das zu bekommen, weswegen Sie eigentlich hier sind und was ich Ihnen versprochen habe. Verstauen Sie Bat irgendwo. Und zwar schnell. Außerdem wäre es auch viel zu einfach, wenn Sie ihn jetzt umbringen würden. Unsportlich. Agatha hat ihn für Sie gefangen. Das zählt nicht. Warten Sie auf eine finstere Nacht«, schloß er streng, »und rammen Sie ihm das Messer in den Bauch, wie es sich gehört.«

Freddy blickte so mürrisch und unglücklich drein wie ein kleiner Junge, der nachsitzen muß.

»Aber –«

»Nun komm schon, du großer Gorilla, stell dich doch nicht so an!« schimpfte Gerty. »Bill hat recht. Du kannst dir Bat doch immer noch vorknöpfen. Jetzt haben wir keine Zeit dafür. Und hast du denn überhaupt keine Manieren, hm? Hier sind Damen anwesend. Die Sache mit Bat geht nur dich etwas an. Die anderen haben nichts damit zu schaffen. Willst du sie in so eine üble Sache mit reinziehen? Sollen sie dabeisein, wenn du Bat von der Bildfläche verschwinden läßt? Versuch doch mal, dich wie ein Gentleman zu benehmen, so wie Bill!«

Freddy hatte ein Einsehen.

»Gut«, sagte er nur kurz. »Aber –«

»Hol mal die Schnur.«

Aus dem Handschuhfach der Limousine holte er ein dickes Knäuel Kordel.

»Bind ihm die Handgelenke zusammen«, kommandierte Gerty, »und dann die Füße. Und gut zuknoten.«

»Darf ich fragen«, erkundigte sich Agatha, »was Sie mit meiner Jagdbeute vorhaben?«

»Sicher. Bill, klappen Sie mal den Notsitz an Bats Wagen auf.

Den Schlüssel finden Sie in dem Schlüsselbund am Armaturenbrett. Da sollte er jedenfalls sein. Haben Sie ihn? Gut. Freddy, verpaß ihm noch einen Knebel, und dann legst du ihn hinten rein.«

Freddy hievte die verschnürte Gestalt durch die Klappe und legte sie am Wagenboden ab.

»Prima, Freddy. Und jetzt machst du die Klappe wieder zu.«

»Wird er denn da drin nicht ersticken?« fragte Agatha.

»Leider nein«, antwortete Leonidas.

»Und wenn schon«, meinte Gerty. »Wär' ja nichts anderes als das, was mir vorhin oder gestern abend beinahe passiert wäre, oder? Freddy, da vorne geht ein Feldweg ab. Fahr sein Auto da ein Stück rein. Ich komme mit unserem nach und warte an der Einmündung. Fahr ihn ein Stück hoch, und dann schraubst du die Zündkerzen raus oder tust ihm Sand in den Tank oder sowas. Mach jedenfalls irgendwas, damit das Ding nicht mehr fährt. Und jetzt lauf.«

Freddy lief.

»Also«, sagte Gerty, wandte sich Agatha zu und streckte ihr die Hand hin, »also, Mrs. Jordan, mir fallen keine großen Worte ein und ich weiß auch nicht, wie ich das richtig sagen soll, aber Sie sollen wissen, daß Sie für mich einfach die Größte sind! Die Größte!« sagte sie noch einmal voller Begeisterung. »Bill gestern abend, das war ja auch eine Heldentat, aber sich hinter Bat McInnis stellen, mit einer vorsintflutlichen Kanone, die nicht mal geladen ist, das –«

»Schon in Ordnung«, erwiderte Agatha eilig. »Schon in Ordnung, Gerty. Es war mir ein Vergnügen. Und nun –«

Sie fuhren bis zur Einmündung des Feldwegs, und nach ein paar Minuten kam Freddy den Weg hinuntergelaufen.

»Ich hab' nur das gemacht, was du gesagt hast«, beantwortete er Gertys unausgesprochene Frage. »Sonst nichts.«

Nach einer guten Weile kamen sie zu Dino und Spud, die sich mit einem Kartenspiel die Zeit vertrieben. Freddy sah sie an, und lüftete dann einmal gründlich seinen gesamten nicht gesellschaftsfähigen Wortschatz. Und diesmal machte keiner, weder Agatha noch Leonidas, Anstalten, es ihm zu verbieten. Bis Freddy fertig war, sahen von den beiden Männern nur noch die Hüte aus dem Erdboden hervor.

»So, ihr zwei Armleuchter«, sagte Freddy dann, »jetzt weiter, und zeigt mal, daß ihr wenigstens einen Funken Verstand in euren Gipsköpfen habt.«

Leonidas schüttelte traurig den Kopf, als er die beiden wieder in den Leichenwagen klettern sah.

»Freddy«, sagte er, »es ist ein Wunder, daß Sie noch am Leben sind. Ihre Organisation genießt ja einiges Ansehen, aber wenn wirklich einmal etwas klappen sollte, ist das der reinste Zufall. Das ist die schlimmste Bande von Amateuren, die mir je begegnet ist. Was Ihnen fehlt, ist Disziplin, und die fehlt Ihnen gründlich.«

»Da wird sich«, kündigte Freddy an, »einiges ändern. Ich habe eine Menge von Ihnen gelernt, Bill.«

Der Leichenwagen fuhr mit durchdrehenden Reifen an, und die Limousine folgte hintendrein.

Eine Viertelstunde darauf waren sie an der Wegkreuzung angelangt.

»Eine halbe Meile«, rief Freddy nach vorn zu Spud und Dino. »Eine halbe Meile, nicht mehr, klar? Haltet ein Stück vorher an, irgendwo, wo wir die Autos verstecken können, klar? Habt ihr das kapiert, ihr Gipsköpfe?«

»Es wird wohl doch ein ziemlich grauer Tag«, meinte Agatha beiläufig, als sie die kleine Seitenstraße entlangfuhren. »Es war ja noch recht sonnig, als wir abfuhren, aber jetzt haben wir doch wieder das typische trübe Neuengland-Wetter. Nieselt auch ein wenig, oder? Das waren die Tage, an denen Sebastian anfing, von Italien zu erzählen.«

»Ich wünschte, ich wüßte, wie Sie das machen«, sagte Dot.

»Was machen?«

»Diese Ruhe und Würde behalten. Wenn man sich das vorstellt, daß Sie in einem solchen Augenblick eine Bemerkung über das Wetter machen können! Mir persönlich ist eher nach lautem Schreien zumute, und das kann jeden Moment soweit sein. Bei der kleinsten Kleinigkeit brülle ich los.«

»Das ist nur eine Frage der Erziehung«, erklärte Agatha. »Meine Generation hat noch gelernt, ruhig und zurückhaltend zu sein. Meine ältere Schwester hat das Erdbeben von San Francisco miterlebt und die Feuersbrunst und was alles dazugehörte. Ein Dienstmädchen kam herbeigelaufen und schlug Alarm, und sie sagte, wie ihr Mann erzählt, nur ›Tatsächlich?‹ und nahm weiter Maschen für die Socke auf, an der sie gerade strickte. Tim sagt, sie hätte nicht einmal mit der Wimper gezuckt, aber sie hat alles gerettet, Großmutter Elwoods Chippendale-Spiegel und das gute Geschirr und alles. Und so etwas kann man einfach nicht, Dot, wenn man, wie die Menschen heutzutage, erst einmal seinen Gefühlen Luft machen muß. Wobei ich nicht daran zweifle, daß meine Schwester *später* ihren Gefühlen Luft gemacht hat. Gewiß hat sie das. Sie pflegte jedenfalls immer davon zu sprechen, wie unsicher doch die Westküste sei – oh, da sind wir!«

Freddy stellte die Limousine neben dem Leichenwagen zwischen einigen Bäumen ab. Er holte zwei Aktenkoffer aus dem Leichenwagen und kam damit zu den anderen herüber.

»Wollen Sie Frau Doktor noch rasch eine Versicherung verkaufen, wenn Sie ihr begegnen?« fragte Dot. »Oder möchten Sie die neuesten Bürstenmodelle zeigen?«

Freddy grinste und öffnete die Koffer. Rasch, doch mit wohlgeübten Handgriffen setzte er zwei abgesägte Schrotflinten zusammen, steckte in die Läufe der einen zwei Patronen, ließ den Verschluß einrasten und wandte sich Leonidas zu, der ihm interessiert zusah.

»Hier, die ist für Sie, Bill. Die behalten Sie jetzt bei sich. Sie haben schon genug Ärger gehabt, weil Sie kein Schießeisen hatten. Damit können Sie sich schützen.«

Leonidas nahm Freddys Präsent ohne große Begeisterung.

»Ist das ein Maschinengewehr?« fragte er mißtrauisch.

»Ach was. Das ist 'ne abgesägte Schrotflinte. MGs sind sowas wie Schreibmaschinen, und die nehmen wir in Boston nicht.«

»Wieso das ?« fragte Agatha. »In den Zeitungen liest man doch immer –«

»Ach, das ist nur das Zeug, das die Zeitungen schreiben. In Boston nimmt keiner Maschinengewehre. Das ist einfach nicht üblich.«

Agatha lächelte. »Unser gutes altes Boston!« rief sie selig. »Da sage noch einer, daß es dort heute keinen Anstand und keinen Respekt mehr vor den alten Bräuchen gibt! Wie geht es weiter?«

Leonidas wandte sich an Freddy.

»Ich brauche Spud und Dino, Freddy. Die beiden sollen sich umsehen, ob irgendwo in der Nähe noch ein Wagen versteckt ist. Wenn sie etwas finden, sollen sie dabei bleiben. Neben dem Auto stehenbleiben. Verstanden, ihr zwei? War das einfach genug? Wenn ihr ein Auto findet, bleibt ihr dabei stehen.«

»Klar?« fragte Freddy.

Die beiden Männer nickten.

»Sofern wir Dr. Langford überhaupt finden«, erklärte Leonidas, »ist es ja selbst bei unserem beträchtlichen Waffenarsenal immer noch möglich, daß sie uns entwischt. Ich möchte, daß Sie beiden ihren Wagen aufstöbern und bei dem Wagen bleiben. Wenn sie hier ist und wenn sie uns entwischt und zu dem Wagen gelaufen kommt, halten Sie sie auf. Verstehen Sie?«

»Klar?« fragte Freddy noch einmal.

»Und, Spud«, betonte Leonidas, »damit meine ich nicht, daß Sie die Lady – ähm – durchlöchern sollen. Schießen Sie nicht auf sie. Verletzen Sie sie nicht. Halten Sie sie einfach nur auf. So, dann ab mit Ihnen. Und um Himmels willen, tun Sie etwas mit unseren beiden Wagen hier, nehmen Sie irgendein wichtiges Teil heraus oder so etwas, damit sie nicht damit entwischen kann. Also, das machen Sie als erstes, und dann suchen Sie ihren Wagen. Spud, wenn Sie ihn gefunden haben oder wenn Sie nichts finden, dann kommen Sie wieder hierher und geben mir Bescheid. Freddy, verteilen Sie Bats Mordwerkzeuge an die Frauen. Ich glaube, Frau Doktor ließe sich nicht so leicht beeindrucken, wenn Agatha sie mit ihrer Steinschloßpistole in Schach halten wollte. Die andere Flinte nehmen Sie selbst?«

»Ja. Ich hab' auch noch ein Messer bei mir und zwei Pistolen und ein paar –«

»Hmnja, da zweifle ich nicht. Ähm – Freddy, wie geht man denn nun mit diesem Monstrum um, das Sie mir da gegeben haben?«

»Mit der Kanone da? Sie haben zwei Abzüge, für jedes Rohr einen, und die ziehen Sie einfach. Aber passen Sie auf, die hat einen ziemlichen Rückschlag. Sie müssen sie gut festhalten. Aber sonst könnte ein Kind damit schießen. Ein Baby.«

»Ah ja. Also, Freddy, ich möchte, daß Sie und Gerty von hier in Richtung Strand gehen, immer der Nase nach. Sie müßten rechts von der Stelle ankommen, an der die Wertpapiere versteckt sind –

oder waren. Ich nehme Agatha und Dot und folge den Instruktionen. Den Pfad zum Strand hinunter und so weiter. Wenn Sie vor uns da sind, warten Sie. Spud, haben Sie etwas gefunden?«

»Ja. In einem Weg ein Stück weiter die Straße runter steht ein Auto. Von so einer Leihwagenfirma. Und.«

»Und was?«

»Leftys Hut liegt auf dem Rücksitz.«

»Der perlgraue?«

»Genau der.«

Freddy bekreuzigte sich.

»Sie meinen –« hob Leonidas an.

»Ich weiß es«, antwortete Freddy. »Diesen Hut – den hätte er nie aus den Augen gelassen. Hat sechzig Dollar gekostet. Wenn der Deckel da ist und er nicht, dann gibt's da nichts mehr zu sagen. Schließlich hat sie ja schon einen umgelegt. Was macht da noch einer?«

»Gehen Sie zurück auf Ihren Posten, Spud«, sagte Leonidas grimmig, »und vergessen Sie nicht, was ich Ihnen gesagt habe. Nur daß – ähm – Sie doch nicht so zimperlich sein müssen. Halten Sie die Dame auf, wenn sich die Notwendigkeit ergibt. Die Wahl der Mittel überlasse ich Ihnen.«

Spud nickte und ging.

»Gut, Freddy. Wir brechen auf; warten Sie noch ein paar Minuten hier.«

Gefolgt von Agatha und Dot ging er die Straße hinunter, bis er zu der sumpfigen Stelle kam, und dann schlug er den nächsten Pfad ein, der in Richtung Strand führte.

Er war nicht geübt im Halten von Feuerwaffen, und er trug die abgesägte Schrotflinte vor sich her wie eine Laterne oder ein neugeborenes Kind.

Sie waren sich stillschweigend einig, daß niemand etwas über Lefty sagte.

»In dem Wolfspelz«, sagte Agatha, »sehen Sie wie eine Mischung aus Ichabod Crane und Daniel Boone aus. Das einzige, was noch fehlt, ist die Waschbärmütze. Sie –«

Leonidas setzte den Zwicker auf und sah sie streng an.

»Ein Wolf im Schafspelz«, stimmte Dot zu. »Geben Sie ihm Ihre alte Pistole für die zweite Hand, Agatha, dann kann er –«

»Nur aus Höflichkeit«, sagte Leonidas, und seine Augen funkelten, »enthalte ich mich jeden Kommentars über den Aufzug, in dem Sie beide daherkommen. Trauerschleier und Gangsterwaffen! Trauer muß Pistolen tragen!«

»Bill, wir nehmen es zerknirscht zurück. Ich –«

Auf eine Handbewegung von Leonidas verstummte Dot.

»Psst! Da vorn!«

Eine Baumgruppe gab ihnen gute Deckung. Zu ihrer Rechten, am Übergang zum Strand, stand die gebückte Gestalt von Maria Langford.

Sie grub eifrig, wenn auch nicht allzu wirkungsvoll, mit einer kleinen Kinderschaufel in dem gefrorenen Boden.

Die drei beobachteten sie. Zweimal erhob sie sich, rieb sich den Rücken, streckte die Arme und machte sich dann wieder an die Arbeit. Mehrfach sah sie sich unruhig in alle Richtungen um.

»Erschöpft«, sagte Leonidas leise, »und mißtrauisch. Und sehr, sehr nervös. Hmmm. Freddy wird sich erst zeigen, wenn wir angreifen. Ich überlege – hmnja. Keine Frage. Es ist vernünftiger, wir warten noch und lassen die Mühen des Grabens ihr. Schließlich haben wir nicht einmal eine Kinderschaufel.«

Es begann nun zu regnen, und dicke kalte Tropfen rannen ihnen in den Nacken.

Agatha schauderte.

»Bill, was wird denn nun aus den Obligationen, wenn wir sie wirklich hier finden?«

»Hmnja. Wir müssen sie dem Museum zurückerstatten, Agatha, auch wenn ich Freddy jenes unbedachte Versprechen gegeben habe. Je wahrscheinlicher es wurde, daß wir sie finden würden, desto mehr habe ich mein Versprechen bedauert. Während der letzten Stunde habe ich an kaum noch etwas anderes denken können als an die Wertpapiere. Wo North nicht mehr da ist und Miss Langford hinter Schloß und Riegel verschwinden wird, könnte Martin, sobald die Papiere zurückerstattet sind, wahrscheinlich seine alte Stellung wiederbekommen. Aber ich kann mir nicht vorstellen, daß Freddy sich von dieser Sicht der Dinge überzeugen läßt. Freddy läßt sich nicht leicht von etwas überzeugen.«

»Wenn nicht, dann zahle ich ihn aus«, sagte Agatha. »Damit wäre das Problem erledigt.«

»Agatha, das können Sie doch nicht tun.«

»Ich kann es versuchen. Wenn die Papiere hier sind, Bill, sollten Sie sie möglichst sofort an sich nehmen. Schließlich sind es Inhaberpapiere – Bill, ich glaube, sie hat sie! Schnell!«

Sie schlichen sich vor, bis sie nur noch zwei Schritte von Dr. Langford entfernt waren.

Als sie sich noch ein letztes Mal genüßlich und triumphierend streckte, schlug Leonidas zu.

Er trat vor und drückte ihr die Mündung der Schrotflinte in den Rücken.

»Behalten Sie die Arme gleich oben!« sagte er mit fester Stimme. »Schön oben behalten. Nicht umdrehen!«

Freddy und Gerty traten von der Seite auf die kleine Lichtung.

»Filz sie, Gert«, kommandierte Freddy.

Aus Dr. Langfords Tasche holte Gerty die Automatik, mit der sie am Vorabend Freddy und Lefty im Schach gehalten hatte.

»Sieh mal rein.«

Gerty zog das Magazin heraus und nickte. »Ein Schuß abgefeuert, Freddy.«

»War zu erwarten. Sieh dich mal weiter um.«

In der Tasche von Dr. Langfords Mantel fand Gerty eine Brieftasche und reichte sie schweigend Freddy.

Er betrachtete sie, und seine Züge verfinsterten sich. Es fiel kein Wort über Lefty, doch alle wußten Bescheid.

»Umdrehen.« Freddys Stimme war heiser. »Und keine Tricks. Sie sitzen in der Falle.«

Dr. Langford drehte sich um.

Das erste, was Leonidas einfiel, war – so unpassend das auch war –, daß Gerty keineswegs übertrieben hatte, als sie vom Geschmack dieser Frau in Sachen Hüte sprach. Sie trug eine malvenfarbene Toque, die Leonidas, wäre er gezwungen gewesen, ihr einen Namen zu geben, ohne zu zögern einen Deckel genannt hätte.

Der Deckel war inzwischen vom Regen durchweicht, und die Farbe begann herauszulaufen, so daß sie auf Stirn und Wangen von Dr. Langford lavendelblaue Striemen hinterließ – die indes kaum zu sehen waren, denn ihr Gesicht war tatsächlich purpurn vor Wut.

Sie blickte ihre bis an die Zähne bewaffneten Gegner einen

nach dem anderen an und mußte wohl einsehen, daß sie keine Chance hatte zu entkommen.

Unwillkürlich zuckte Leonidas zusammen, als ihre graublauen Augen den seinen begegneten. Er mußte an den tödlichen Stahl von Panzertürmen denken und an den Granit von Grabsteinen im Regen.

Leonidas brach das Schweigen. »Freddy, reichen Sie mir bitte die Blechdose dort.«

Er hob den Deckel ab und betrachtete den in Zellophan geschlagenen Inhalt.

»Hmnja«, sagte er. »Sie haben also John North für eine einzige einsame Tausend-Dollar-Obligation umgebracht? Eine einzige Obligation, die im Augenblick wahrscheinlich gerade einmal ein Drittel des Nennwertes wert ist? Das war sehr dumm von Ihnen. Sehr dumm, Dr. Langford.«

Aus den Augenwinkeln beobachtete er Freddy, wie er diese ganz und gar irreführende Auskunft aufnahm. Doch Freddy zuckte mit keiner Wimper.

Anders als die Frau Doktor.

»Ein einziges einsames Wertpapier«, sagte Leonidas, »und dafür zwei Menschen umgebracht.«

»Was – wovon reden Sie überhaupt?«

»Ich rede von der einen, einzigen Obligation, die in dieser Blechdose steckt und für die Sie John North umgebracht haben – und Lefty. Streiten Sie es nicht ab; wir wissen alles. Wir wissen alles, angefangen von den Randbemerkungen in den ersten drei Bänden Phineas Twitchett, die derzeit in Ihrem Katzenkorb versteckt sind, und von Ihrem zweiten Besuch im Buchladen, als Sie durch den Geheimgang zurückkamen, den Jonas Peters Ihnen gezeigt hatte. Wir wissen, daß Sie am vergangenen Nachmittag John North im Laden sahen, gerade als er Band vier wiederentdeckt hatte. Wir wissen, wie Sie zum Buchbinderhammer griffen und ihn damit erschlugen; wir wissen, daß Sie den Hammer im Keller liegenließen und das Buch im Geheimgang, nachdem Sie mit Hilfe Ihrer Haarnadel die letzten vier Seiten herausgetrennt hatten. Sie haben ihn umgebracht, um in den Besitz jener Seiten zu kommen, der Seiten mit dem Lageplan und der Beschreibung dieser Stelle hier. Aus dem gleichen Grunde haben Sie auch Lefty umgebracht.

Nur hat leider North neununddreißig von den vierzig Wertpapieren beiseitegeschafft. Nur ein einziges steckt noch in der Dose. Und ich wiederhole: das Verbrechen hat sich nicht gelohnt. Verstehen Sie, was ich sage?«

»Sie sind der Mann aus dem Buchladen –«

»Der bin ich. Aber –«

»Und Sie«, wandte sie sich an Freddy, »Sie sind der andere von den zweien, nicht wahr?«

Freddy lächelte sie an, doch es war kein Humor in diesem Lächeln.

»Ich bin der andere von den zweien. Und ich –«

»Ich fürchte«, unterbrach Leonidas ihn, »ich fürchte, uns fehlt im Augenblick die Zeit, uns weiter miteinander bekannt zu machen.«

In Wirklichkeit fürchtete er nichts dergleichen. Er wollte nur verhindern, daß Freddy zur Tat schritt. Der Himmel wußte, was Freddy sich einfallen ließ, mit diesem Lächeln auf den Lippen.

»Dafür ist keine Zeit «, wiederholte er. »Wir frieren, es ist unwirtlich hier draußen, und es gibt keinen Grund, weshalb wir uns eine Lungenentzündung holen sollten. Wie haben Sie denn überhaupt die Stelle hier kennengelernt, Dr. Langford? Hat John North Sie hergefahren, bei einem Ihrer Ausflüge mit ihm?«

Dr. Langford schwieg.

»Bitte«, sagte Leonidas mit betrübter Stimme, »bitte machen Sie es uns nicht unnötig schwer! Nur noch wenige Augenblicke, und wir werden Sie mit zum Polizeipräsidium nehmen. Alles in allem denke ich mir, es wäre klüger, Sie würden uns Ihre Schuld eingestehen und hier und jetzt ein Geständnis schreiben, statt sich der Willkür der Polizei auszuliefern. Ich persönlich habe keinerlei Erfahrung mit ihr, aber man hat mir zu verstehen gegeben, daß die Polizei nicht immer zartfühlend ist.«

Dr. Langfords Lippen verwandelten sich in eine dünne, gerade Linie. Sie sprach kein Wort.

»Nun gut. Dann bringen wir Sie zurück in die Stadt, und ich würde vermuten, daß die –«

»Ich habe da eine Idee«, sagte Freddy. »Ich habe eine prima Idee, Bill. Ich weiß, wie wir sie zum Reden bringen.«

Leonidas runzelte die Stirn. »Ähm – und wie?«

»Ich habe diesen Kragen mit den Haken mitgenommen. Er ist im Kofferraum. Wie wär's damit?«

Leonidas zögerte. Die Vorstellung, es Dr. Langford mit ihren eigenen Mitteln heimzuzahlen, fand er ein wenig abstoßend, auch wenn sie es ohne jeden Zweifel verdiente.

Er betrachtete sie einen Moment lang und sah, daß ihr Gesicht bleich war und ihre Hände zitterten.

»Sie brauchen nichts zu tun. Lassen Sie Spud und mich nur machen, hm? Wir legen ihr den Kragen um.« Freddy wischte sich den Regen aus dem Gesicht. »Was ist, Bill? Nur Spud und ich.«

Dr. Langford bebte nun am ganzen Körper.

Leonidas überlegte einen Moment lang. Offenbar fürchtete diese Frau sich mehr vor Freddy und seinen Schlägern als vor der Polizei. Und das nicht ohne Grund.

»Was ist?« fragte Freddy. »Sagen Sie ja!«

Leonidas traf seine Entscheidung.

»Im Kofferraum, sagen Sie? Geben Sie mir den Schlüssel, Freddy. Ich hole es.«

»Er ist offen.«

»Also gut. Sie passen auf sie auf, Freddy. Das können Sie viel besser als ich. Ich hole den Kragen und rufe Spud.«

Nachdenklich ging Leonidas zur Limousine.

Er hatte nicht vor, Dr. Langford den Kragen wirklich umzulegen. Er konnte sich nicht vorstellen, daß es nötig sein würde. Die Art, wie sie auf Freddys Anregung reagiert hatte, sprach Bände.

Sie war vermutlich einer jener Menschen, denen es große Befriedigung bereitete, wenn sie andere leiden ließen, und die es genossen, ihnen bei ihren Qualen zuzusehen, die aber in ihrem Inneren vollkommene, hoffnungslose Feiglinge waren. Die Psychologie hatte einen Ausdruck für Leute wie diese Frau, aber er fiel ihm gerade nicht ein.

Er würde den Kragen mit den Widerhaken holen und sich dann noch Freddys Stilett leihen, und den Rest würde die Suggestion ganz von sich aus bewirken.

Als er fast wieder an der Limousine angelangt war, hörte er das Geräusch eines anderen Wagens, der herangerast kam. Er trat einen Schritt zurück und setzte seinen Zwicker auf. Ob nun Tourist oder Einheimischer, der zufällig vorüberkam – im Grunde konnte jeder, der ausgerechnet in diesem Augenblick dort entlangfuhr, die Lage nur verschlimmern.

Ein Tourenwagen mit Klappverdeck schlitterte um die Kurve. Mit quietschenden Reifen kam er zum Stehen, als der Fahrer die fast zwischen den Bäumen verborgene Limousine und den Leichenwagen bemerkte.

Ein Schaudern durchlief Leonidas, als er den Fahrer erkannte.

XIX.

Es war Bat. Bat McInnis. Bat McInnis, der eigentlich gut aufgehoben unter der Notsitzklappe seines eigenen Wagens liegen sollte.

Und neben Bat saß Biff.

Beide hatten sie MORD in Großbuchstaben auf ihren Gesichtern geschrieben.

Bevor Leonidas sich noch ins Unterholz ducken konnte, hatte Biff ihn schon entdeckt.

Leonidas hörte einen lauten Knall, und etwas flog an seinem Kopf vorbei. Im gleichen Augenblick fiel ihm wieder ein, daß er Freddys Mantel anhatte.

Biff hielt ihn für Freddy!

Mühsam hob Leonidas die Schrotflinte. Es war ein schrecklicher Gedanke, daß er dieses Ding abfeuern mußte, aber er hatte auch keine Lust, sich kaltblütig erschießen zu lassen, ohne daß er zumindest versucht hatte, sich zu verteidigen.

Zwei weitere Kugeln landeten krachend in den kahlen Ästen über ihm.

Leonidas holte tief Luft und zog beherzt beide Abzüge.

Sofort darauf spürte er, wie er heftig nach hinten geschleudert wurde, er hörte ein ohrenbetäubendes zweifaches Knallen und gleich darauf das Splittern von Glas.

Der Schmerz in der Nase war kaum auszuhalten; im ersten Augenblick glaubte er, eine von Biffs Kugeln habe ihn getroffen, doch dann begriff er, daß es der Rückschlag der Schrotflinte war, der ihn verletzt hatte. Freddy hatte ihn ja gewarnt.

Er blickte hinüber zum Wagen der McInnis-Brüder und wunderte sich, wieso die Windschutzscheibe zerbrochen war. Noch bevor er es sich erklären konnte, beschleunigte der Wagen plötzlich, schlug einen Haken seitwärts und prallte gegen einen abgestorbenen Baum. Und es sollte noch besser kommen: Der Baum brach an der Wurzel ab und schlug das leichte Stoffdach des Wagens ein.

Mit brummendem Schädel besah Leonidas das Golgatha, das er da angerichtet hatte.

Er betrachtete die abgesägte Schrotflinte mit neuem Respekt und neuer Bewunderung.

»Milton in all seiner Herrlichkeit«, murmelte er und versuchte mit dem Taschentuch den Blutstrom zu stillen, der ihm aus der Nase quoll, »war nicht wie derselben eine!«

Vom vorderen Ende der Straße kam Spud gelaufen, so schnell er nur konnte; vom Strand her spurtete Freddy heran, und sein falscher Schnurrbart hing nur noch an einem Ende. Hinter ihm keuchte Agatha. Die Nachhut bildeten Dot und Gerty, die Dr. Langford vor sich hertrieben.

»Bill – was –«

»Alles in Ordnung?«

»Was ist denn geschehen?«

»Es ist nicht weiter schlimm«, sagte Leonidas und konnte nur über seine eigene innere Ruhe staunen. »Vollkommen in Ordnung. Hmnja. Es waren Ihre beiden Brüder, Gerty. Sie – ähm – hielten mich irrtümlich für Freddy. Schossen auf mich. Höchst unangenehm. Ich hoffe, ich habe ihnen kein Unheil zugefügt, aber ich muß auch sagen, daß die beiden ihre Strafe verdienen. Doppelt und –!«

»Erzählen Sie mir noch einmal etwas von der Gabe der Gnade!« sagte Dot und schüttelte den Kopf. »Bill, ich muß schon sagen. Daß Agatha einen einzelnen dieser Ganoven in Schach hielt, war ja schon eine Leistung, aber Sie, Bill, daß Sie gleich zwei auf einen Streich erledigen, das ist – ja, das ist einfach –«

»Effekthascherei«, erklärte Agatha. »Die reine Effekthascherei. Bill, sind Sie verletzt, oder ist das nur Nasenbluten?«

Der Tonfall, in dem sie das fragte, vertrieb allen Schmerz, den Leonidas noch spürte.

»Es blutet nur. Ich glaube, es hat aufgehört. Aber was ist – was ist mit den beiden Männern? Den McInnis-Brüdern, meine ich.«

»Na, tot sind sie nicht«, ließ Spud sich vernehmen, und er klang sehr enttäuscht. »Weggetreten, das ist alles. Beide noch am Leben. Erledigt haben Sie die nicht«, sagte er noch einmal vorwurfsvoll. »Biffs linker Arm sieht ziemlich schlimm aus, und Bats Schulter auch. Kann ich nicht verstehen, warum Sie das nicht gleich ordentlich gemacht haben. Zu hoch gezielt wahrscheinlich.«

Leonidas betrachtete die Schrotflinte, die er noch immer unter den Arm geklemmt hatte.

»Ich – ich verstehe das nicht«, sagte er. »Das waren doch Schrotpatronen, oder? Die kleinen runden Kügelchen?«

Freddy lachte, was das Zeug hielt. »Also zum Entenschießen waren die nicht. Schrotpatronen! Bill, das waren solide Achtzehnerkugeln, die Sie denen verpaßt haben!«

»Ah ja.« Leonidas verstand es noch immer nicht recht. »Ähm – wie groß wären die, Freddy?«

»Oh, so groß wie Erbsen ungefähr«, antwortete Freddy. »Genau die richtige Größe, machen Sie sich da mal keine Sorgen Bill.«

»Erbsengroß? Oh, dann müssen wir sofort einen Arzt holen. Ich –«

»Ach was, Bill«, sagte Freddy grimmig. »Bill! Meinen Sie, die hätten für Sie einen Arzt geholt, wenn die *Sie* durchlöchert hätten, hm? Denken Sie da mal drüber nach. Hören Sie auf zu träumen, Bill!«

»Hmmm. Also, Spud, dann nehmen sie ihnen wenigstens die Waffen ab und geben Sie auf die beiden acht. Ich glaube, wir knöpfen uns besser zuerst Dr. Langford vor, bevor wir uns um die beiden kümmern.« Er öffnete den Kofferraumdeckel. »Nun, Dr. Langford, werden Sie mir das Geständnis schreiben, oder wollen Sie mich zwingen, Gewalt anzuwenden, so unangenehm mir das auch ist?«

Er holte den Kragen mit den Widerhaken heraus und ließ ihn nachdenklich vom Zeigefinger baumeln.

Dr. Langfords Gesicht war weißer denn je. Die lavendelblauen Flecken waren nun deutlich zu sehen.

»Aber ich weiß auch gar nicht«, sinnierte Leonidas weiter, »ob der Kragen wirklich das Richtige ist. Hat einer von Ihnen daran gedacht, die Daumenschrauben einzustecken?«

Agatha verstand sofort, worauf er hinauswollte. »Die habe ich in meiner Handtasche, Bill. Worauf Sie sich verlassen können.«

»Hmnja. Und Freddys Messer. Hmnja. Abscheuliche Dinger, diese Messer. Ich wünschte nur, wir hätten mehr – oh, würden Sie mir Ihr Messer leihen, Freddy? Vielen Dank.«

Freddy reichte ihm sein Stilett.

Dramatisch fuhr Leonidas mit dem Finger über die rasiermesserscharfe Schneide. Dann holte er ein Blatt Papier aus der Tasche und schnitt es in zwei hübsche, glatte Stücke.

»Außerordentlich scharf«, murmelte er. »Außerordentlich. Freddy, haben Sie eigentlich jemals wieder von dem Burschen gehört, dem Sie damit die Zunge aufgeschlitzt haben? Wie hieß er gleich, der Bursche mit der langen Nase –«

Bevor der verblüffte Freddy antworten konnte, tat die fixere Gerty es für ihn.

»Rinaldo meinen Sie, nicht wahr? Oh, der hat's nicht überlebt. Blutvergiftung oder sowas. Mit dem Messer hat er das gemacht, genau dem. Rinaldo –«

»Das ist doch das Messer, das Freddy seinerzeit diesem Spanier abgenommen hat, nicht wahr«, spielte nun auch Agatha mit, »dem, der seine Frau so schrecklich verstümmelt hatte?«

Ebenso wie Leonidas hoffte sie, daß sie Dr. Langford zum Sprechen bringen würden, ohne daß sie zu härteren Mitteln als Worten greifen mußten. Freddy ging die Sache mit Lefty nahe. Es war kein schöner Gedanke, sich auszumalen, was Freddy gern mit ihr tun würde.

»Genau das Messer«, bestätigte Gerty. »Ein hübsches Ding, fand ich schon immer.«

»Hmnja«, meinte Leonidas versonnen. »Ich glaube, als erstes legen wir Ihnen doch den Kragen um, Dr. Langford, und dann werden wir mit dem Stilett das tun, was Sie mit dem abscheulichen kleinen Fischspeer getan haben. Ich habe den Eindruck –«

»Sie – Sie waren gestern abend in meinem Haus?«

»Das war ich, Dr. Langford. Ich war dort. Liebe Güte, ich hoffe nur«, sagte er und betrachtete zuerst den Kragen, dann das Messer, »ich *hoffe* nur – wissen Sie, ich habe eigentlich keine Ahnung, wie man mit diesen Dingen umgeht. Ich fürchte, ich werde ungeschickt sein, und das Messer ist wirklich sehr, sehr scharf. Das wird kein gutes Ende nehmen, wenn ein Amateur so etwas in der Hand hat.«

»Ach, Bill«, sagte Freddy geradezu flehentlich, »Bill, kann ich das nicht machen? Bitte.«

»Nun –« Leonidas beobachtete Maria Langford aus den Augenwinkeln.

»Bill, bitte lassen Sie es mir.«

»Hmnja – nun ja – ja. Übernehmen Sie das Messer, Freddy, wenn Ihnen soviel daran liegt, aber halten Sie sich zurück. Ich werde nicht noch einmal die Entschuldigungen hinnehmen, die Sie damals bei – ähm –«

»Rinaldo«, gab Agatha düster das Stichwort.

»Hmnja. Rinaldo. Das würde mir gar nicht gefallen, Freddy, wenn Ihnen noch einmal ein solches Mißgeschick unterliefe. Ein – ähm – ein einzelner Schnitt durch die Zunge genügt vollauf. Sorgen Sie dafür, daß Ihre Gefühle nicht mit Ihnen durchgehen, ich bitte Sie.«

Er ging auf Dr. Langford zu, als wolle er ihr den Kragen um den Hals legen. Freddy spielte mit dem Messer.

Dr. Langford stieß einen kleinen Schrei aus. Ihre Hände zitterten schon, und die Knie gaben nach.

Sie konnte ja nicht wissen, daß es Leonidas mehr Qualen bereitete, sie mit diesem Kragen zu bedrohen, als sie je durch dessen Stacheln erleiden sollte. Daß jedoch Freddy zu allem entschlossen war, das stand ihm im Gesicht geschrieben. Irgendwie – sie konnte sich nicht erklären wie – wußte er, was sie mit diesem Lefty getan hatte.

Sie schauderte.

Der Stachelkragen und das glitzernde Messer kamen näher und näher.

»Augenblick«, sagte Leonidas. »Holen Sie Spud her, Freddy. Er war ein Freund von Lefty. Ich glaube, wir sollten ihm den Kragen lassen –«

»Stimmt«, bestätigte Freddy. »Ich –«

»Aufgepaßt!« rief Agatha. »Sie wird ohnmächtig! Sie klappt jeden Moment –«

Freddy fing die Frau auf, die ihre zitternden Knie nicht mehr länger halten konnten.

»Halt – hören Sie auf! Ich – ich schreibe Ihnen Ihr Geständnis. Aber – halten Sie sie auf. Lassen Sie nicht zu, daß diese Männer mir –«

»Soll das heißen« – Leonidas wußte, daß dieser Hilferuf ihm galt –, »Sie werden alles gestehen? Sie werden schriftlich niederlegen, daß North persönlich die Wertpapiere stahl und daß Martin Jones vollkommen unschuldig ist? Daß Sie North und Lefty umgebracht haben? Und Sie werden dieses Geständnis später nicht widerrufen? Sie werden nicht versuchen, uns zu hintergehen? Denn wenn wir daran Zweifel hätten – nun, uns bleibt immer noch der Kragen und Freddys erstklassiges Messer. Sie – ähm – wollen also gestehen?«

Dr. Langford nickte, mit einem raschen Blick zu Freddy hinüber.

Leonidas half ihr in die Limousine.

»Was für ein Waschlappen!« sagte Gerty. »Was für ein jämmerlicher Waschlappen!«

Stillschweigend stimmten Agatha und die anderen ihr zu.

Zehn Minuten später hatte Leonidas ein zusammengefaltetes Blatt mit ihrem Geständnis in der Innentasche seines Mantels. Das Dokument, bezeugt von Dot und Agatha, war sehr zu seiner Zufriedenheit ausgefallen. Seine Vermutungen, was ihre Schritte und Motive anging, hatten sich in jedem einzelnen Punkt bestätigt.

»Passen Sie auf sie auf«, sagte Leonidas zu Spud. »Und Sie passen auf Spud auf, Agatha. Notfalls nehmen Sie Ihre Pistole. Gerty, Sie und Freddy kommen mit. Es bleibt immer noch das Problem der McInnis-Familie zu lösen.«

Bat und Biff blickten sie aus matten Augen an, als sie zu dem zerbeulten Wagen kamen.

»Die haben sich nicht mal gerührt«, versicherte Dino.

»Das wird Ihnen beiden eine Lektion erteilen«, wandte sich Leonidas an sie, »daß man nicht durch die Gegend fährt und wahllos auf unschuldige Menschen schießt. Es ist eine schlechte Angewohnheit, die mir schon früher bei Ihnen aufgefallen ist. Gestern abend zum Beispiel, als Sie die Tür zum Heizungskeller durchlöcherten, ohne zu wissen, was dahintersteckt. Ich habe nicht den Eindruck –«

»Aber woher wissen Sie das?« fragte Spud mit schwacher Stimme.

»Ich war dabei. Ich –«

»Da war niemand unten.«

»Das haben Sie geglaubt, aber ich kann Ihnen verraten, Sie waren und sind im Irrtum. Ich bin Leonidas Witherall, mit dem Sie doch, wie Sie Gilroy, Hanson und den anderen erzählt haben, so gut bekannt sind. Ich nehme Sie jetzt mit zurück nach Boston und lasse Sie verhaften, wegen Einbruch in den Buchladen und versuchten Mordes an mir. Wie sind Sie überhaupt wieder aus Ihrem Notsitz-Abteil herausgekommen?«

»Biff kam vorbei und hat mir geholfen. Er sah mein Auto da stehen. Ich hatte ihm vorher Bescheid gesagt, wo ich hinfahre.«

»Und woher hatten Sie genug Verstand, ausgerechnet hierher zu kommen?«

»Ach, wir sind hier auch immer mit der Ware gelandet, genau wie Freddy. Wir dachten, vielleicht kommt er her, wenn er schon in der Gegend ist. Wir sind ja alle immer hier gelandet.«

»Hmnja. Verstehe. Ich –«

»Hören Sie, Bill«, sagte Freddy, »kann ich die zwei nicht jetzt erledigen? Sie sehen doch, was das für Ganoven sind. Denen ist das vollkommen egal, was sie machen. Glauben Sie mir, sobald die zusammengeflickt sind, fangen die wieder genauso von vorne an. Die machen mir und Gerty immer wieder das Leben zur Hölle, solange die da sind.«

Leonidas konnte nicht leugnen, daß Freddy da durchaus recht hatte.

»Aber jetzt im Augenblick gehören sie mir. Ich – ähm – ich habe sie erlegt, genau wie Agatha vorhin Bat zur Strecke brachte. Sie kommen später an die Reihe, Freddy. Ich werde Agathas Anwalt Harry verständigen, und der wird dafür sorgen, daß die McInnis-Brüder alles bekommen, was ihnen, wenn man so sagen darf, zusteht. Ich bin sicher, das wird überhaupt keine Mühe machen. Er hat eine – ähm – effektive Art im Umgang mit Ganoven. Was machen Sie denn für ein Gesicht, Bat? Der Gedanke ans Gefängnis gefällt Ihnen wohl nicht, was?«

»Den Bau, in dem ich drinbleibe, den können Sie lange suchen, mein Lieber. Aber mein Bein. Das ist gebrochen. Und Biff kann seinen Knöchel nicht mehr bewegen. Wahrscheinlich auch gebrochen. Wollt ihr uns nicht endlich zu einem Arzt bringen?«

Als er Bat so sprechen hörte, kam Leonidas eine Inspiration.

Er hatte keine großen Hoffnungen gehabt, daß er die McInnis-Brüder mit der Aussicht auf das Gefängnis einschüchtern konnte. Nun wußte er, was half.

»Hm. Was meinen Sie, Freddy, das wäre doch gar kein schlechter Gedanke, wenn wir die beiden einfach hierlassen, was? Ich würde vermuten, daß auf der Straße nicht viel Verkehr sein wird, und wahrscheinlich wird es noch den ganzen Tag weiterregnen. Bis einer Sie hier findet, Bat, da geht es Ihnen so schlecht, daß es eine ganze Weile dauern wird, bis Sie Freddy und Gerty wieder ans Leder können. *Wenn* Sie jemand findet und zum Arzt bringt und wenn Sie dann überhaupt noch am Leben sind, wird der Arzt wohl auch nicht mehr viel für Sie tun können. Hmnja. Kommen Sie, Freddy. Wir lassen sie hier, das ist die beste Lösung.«

Er stupste Gerty an, die schon verstanden hatte, worauf Leonidas hinauswollte.

»Die werden wohl für den Rest ihres Lebens verkrüppelt bleiben, oder?« fragte sie und wandte den beiden den Rücken zu.

»Wahrscheinlich wird man amputieren müssen. Die Beine abschneiden«, antwortete Leonidas mit lauter, unbekümmerter Stimme. »Die zwei werden eine ganze Weile außer Gefecht sein, gerade in ihrem Beruf, und ich glaube nicht, daß die Amputation sich noch vermeiden läßt. So endet es immer, bei solchem Wetter.«

»Nun ja«, meinte Gerty schicksalsergeben, »sie können immer noch Bleistifte an der Straßenecke verkaufen. Ihre Bande wird ja nicht mehr viel Verwendung für sie haben. Da –«

Leonidas fragte sich später oft, welches von beiden die McInnis-Brüder weich werden ließ, ob der Gedanke an die Amputation oder die trübe Aussicht auf eine Zukunft als Bleistiftverkäufer; doch dies war der Augenblick, in dem Bat kapitulierte.

»He, Sie da!«

Sie taten, als hörten sie sein jämmerliches Rufen gar nicht.

»He, Sie da, kommen Sie nochmal her!«

Leonidas schlenderte zurück zu dem zerbeulten Wagen.

»Wenn Sie mich meinen, ich heiße Witherall. *Mr.* Witherall für Sie.«

»Sagen Sie, Mr. Witherall, was wollen Sie haben, hm?«

»Nichts.«

»Sagen Sie schon, was wollen Sie haben? Was können wir tun, hm?«

»Für mich? Überhaupt nichts. Der Gedanke an Sie zwei auf Holzbeinen, wenn nicht sogar – ähm – im hölzernen Jackett, wenn ich so sagen darf, stellt mich im Augenblick voll und ganz zufrieden. Danke der Nachfrage.«

»Hören Sie, wir geben Ihnen zehn Riesen, wenn Sie uns zu einem Arzt bringen.«

Leonidas lächelte.

»Zwanzig Riesen«, erhöhte Bat.

»Mein lieber McInnis, Sie stehen an einem Wendepunkt Ihres Lebens. Sie sehen einen Mann vor sich, der – wie man so sagt – sich nicht mit Gold kaufen läßt. Sie könnten mir all Ihre irdische Habe anbieten und noch dazu die Herrschaft über all Ihre abscheulichen kleinen Unternehmungen, und ich würde keinen Finger für Sie rühren. Eine Schande ist das, daß Sie Gerty umbringen wollten. Schließlich sind die beiden ein Paar. Mit Ehering und allem, was dazugehört.«

»Was?«

»Woher wissen *Sie* denn das?« fragte Gerty.

»Ich habe den Ring gesehen, den Sie an einer Kette um den Hals tragen. Bevor wir gehen, könnten Sie dem jungen Paar noch Ihren Segen geben, McInnis. Ich zweifle, daß Sie noch einmal Gelegenheit dazu haben werden.«

»Mensch, Gert! Sag mal – stimmt das?«

»Sicher stimmt das, und ich hätt's dir auch schon lange gesagt, wenn du mich nur ein einziges Mal zu Worte kommen ließest. Aber wann soll ich das denn machen, wo du immer nur mit deinem ›Ich zähl' bis drei‹ kommst?«

»Hm«, brummte Bat. »Hm. Sagen Sie, Mr. Witherall, wenn ich verspreche, daß ich Freddy und Gert in Ruhe lasse, und Sie und die anderen auch, würden Sie mir dann einen Doktor holen, hm?«

»Nein.«

»Wenn ich es schriftlich gebe – und Biff auch – und das gilt dann auch für alle meine Jungs? Ehrlich, ich hatte doch keine Ahnung, daß die beiden verheiratet sind. Wenn das wahr ist, dann ist es ja in Ordnung.«

»Sie erinnern mich«, meinte Leonidas nachdenklich, »an einen Mann, den ich einmal kannte und der überhaupt nichts dabei fand, seinen Kaffee mit dem Messer umzurühren, aber fuchsteufelswild wurde, wenn jemand das Messer in die linke Hand nahm. Das – was meinen Sie denn dazu, Gerty?«

Einige Minuten darauf steckte Leonidas zu dem Papier in seiner Innentasche noch ein zweites. Spud und Dino hievten die McInnis-Brüder in den Leichenwagen.

»Da sehen Sie es«, sagte Leonidas zufrieden. »Alles ohne Blutvergießen geregelt. Denken Sie einmal darüber nach, Freddy. Sie werden sehen, ganz neue Möglichkeiten eröffnen sich. So, jetzt schicken Sie Dino oder Spud los, Dr. Langfords Leihwagen zurückbringen. Der andere übernimmt den Leichenwagen und bringt Bat und Biff zu einem Arzt, der möglichst nicht zu viele Fragen stellt, wie die beiden zu ihren Schrotkugelwunden gekommen sind.«

»Bill«, sagte Gerty voller Bewunderung, »Sie sind großartig! Schlicht und einfach klasse! Einmalig war das –«

»Hmnja. Aber ein Problem haben wir immer noch, Gerty. Agatha und ich sind zu dem Schluß gekommen, daß wir Freddy die Obligationen, die ich ihm versprochen habe, doch nicht geben können. Agatha hat sich allerdings bereiterklärt, Ihnen eine Geldsumme gleicher Höhe –«

»Unsinn, Bill«, sagte Freddy. »Kommt gar nicht in Frage! Meinen Sie denn wirklich, ich würde – ach, Bill.« Freddy blickte Leonidas tadelnd an. »Sie haben mir das Leben gerettet, und Gerty sogar zweimal, Sie und Agatha zusammen, und Sie haben hier alles in Ordnung gebracht – also wirklich, Bill! Kein Wort mehr von dem Geld! Und hör mal, Gert, jetzt kann ja dann auch der Nachwuchs kommen, hm? Und den ersten, den nennen wir – Bill, wie war doch gleich Ihr richtiger Name?«

»Leonidas«, antwortete er und ließ seinen Zwicker kreisen. »Leonidas Xenophon Witherall.«

»Oh. Ah. Na«, sagte Freddy tapfer, »so wird er dann heißen. Schreib's dir auf, Gerty, ich vergesse das doch wieder.«

»Aber ich würde vorschlagen«, meinte Leonidas mit einem Lächeln, »Sie lassen es bei Bill. Paßt auch viel besser zu Solano, finde ich.«

Unwillkürlich stieß Freddy einen Seufzer der Erleichterung aus.

»Und wenn es ein Mädchen ist«, sagte Gerty, »dann heißt sie Agatha. Eine tolle Frau ist das. Und Sie kennen sie schon von früher, stimmt's, Bill?«

»Hmnja. Sie war achtzehn, ich ein paar Jahre älter.«

»Hm.« Gerty musterte ihn. »Bill, warum tun Sie –«

»Jetzt wird es aber Zeit, daß wir fahren«, schnitt Leonidas ihr eilig das Wort ab. Diese Unterhaltung nahm ihm eine entschieden zu persönliche Wendung.

Es war fünf Uhr nachmittags, als Leonidas, Agatha, Dot und Dr. Langford das Polizeipräsidium betraten. Vier echte Gespenster hätten eher weniger Aufsehen erregt als diese vier. Die Beamten trauten ihren Augen nicht, und sie ließen es sich nicht nehmen, das auch zu sagen.

Cabot Jordan, übernächtigt und unrasiert, sprang von einem Stuhl auf, als seine Mutter eintrat.

»Wo warst du denn bloß?« rief er aufgebracht. »Ist alles in Ordnung mit dir? Was ist geschehen? Wer –«

»Bitte, Cabot!« wies Agatha ihn kühl zurecht. »Nimm dich zusammen! Du bist hier schließlich in der Öffentlichkeit. Und wie entsetzlich ungepflegt du aussiehst, Junge. Wie geht es dir, Vetter Leveritt? Ich glaube, du kennst –«

»Meine liebe Agatha, wir haben –«

»Ich glaube, du kennst«, fuhr sie unbeirrt fort, »Mr. Witherall. Und Miss –«

»Mrs. Jordan, wo haben Sie denn nur gesteckt«, ließ sich die Stimme der Amtsgewalt vernehmen, »und die anderen auch?«

Agatha betrachtete den Polizeichef mit kühlem, gebieterischem Blick.

»Sir, ich habe am gestrigen Tag Ihren Männern klar und deutlich zu verstehen gegeben, daß Martin Jones *nicht* der Mörder von John North ist. Ich habe das unmißverständlich zum Ausdruck gebracht. Ich habe es auch zu Harry gesagt. Ich habe es zu jedem gesagt, der überhaupt damit zu tun hatte, und habe keinerlei Zweifel gelassen. Keinerlei. Für mich war es offensichtlich –«

»Aber wo haben Sie denn gesteckt –«

»Wenn Sie mir eine Chance lassen, etwas zu sagen, ohne daß Sie sich auf mich stürzen wie auf eine arme, wehrlose Maus«, erwiderte sie in ihrer herrschaftlichsten Art, »dann werde ich schon noch darauf kommen. Bill, geben Sie ihm die Wertpapiere und das Geständnis. So. Hier haben Sie den Beweis, daß Martin Jones nichts mit dem Diebstahl der Papiere und dem Mord an John North zu tun hat. Und nun geben Sie bitte Order, daß Jones auf der Stelle freigelassen wird. Einen schönen Nachmittag wünsche ich noch. Cabot, ich verstehe nach wie vor nicht, wieso du und Vetter Leveritt eure Sonntagnachmittage auf einer Polizeiwache verbringt. Und wie ihr ausseht! Sehr unpassend, das muß ich schon sagen.«

»Aber Mrs. Jordan!« Der Polizeichef blickte von dem Blatt mit dem Geständnis auf. »Soll das heißen – hat –«

»Liebe Güte, ist denn heute jeder schwer von Begriff? Dr. Langford – das ist die jämmerliche Gestalt dort mit den Handschellen – hat John North umgebracht. Das ist doch eindeutig genug, nicht wahr? Ich kann nur hinzufügen, daß die Dinge, die *uns* aufgefallen sind und der Polizei *nicht*, eine höchst amüsante Geschichte für die Zeitungen abgäben. Die Zeitungen wären begeistert. Haben Sie noch mehr zu mäkeln, bevor Sie Martin Jones kommen lassen?«

Der Polizeichef sah sie einen Augenblick lang an, dann drückte er einen Knopf.

»Ich hoffe, Mrs. Jordan«, sagte er demütig, »eines Tages werden Sie mir erzählen, was sich letzte Nacht tatsächlich zugetragen hat.«

»Eines Tages«, erwiderte Agatha, »wird es mir ein Vergnügen sein, es Ihnen zu erzählen. Ah, Martin. Ich bin so froh – Cabot, zerre doch nicht dauernd an meinem Ärmel wie ein lästiges Kind! Wir sehen uns morgen. Kommen Sie, Martin. Sie auch, Bill, und Sie, Dot!«

Sie rauschte zur Tür hinaus. Es dauerte eine geschlagene Viertelstunde, bis unter den Zurückgebliebenen der erste seine Sprache wiederfand.

»Ich hoffe doch«, sagte Agatha nachdenklich, als sie wieder in die Limousine stiegen, für die Freddy einen seiner Männer als Fahrer abgestellt hatte, »daß Frau Doktor nicht auf die Idee kommt,

Details auszuplaudern. Aber da sie ja in all den Stunden ihren Mund höchstes zum Stöhnen aufgemacht hat, rechne ich nicht damit. Und was sie an Abscheulichkeiten gegen uns vorbringt, können wir immer abstreiten. Also, das war ja nun wirklich –«

»Ich möchte alles hören«, sagte Martin benommen. »Die ganze Geschichte. Und fangen Sie gleich an. Jetzt gleich!«

Zwei Stunden später, auf den unbequemen Stühlen von Agathas Wohnzimmer im Föderalstil, beschlossen sie den Bericht.

»Kaum mehr als vierundzwanzig Stunden«, sagte Dot, »und so viel ist in dieser Zeit geschehen. Mart, wenn das Museum dir deine Stelle nicht zurückgibt, dann komm und hilf mir im Laden. Mit den Tips, die der reumütige Quinland uns gibt, und mit Bills Hilfe könnten wir –«

Die beiden schmiedeten ihre Pläne und steckten dabei die Köpfe sehr eng zusammen; und Leonidas nahm seinen Mantel und ging zur Tür.

»Zurück zum Buchladen?« fragte Agatha.

»Hmnja. Ich – ähm – ich denke mir, in Anbetracht der Ereignisse des vergangenen Tages werde ich noch den dreiundzwanzigsten Psalm lesen und mich dann zur Ruhe begeben. Ich glaube, ich habe mir die Ruhe verdient.«

»Ohne jeden Zweifel. Habe ich Ihnen eigentlich gesagt, daß ich am Donnerstag nach Italien aufbreche?«

»Hmnja, ich erinnere mich, daß Sie es erwähnten. Es wird wunderbar sein, um diese Jahreszeit.«

»Wenigstens aus Freundlichkeit«, meinte Agatha und arbeitete sich ganz allmählich in Richtung Tür vor, »könnten Sie ja sagen, daß Sie gern mitkommen würden.«

Leonidas' blaue Augen funkelten. »Agatha, ich bin Hausmeister. Auch wenn ich bezweifle, daß ich noch ein Haus zum Hüten haben werde, wenn Bidwell erst einmal hört, wie nachlässig ich gewesen bin. Ich habe – ähm – einhundertundachtzehn Dollar und ein paar Cent auf der Bank. Italien und – ähm – dergleichen, das geht weit über meine Mittel.«

»Das letzte Mal«, sagte Agatha versonnen, »da haben Sie sich von Vater überzeugen lassen, daß Sie nur ein Schulmeister sind, mit sechzig Dollar und ein paar Cent auf der Bank. Und ich hatte schon gehofft, in all den Jahren wären Sie mutiger geworden!«

Sie sahen einander an und lachten.

»Nun gut«, sagte Agatha und öffnete ihm die Tür, »nun gut! Ich fahre nach Italien. Aber ich werde zurückkommen.«

»Hmnja. Ich –«

Agatha schloß die Tür energisch hinter ihm.

»Ich werde zurückkommen«, sagte sie leise, »und du, Bill Shakespeare, wirst es auch!«

Nachwort

Der Titel der amerikanischen Originalausgabe »Beginning with a Bash« weist den Roman geradezu programmatisch als Erstling einer Reihe aus – am Anfang steht der ›bash‹, der Schlag, der auf den ersten Seiten den Schädel von Professor North zertrümmert. Trotz dieser bewußt sprachlich gekennzeichneten Anfangsstellung war es dennoch nicht dieses Buch, durch das der amerikanische Leser Leonidas Witherall und seine Abenteuer kennenlernte. Dies war vielmehr 1938 »Wie ein Stich durchs Herz«, mit dem auch DuMont's Kriminal-Bibliothek unter Nr. 1021 die Witherall-Reihe eröffnete – der ›Erstling‹ erschien in den USA erstmals 1972.

Die 1909 in Boston geborene Phoebe Atwood Taylor hatte schon als Einundzwanzigjährige nach ihrem Abschluß am Barnard College in New York nur ein Ziel – Berufsschriftstellerin. Diverse Bürotätigkeiten dienten nur der Überbrückung der – bemerkenswert kurzen – Zeit, bis ihr der Durchbruch gelang. Dies war bereits 1931 mit dem ersten Detektivroman um das Cape Cod-Original Asey Mayo der Fall, dem dann jährlich ein bis zwei neue Abenteuer folgten. Schon mit dem dritten wechselte sie von einem Provinzverlag in Indianapolis zum renommierten New Yorker Norton-Verlag. Da die Mayo-Romane ihre Zeit und vor allem ihr Bankkonto nicht genügend aus- und auffüllten, schuf sie 1932/33 parallel zum dritten Cape Cod-Roman den ersten Boston-Roman mit Leonidas Witherall, der von den Vettern Manfred Bennington Lee und Fredric Danney alias Ellery Queen (s. DuMont's Kriminal-Bibliothek Nr. 1008, 1017, 1040, 1069 und 1076) 1933 in ihrer Zeitschrift »Mystery League Magazine« abgedruckt wurde.

Eine sofortige Zweitverwertung als separates Buch lehnte der Verleger W.W. Norton ab, und auch später riet er wiederholt der hart durch die steigenden Grundsteuern ihrer Wohngemeinde bedrängten Autorin von einer wie auch immer gearteten Neuauflage ab: Ob unter Pseudonym, unter anderm Titel und in einem andern Verlag – auf jeden Fall müßten nach amerikanischem Recht auf dem Umschlag der Neuausgabe Autor und Titel der ersten Veröffentlichung genannt werden. In jenen Jahren kämpfte der soeben durch Agatha Christie, Dorothy L. Sayers, S.S. Van Dine, John Dickson Carr, Ellery Queen und andere begründete literarische Detektivroman noch um sein ästhetisches Renommee, und der Gegner, von dem es sich abzusetzen galt, war der beim Publikum ebenso berühmte wie bei den Kollegen berüchtigte Edgar Wallace, von dem man wußte, daß er, um gegen seinen gigantischen Schuldenberg anzuschreiben, an bis zu sechs Romanen gleichzeitig diktierte. Die Gefahr, bei den bis dahin wohlwollenden Kritikern als »Wallacey« zu gelten, d. h. durch Überproduktion bewußt Qualitätsminderung hinzunehmen und Masse statt Klasse zu liefern, leuchtete Taylor auch bei ständig steigenden Grundsteuern ein; und so erschien der Roman unter dem Pseudonym Alice Tilton erstmals 1937 in London und erst 1972 in den USA. 1938 willigte dann auch W.W. Norton in den Wunsch seiner Autorin nach einer zweiten Reihe ein, und von ›Alice Tilton‹ erschien als neuer Witherall-Erstling »The Cut Direct« – »Wie ein Stich durchs Herz«.

Eine Spezialität Phoebe Atwood Taylors war die exakte Einbindung ihrer eher der klassischen Puzzle-Tradition verpflichteten Plots in das aktuelle Zeitgeschehen – die Mayo-Bände wie die Witherall-Serie bilden gleichsam eine Kulturgeschichte der Roosevelt-Ära, gebrochen in der neuenglischen Provinz der dreißiger und vierziger Jahre, wo die Rundfunk-Übertragung einer Hitler-Rede durchaus zum Clue werden kann. Insofern ist auch der Erstling stärker der Zeit um 1932/33 verpflichtet, in der die erste Fassung mit dem schönen Titel »Das Geheimnis des vierten Bandes« entstand, als der Zeit der Umarbeitung 1936 zu »Beginning with a Bash«. Zeitlicher Hintergrund auch noch von »Schlag nach bei Shakespeare« ist die tiefe Rezession und Depression im Gefolge des Schwarzen Freitags und der Weltwirtschaftskrise. Der College-Professor Leonidas Witherall, der dem bekannten Shakespeare-Porträt zum Verwechseln ähnlich sieht, so daß auch noch der Ungebildetste ihn für einen alten Bekannten hält, hatte sich nach vierzig Jahren Lehrtätigkeit mit einer guten Pension und einem beträchtlichen Vermögen zur Ruhe gesetzt und sich erst einmal eine ausgedehnte Weltreise gegönnt. Als er zurückkommt, sind Vermögen und Pension gleichermaßen dem Börsenkrach vom Oktober 1929 zum Opfer gefallen, und der plötzlich mittellose würdige alte Herr muß froh sein, einen Hausmeister-Job in einem umgebauten Stadthaus in Bostons Nobelviertel Beacon Hill zu finden, das bis auf den von ihm bewohnten Mansardenraum und ein Antiquariat im Erdgeschoß leersteht.

Auch der junge Martin Jones ist ein Opfer der Zeit: Aus bester Familie stammend, die offensichtlich ebenfalls ihr Vermögen verloren hat, war der junge Ethnologe froh, eine Assistentenstelle am Museum der Anthropologischen Gesellschaft gefunden zu haben. Aber schon bald wird er beschuldigt, für das spurlose Verschwinden von Inhaberschuldverschreibungen im Wert von 40000 Dollar verantwortlich zu sein und verhaftet. Nach Befreiung von diesem Verdacht wird er dennoch von seinem Chef, Professor John North, entlassen, die Vermieterin kassiert aufgrund des Vermieterpfandrechts seine gesamte Garderobe und seine Habseligkeiten. Mit einem sommerlich hellen Flanellanzug, der dem Sohn der Zimmerwirtin nicht paßte und zudem Flecken aufwies, und einem Beutel mit Golfschlägern aus besseren Tagen, der im Clubhaus überlebt hat und vielleicht verpfändet werden kann, irrt er nun obdachlos durchs tief winterliche Boston, wird im Zusammenhang mit einer kommunistischen Demonstration in Polizeigewahrsam genommen und, kaum befreit, zu allem Überfluß noch des Handtaschendiebstahls bezichtigt und erneut polizeilich gesucht. So erscheint ihm das Antiquariat auf Beacon Hill, das zufällig auch noch eine Jugendfreundin geerbt hat, zumindest als kurzfristig wärmendes Refugium mit der längerfristigen Aussicht auf eine von Witherall spendierte Mahlzeit. Doch diese Hoffnungen zerschlagen sich, als der Urheber von Martins Unglück, Professor John North, mit eingeschlagenem Schädel zwischen den Regalen gefunden wird und der Polizei natürlich der ihr wohlbekannte Martin Jones als Täter mit klarem Motiv und bester Gelegenheit gilt.

Leonidas Witherall sieht nur eine Chance, seinen ehemaligen Zögling freizubekommen – wenn es ihm gelingt, binnen kurzem der Polizei den wahren Täter zu präsentieren. Es ist Samstagabend, Sonntag passiert sowieso nichts; Montag wird er Martin aus seiner unwürdigen Lage befreit haben; vierzig Stunden billigt er sich dafür zu. Und Dot, die frischgebackene Antiquarin, hat den mehr als leisen Verdacht, daß den alten Herrn die Abenteuerlust mindestens so antreibt wie Ritterlichkeit und Gerechtigkeitsgefühl.

Es ist die Grundsituation eines populären Märchentyps, die Taylor auf ihren ersten Seiten entwirft, das Halslöserätsel: Nur durch Lösung von Rätseln oder scheinbar unmöglichen Aufgaben in allerknappster Frist kann der Held seinen Hals aus der Schlinge ziehen; andernfalls ist sein Leben verfallen. In diesem ersten Fall ist es der Hals des jungen Martin, der in der Schlinge steckt, später wird es in der Tat meist der Witheralls selber sein. Und wie der Märchenheld meist Freunde mit wunderbaren Eigenschaften findet, die ihm die Aufgaben lösen helfen, so auch Witherall und Dot Peters im Lauf ihrer Ermittlungen. Meistversprechender Clue ist der offensichtlich aus dem Laden verschwundene vierte Band einer obskuren Predigtreihe, der gerade an diesem Samstag überraschend viel Kundeninteresse auf sich gezogen hat, und ansetzen kann man bei den anderen Besuchern des Antiquariats zur Tatzeit. Allererste Anlaufstelle ist aber das Haus des Ermordeten und dessen offensichtlich ebenso informiertes wie auskunftsfreudiges Dienstmädchen. Sie und ihr Partner Freddy Solano werden zu ersten und äußerst wichtigen Helfern:Gerty McInnis ist die Schwester des Gangsterbosses Bat McInnis. Da dieser auf keinen Fall wollte, daß sie mit seinen Gorillas anbändelte, und da er selbst nicht genügend auf sie aufpassen kann und da Müßiggang aller Laster Anfang ist, hat er ihr die Stelle im Professorenhaushalt verschafft. Doch wie das Unglück es will, hat sie sich nichtsahnend ausgerechnet in Freddy Solano verliebt, den Chef der rivalisierenden italienischen Bande, die mit dem McInnis-Clan in blutiger Fehde lebt. Mit Freddy Solano und seiner ganzen Gang als Verbündete sind Kleinigkeiten wie verschlossene Türen oder die Beschaffung ständig neuer Autos zwar kein Problem, aber gleichzeitig hat man nun noch fast bis zur letzten Seite außer der Polizei den schießwütigen Bat McInnis mit seiner ganzen Bande auf den Fersen. Als überraschende Hilfe vom andern Ende des Bostoner gesellschaftlichen Skala schließt sich noch die Witwe des früheren Gouverneurs, Mrs Sebastian Jordan, dem kleinen Team an, wie ihr Tanzstundenfreund Witherall ebenfalls aus einer Mischung aus Abenteuerlust und Gerechtigkeitssinn heraus. Sie bringt nicht nur nahezu unbegrenzte Kontakte aller Art in das gemeinsame Vorhaben ein, sondern auch die Zähigkeit und Hartnäckigkeit, mit der ihre Vorfahren einst Neuengland und Boston reich und groß gemacht haben. Und vor allem kann sie sich in einer äußerst kritischen Situation, als die Polizei den von Freddy Solano kurz zuvor entwendeten schweren Sechzehnzylinder samt seinen Insassen als gestohlen aus dem Verkehr ziehen will, als dessen wahrhaftige und durch sämtliche Papiere legitimierte Eigentümerin ausweisen.

Was die Fünf in dieser Nacht erleben läßt sich nicht besser als mit Dot Peters' frühem Eindruck charakterisieren: eine Mischung aus Alptraum und frühem Stummfilm. Nach zwei Dritteln des Buches ist der Täter bekannt – und erweist sich danach als dritter Gegner neben der Polizei und der McInnis-Gang, und keineswegs als unbeträchtlicher! Der von Anfang an gegebene Wettlauf mit der Zeit verschärft sich zum tödlichen und auch in der Tat todbringenden Wettlauf um die vergrabenen Wertpapiere – eine Schatzjagd wie in Stevensons »Schatzinsel«. Daß Witherall und sein Team sie gegen die McInnis-Bande und den Mörder für sich entscheiden, darf hier verraten werden; etwa vierundzwanzig Stunden nach dem Mord an Professor North liefern sie den Mörder und die verschwundenen Wertpapiere bei der Polizei ab. Danach will Freddy Solano seine Gang gemäß den Erfahrungen umbilden, die er staunend an der Seite des würdigen Emeritus gemacht hat. Witherall selbst will nur noch den 23. Psalm lesen und sich dann in seine Hausmeister-Mansarde zur wohlverdienten Ruhe begeben. Phoebe Atwood Taylor aber hat sich mit der Schaffung dieses Helden und seiner haarsträubenden Abenteuer nach dem Urteil aller Kenner des Genres einen Platz im Pantheon des Kriminalromans erschrieben, wo sie für immer als die Schöpferin der folgenreichen Verbindung von Krimi und Komik verehrt werden wird.

Volker Neuhaus

DUMONT's Kriminal-Bibliothek

»Knarrende Geheimtüren, verwirrende Mordserien, schaurige Familienlegenden und, nicht zu vergessen, beherzte Helden (und bemerkenswert viele Heldinnen) sind die Zutaten, die die Lektüre zu einem Lese- und Schmökervergnügen machen. Der besondere Reiz leigt in der Präsentation von hier meist noch unbekannten anglo-amerikanischen Autoren.« *Neue Presse/Hannover*

Band 1001	Charlotte MacLeod	**»Schlaf in himmlischer Ruh'«**
Band 1005	Hampton Stone	**Tod am Ententeich**
Band 1006	S. S. van Dine	**Der Mordfall Bischof**
Band 1007	Charlotte MacLeod	**»... freu dich des Lebens«**
Band 1012	Charlotte MacLeod	**Die Familiengruft**
Band 1016	Anne Perry	**Der Würger von der Cater Street**
Band 1022	Charlotte MacLeod	**Der Rauchsalon**
Band 1025	Anne Perry	**Callander Square**
Band 1026	Josephine Tey	**Die verfolgte Unschuld**
Band 1028	Leslie Thomas	**Dangerous Davies, der letzte Detektiv**
Band 1029	S. S. van Dine	**Der Mordfall Greene**
Band 1030	Timothy Holme	**Tod in Verona**
Band 1031	Charlotte MacLeod	**»Der Kater läßt das Mausen nicht«**
Band 1033	Anne Perry	**Nachts am Paragon Walk**
Band 1035	Charlotte MacLeod	**Madam Wilkins' Palazzo**
Band 1037	Charlotte MacLeod	**Der Spiegel aus Bilbao**
Band 1041	Charlotte MacLeod	**Kabeljau und Kaviar**
Band 1042	John Dickson Carr	**Der verschlossene Raum**
Band 1044	Anne Perry	**Rutland Place**
Band 1045	Leslie Thomas	**Dangerous Davies ... Bis über beide Ohren**
Band 1046	Charlotte MacLeod	**»Stille Teiche gründen tief«**
Band 1048	Timothy Holme	**Morde in Assisi**
Band 1050	Anne Perry	**Tod in Devil's Acre**

Band 1054	Timothy Holme	**Der See des plötzlichen Todes**
Band 1057	Sarah Caudwell	**Adonis tot in Venedig!**
Band 1058	Phoebe Atwood Taylor	**Die leere Kiste**
Band 1059	Paul Kolhoff	**Winterfische**
Band 1060	**Mord als schöne**	**Kunst betrachtet**
Band 1061	Lee Martin	**Tod einer Diva**
Band 1062	S. S. van Dine	**Der Mordfall Canary**
Band 1063	Charlotte MacLeod	**Wenn der Wetterhahn kräht**
Band 1064	John Ball	**In der Hitze der Nacht**
Band 1065	Leslie Thomas	**Dangerous Davies … Auf eigene Faust**
Band 1066	Charlotte MacLeod	**Eine Eule kommt selten allein**
Band 1067	Lee Martin	**Mörderisches Dreieck**
Band 1068	Paul Kolhoff	**Menschenfischer**
Band 1069	Ellery Queen	**Das ägyptische Kreuz**
Band 1070	John Dickson Carr	**Mord aus Tausendundeiner Nacht**
Band 1071	Lee Martin	**Tödlicher Ausflug**
Band 1072	Charlotte MacLeod	**Teeblätter und Taschendiebe**
Band 1073	Phoebe Atwood Taylor	**Schlag nach bei Shakespeare**
Band 1074	Timothy Holme	**Venezianisches Begräbnis**
Band 1075	John Ball	**Das Jadezimmer**
Band 1076	Ellery Queen	**Die Katze tötet lautlos**
Band 1077	Anne Perry	**Viktorianische Morde** (3 Romane)